ERIN KELLY

Der ehrenwerte Mörder

GOLDMANN
Lesen erleben

Buch

Luke Considine ist ein Reporter auf der Suche nach der großen Story. In Brighton scheint er sie gefunden zu haben: die Lebensgeschichte des ehemaligen Gangsters Joss Grand. Grand, mittlerweile über achtzig, herrschte mit seinem brutalen Handlanger Jacky Nye einst über Brightons Unterwelt. Bis Jacky 1968 tot am West Pier angespült wurde. Obwohl Grand ein Alibi für die Mordnacht vorweisen konnte, waren die Gerüchte nie verstummt. Nun will Luke den Fall neu aufrollen und Grand, der sich mittlerweile als Philanthrop inszeniert, der Tat überführen. Zumal er erfährt, es habe bei dem Mord eine Zeugin gegeben, eine Frau in einem roten Mantel, die vom Tatort floh. Luke ahnt nicht, dass seine Nachforschungen ihn in tödliche Gefahr bringen …

Autorin

Erin Kelly wurde 1976 in London geboren und ist in Essex aufgewachsen. Sie studierte englische Literaturwissenschaft an der Warwick University und arbeitet seit 1998 als Journalistin. Sie schrieb unter anderem für die *Sunday Times,* den *Sunday Telegraph,* die *Daily Mail* und für Zeitschriften wie *Psychologies, Marie Claire, Elle* und *Cosmopolitan.* Bereits mit ihrem Debütroman »Das Gift des Sommers« eroberte sie Kritik und Leser im Sturm. Erin Kelly lebt mit ihrem Mann und ihrer Tochter in London.

Mehr zur Autorin und ihrem Werk finden Sie unter
www.erinkelly.co.uk

Von Erin Kelly außerdem bei Goldmann lieferbar:

Das Gift des Sommers. Thriller
Das Böse, das im Herzen schläft. Thriller

Beide Romane sind auch als E-Book erhältlich.

Erin Kelly

Der ehrenwerte Mörder

Kriminalroman

Aus dem Englischen
von Rainer Schmidt

GOLDMANN

Die Originalausgabe erschien 2014 unter dem Titel
»The Ties That Bind« bei Hodder & Stoughton
An Hachette UK Company

Dieses Buch ist auch als E-Book erhältlich.

MIX
Papier aus verantwortungsvollen Quellen
FSC® C014496

Verlagsgruppe Random House FSC® N001967

1. Auflage
Deutsche Erstveröffentlichung Februar 2016

Umschlaggestaltung: UNO Werbeagentur, München
Umschlagfoto: © FinePic®, München
Redaktion: Friederike Arnold
AB · Herstellung: Str.
Satz: Buch-Werkstatt GmbH, Bad Aibling
Druck und Bindung: GGP Media GmbH, Pößneck
Printed in Germany
ISBN: 978-3-442-48338-9
www.goldmann-verlag.de

Besuchen Sie den Goldmann Verlag im Netz

Und wieder für Michael

»Nahezu all unsere Beziehungen beginnen in Gestalt wechselseitiger Ausbeutung, und die meisten werden auch so weitergeführt – ein geistiger und körperlicher Tauschhandel, der endet, wenn einer der Parteien oder beiden die Ware ausgeht.«

W.H. Auden

»Brighton, meine Diebesbraut!«

Julie Burchill, *Verdammt – ich hatte recht!*

PROLOG

Als Luke zu sich kam, wusste er zwei Dinge. Erstens, er lebte noch, und zweitens, er war noch in Brighton. In den ersten Sekunden, als er das Bewusstsein wiedererlangte, war er sich über den zweiten Punkt sicherer als über den ersten. Es waren die abfallenden Schreie der Möwen, diese Küstenkonstante, die ihm sagten, wo er war. Und der Schmerz sagte ihm, dass er lebte.

Denk nach. Erinnere dich. *Denk nach.*

Zu viele Hindernisse zwischen ihm und dem Denken. Die versengte Haut an Hand- und Fußgelenken, der Durst, die Kälte, seine demnächst platzende Blase, die Muskelkrämpfe, der erstickende Druck des Stoffs, der um seinen Kopf gewickelt war, das trockene, raue Röcheln, weil ein Knebel zwischen Zunge und Gaumen klemmte. Lauter Qualen, die sich abwechselnd bemerkbar machten, endlos sich im Kreis drehend wie die Karussellpferde an der Strandpromenade. Er hatte einen Schlag auf den Hinterkopf bekommen, aber die Wunde fühlte sich seltsam taub an. Lästiger war das Jucken, wo etwas Klebriges in seinen Nacken getropft und dort abgekühlt und getrocknet war.

Luke hatte viel über den Schmerz anderer Leute gelesen, gedacht und geschrieben, aber er selbst hatte nur flüchtige Erfahrungen damit gemacht. Es verblüffte ihn, wie viel Energie das Leiden verbrauchte, und er bemerkte bestürzt, dass die unentbehrlichen Kräfte von Logik,

Vernunft und Erinnerungsvermögen einfach ausgeschaltet wurden.

Er war immer stolz auf sein Gedächtnis gewesen – für einen Schriftsteller ist die Erinnerung das A und O –, aber jetzt konnte er sich nicht einmal mehr erinnern, wo er zuletzt bei vollem Bewusstsein gewesen war. An die Wochen vor diesem Augenblick erinnerte er sich, aber nicht an die letzten Stunden. Er wusste nicht, was er am Tag davor getan hatte. Er erinnerte sich an die Menschen, die derzeit zu seinem Leben gehörten, aber er konnte nicht sagen, wann er einen von ihnen zuletzt gesehen hatte.

Denk nach. Erinnere dich. *Versuch's.*

Wenn er nur wüsste, wo er war. Die Kälte und der durchdringende Geruch von Feuchtigkeit ließen vermuten, dass er sich unter der Erde befand, aber nicht einmal das wusste er mit Sicherheit. Also würde er sich auf das konzentrieren, was er wusste oder was er fühlen konnte – was so ziemlich das Gleiche war. Hand- und Fußgelenke waren mit grobem dünnem Strick gefesselt und hinter dem Rücken zusammengebunden, sodass seine Wirbelsäule sich wie ein C verbog. Sehen konnte er es nicht, aber er vermutete, dass es ein einzelner, dreifach verknoteter Strick war. Luke empfand ein perverses Behagen, weil er die Art der Fesselung genau bestimmen konnte. Joss Grand hatte dieses Knotengefängnis vor über fünfzig Jahren als Foltermethode entwickelt, aber er wäre jetzt nicht mehr in der Lage, es selbst anzuwenden, jedenfalls nicht allein. Selbst mit seinem beschränkten Erinnerungsvermögen wusste Luke genau, wer ihm geholfen haben dürfte.

Man hatte Luke davor gewarnt, dieses Buch zu schreiben, und ihm geraten, Grand in Ruhe zu lassen. Aber nein – er hatte es besser gewusst, er *war* besser. Das hatte er zumindest geglaubt. Aber warum machten sie das hier mit ihm?

Besser gesagt, warum jetzt? Soweit Luke sich erinnern konnte, hatte das Buch endlich Form angenommen. Nach einem wackligen Anfang waren die Interviews gut gelaufen, und die letzte Session war die bisher beste gewesen. Hatte Grand es sich jetzt anders überlegt? War das hier seine Art zurückzunehmen, was er gesagt hatte? Aber wenn, dann war es Luke, der wütend auf Grand sein sollte – so wie er …

Oh Scheiße. *Sandy.* Wenn Grand von Lukes Verbindung zu Sandy Wind bekommen hatte, dann wäre er natürlich wütend. Stinkwütend. Luke bekam ein flaues Gefühl. Er hatte versprochen, sie zu beschützen, und er hatte versagt. Der Gedanke, wie sie sie bestrafen würden, war ihm unerträglich, und er hoffte verzweifelt, dass ein Rest von Ritterlichkeit sich durchsetzen würde, damit sie von einer Folter dieser Art verschont bliebe. Er würde die doppelte Qual auf sich nehmen, dachte Luke, wenn das bedeutete, dass sie davonkäme, und wie alle Atheisten in Zeiten der Krise sandte er dieses Angebot in Form eines Stoßgebets zum Himmel. Behutsam rollte er sich nach links, um zu sehen, ob das Handy in der Hosentasche drücken würde. Es war nicht mehr da, aber die Bewegung rief eine neue Welle von Schmerz hervor, die ihn auf die Seite warf, und er keuchte vor Schock.

Etwas Kostbares – eine Erinnerung – glitt durch die Lücke zwischen zwei Atemstößen. Grand war nicht der Einzige, der wusste, dass er hier gefesselt lag. Jem hatte die Zeichnungen gesehen, die Luke gemacht hatte, und mit Abscheu und Verwirrung reagiert. War Jem fähig, so etwas zu tun, nur um Luke eine Lektion zu erteilen? Früher hätte er nein gesagt, aber jetzt würde ihn nichts mehr überraschen. Jem hatte immer behauptet, Luke sei überfordert, und vielleicht war dies seine Art, es zu beweisen. Jem … Luke erkannte, dass er sich trotz allem danach sehnte, ihn zu sehen. Wenn Jem hinter der Sache steckte, bedeutete das zumindest, dass Sandy nicht in Gefahr war, und Luke selbst hätte eine Chance, sich mit zuckersüßen Lügen und hohlen Ausreden zu befreien. War es professionelle Gewalt oder eine persönliche Bestrafung? Und was war schlimmer?

Denk nach. Erinnere dich. *Denk nach.*

Er bemühte sich noch einmal, die Schritte, die er an diesem Tag getan hatte, zurückzuverfolgen, aber es ging nicht. Er hatte das Gefühl, dass da etwas Wichtiges sei, ein vergessener, aber unentbehrlicher Artikel auf einer Einkaufsliste, knapp außerhalb seiner Reichweite. Bilder von blinkendem Metall am Rand seines geistigen Gesichtsfelds schimmerten auf und verschwanden wieder wie im Licht einer Kerze. Ein matt glänzender Goldbarren, ein kreisendes Silberrad, entscheidend wichtige Bilder, aber er konnte keinen Zusammenhang herstellen. Je schneller sein Verstand diesen Gedanken nachjagte, desto mehr entfernten sie sich.

Er wurde mit jeder Sekunde schwächer. Selbst mit verbundenen Augen spürte er, dass seine Sehkraft schwand. Eine neue, tiefere Dunkelheit schien heranzukriechen. Angstvoll konzentrierte er sich auf den einen Sinn, der ihm noch zur Verfügung stand, und bemühte sich, durch den Stoff zu lauschen, der seine Ohren bedeckte. Keine Stimmen, keine Schritte, keine zuschlagenden Autotüren. Niemand war in der Nähe.

Die Geräusche der Zivilisation wichen eins nach dem anderen zurück. Irgendwo verstummte eine heulende Sirene. Aus der Tiefe des Bodens kam ein mattes Vibrieren wie von einem vorbeifahrenden Lastwagen oder Eisenbahnzug. Dann rüttelte nur noch der kreischende Wind an einem Fenster. Dann nur noch die langsamen, abfallenden Schreie der Möwen. Dann nicht einmal das.

EINE WOCHE ZUVOR

EINS

Von: luke@lukeconsidine.wordpress.org.uk
An: maggie.morrison@morrisonlitagency.co.uk
Datum: Dienstag, 5. November 2013 15:52
Betreff: Neues Buch

Liebe Maggie,
dir geht's hoffentlich gut. Wie gewünscht, schicke ich im Anhang die ersten Seiten der Story, an der ich hier unten in Brighton arbeite. Natürlich habe ich den eigentlichen Knüller noch nicht. In diesem Stadium ist es eigentlich noch ein »work in progress«. Aber es kann nur noch Tage dauern, bis ich ein Geständnis von ihm bekomme, das spüre ich. Wenn er geredet hat, können wir uns überlegen, wie wir es bei den Verlagen pitchen. Einstweilen warte ich begierig (nervös!) darauf zu hören, was du davon hältst.

Gruß
Luke

Anhang: Grand-Kap1 ✉

Joss Grand hat nichts zu tun mit Brightons angesehenstem Hotel, auch wenn er, wenn gelegentlich ein Zusammenhang vermutet wird, nicht viel unternimmt, um diese Vermutung zu zerstreuen. Das Grand Hotel steht seit langem für vieles von dem, was Joss Grand wertschätzt: Es ist vornehm, achtbar, zivilisiert, weltberühmt. Seine filigrane Regency-Fassade erinnert an weiße Handschuhe und Sonnenschirme, Nachmittagstee und Abendpromenaden. In jüngerer Zeit verbindet man damit auch Hochzeiten, Tagungen und Wellness-Wochenenden. Im Eingang stehen livrierte Portiers, und ein Steinway-Flügel schmiegt sich zwischen die Kübelpalmen im Atrium.

Hinter dem Hotel kriecht die Stadt vom Meer den Hang hinauf. Hier, in diesen ärmlichen Seitenstraßen, regierten Grand und sein Komplize Jacky Nye fast ein Jahrzehnt lang mit ungezügelter Faust und der Verheißung des Schreckens. Ihre Firma wurde zu Beginn der sechziger Jahre gegründet, und das Geschäft umfasste illegale Alkohol- und Glücksspielbuden, Schutzgelderpressung und Gewalt.

Der Alte ist jetzt im neunten Lebensjahrzehnt. Seit den Siebzigern ist er reicher, als viele es sich vorstellen können. Der König sitzt in seiner Schatzkammer und zählt sein Geld. Nachdem er sein Reich auf der geheuchelten Ehrerbietung erbaut hat, die in der Angst der anderen wurzelt, hat er den Rest seines Lebens darauf verwandt, sich den Respekt der Stadt zu erkaufen. Aber natürlich war Brighton hinter den Fassaden seiner Hotels noch nie respektabel. Ebenso wenig wie Joss Grand.

Redemption Row war wie die Straßen ringsum eine schäbige Reihenhaussiedlung. Cottages mit Flintsteinfassaden kauerten sich aneinander, als suchten sie Wärme. Überfüllung war hier an der Tagesordnung: In jedem Haus wohnten zwei oder drei Familien. Stangen ragten vor den Häusern wie Flaggenmasten auf, aber Flaggen wehten hier nie. In Ermangelung von Gärten gab es keinen Ort, um die Wäsche zu trocknen. Den Bewohnern blieb kaum etwas anderes übrig, als ihre schmutzige Wäsche – denn ganz sauber war sie nie – in aller Öffentlichkeit zu präsentieren.

Mädchen fuhren ihre kleineren Geschwister in von Generation zu Generation weitervererbten Kinderwagen umher, die auf dem uralten Kopfsteinpflaster zu Knochenrüttlern wurden, und Jungen spielten Fußball in Gassen, die so eng waren, dass nie mehr als ein schmaler Streifen Sonnenlicht bis auf den Boden gelangte. Rachitis war verbreitet, und die meisten Kinder hatten mindestens einen Bruder oder eine Schwester, die das fünfte Lebensjahr nicht erreichten. Von dieser Gegend sind nur wenige Fotos erhalten, und wenn, dann sind es natürlich Schwarz-Weiß-Bilder, aber man hat den Eindruck, wären sie in den Farben der damaligen Zeit koloriert, würde das an der monochromen Anmutung kaum etwas ändern.

In diesem Slum erblickten Jocelyn »Joss« Grand und Jacky Nye nacheinander im Abstand von einer Woche im Sommer des Jahres 1932 das Licht der Welt, und zwar in benachbarten Zimmern im oberen Stockwerk eines Vier-Zimmer-Häuschens in der Mitte der Straße. Joss Grands Vater war ein Heringsräucherer, dem es gelungen war, sich mit einer – echten oder vorgetäuschten – Erkrankung vor dem Militärdienst zu drücken, als 1939 der Krieg ausbrach. Jacky Nyes Vater, ein ungelernter Wanderarbeiter, war noch gerissener. Er hatte sich der endgültigen Dienstverpflichtung entzogen, indem er Ethel Parsons sitzen ließ, lange bevor man ihr die Schwangerschaft ansah, und dem gemeinsamen Sohn hatte er nichts als seinen Namen hinterlassen. Im September 1940 kam er auf einen kurzen Besuch zurück. Bei dieser Gelegenheit verbrachte er fünf Minuten mit seinem Sohn, bevor er mit Ethel ins Odeon an der London Road ging. Nach der Hälfte des ersten Films warf die deutsche Luftwaffe eine Bombe auf das Kino, und das Paar wurde auf der Stelle getötet.

Howard und Isabel Grand nahmen Jacky zu sich und zogen ihn groß wie ihren eigenen Sohn – mit anderen Worten, sie ließen ihn zusammen mit Joss verwahrlosen. Wenn die Straßen im alten Brighton schmal waren, so waren die Gassen, die das Labyrinth der Slum-Behausungen durchzogen, noch schmaler. In der Mundart von Sussex ist Twitten *ein altes Wort für diese zahllosen Durchgänge, oft nicht breiter als die Schultern eines Mannes, die hier weit verbreitet waren, bevor die Stadtplaner die alten Cottages im Namen des Fortschritts abreißen ließen. Als Jungen konnten Joss Grand und Jacky Nye durch das Netz dieser Twittens von einem Ende der Altstadt von Brighton zum anderen gelangen, und es heißt, sie hätten es oft getan, um den Silberkram, oder was sie sonst gestohlen hatten, fortzuschaffen oder zu verstecken. Ihre dürren Gestalten schlüpften durch Gänge, in denen kein Polizist sich so flink fortbewegen konnte wie ein Kind. Jacky Nye wurde von seinen Lehrern in schulischer Hinsicht als unterentwickelt abgeschrieben. Ein Leben als Krimineller stand ihm jederzeit offen, aber ohne den Einfluss des ehrgeizigen Joss Grand mit seinem messerscharfen Verstand wäre das Dasein eines Ganoven auf unterster Ebene wahrscheinlich die Krönung seines Erfolgs gewesen.*

Durch Boxen erwarben die Jungen sich Disziplin. In den Jugendclubs von Brighton lernten sie zu kämpfen, und sie waren in ihren Gewichtsklassen beide erfolgreich, traten aber im Ring nie gegeneinander an. Grands Vorteil als Weltergewicht lag in seiner kraftvollen Gelenkigkeit und seinen blitzschnellen Reflexen. Schwergewicht Nyes solide Körpermasse hatte ihren langen Weg zur Fettleibigkeit noch nicht angetreten. Berichte aus jener Zeit lassen vermuten, dass sein Erfolg als Boxer vor allem mit seiner Fähigkeit zu tun hatte, Schlag um Schlag einzustecken. Der Mann war ein Monolith, und es war fast unmöglich, ihn k. o. zu schlagen. Er konnte einen Kampf gewinnen, fast ohne auszuteilen.

Redemption Row entging dem großräumigen Slum-Sanierungsprogramm, das Brighton in den dreißiger Jahren dezimierte, aber zwanzig Jahre später wurde auch sie abgerissen, um Platz für ein Neubauprojekt zu schaffen. Grand und Nye bekamen die Bulldozer nicht zu Gesicht, denn sie wanderten 1957 beide ins Gefängnis, allerdings für sehr unterschiedliche Verbrechen, die unterschiedliche Persönlichkeiten und Gelüste widerspiegelten. Als sie 1960 freikamen, war es kein Problem, dass das Haus ihrer Kindheit nicht mehr existierte. Der Slum wäre nicht groß genug gewesen, um den Männern, zu denen sie geworden waren, Platz zu bieten.

Ihr Aufstieg zur Macht ging schnell vonstatten und überraschte die verschlafene Küstenstadt. Für Brighton entsprachen sie noch am ehesten einer Firma wie den Krays, wenn auch in einem viel kleineren Maßstab. Wie die berüchtigten Zwillinge aus East London operierten Grand und Nye Hand in Hand, und ihre bahnbrechende Kombination von Scharfsinn und Brutalität unterschied sie von anderen Gaunern. Sie waren mehr als die Summe ihrer Teile, und in jener Zeit waren sie die meistgefürchteten Männer an der Südküste.

Die Krays und ihre Rivalen, die Richardsons aus South London, waren schon zu Lebzeiten Legenden, und sie faszinieren noch heute. Aber bei den meisten Fans wahrer Kriminalfälle werden die Namen Joss Grand und Jacky Nye verständnislose Gesichter hervorrufen, und das ist nicht nur eine Frage der Größenordnung. Grands späterer Aufstieg zur Prominenz als Philanthrop hat die örtliche Überlieferung überdeckt, dass sein Talent die kreative Gewalttätigkeit war, während Nyes Rolle in der bösartigen Methodik der Ausführung bestand. Jacky Nye muss dem kleineren Mann eine entscheidende physische gravitas *verliehen haben, die seine Drohungen unterstrich. Er mochte ein schwergewichtiger Beifahrer sein, aber Grand schien er nicht zu bremsen.*

Ein Grund für ihr gemeinsames Auftreten, so hieß es, bestand darin, dass sie so vielen Leuten unrecht getan hatten und sie daher nicht nur Geschäftspartner waren, sondern einander auch als Leibwächter dienten. Aber obwohl es in Brighton und an der Südküste viele gab, die Anlass gehabt hätten, die beiden zu beseitigen, wurde niemals ein ernst zu nehmender Anschlag auf die beiden Männer verübt. Und so bleibt eine quälende Frage seit fast fünfzig Jahren unbeantwortet: Als Jacky Nye im Oktober 1968 auf dem inzwischen längst verschwundenen West Pier ermordet wurde, wo war da sein lebenslanger Freund und Partner? Warum war er nicht da, um ihn zu beschützen?

Schon immer haben manche gemunkelt, Nye habe den Tod nicht deshalb gefunden, weil Grand abwesend, sondern weil er da war.

Anhang: GRAND_Ch_Mario Zammit ⊠

Anhang: GRAND_Ch_Sandys Story ✉

Von: maggie.morrison@morrisonlitagency.co.uk
An: luke@lukeconsidine.wordpress.org.uk
Datum: Mittwoch, 6. November 2013 18:11
Betreff: Neues Buch

Luke!
Verdammt, das ist ja phantastisch! Ich muss sagen, es hat mich ein bisschen beunruhigt, dass du einen so obskuren Fall aus den Annalen zerrst, aber ich glaube tatsächlich, dass gerade diese Frische ein Verkaufsargument sein könnte. Heutzutage findet man so selten etwas, das nicht schon längst totgeritten worden ist. Mir fallen mindestens drei Lektoren ein, mit denen wir darüber sprechen können.

Aber du hast recht, wir sollten bei diesem Projekt nichts überstürzen. Ich werde abwarten, bis du seine Beichte auf Band hast oder anderes unterstützendes Beweismaterial vorlegen kannst – irgendetwas, das mir und einem potentiellen Verlag beweist, dass diese Story wirklich deine ist. Ich denke, nach dem, was wir beim letzten Mal erlebt haben, ist es so am besten.

Inzwischen bleib dran! Verjagen wir Earnshaw von Platz eins der Bestsellerlisten.

Maggie x

PS: Ich vergesse am Telefon immer, dich danach zu fragen: Hast du das Päckchen bekommen?

EIN JAHR ZUVOR

ZWEI

»Volles Haus«, sagte Viggo.

An diesem Abend wurden figurative Gemälde präsentiert und nicht die abstrakten Bilder und Installationen, die sonst in der Galerie angeboten wurden, und entsprechend war auch das Publikum anders als sonst. Die meisten Gäste kamen von den größeren Banken und Anwaltskanzleien aus Leeds – Männer in grauen Anzügen aus dem Finanzviertel und ihre Frauen mit glatter Stirn und orangefarbenen Beinen. Luke entdeckte nur zwei Leute unter fünfundzwanzig: einen Neuerwerb von Leeds United mit seiner C-prominenten Schauspielerfreundin. Billig angezogen war nur die Malerin, eine Frau mit ungeschminktem Gesicht in Jeans und Chucks. Und Luke und Viggo natürlich. Dennoch sah ihre Uniform – schwarzes Hemd, schwarze Hose, schwarze Krawatte – gut aus. Es waren die teuersten Kleidungsstücke, die Luke besaß, und die neuesten.

Vor der Auktion hatten sie die Aufgabe, mit Tabletts voll Champagner umherzugehen und sich zu bemühen, dass möglichst viel durch die Kehlen der Gäste floss, aber sobald die ersten Gebote abgegeben wurden, hatten sie hinter der Bar zu bleiben. Der Galerist hatte es gern so still, dass man ein Champagnerbläschen platzen hörte.

Die Malerin gab sich während der ganzen Veranstaltung gelassen und fummelte selbst dann noch an ihrem Telefon herum, als eins ihrer Bilder, eine Studie in Silber und Rot mit dem Titel *Liegender männlicher Akt,* die Zwanzigtausend-Pfund-Marke durchbrach. Der Käufer, ein großer Mann mit dichtem hellgrauem Haar, war weniger cool. Er löste sich aus dem Gedränge und lehnte sich neben der Bar an die Wand, als könne er kaum glauben, was er da gerade getan hatte. Sein Haar umrahmte ein faltenloses Gesicht, in dem leuchtend blaue Augen glänzten, und jetzt sah man, dass er gut zwanzig Jahre jünger war, als er von hinten ausgesehen hatte. Älter als sie, aber sicher erst Ende dreißig, höchstens Anfang vierzig.

»Ein Silberfuchs«, sagte Viggo und grinste. »Welche Farbe haben wohl seine Scha… Gratuliere, Sir!« Er kriegte gerade rechtzeitig die Kurve, als der Silberfuchs an die Bar kam, und Luke biss sich auf die Unterlippe. »Ein wirklich schönes Stück.« Luke sah, wie Viggos Blick zu der schwarzen Amex-Karte zwischen den Fingern des Mannes huschte.

»Ich glaube, das verlangt förmlich nach Champagner«, sagte Viggo. »Glas oder Flasche?«

»Ich weiß es nicht«, sagte der Silberfuchs und legte seine Kreditkarte auf die Theke. Dann spreizte er die Hände. »Sehen Sie sich das an, ich zittere tatsächlich. Ich habe so etwas noch nie getan. Ich meine, ich habe Geld für Autos ausgegeben, für Immobilien und das Übliche, aber für Kunst … Mir schwirrt der Kopf.« Er sah Luke an. »Wenn ich eine Flasche nehme, helfen Sie mir, sie zu trinken?«

»Das tun wir gern«, sagte Viggo, bevor Luke ihn bremsen konnte. Viggo hatte bereits einmal eine schriftliche Verwarnung wegen unangemessener Vertraulichkeiten mit Kunden kassiert.

»Danke«, sage Luke mit Entschiedenheit. »Aber wir haben nicht vor halb zwölf Feierabend, und dann gehen wir woandershin.«

»Je mehr, desto besser«, sagte Viggo. »Ich gebe Ihnen jetzt ein Glas, und wir treffen uns um halb zwölf?«

»Ich, äh, ja. Danke. Ähm, ich bin Jeremy.«

Sein Akzent klang nach vornehmem Yorkshire: Queen's English, interpunktiert durch ein gelegentliches flaches A. Viggo ergriff die Hand, bevor sie ganz ausgestreckt war.

»Viggo. Und das ist Luke. Nochmals Glückwunsch, *Jeremy.*« Er übertrieb seinen eigenen Akzent, obwohl er flüssiger Englisch sprach als viele ihrer Altersgenossen. Das tat er absichtlich, damit man ihn fragte, woher er kam. Er glaubte, man werde ihn attraktiver finden, wenn man wusste, dass er Schwede war. Ärgerlicherweise hatte er recht. Luke war stolz darauf, dass sein eigener Akzent – falls er einmal zu Wort kam – immer noch ganz unverfälscht nach Leeds klang, obwohl er seine letzten Jahre als Teenager in Australien verbracht hatte. Die Familie war nach Sydney ausgewandert, als er vierzehn gewesen war. Bei der ersten Gelegenheit war er nach Hause zurückgekommen, um zu studieren, und jetzt fuhr er nur noch auf Besuch nach Australien.

Viggo wartete wenigstens, bis Jeremy außer Hörweite war, bevor er sagte: »Bingo!«

»Wir wollten uns nach Feierabend mit Charlene auf einen Drink im Charmers treffen«, erinnerte Luke ihn.

»Wir können ihn mitnehmen. Er kann es sich bestimmt leisten, sie auch noch einzuladen.«

Luke überlegte. Wenn Jeremy ein, zwei Runden spendierte, hätten sie vielleicht immerhin noch genug für eine Taxifahrt nach Hause.

Er erwartete sie um halb zwölf am Ausgang, und sie machten sich auf den kurzen Fußweg am Fluss entlang zum Charmers. Im Schutz des Dämmerlichts konnte Luke sich an Jeremys Profil kaum sattsehen, an der klassischen geraden Nase, dem perfekten rechten Winkel seines Kiefers und der glattrasierten Haut.

»Ohne diese Uniformen seht ihr anders aus«, sagte Jem. »An Hipster bin ich nicht gewöhnt.«

Niemand, der wirklich wusste, was ein Hipster war, hätte Luke so bezeichnet. Seine Brille war das alte Kassengestell seines Vaters, keine Designer-Nachbildung, sein langes Haar war wild und lockig, weil er sich sonst den Schädel hätte rasieren müssen, und wenn er heute Abend überhaupt gut aussah, dann nur, weil Viggo sich geweigert hatte, sich draußen mit ihm in seiner Fleecejacke sehen zu lassen, und ihm schließlich eine schmal geschnittene Jacke geliehen hatte. Viggo fand es unglaublich, dass Luke über den bei den Gangstern der sechziger Jahre so beliebten klassischen Schnitt so viel wusste, ohne dass wenigstens ein bisschen von dieser Eleganz auf ihn abgefärbt hatte. Damit lag er nicht ganz falsch, aber immer wenn Luke sich bemühte, sah er sogar in seinen eigenen Augen aus, als habe er sich verkleidet. Schon vor langer Zeit hatte er deshalb beschlossen, Stilfragen Leuten wie Viggo – ja, oder Jeremy – zu überlassen, die dafür ein Talent hatten. Es war eine Sache, einen ästhetischen Aspekt zu schätzen, aber eine ganz andere, über das Engagement und die Mittel zu verfügen, ihn sich zu eigen zu machen.

Viggo kannte den Typen, der die Aufsicht über die VIP-Lounge führte, und er hob die Samtkordel hoch, um sie durchzulassen. Jeremy bestellte bei der Kellnerin eine Flasche Veuve Clicquot. Wenn ihm auffiel, dass er als Einziger in der Bar einen Anzug trug, so machte es ihn nicht befangen.

»Und wie lange seid ihr beide schon zusammen?«, fragte er. Es war lange her, dass jemand diese Annahme geäußert hatte.

»Wir sind nicht zusammen«, sagte Luke. »Wir waren es eine Zeitlang, aber das ist Jahre her. Jetzt teilen wir uns nur noch die Wohnung. Aber davor waren wir Kollegen. Erinnerst du dich an *Coming Up?* Das war so was wie ein schwules Lifestyle-Magazin für den Norden.«

Jeremy bekam einen panischen Gesichtsausdruck.

»Gibt keinen Grund, weshalb du es kennen solltest. Es war für …« Für junge Leute, hatte er sagen wollen, aber er korrigierte sich. »Eigentlich für Typen, die studieren. Ist inzwischen eingegangen.« Die letzten Worte murmelte er in sein Glas. Er sprach immer noch nicht gern darüber, dass die Zeitschrift, die er geliebt hatte, gegen das Internet nicht hatte konkurrieren können. Es hatte ihm das Herz gebrochen, als sie eingestellt worden war, nur um ein paar Monate später einen Relaunch als Website zu erleben, als Schatten seiner selbst, zusammengeschustert von Kids, die nicht mal schreiben konnten.

»Er hat Preise für seinen Journalismus gewonnen. Eines Tages kriegt er noch den Pulitzer.« Viggo trank seine Champagnerflöte in einem Zug aus und schenkte sich nach. Luke wusste, dass der Stolz aus ihm sprach, aber er konnte es trotzdem nicht ausstehen. Die Erfolge seiner frühen Karriere dienten nur noch dazu, den Trümmerhaufen zu beleuchten, den er später daraus gemacht hatte. »Stonewall Awards, zwei Jahre hintereinander. Er war undercover in einem dieser christlichen Bootcamps, die behaupten, sie könnten Homosexualität heilen.«

»Und, hat es geklappt?«

»Oh ja.« Luke zeigte auf die Kellnerin. »Sieh dir diese Titten an.«

Jeremy lachte und wurde dann ernst. »Und woran arbeitest du im Moment?«

Die furchtbare Wahrheit war, dass seine Karriere als freier Journalist durch einen spektakulären Akt der Selbstsabotage im Keim erstickt worden war. Aber das brauchte Jeremy nicht zu wissen. »Was mich wirklich interessiert, ist so was wie wahre Verbrechen. Alte Bandenkriege. Einen alten Gangster zu finden und seine Biographie zu schreiben. Ich habe eine Agentin, die sich dafür interessiert, und ich verfolge eine Spur, bei der das alles klappen könnte. Len Earnshaw? Er hat in den Sechzigern als Tresorknacker gearbeitet, aber sie haben ihn erst in den Achtzigern geschnappt. Er hat in jeder Stadt im Norden operiert, er kannte *jeden,* von der Quality-Street-Gang bis zu den Kray-Zwillingen – und er hat sich bis jetzt nie offiziell geäußert.«

»Klingt faszinierend«, sagte Jeremy, und es hörte sich an, als meinte er es ernst. Also zog Luke sein Notizbuch aus der Aktentasche, ohne darauf zu achten, dass Viggo die Augen verdrehte, und fand eine beleuchtete Stelle auf dem Tisch. Das Notizbuch war prall gefüllt mit eingeklebten Zeitungsausschnitten, fotokopierten Artikeln und ein paar handschriftlichen Notizen, abgeschrieben aus »True Crime«-Büchern. »Hier ist Earnshaw«, sagte er und zeigte auf ein flottes Polizeifoto. Jeremy musste sich herüberbeugen. Er roch wunderbar: sauber und moschusartig zugleich. Luke spürte, wie die ersten Regungen der Zuneigung sich verstärkten und zu Verlangen wurden.

»Wie kommt ein netter Junge wie du dazu, über solche Gewalttätigkeit zu schreiben?«, fragte Jeremy. Er flirtet mit mir, dachte Luke. Und nicht mit Viggo.

»Es fasziniert mich einfach. Meine Abschlussarbeit habe ich über Homosexualität und Bandenkultur in den Sechzigern geschrieben.«

»Ich meine über operative Ressourcen und Statistik«, sagte Jeremy. »Jetzt findest du mich sicher schrecklich langweilig.« Aber das fand Luke überhaupt nicht. Er handelte nach dem Naturgesetz, dass wir uns immer für die interessieren, die von uns fasziniert sind. Plötzlich wollte er Jeremys Meinung zu seinem »work in progress« hören und überlegte, ob er ihm das erste Kapitel zeigen sollte, das den Norden der Sechziger und den gesellschaftlichen Kontext sehr hübsch darstellte. Er wollte die Meinung eines anderen hören. Aber die Aufmerksamkeit seines neuen Freundes war weitergewandert.

»Kennt ihr den?« Mit einer Kopfbewegung deutete er über Lukes und Viggos Schulter hinweg zu Charlene, die auf der anderen Seite der Kordel gestikulierend vor dem Türsteher stand.

»Das ist kein Er, das ist Charlene«, sagte Viggo. Er winkte, und der Türsteher ließ sie durch.

»Warum könnt ihr nicht einfach an der Bar trinken wie normale Menschen?«, fragte sie.

»Jeremy, Charlene, Charlene, Jeremy«, sagte Luke.

»Alles klar?«, fragte Charlene.

»Hallo«, sagte Jeremy. Er starrte Charlene an, wie die Leute es beim ersten Mal oft taten, denn sie sah aus wie ein verstörend schöner minderjähriger Junge. Ihr Haar war hinten und an den Seiten kurz geschnitten, und eine Tolle fiel ihr in die Stirn. An diesem Abend trug sie ein Fünfziger-Jahre-Hawaiihemd und hochgeschlagene Jeans. Jeremy nickte, und ein weiteres Glas und eine neue Flasche erschienen auf dem Tisch.

»Wie geht's deinem Dad?«, fragte Viggo und schenkte ihr ein. Dann sah er Jeremy an. »Charlene musste in den Süden zurückkommen, um für ihren Vater zu sorgen. Er ist nicht gesund.«

»Keine Lust, darüber zu reden. Hab eine Aushilfspflegerin, die bis übermorgen bei uns wohnt, und werde mich bis dahin durchtrinken.« Sie leerte ihr Glas. »Wer möchte tanzen?«

Luke und Jeremy schüttelten die Köpfe, aber Viggo ließ sich von ihr zur Tanzfläche und auf ein Podium schleppen. Luke beobachtete, wie Jeremy Viggo beobachtete. Sein Aussehen im Licht der Spots – golden das Haar und die Haut, muskulös die Arme – war nur einer der Gründe, weshalb Viggo selten allein nach Hause ging.

»Tanzt du gern, Jeremy?«, fragte Luke und hoffte auf ein Nein als Antwort.

»Nenn mich Jem. Jeremy klingt so nach Buchhalter.«

»Okay, Jem. Was machst du beruflich?«

»Ich bin Buchhalter.« Jeremy verzog keine Miene, und Luke musste lachen. »Aktuar, genau genommen.« Er nahm eine geprägte blassgrüne Visitenkarte aus seiner Brieftasche. Darauf stand: »Jeremy Gilchrist, Partner, Gilchrist Fonseca, Actuarial Consultants«.

»Ja, aber was ist das?« Luke bog die Karte zwischen den Fingern. »Ich weiß, es ist ein Spezialgebiet der Versicherungsbuchhaltung, aber …«

»Es geht dabei um Risiken, um Bewertungen. Angenommen, ein multinationaler Konzern will irgendwo eine neue Niederlassung aufmachen. Ich muss dann prüfen, ob sie sich das leisten können.«

Während Luke noch überlegte, wie er das Gespräch wieder auf ein Thema mit höherem erotischen Potential bringen könnte, kamen Charlene und Viggo zurück und stürzten sich auf den spendierten Champagner, als könnte er jeden Augenblick wieder abgeräumt werden.

»Die Tanzfläche ist voller Kinder«, sagte Charlene. »Ich werde anscheinend alt.«

»Wollen wir nicht zu mir nach Hause gehen?«, fragte Jem. »Ist gleich um die Ecke.« Die Einladung war an alle gerichtet.

»Nee«, sagte Charlene. »Mein Bedarf an Zuhause ist für dieses Jahr gedeckt. Ich glaube, ich bleibe hier. Mal sehen, ob noch jemand kommt.«

Luke starrte Viggo eindringlich an und hoffte, er werde den Wink mitbekommen. Aber Viggo merkte nichts.

DREI

Jems Wohnung lag ein Stück weiter unten am River Aire an der gepflasterten Uferstraße, wo das Royal Armories Museum zwischen alten Backsteinfabriken und -werkstätten stand, die jetzt als Apartments und Büros dienten. Die Gegend war erst halb gentrifiziert. Kaffeebars und Pilates-Studios hatten die Imbissläden und Tattoo-Salons noch nicht völlig verdrängt.

Sie bogen in eine Straße am Kai ein, wo altertümliche Lastkähne vor einem nagelneuen Apartmentgebäude aus Chrom und Glas festgemacht lagen. Das Penthouse, das man mit einem schimmernden Stahlaufzug erreichte, erstreckte sich über die gesamte Grundfläche.

»Was für eine Aussicht«, sagte Viggo, der vor einem großen Panoramafenster stand. Es hatte angefangen zu nieseln, und die Lichter der Stadt verwandelten sich in leuchtende Luftschlangen.

Als Jem hinter Viggo trat, empfand Luke ein banges Kribbeln und klopfte zweimal an die Scheibe. Sofort wurde sie undurchsichtig.

»Das gibt's nicht!« Viggo machte einen Satz rückwärts und lachte. »Jem, dürfen wir rauchen?«

Das Zögern war kaum merklich. »Natürlich«, sagte Jem. Er drückte einen unsichtbaren Knopf, und das Fenster glitt auf und offenbarte einen Balkon.

Jem verschwand in der Küche, und sie hörten, wie Eiswürfel klirrend in Gläser fielen. Die Wände im Wohnzimmer waren kahl, die Regale leer bis auf eine Dockingstation von Bose. Noch nie hatte Luke eine Wohnung gesehen, die so unbewohnt aussah. Als die ersten eBook-Reader herausgekommen waren, hatte er im Scherz zu Viggo gesagt, jetzt, da die Bücher der Leute in digitaler Form nicht mehr in den Regalen stünden, sei es viel schwieriger zu wissen, ob man mit ihnen ins Bett gehen wolle. Er war nicht auf den Gedanken gekommen, er könne mit jemandem schlafen wollen, der gar keine Bücher hatte.

Jem kam mit einem Eiskübel, drei Gläsern und einer Flasche Champagner zurück – Laurent Perrier diesmal –, an der das Kondenswasser herunterlief. Luke kannte nicht viele Leute, die Champagnerflaschen zu vierzig Pfund im Kühlschrank stehen hatten wie Viggo und er Milch.

»Ihr seht, warum ich ein bisschen Kunst kaufen musste. Bin gerade erst eingezogen. Er wird da hängen.« Er deutete auf die größte der kahlen Wände.

»Wo hast du vorher gewohnt?«, fragte Viggo.

»In Headingley«, sagte Jem und errötete leicht. »Mit meiner Frau. Demnächst Exfrau.« Seine Stimme nahm einen schuldbewussten Ton an. »Mein Coming-out liegt noch nicht lange zurück. Sechs Monate. Für mich ist es immer noch neu, in eine Bar zu gehen, ohne vorher den Trauring abzunehmen.«

Es war einen Augenblick lang still, während Luke und Viggo diese Information verdauten.

»Ich glaube, ein Coming-out war bei mir nie nötig«, sagte Viggo. »Meine Mum sagt, sie wusste es, als ich drei war.«

»Und du?« Jem sah Luke an.

»Auf der Highschool in Sydney. Ungefähr mit siebzehn.«

»In der Schule? Ich hab's nicht mal mir selbst gegenüber

zugegeben, bevor ich dreißig war. Und da war ich schon acht Jahre verheiratet.«

»Klingt einsam«, sagte Luke. Viggo hatte das Interesse verloren. Er beugte sich über die Dockingstation und scrollte durch Jems iPod.

»War es auch, für uns beide. Ich bedauere es sehr, dass ich nicht den Mut hatte, Serena schon vor zehn Jahren zu verlassen, und dass ich sie hintergangen habe. Ich habe sie sehr geliebt, auf platonische Weise. Das tue ich immer noch. Ich vermisse sie sehr.« Er schaute auf seine linke Hand hinunter, als wolle er kontrollieren, ob er noch seinen Ehering trug. »Aber ich habe nichts investiert, nichts riskiert. Ich habe nichts gegeben, das ich hätte verlieren können. Und das war unfair uns beiden gegenüber. Eine Ironie des Schicksals, wenn man bedenkt, was mein Beruf ist, nicht wahr? Ich habe die besten Jahre ihres Lebens verschwendet, wie alle ihre Freunde mir sagten, bevor sie beschlossen, nie wieder mit mir zu sprechen. Ich kann es ihnen nicht verdenken.«

»Wo ist sie jetzt?«

»Immer noch in unserem alten Haus in Headingley. Sie lebt unser altes Leben ohne mich weiter.« Er sah sehr traurig aus.

Endlich hatte Viggo eine Musik ausfindig gemacht, die seine Billigung fand – Jazz, den Luke nicht kannte –, und bewegte sich tänzelnd zur Toilette. Luke und Jem blieben allein zurück. Als er verschwand, war es, als sei das Licht heruntergeregelt worden.

Jem lehnte sich herüber, drückte einen Finger auf Lukes Schlüsselbein und sog die Unterlippe zwischen die Zähne. Luke dachte erst wieder an Viggo, als die Wohnungstür laut zugeschlagen wurde. Erschrocken fuhren sie auseinander.

»Sorry«, sagte Jem. »Ich bringe dich in Verlegenheit mit

deinem Freund. Ich konnte nicht anders. Weil … sieh dich nur an.« Er strich mit seiner warmen Handfläche über Lukes Brust, über den Bauch und die Gürtelschnalle. »Was machst du, damit dein Bauch so flach bleibt?«

»Ich bin achtundzwanzig und arm«, scherzte Luke, um die Nervosität zu überspielen, die plötzlich wie ein Schmetterling in seinem Körper herumflatterte. Aber Jem scherzte nicht. Er sah so ernst und konzentriert aus, wie Luke es noch nie bei jemandem gesehen hatte. Luke fühlte sich nackt, bevor er sich ausgezogen hatte.

Im Schlafzimmer flackerte das Bewusstsein seiner eigenen Unvollkommenheit kurz auf und drohte alles zu verderben. Er spürte jede seiner Sommersprossen, jede widerspenstige Haarsträhne. Jems Körper war so kunstvoll geformt, dass er in jeder Galerie einen Platz gefunden hätte. Glatte, gleichmäßige Haut umschloss solide Muskeln. Die Erregung triumphierte über die Unsicherheit, und Luke überließ sich und verlor sich in diesem Mann, der wie warmer Samt war, wie teures Leder und wie – ja! – hartes Holz.

Als Luke aufwachte, saß Jem im Bett neben ihm und las in seinem Notizbuch.

»Morgen«, sagte Jem. »Ich war hin- und hergerissen. Sollte ich das hier lesen oder dich anschauen? Du siehst sehr hübsch aus, wenn du schläfst. Aber ich weiß nicht, wie cool du jetzt bist. Kannst du immer noch Hipster sein, wenn du nichts anhast?«

»Hm«, sagte Luke.

»Tja, ich hab mich gerade um fünfzig Jahre ins Manchester der Sechziger zurückversetzen lassen. Ich wollte da nicht reingucken, aber dann konnte ich nicht mehr aufhören«, sagte Jem. »Es ist gut. Als du von True Crime gesprochen hast, dachte ich an Bilder von Pistolen und Handschellen, aber das hier ist … einfach phantastisch.«

Luke fühlte sich geschmeichelt und war auf einmal hellwach. »Ich dachte an so etwas wie *Kaltblütig*«, sagte er. »Kennst du das?« Jem schüttelte den Kopf. »Truman Capote. Ein Bericht über einen echten Mord in Kansas, aber es ist … seriös. Und literarisch.«

»Oo…kay.« Jem wedelte mit dem Notizbuch. »Tja, die Exemplare wirst du signieren, ehe du dich's versiehst. Ich hoffe, du hast dein Autogramm schon geübt.«

Auf dem Nachttisch lag ein Stift. Luke zog die Kappe ab und schrieb schwungvoll seinen Namen auf Jems Brustseite. Jem stand auf und bewunderte die Signatur im Spiegel der Kleiderschranktür.

»Jetzt hast du dein Mal auf mir hinterlassen«, sagte er und strich sanft mit den Fingerspitzen über den Namenszug.

»Wie spät ist es?« Luke fragte sich, wie viel Zeit sie noch hatten, bis der Kater einsetzte.

»Halb acht.«

»Verdammt, das ist doch noch mitten in der Nacht.« Luke zog sich die Decke über den Kopf. »Geh nicht zur Arbeit. Sag, du bist krank, und bleib mit mir im Bett.«

»Das kann ich nicht«, sagte Jem vergnügt. Als er telefonierte, hinterließ er offenkundig einer Sekretärin und nicht dem Chef eine Nachricht. »Ich hab kein Frühstück im Haus«, sagte er. »Meistens frühstücke ich im Fitness-Studio. Ich gehe mal los und besorge Kaffee, frischen Orangensaft und ein paar prätentiöse Kohlenhydrate mit einem französischen Namen. Vielleicht ein paar Zeitungen.«

»Okay«, sagte Luke. Er rollte sich auf die Seite und fing sofort an zu träumen. Sie waren in einem unterirdischen Club mit weißen Backsteinbogen. Jem war gekleidet wie ein

Gangster aus den Sechzigern, er trank und verglich Pistolen mit Len Earnshaw. Truman Capote saß in einer Ecke und hielt Hof, und auf einer winzigen Bühne sang Judy Garland im Scheinwerferlicht vor einem glitzernden Vorhang. Der Traum schien ewig zu dauern, aber anscheinend war es ein Mikroschlaf, von dem man manchmal hörte, denn als Luke aufwachte und Jems Namen rief, war er noch nicht wieder da.

Er ging unter die Dusche und benutzte Jems Caviar-Shampoo für silbernes Haar und eine Duschlotion, auf deren Preisschild mehr stand, als er an einem Abend in der Galerie verdiente. Er frottierte sich ab, ging ins Wohnzimmer und klopfte an die Scheibe, und plötzlich stand er splitterfasernackt vor der Kaianlage, die von Büroangestellten und Einkaufsbummlern wimmelte. Hastig zog er sich an und erkundete das Apartment. Viel zu sehen gab es nicht. Alle Flächen waren so kahl wie die Bücherregale. Der einzige Hinweis darauf, dass hier jemand wohnte, war eine kleine Schale neben der Eingangstür mit einem Autoschlüssel, etwas Kleingeld und Jems Führerschein, in dem stand, dass er neununddreißig war. Die Adresse war noch die alte in Headingley.

Endlich kündigte das leise Summen des Aufzugs Jems Rückkehr an. Als Erstes stieg Luke der Duft von Kaffee und Gebäck in die Nase. Aber Jems Gesicht hatte die gleiche Farbe wie sein Haar. Lukes Blick wanderte nach unten, und er sah einen dünnen Blutfleck, der sich auf dem weißen Hemd ausbreitete.

»Oh Gott, Jem. Ist das ein Messerstich?« Er schaute aus dem Fenster, als könnte er den Messerstecher noch sehen, wie er im Gewimmel verschwand. Jem schob den Baumwollstoff hoch und nahm behutsam eine Mullkompresse von seinen Rippen. Darunter erschien Lukes Unterschrift – erhaben, geschwollen und blutend.

»Ich war im Tattoo-Studio«, sagte er. »Ich wollte dir zeigen, dass ich Vertrauen in dein Schreiben habe. Jetzt bin ich eine signierte Erstausgabe.«

VIER

Als Luke zur Arbeit in der Galerie erschien, hatte er immer noch das Gefühl zu leuchten, wo Jem ihn berührt hatte. Seine Haut glühte erwartungsvoll bei dem Gedanken an das, was später am Abend noch kommen würde, und er fragte sich, ob er vielleicht eine Stunde früher würde gehen können. Schon jetzt bekümmerte es ihn, dass er Spätschichten schob und Jem früh ins Büro ging. Hatte er je zuvor in so praktischen, auf Dauerhaftigkeit ausgerichteten Kategorien über eine Beziehung nachgedacht, die aus einer einzigen Begegnung bestand?

Viggo verspätete sich. Luke räumte die Gläser aus der Spülmaschine und hoffte, dass er die Niederlage der vergangenen Nacht mit Anstand akzeptiert hatte. Wie oft hatte er schließlich selbst schon dasitzen und sich die Geschichten über Viggos Eroberungen anhören müssen? Aber als er schließlich eine halbe Stunde zu spät aufkreuzte, schmollte er nicht, sondern hopste herum wie Tigger.

»Ich werde Autor!«, krähte er und verpasste Luke einen regelrechten Kopfstoß. »Aminah will, dass ich ihre Bücher für sie schreibe!«

»Was!?« Luke wusste natürlich, wer Aminah war. Allerdings rechnete man nicht damit, ihren Namen in einem Satz mit dem Wort »Bücher« zu hören. Sie war ein Mädchen aus einem Problemviertel in Bradford, das sich seinen Ruhm durch eine Talentshow, eine ätzende Single auf Platz eins, ein Drogenproblem, ein Sexvideo, einen Entzug und eine Realityshow über ihr Comeback erworben hatte. Jetzt führte sie ein sauberes Leben mit Workout-DVDs und schrillem Designer-Luxus, wodurch sie für Luke sehr viel weniger interessant war. Glamour war in seinen Augen nichts Glanzvolles, sondern ein Makel. Viggo betete sie natürlich an und sie ihn. Luke hatte sie mal als »Kylie für Arme« bezeichnet. Das war herabsetzend gemeint, aber Viggo hatte den Ausdruck als Überschrift für ein Interview benutzt, und er war hängen geblieben. Aminah hatte ihn sogar als Titel für ihre Twitter-Biographie genommen. Auf dem Cover von *Coming Up* war sie dreimal gewesen – öfter als irgendjemand sonst.

»Ich weiß!«, rief Viggo. »Sie schreibt Memoiren und zwei Romane, und sie will *mich* als Ghostwriter für alle drei.«

Luke konnte sich nicht erinnern, dass Viggo jemals etwas Umfangreicheres geschrieben hätte als ein dreiseitiges Interview. Er war von einem kleinen Reporterneuling zum Feature-Redakteur aufgestiegen, aber während seiner gesamten Laufbahn bei *Coming Up* hatte er immer nur über Entertainment-Themen geschrieben.

»Du hast einen Verlagsvertrag über drei Bücher? Du!?«

»Sei nicht verbittert«, sagte Viggo vergnügt.

»Bin ich nicht.« Luke war so grün vor Neid, dass er kaum sprechen konnte. »Ich freue mich aufrichtig für dich. Es ist bloß … Ist das nicht ein bisschen … kommerziell? Willst du nicht abwarten, bis sich etwas mit mehr, sagen wir, Integrität ergibt?«

»Ich glaube, sogar du würdest deine literarische Integrität für fünfundzwanzig Riesen ins Klo spülen. Ich kann all meine Kreditkartenrechnungen bezahlen. Und es wird mir Spaß machen. Du weißt, wie sehr mich Trash auf einem gerade noch akzeptablen Niveau reizt.«

»Wie schön für dich. Dann hast du ja endlich dein Metier gefunden.«

Viggo schlug mit einem Küchentuch nach ihm. Luke starrte seinen Freund an und fragte sich, ob er immer schon heimlich von diesem brennenden literarischen Ehrgeiz erfüllt gewesen war. Er hatte nie erlebt, dass Viggo etwas gelesen hatte, das länger war als tausend Wörter. Tatsächlich sollte *er* derjenige sein, der den ersten Buchvertrag bekam, und … Er musste das Thema wechseln.

»Und du hast kein Problem wegen Jem?«

»Im Krieg und in der Liebe ist alles erlaubt«, sagte Viggo ohne jede Spitze. »Wie war's denn überhaupt?«

»Na ja. Gut. Anders. Intensiv.«

Die Geschichte von dem Tattoo lag ihm schon den ganzen Tag auf der Zunge, aber er brachte es nicht über sich, sie zu erzählen, nicht einmal Viggo. Es war, als liege seine Loyalität plötzlich seltsamerweise eindeutig bei Jem.

Es gab eine Bedingung: Wenn sie zusammenbleiben sollten, musste Luke mit dem Rauchen aufhören. Jem konnte den Geruch in seinem Haus nicht ausstehen, er ertrug den Gedanken nicht, dass Luke seinen schönen Körper vergiftete, und vor allem wollte er *ihn* schmecken und keinen Aschenbecher.

»Kein Problem«, sagte Luke. »Ich bin gut im Aufhören. Hab's schon oft getan.«

Anscheinend trat die Vereinbarung sofort in Kraft. Mit einer Fürsorglichkeit, die nur wenige gezeigt hätten, war Jem bereits in der Apotheke gewesen und hatte genug Nikotinpflaster geholt, um Luke über die erste Woche zu bringen.

Das Zwanzigtausend-Pfund-Gemälde hatte jetzt einen Ehrenplatz an der Wand, und die Bücherregale füllten sich langsam. Angefangen hatte es mit einer Paperback-Ausgabe von *Kaltblütig*, und jetzt brauchte Luke einen Autor nur noch beiläufig zu erwähnen, und Jem ging in der Mittagspause in die große Buchhandlung in der Nähe seines Büros und kaufte seine Bücher, sodass die wachsende Bibliothek sich zu einem Abbild von Lukes eigener entwickelte: Auden und Isherwood, Hollinghurst und Arnott (den Jem tatsächlich schon gelesen hatte), aber auch eine Handvoll Gangster-Memoiren und »True Crime«-Klassiker wie *The Profession of Violence* (das allerdings jungfräulich im Regal stehen blieb).

Jem und Viggo hatten nicht viel füreinander übrig. Jem war eifersüchtig auf Lukes und Viggos gemeinsame Vergangenheit, auch wenn Luke immer wieder beruhigend erklärte, dass die zehntägige Affäre, die sie zusammengeführt habe, das Uninteressanteste an ihrer Beziehung sei. »Wir sind jetzt eher wie Brüder«, versuchte er zu erläutern. »Wir haben beide keine Familie in Großbritannien, und deshalb betrachten wir uns gegenseitig als Ersatzfamilie. Er war für mich da, als es sonst niemand gab.« Aber Jem wollte nichts davon hören.

Die Atmosphäre daheim kühlte sich dementsprechend ab, zumal Viggos Buchvertrag den Reiz des Neuen bald verlor und ihm klar wurde, was für ein Arbeitsmarathon vor ihm lag. Als Luke erwähnte, dass Viggos expandierendes Ghostwriter-Imperium nach und nach die kleine Wohnung ausfüllte, hatte Jem ihm einen Schlüssel zum Penthouse gegeben und gesagt, er solle dort arbeiten, wann immer er Lust habe. Jem war entzückt von der Vorstellung, dass sein Heim dazu benutzt wurde, Kunst zu schaffen, während er im Büro war. Er habe das Gefühl, sagte er, dass sein Geld endlich einem guten Zweck zugeführt werde, und er gab Luke das Gefühl, als sei er derjenige, der ihm einen Gefallen tat, weil er das Apartment mit seiner Anwesenheit beglückte.

Luke hatte sich nie vorstellen können, mit jemandem wie Jem zusammen zu sein – er hatte nie an einen Partner aus der Unternehmenskultur gedacht, sondern immer an einen anderen Autor oder Künstler oder zumindest an jemanden, der etwas mit Medien zu tun hatte –, und jetzt war ihm klar, warum er es nie länger als ein paar Monate mit demselben Mann ausgehalten hatte. Wenn eine Beziehung eng sein sollte, gab es nicht genug Platz für zwei Leute, die einander glichen.

Es war Teil der Anziehung – Jems vollkommen rätselhafter Job, die Geheimlehre von Gewinn und Verlust, dieses Wissen, das jedem anderen verwehrt war, den Luke kannte. Nicht dass Jem Arbeit mit nach Hause brachte. Wenn er keinen Anzug trug, vergaß man, was er tagsüber tat. Er mochte auf die vierzig zugehen, aber sein Feuereifer erinnerte Luke daran, wie er selbst mit siebzehn gewesen war: außerstande, bei dem ersten Jungen, der sein Interesse erwiderte, cool zu bleiben. Jem schickte ihm unzählige SMS, er folgte ihm von einem Zimmer ins andere, spielte immer wieder denselben Song in Endlosschleife und zwang Luke, sich hinzusetzen und auf den Text zu achten. Gelegentlich redete er dummes Zeug. Dann staunte er über die seltsamen kosmischen Mächte, die ihn dazu getrieben hätten, an jenem Abend die Galerie zu besuchen, und sinnierte über Schicksal und Bestimmung – Konzepte, die Luke als schmerzhaft peinlich empfand.

»Ich kann nicht fassen, wie selbstsicher du bist, wie entspannt«, sagte er einmal. »Ich bin so froh, dass ich dich habe und dass du mir zeigst, wo es langgeht.«

»Es geht nirgends lang«, hatte Luke gefaucht. »Wir sind nicht bei den Freimaurern.« Er bemühte sich, über seine Verärgerung erhaben zu sein. Es war offenkundig eine natürliche Folge davon, dass Jem seine Neigung so lange verheimlicht hatte. Luke musste sich in Erinnerung rufen, dass *er* in Schwulenjahren der Erwachsene war.

Trotzdem legte er unversehens Verhaltensweisen an den Tag, die er von sich gar nicht kannte. Er hätte sich zu Tode geschämt, wenn seine Freunde die Nachrichten gesehen hätten, die er abschickte, wenn er sich tagsüber langweilte.

Darling Jem, komm zum Lunch nach Hause. ALI, Luke

ALI bedeutete »Alles Liebe Immer«. Das Akronym war einer dieser kleinen Geheimcodes, den Paare benutzten und bei denen man höhnisch das Gesicht verzog, wenn man sie zu Gesicht bekam, aber jetzt stellte Luke fest, dass diese Dinge sie miteinander verbanden.

Auch mit der Arbeit lief es gut. Er konnte nicht sagen, ob es an der friedlichen häuslichen Umgebung lag, am motivierenden Neid auf Viggos Verlagsvertrag oder an der Zuversicht, die Jem ihm einflößte, aber er war in den paar Wochen, seit sie einander kannten, mit seinem Buch weiter vorangekommen als in den sechs Monaten davor. Aus einer schriftlichen Korrespondenz mit Len Earnshaw waren Telefongespräche geworden, und zum ersten Mal hatten sie ein Treffen vereinbart.

Ihr Ein-Monats-Jubiläum verbrachten er und Jem im Penthouse, demonstrativ entspannt in Frotteemänteln nach einem ausgiebigen gemeinsamen Bad. Jem blickte von den Einrichtungsseiten der Zeitung auf, die er gerade las.

»Wie könnte man diese leere Wand unkonventionell gestalten?«, fragte er. »Ich brauche ein Gegengewicht für das Gemälde. Hier steht, Themenwände sind die Lösung.«

Er zeigte Luke die Zeitungsseite. Ein Zimmer war teilweise mit einer Tapete ausgekleidet, die aussah wie alte Bücherregale, in einem anderen war eine Wand mit Strahlenspiegeln bedeckt, und in einem dritten waren es lauter Kuckucksuhren. Alle sahen furchtbar aus, und Luke hielt sich zurück, denn er wusste, wenn er irgendetwas davon auch nur beiläufig guthieß, würde er es demnächst hier vorfinden.

»Es ist deine Wohnung«, sagte er.

»Und wenn es auch deine wäre?«

Das Blut schoss Luke in die Wangen.

»Erinnerst du dich an den Abend, als wir uns kennengelernt und gleich so erstaunlich gut verstanden haben? Und weißt du noch, was ich über Serena gesagt habe – dass ich sie geliebt, aber nichts *investiert* habe? Na, ich möchte etwas in dich investieren, Luke. Ich habe mich in dich verliebt. Es hat keinen Sinn, das zu leugnen. Ich weiß, du fühlst genauso. Du hast mir die Augen geöffnet, und ich erkenne jetzt, was mir gefehlt hat. Dass du in einer anständigen Wohnung lebst, ist das Mindeste, was ich für dich tun kann. Gib den Job in der Galerie auf, der uns die ganze Woche voneinander trennt, und arbeite nur noch als Autor. Ich habe mehr als genug Geld für uns beide.«

Natürlich sagte er ja, aber obwohl ihn bei dem Gedanken, unbegrenzten Zugang zu Jem zu haben, ein erregender Schauder ergriff, huschte plötzlich das Wort *Transaktion* durch seinen Kopf.

Es Viggo zu sagen würde kein Problem sein. Luke war sicher, er würde es kaum zur Kenntnis nehmen.

In der Maisonette saß er wie üblich im Lotossitz auf dem Sofa und balancierte seinen Laptop auf den Knien. Das Wohnzimmer war übersät mit Klatschzeitschriften und Bestseller-Romanen.

»Kannst du dir die Miete jetzt allein leisten? Jem hat mich gefragt, ob ich zu ihm ziehe.«

»Wow, das ging aber schnell«, sagte Viggo und zwinkerte. »Ja, mit der Miete komme ich zurecht. Das Geld von dir ist eigentlich nur noch ein Sahnehäubchen. Aber kannst du dir das leisten? Eine Hypothek auf so eine Bude kostet doch sicher zwei, drei Riesen im Monat. Da kannst du niemals mithalten.«

Lukes Stimme wurde zu einem Murmeln. »Er sagt, ich brauche nichts zu bezahlen, und er wird mir ein Taschengeld geben.«

Viggos Brauen verschwanden unter seinen Haaren. »Wie ein Freier«, sagte er. »Das macht dich zu was?«

»Ich weiß, wie es sich anhört, aber es ist eine fabelhafte Gelegenheit für mich, endlich etwas zu tun, das wirklich der Mühe wert ist.« Er hatte nicht sticheln wollen, jedenfalls nicht bewusst, aber Viggo deutete es so und rutschte entrüstet auf dem Sofa hin und her.

»Ich finde«, sagte er spröde, »du bist nicht mehr in der Position, in der du Predigten darüber halten kannst, dass jemand sich verkauft. Ich bin eine Nutte, weil dir meine Arbeit nicht gefällt, obwohl ich sechzehn Stunden am Tag arbeite. Aber du lebst mit jemandem nur für Geld zusammen, damit du dir aussuchen kannst, was du schreibst. Du kannst die Arbeit behandeln wie ein Hobby und glaubst immer noch, du hast mehr Integrität als ich?«

»Was ist los, Vig?« Luke war verblüfft. »Ich hatte gehofft, du freust dich für mich.«

»Das tue ich auch«, sagte Viggo, ohne von seinem Computer aufzublicken.

FÜNF

»Bist du sicher, dass es eine gute Idee ist?« Es war der Tag, an dem Luke sich zum ersten Mal mit Len Earnshaw treffen würde, und Jem trommelte schon den ganzen Morgen mit den Fingern. »Ich mache mir Sorgen um dich, wenn du jetzt losziehst und mit Verbrechern fraternisierst.«

»Herrgott noch mal, Jem. Das wird schon gut gehen.«

»Woher willst du das wissen?«

»Ich weiß es eben.« Luke sammelte Schlüssel und Brieftasche ein. »Es ist noch immer gut gegangen. Vertraust du mir?« Jem nickte, nahm Lukes Hand und drückte sie so fest, dass es wehtat. Um ihn zu beruhigen, erwiderte Luke den Druck. Dann zog er die Finger weg, die unangenehm brannten, und ging.

Aber Jems Besorgnis war ansteckend, und Luke ließ sich das Gespräch immer wieder durch den Kopf gehen, als er auf den Bus wartete. Undercover zu arbeiten war eine Sache; bei früheren journalistischen Aufträgen hatte Luke immer das Gefühl gehabt, weil er ein Stück weit abseits der Realität operierte, trenne ihn auch eine gleichermaßen isolierende Schicht von jedem Risiko. Dieses irrationale Gefühl der Unbesiegbarkeit war in der Vergangenheit außerdem durch die Anwesenheit eines Redakteurs gestützt worden, einer Person, die anrief und sich nach den Fortschritten erkundigte und die notfalls die Ressourcen der auftraggebenden Publikation mobilisieren konnte. Aber bei einem Buch war es anders. Er hatte nicht einmal einen Verlag im Hintergrund, und das bedeutete, er arbeitete zum ersten Mal ohne Sicherheitsnetz. Während der Busfahrt durch die Stadt versuchte er sich zu erinnern, ob er sich jemals durch einen Interviewpartner ernsthaft bedroht gefühlt hatte, und zu seiner Genugtuung fiel ihm nicht ein einziger Fall ein. Zuversicht trat an die Stelle der Bangigkeit, die Jem geweckt hatte, und Luke spürte, wie die beschützende Luftblase sich um ihn herum wieder bildete.

Der Len Earnshaw aus Fleisch und Blut war eine Enttäuschung. Fleisch zumindest umgab ihn in mächtigen überlappenden Rollen. Er verspeiste eine Packung Chips mit Scampi-Geschmack, und sein Kropf quoll über den Kragen seines Jogginganzugs. Als Luke ihn so sah, wurde ihm klar, dass er einen schnittigen Gangster im dreiteiligen Anzug erwartet hatte, eingehüllt in eine Wolke von Zigarettenrauch. Dabei durfte man im Pub längst nicht mehr rauchen, was zeigte, wie weit sich seine Phantasie von der Realität entfernt hatte.

Earnshaw kippte drei Pints Bitter, während Luke eins trank. Sollte er versuchen, sich seinem Tempo anzupassen, um seinen Respekt zu gewinnen? Schließlich hatte er das Treffen heruntergespielt und so getan, als gingen da nur zwei Kerle ein Bier trinken. Notizbuch und Telefon waren tief in seinen Taschen verborgen. Sollte Earnshaw etwas Wichtiges sagen, würde er es sich einfach merken müssen. Truman Capote hatte sich damit gebrüstet, vierundneunzig Prozent jedes Gesprächs, das er geführt hatte, im Gedächtnis behalten zu haben, und Luke trainierte, um das ebenfalls zu schaffen.

Dialogpassagen würden kein Problem sein. Earnshaw blieb einsilbig und weigerte sich, ein Gespräch über seine Vergangenheit auch nur zu beginnen, wenn nicht vorher

Geld über den Tisch ginge. Luke versuchte geduldig, ihm die Zwickmühle zu erklären, in der er sich befand. Er könne einen Vorschuss erst bekommen, wenn er sicher sei, dass Earnshaw kooperieren werde. In seiner Verzweiflung versprach er ihm die Hälfte dessen, was er herausholen könne. (Das war nicht so waghalsig wie noch vor ein paar Monaten. Dank der Unterstützung, die er von Jem bekam, war die finanzielle Motivation, dieses Buch zu schreiben, nicht mehr so drängend wie zuvor. Jem gab ihm ein großzügiges Taschengeld, aber er bestand nichtsdestoweniger darauf, alles zu bezahlen, von neuen Kleidern für Luke bis zu dem schnellen leichten Laptop, an dem er jetzt arbeitete, und der ziegenledernen Tasche, in der er ihn transportierte. Lukes Konto füllte sich zusehends, obwohl er nicht mal versuchte zu sparen.)

Jetzt verlegte er sich darauf, Tacheles mit Earnshaw zu reden. Er zeigte ihm sein Notizbuch mit den Ausschnitten, um zu demonstrieren, dass er die Vorarbeiten erledigt hatte, und erzählte ihm, aus welchem Winkel er das Buch angehen wollte. »Ich finde, die Unterwelt von Leeds ist weitgehend vernachlässigt worden«, sagte er. »Ihre Vergangenheit ist verbunden mit ein paar Gesichtern aus Manchester und Liverpool, von denen die Leute wohl gehört haben, und natürlich kannten Sie die Zwillinge. Die Leute sind immer versessen auf eine neue Verbindung zu den Zwillingen.« Am Ende kam es ihm so vor, als könne er in diesen toten Augen ein Funkeln erkennen, und als er ging, hatte er das Gefühl, er habe sein Anliegen vorangebracht.

Er wollte Jem anrufen und ihm erzählen, wie es gelaufen war, aber der war den ganzen Tag im Gespräch mit Kunden. Die Heimfahrt würde ihn an der alten Maisonette-Wohnung vorbeiführen, und so rief er Viggo an und fragte, ob er Lust auf eine Teepause habe. Er war erfreut, als Viggo sagte, er setze gleich das Wasser auf. Nach dem Telefonat war der Akku leer. Auch gut. Er würde rasch ein Tässchen Tee trinken und hätte immer noch Zeit, um in den Supermarkt zu gehen und etwas Schönes für heute Abend zu kaufen. Inzwischen hatte, er gelernt, nicht mehr Abendbrot, sondern Abendessen zu sagen.

Lukes altes Zimmer war jetzt ein richtiges Arbeitszimmer und das Wohnzimmer so ordentlich wie schon seit Jahren nicht mehr.

»Macht die Arbeit Spaß?«, fragte er.

»Mm-hm. Aminah ist ziemlich wartungsintensiv. Sie weiß nicht, was sie will. Ihre Geschichte verändert sich dauernd, und jedes Mal muss das ganze Ding von einem riesigen Team von Anwälten genehmigt werden. Und sie kennt ein paar grässliche Leute. Sie ist mit Drogendealern und Zuhältern aufgewachsen. Ich weiß nicht, was du an diesem ganzen Bandenkram so reizvoll findest. Mir jagt das eine Scheißangst ein. Aber genug von mir und meiner abwärtsgerichteten gesellschaftlichen Spirale. Wie geht's dem Liebestraum der mittleren Jahre?«

»Gut« , antwortete Luke. Irgendwie klang diese Frage wie ein Vorwurf.

»Warum kommt er nie raus? Warum kommst du nie mehr raus? Oder gehst du jetzt mit seinen Freunden aus?« Viggo machte ein entsetztes Gesicht und legte sich die gespreizte Hand auf die Brust. »Luke, triffst du dich etwa mit anderen Leuten?«

Luke lachte und schüttelte den Kopf, aber er wollte nicht daran erinnert werden, dass Jem anscheinend außer ihm nicht einen einzigen Freund hatte. Vermutlich führten seine alten Freunde immer noch ein gemütliches Hetero-Leben in Headingley und trösteten Serena. Er hatte das Thema nur ein einziges Mal erwähnt, und Jem hatte ihn angefahren: »Ich hatte eine beste Freundin, und ich lasse mich von ihr scheiden.« Die Stimmung hatte sich so abrupt geändert, dass Luke nie wieder davon angefangen hatte.

»Nein, meistens sind wir nur zu zweit. Wir bleiben zu Hause, trinken was, sehen uns Filme an.« Viggo verschränkte die Arme und starrte ihn ungläubig an. »Was denn? Ich bin *gern* zu Hause.«

»Klar, bist du. Wahrscheinlich hast du keine Lust auf ein schnelles Gläschen im Charmers?«

Einen Kebap in der Hand, torkelte Luke um ein Uhr früh auf der Penthouse-Etage aus dem Aufzug. Hoffentlich würde er daran denken, früh genug aufzustehen, um die Chilisauce im Lift aufzuwischen, der jetzt aussah wie in der Mordszene in *The Untouchables.* Der Schlüssel drehte sich lautlos im Schloss, und er zog die Schuhe aus und ging auf Zehenspitzen hinein.

Jem saß im Dunkeln auf dem Sofa. Das einzige Licht im Raum kam von seinem Telefon, das er in der Hand hielt, als habe er es wie besessen angestarrt.

»Ich hoffe, du hast einen guten Grund«, sagte er.

»Sorry, Baby, mein Akku war leer.« Vorsichtig legte Luke sein Kebap auf die Corian-Arbeitsplatte. »Weiter war nichts. Das Interview ist wirklich gut gelaufen, und *vielen* Dank, dass du fragst. Danach bin ich mit Viggo noch ein Glas trinken gegangen, um wieder runterzukommen, und …«

»Ein Glas, bis jetzt?«

»Es ist doch noch früh. Ich bin nie vor drei ins Bett gegangen, bevor ich zu dir gezogen bin.«

»Hast du ihn gefickt?«

Sein Gesicht war so ernst, dass Luke das Lachen im Hals stecken blieb.

»Oder sonst jemanden? Mit wem warst du zusammen?« Er beschnupperte Luke wie ein Tier. »Du stinkst. Du kannst unser Bett haben. Ich schlafe im Gästezimmer. Herrgott, verdammt. Du bist kein Teenager mehr, Luke, du bist jetzt mit mir zusammen.«

»Wie du meinst.« Verwirrt und wütend ging Luke ins Schlafzimmer und schlief dort voll bekleidet ein.

Am Morgen zwang er sich aufzustehen. Er war immer noch durcheinander und verkatert und roch nach Zwiebeln, und er wusste nicht genau, was passiert war. Nur eins war klar: Jem durfte erst ins Büro gehen, wenn die Sache geklärt war.

Sie baten einander um Verzeihung. Jem hatte überreagiert, Luke war unsensibel gewesen. Sie gestanden sich ein, dass sie ihren ersten Streit überstanden hatten, und nachdem Luke auf Jems Beharren geduscht und sich die Zähne geputzt hatte, liebten sie sich schnell und gierig und klammerten sich dabei aneinander wie zwei Ertrinkende.

»Es tut mir leid, dass ich so ein dummer, eifersüchtiger Idiot bin«, flüsterte Jem an Lukes Hals. »Aber ich will dich eben für mich allein haben. Ich liebe dich mehr, als gut für mich ist. Du wirst jemanden in deinem Alter kennenlernen, und ich sehe dich nicht wieder.«

»So funktioniert das nicht«, sagte Luke. Jem war ihm mehr als genug – manchmal war es ihm sogar zu viel. Wie konnte Luke ihm klarmachen, dass es nicht um die Freiheit ging, andere Männer zu treffen, sondern um die Freiheit, sich selbst wiederzuerkennen in seinen alten Freunden? »Ich will keinen anderen.«

Plötzlich drückte Jem ihn auf das Bett.

»Meinst du das ernst?«, fragte er. »Meinst du das wirklich ernst?«

Sein Griff wurde fester. Luke wollte sich herauswinden, und bei der Anstrengung brach ihm der Schweiß aus.

»Natürlich«, sagte er.

Jem ließ ihn los. Nachdem er zur Arbeit gegangen war, entdeckte Luke rote Fingerabdrücke auf seiner Haut und wurde nachdenklich. Er hatte seine ganze Kraft aufwenden müssen, um sich zu befreien, während Jem sich kaum angestrengt hatte.

SECHS

Ein leises *pling* meldete eine E-Mail von Maggie. Im Betreff stand SCHLECHTE NEUIGKEITEN, und sie enthielt den Link zu einer Story im Buchhandelsblatt. Len Earnshaw hatte die Rechte an seinen Memoiren für einen Betrag »im oberen fünfstelligen Bereich« verkauft, und er würde sie ohne die Hilfe eines Ghostwriters schreiben. Der Kommentar des hocherfreuten Verlags war eine beinahe wortwörtliche Wiedergabe dessen, was Luke in dem Gespräch mit Earnshaw vorgeschlagen hatte.

»Du Drecksack«, sagte Luke zu seinem Computer. »Ich hab dich gefunden. Du warst meine Idee. Das ist mein Buch.« Er war wütend auf Earnshaw, weil der ihn betrogen hatte, aber noch wütender war er auf sich selbst. Er war ein Idiot, weil es ihn überraschte, dass ein Mann wie Earnshaw, der seine eigenen Freunde ins Gefängnis hatte wandern lassen, einen jungen Autor übers Ohr haute, dem er nur einmal begegnet war.

Den Rest der Mail las er noch ein Dutzend Mal. Maggie meinte, es sei ausgeschlossen, eine nicht autorisierte Biographie zu schreiben, aber sie sei zuversichtlich, dass Luke ein anderes Thema finden werde. Er müsse allerdings sicherstellen, dass es eine Exklusivstory mit einer überzeugenden Perspektive sei. Sie hoffe, bald von ihm zu hören, schrieb sie zum Schluss. Wenigstens hatte sie ihn nicht fallen lassen. Sie hatte ihn nach dem zweiten Stonewall Award unter Vertrag genommen, und er hatte ihr noch nicht eine einzige Buchseite gezeigt. Ihre Geduld war sicher nicht grenzenlos.

Um sieben kam Jem zur Tür herein und fand Luke mit einem Bier in der Hand auf dem Balkon, und er wusste sofort, dass etwas nicht in Ordnung war.

»Darling, was ist passiert?« Er ließ seine Tasche fallen und sank vor Luke auf die Knie. Er war wieder der alte Jem – nicht eifersüchtig oder kontrollierend, sondern besorgt.

»Der Drecksack Earnshaw hat einen Buchvertrag ohne mich gemacht«, erzählte Luke. »Er hat unsere Vereinbarung nicht eingehalten. Die ganze Arbeit, die Telefonate, die vielen Stunden – alles umsonst.« Er hatte befürchtet, Jem könnte schlecht über ihn denken, weil er alles verpatzt, weil er seine Begabung und eine Menge Geld verschwendet hatte. Aber Jem tadelte ihn nicht, sondern tat genau das Richtige: Er nahm ihn in die Arme und sagte eine Zeitlang gar nichts, sondern fuhr nur mit seinen Fingern durch Lukes Korkenzieherlocken.

»Warte hier«, sagte er, als Luke endlich bereit war, ihn loszulassen. »Ich brauche zwei Minuten. Wir ziehen uns um, und dann lade ich dich zum Essen ein.«

Sie standen vor dem gemeinsamen Kleiderschrank. Jems graue Büroanzüge bildeten eine geduldige Schlange hinter seinen anderen Sachen aus Leinen, Kaschmir und Seide. Lukes Teil der Kleiderstange bog sich unter teuren Jeans- und Ledersachen, aber Jem bugsierte ihn zu dem maßgeschneiderten Anzug, den er noch nie getragen hatte.

Mit einem Minicab verließen sie Leeds und fuhren hinaus über das langsam dunkel werdende violette Moorland zu einem Restaurant in Ilkley, das einen Michelin-Stern hatte. Jem bezahlte den Fahrer dafür, dass er am Straßenrand wartete. Der Oberkellner kannte ihn und erkundigte sich nach Serena. Jems Gesicht verfinsterte sich, als er ihm sagte, dass sie nicht mehr zusammen waren. Luke wartete auf weitere Erklärungen, darauf, dass Jem seine Hand nahm, um die neue Situation deutlich zu machen, aber da kam nichts. Luke war von seinen eigenen Problemen nicht so sehr in Anspruch genommen, dass er die Kränkung nicht zur Kenntnis nahm, aber leise Besorgnis flackerte auf, weil es ihm nichts mehr ausmachte.

Als sie am Tisch saßen, ermunterte Jem ihn, die teuersten Gerichte auf der Karte zu bestellen. Es stimmte, dachte Luke, als er massives Silber mit Sägeschliff durch ein zehn Tage gereiftes Steak zog, dass Geld alles leichter machen *konnte*. Es war unerträglich, sich vorzustellen, um wie viel schlimmer dieser Schlag gewesen wäre, wenn er noch knapp bei Kasse in der Galerie gearbeitet hätte. Jem sorgte dafür, dass der Wein floss, während Luke immer wieder die E-Mail referierte, sein eigenes Verhalten analysierte und darüber spekulierte, was das alles für seine Beziehung zu Maggie und seine Karriere bedeutete. Grenzenlos geduldig hörte Jem ihm zu und sagte schließlich zu seiner Verblüffung: »Tja, wahrscheinlich ist es am besten so.«

Luke hörte auf zu kauen. Er war nicht sicher, ob er richtig gehört hatte.

»Wie meinst du das, am besten? Ich habe fast ein Jahr dafür gearbeitet.« Er hatte das Gefühl, etwas in ihm faltete sich schnell und immer weiter zusammen und wurde jedes Mal undurchdringlicher.

»Vielleicht ist das nicht die Story, die du schreiben sollst.« Jem bemühte sich um einen beiläufigen Ton, aber sie kannten einander inzwischen zu gut, um sich gegenseitig etwas vormachen zu können. Luke sah an der Art und Weise, wie er das Weinglas hob und in großen Schlucken daraus trank, dass er ihm das schon lange hatte sagen wollen. »Vielleicht solltest du etwas ins Auge fassen, das ein bisschen mehr … etwas weniger …« Sein Blick wanderte nervös durch das Restaurant.

»Was?« Luke ließ das Messer sinken. Blut klebte an der Klinge.

»Na schön, also … etwas, das weniger billig ist«, sagte Jem und sah Luke wieder in die Augen. »Ich meine, diese ganze Geschichte mit dem organisierten Verbrechen. Das ist doch eher Boulevard, oder? Warum verwendest du deine Begabung nicht auf etwas, das der Mühe wert ist? Es muss doch Dutzende von interessanten Männern und Frauen geben, Leute, die etwas Großes bewerkstelligt und eine erstaunliche Geschichte zu erzählen haben. Möchtest du denn nicht etwas Verdienstvolleres tun? Etwas Prestigeträchtiges?«

Luke warf seine Serviette auf den Tisch. »Mein Gott, Jem. Ich wusste, du bist verklemmt, aber ich hab ehrlich nicht gedacht, dass du auch noch ein Snob bist.«

»Hör mal, ich bezahle das alles mit meinem Geld. Findest du nicht, dass ich dann auch ein Wörtchen mitzureden habe?«

Sein Gesichtsausdruck war unverschämt. Nein, schlimmer noch – Jem war selbstgerecht. Er ahnte nicht, wie viel er soeben vermasselt hatte. Lukes voller Bauch fühlte sich plötzlich hohl an, als ihm klar wurde, dass der Mensch, von dem er geglaubt hatte, er kenne ihn besser als jeder andere auf der Welt, ihn niemals verstanden hatte.

Der Rest ihres Essens blieb unberührt, und die Minicab-Fahrt nach Hause verlief schweigend. Luke rückte von Jem auf dem Rücksitz so weit wie möglich ab.

Er war froh, als Jem ohne ihn einschlief. Hätte er einen Annäherungsversuch unternommen, wäre etwas bisher Undenkbares passiert: Luke wäre vor seiner Berührung zurückgezuckt.

In den folgenden Tagen senkte die alte Dunkelheit sich wieder herab. Luke schrieb kein einziges Wort, erst tage-, dann wochenlang nicht. Jetzt, da er keine Arbeit hatte, musste er notgedrungen erkennen, wie stark er sich damit identifizierte. Interessant oder lohnend war es immer dann gewesen, wenn er versucht hatte, an eine Story zu kommen. Ohne ein Projekt, das er verfolgen konnte, hatte er nichts zu bieten. Er *war* nichts. Und ohne einen Fokus konnte er sich nicht dazu aufraffen, sich etwas Neues zu suchen, worüber er schreiben könnte. Es war ein Teufelskreis, der sich um ihn herum zusammenzog wie eine Aderpresse.

Um ihn zu inspirieren, brachte Jem Bücher über große Männer mit nach Hause. Von Ingenieuren bis zu Wahlrechtsreformatoren war alles dabei, aber Luke konnte mit keinem etwas anfangen. Selbst wenn Jem recht hatte und er sich billig verkaufte, und selbst wenn Maggie recht hatte und diese alten Fälle aus den Sechzigern totgeritten worden waren – worüber sollte er sonst schreiben? Wenn er allein zu Hause war, las er zwanghaft immer wieder in seinen Aufzeichnungen und fragte sich, wie Earnshaw mit seinem Buch vorankam, und er hoffte, der Lektor, der das Buch eingekauft hatte, möge sich mit diesem sturen alten Mistkerl höllisch herumplagen, sodass sie schließlich doch noch einen Ghostwriter engagieren müssten, und zwar zu einem sündhaften Honorar.

»Du bist eine beschissene Hausfrau«, sagte Jem, als er wieder einmal nach Hause kam und Luke noch in seiner Jogginghose am Tisch saß und seine Unterlagen vor sich ausgebreitet hatte. Luke blickte auf; am Tonfall konnte er nicht erkennen, ob Jem es mit einem Augenzwinkern oder einem

Stirnrunzeln gesagt hatte. Aber sein Gesicht war völlig neutral, wie so oft in letzter Zeit. »Keine Sorge, ich bestelle uns was.« Er rief den japanischen Bringdienst an, ohne Luke zu fragen, ob er Lust darauf hatte. Das Essen kostete zweiundvierzig Pfund, und als sie den Deckel abnahmen, waren da nichts als ein paar Scheiben Fisch auf Reis und vier Flaschen kaltes Asahi-Bier. Jem ließ das Wechselgeld in einem Stapel auf dem Sideboard liegen. Sein Umgang mit Bargeld war schrecklich; er verstreute es in der Wohnung, als gebe es einen unerschöpflichen Vorrat davon. Als er es zwei Tage später immer noch nicht angerührt hatte, steckte Luke es ein. Er hatte Herzklopfen dabei und sagte sich, er stehle das Geld ja nicht, sondern achte nur darauf, dass es nicht einfach nur nutzlos herumliege.

Der Gedanke an einen Notgroschen schlich sich in seinen Kopf. Aber nicht einmal sich selbst gegenüber benutzte er das Wort *Flucht*.

»Ich dachte mir, vielleicht gehe ich heute Abend weg«, kündigte Luke vorsichtig an. »Es ist zwei Jahre her, dass die Zeitschrift eingestellt wurde. Ein paar von uns wollen sich treffen – erzählen, was seitdem gelaufen ist, und über die Branche meckern.«

Es war Mitte September, und er hatte schon im August angefangen, dafür den Boden vorzubereiten. Er war brav gewesen und zu Hause geblieben, hatte nicht geraucht und sich mit Viggo nur zum Lunch getroffen, wenn keine Gefahr bestand, dass Jem davon erfahren würde. Offensichtlich hatte es nichts genutzt.

»Wer heißt ein paar von uns? Hauptsächlich Männer? Hauptsächlich gay?«

»Na ja, Charlene ist gay, aber sie ist natürlich eine Frau,

und Alexa kommt aus London herauf, und sie ist hetero. Jetzt komm schon, Jem. Das ist doch kein Problem.«

»Luke, bring mich nicht in diese Lage. Wenn du heute Abend weggehst, macht mir das wirklich etwas aus.«

»Willst du mir etwa verbieten wegzugehen?«

»Ich bitte dich, bei mir zu bleiben. Das ist was anderes. Wir laden einen Film herunter, bestellen was zu essen. Gehen früh ins Bett? Wir waren schon lange nicht mehr zusammen.« Er griff Luke zwischen die Beine, und Luke spürte, dass er zurückwich. Jems Gesicht wurde um eine Idee dunkler. »Es wird dir gefallen, wenn du dich erst mal entspannt hast. Ich lasse uns ein Bad ein, okay?«

»Okay, okay«, sagte Luke, aber sein versöhnlicher Ton stand im krassen Gegensatz zu der Panik, die ihm in die Kehle stieg.

»Braver Junge«, sagte Jem, als rede er mit einem Kind oder einem Hund, und verschwand im Badezimmer. Es duftete nach Acqua di Parma, und Luke durchwühlte sein Gehirn nach irgendeiner Ausrede, aber in letzter Zeit hatte er allzu regelmäßig Übelkeit und Erschöpfung vorgeschützt, und sein Vorrat war aufgebraucht.

Die wahre Versuchung kam von der glitzernden Stadt dort unten, und er hatte die Schuhe angezogen, bevor ihm klar war, was er tat. Das Rauschen der weit aufgedrehten Wasserhähne übertönte jedes andere Geräusch, als er das Apartment verließ. Auf der Fahrt nach unten zögerte er noch einmal, denn plötzlich sah er sein abruptes Verschwinden mit Jems Augen: feige und grausam. Noch hatte er Zeit umzukehren. Aber als die Türen sich öffneten und er auf das Dock hinaustrat, traf ihn die schwindelerregende Luft der Freiheit, und er sagte sich, dieser Rausch sei es wert, dass er in Teufels Küche käme. Und wer weiß, vielleicht würde es sogar wie ein Weckruf wirken. Worte drangen zu Jem nicht durch, aber eine drastische Aktion würde ihn vielleicht so sehr schocken, dass er begriff, was mit ihnen passierte.

Weit musste er nicht gehen. Die anderen waren in einer neuen Bar an einer alten Kaianlage, wo Viggo einen separaten Raum mit Blick auf den River Aire besorgt hatte. Und sie durften auf dem Balkon rauchen. Sie schauten hinunter auf die Crown Bridge, deren rotgoldener Anstrich sich im Licht der sinkenden Abendsonne im kräuselnden Wasser wie flüssige Lava spiegelte.

Sie waren nur fünfzehn Leute, aber es fühlte sich an wie eine dreimal so große Party. Charlene trank ausnahmsweise zum Vergnügen und nicht, um zu vergessen. Sie lachten Tränen, als Viggo ihnen Geschichten aus seinem neuen Leben als einer von Aminahs geflügelten Affen erzählte. Die einzige wirklich erfolgreiche *Coming Up*-Veteranin, die außergewöhnliche Alexa, berichtete von ihren Kontakten und ihrem Spesenkonto und den Beförderungen, die ihr immer wieder in den Schoß fielen. Luke hätte wegen ihrer Kariere neidisch auf sie sein müssen. Es war noch nicht so lange her, dass sie ihm morgens den Kaffee gebracht hatte, und jetzt leitete sie die Feature-Redaktion bei einem der Boulevardblätter, die Jem so sehr verachtete. Aber Alexa war talentiert und hatte es verdient. Lukes Abend war vollends gerettet, als sie ihm betrunken anvertraute, sie verdanke ihm ihre ganze Karriere, und ihn anflehte, ihr doch ein paar Ideen vorzutragen. Es sei ja schrecklich schade, dass er aufgehört habe, große, wichtige Artikel zu schreiben. Alexa glaubte anscheinend nicht, dass es schwierig sein würde, seinen Namen wieder in die Zeitung zu bringen. Wenn sie von seinem Sündenfall gehört hatte – und natürlich hatte sie davon gehört, jeder hatte das –, so war sie so freundlich, es nicht zu erwähnen.

Luke war klar, dass es am Ende dieses Abends Krach mit Jem geben würde. Wenn schon, denn schon, dachte er, warf eine halbe Ecstasy ein und rauchte mehr Zigaretten, als er zählen konnte. Der Morgen dämmerte, als er am Kai einbog. Mit benebeltem Blick sah er, dass jemand in ihrem Block eine Party gab, und er fragte sich, ob sie ihn dort wohl hereinlassen würden. Sie hatten diese chinesischen Laternen aufsteigen lassen – Papierkugeln, die in der Luft schweben, wenn man ein Teelicht hineinstellt, und irgendwann in Flammen aufgehen. Das war jedenfalls sein erster Gedanke, aber dann begriff er, dass er sich geirrt hatte. Chinesische Laternen schwebten sanft nach oben, aber diese Feuerbälle sanken langsam zu Boden oder fielen ins Wasser, wo sie mit leisem Zischen erloschen.

Luke schaute genauer hin und sah, wo die Fackeln herkamen. Plötzlich war er nüchtern und fing an zu laufen. Als er an den Lastkähnen vorbeikam, wehte eine gekräuselte, flammenumkränzte Druckseite an seiner Nase vorbei. Er blickte zum Balkon hinauf und sah, wie der nächste kleine Feuervogel im Sturzflug auf ihn zukam. Sein Notizbuch landete vor seinen Füßen. Der Einband rollte sich zusammen und offenbarte Len Earnshaws langsam verkohlende Augen.

Der Scheißkerl hatte seine Bücher angezündet.

SIEBEN

Am folgenden Abend kam Jem mit dem Taxi vom Büro nach Hause. Luke beobachtete vom Balkon aus, wie der Fahrer ihm half, drei große Kisten in den Aufzug zu tragen. Er taumelte unter ihrem Gewicht, als er in die Wohnung kam, und stellte sie in einer Reihe vor Luke auf den Boden.

»Für dich«, sagte er und machte eine weit ausholende Geste, als könne er damit ein bisschen von der Anspannung vertreiben, die den Raum erfüllte. Ein sprödes Lachen, offenkundig dazu gedacht, den Druck zu mildern, verriet nur die Nervosität hinter der Großspurigkeit.

Schweigend öffnete Luke die ersten beiden Kisten. Jem hatte es irgendwie geschafft, fast alle Bücher zu ersetzen, die er in der Nacht zuvor verbrannt hatte. Er musste den ganzen Tag darauf verwandt haben. Vielleicht hatte seine Sekretärin die Bestellungen aufgegeben und die Kuriere beauftragt, aber Jem musste die Liste zusammengestellt haben. Es war das Eingeständnis, dass er sich noch mehr danebenbenommen hatte, aber das Gefühl der moralischen Überlegenheit war nicht so wohltuend, wie Luke es erwartet hätte.

Jem kaute an seinem Daumennagel und wartete – worauf? Dass er sich bedankte? Was Luke anging, so sollte er sich ruhig den Daumen abkauen. Zwar waren es dieselben Bücher, aber diese hier waren druckfrisch, manche hatten andere, unvertraute Cover, und allen fehlten seine Seitenmarkierungen und Randbemerkungen. Das leere Notizbuch, identisch mit dem unersetzlichen verbrannten Buch, war eine Beleidigung. Eher um seinen Zorn weiter anzufachen, öffnete Luke die dritte Kiste und erstarrte.

Das oberste Buch war eine Hardcover-Ausgabe von *Kaltblütig*. Es war in durchsichtige Plastikfolie eingeschweißt, und der Aufkleber eines Fachhändlers für seltene Bücher gab an, es handele sich um eine vom Autor signierte Erstausgabe. Luke nahm es in die Hand und versuchte zu verhindern, dass seine Ehrfurcht sich in Dankbarkeit verwandelte. Es kam nicht in Frage, dass Jem sich hier freikaufte.

»Mach es auf«, sagte Jem. Luke tat es, und fast wäre er ins Taumeln geraten, als er sah, dass das Buch ausgehöhlt worden war. Die gedruckten Worte waren herausgeschnitten worden, sodass die Seiten eine flache Schatulle bildeten. Der Vandalismus verschlug Luke den Atem, doch schon befiel ihn abermals blankes Entsetzen. In der Aushöhlung lag ein Etui von Cartier. »Mach es auf«, wiederholte Jem, und seine Stimme zitterte so sehr, dass es eher wie ein Flehen als wie ein Befehl klang, aber Luke brachte es nicht über sich, das Etui zu berühren. Sein Inhalt, zweifellos dazu gedacht, sie wieder zusammenzubringen, würde die Kluft zwischen ihnen endgültig besiegeln. Dieser unbehagliche Zustand des Verleugnens war immer noch besser als das, was darauf folgen musste. Er schüttelte den Kopf. Jem akzeptierte die Weigerung nicht und öffnete das Etui selbst. Ein Platinring glänzte auf plüschigem Samt. Luke hielt sich die Hand vor die Augen. Als er zwischen den Fingern hindurchblinzelte, war Jem vor ihm auf ein Knie gesunken. Mit seinem schönen Gesicht blickte er ihn offenherzig an, und Luke fühlte sich abgestoßen von der Verletzlichkeit und dem Eifer, die darin lagen.

»Luke Considine«, sagte er, »ich kann nicht beschreiben, wie leid es mir tut, dass ich so ein eifersüchtiger Idiot gewesen bin. Ich kann es nur mit dem Zauber erklären, den du auf mich ausübst. Ich weiß, dass er auch eine dunkle Seite hat, aber wenn es mich manchmal verletzt, ist mir das egal, denn du bist es wert. Ich akzeptiere das.« Er küsste Lukes Fingerknöchel. Etwas Kaltes, das Gegenteil von Verlangen, durchströmte Luke. »Du hast mich glücklicher und lebendiger gemacht, als ich es jemals für möglich gehalten hätte. So will ich mich den Rest meines Lebens fühlen …«

Oh Scheiße, nein. Nicht das.

»Darling Luke«, sagte Jem. »Willst du mich heiraten?«

Oh Scheiße, ja. Das.

»Wie kannst du mir nach gestern Nacht diese Frage stellen?«, sagte Luke. Er klappte das Buch zu und gab es zurück. Jem stand auf und taumelte rückwärts, als würde er unbeholfen einen Kosakentanz vollführen. Luke hatte sich nie für den Typ gehalten, der anderen das Herz bricht, aber jetzt stand er da und sah zu, wie Jems Lächeln zu zittern begann und verrutschte. Es machte ihn wütend, dass Jem ihn in diese Lage brachte, ihn in diese Person verwandelte.

»Sag nicht nein«, bat Jem. »Bitte sag nicht nein. Auch wenn du noch nicht bereit bist, sag nicht nein. Sag gar nichts. Das Angebot bleibt bestehen. Für den Rest meines Lebens.«

Eine innere Stimme drängte Luke, sein Nein in ein Niemals zu verwandeln, um jeden Rest von Mehrdeutigkeit zu tilgen. Tu es jetzt. Es ist brutal, aber eindeutig. Aber kein Wort kam über seine Lippen.

Jem packte ihn fest beim Handgelenk – er hatte ganz vergessen, wie groß der Kräfteunterschied zwischen ihnen war –, und Luke ließ sich ins Schlafzimmer führen, wo Angst und Schuldbewusstsein wie Hände seinen Rücken umklammerten und ihn mit dem Gesicht nach unten in die Kissen drückten. Er atmete durch die Bettwäsche und sagte sich, er lasse sich von Jem ficken, weil er wisse, dass es das letzte Mal sein würde, und nicht einmal sich selbst gegenüber gestand er die eiskalte Realität ein: Er vertraute nicht darauf, dass seine Weigerung akzeptiert werden würde.

Als er sicher war, dass Jem tief und fest schlief, startete Luke zum zweiten Mal in vierundzwanzig Stunden eine Nacht-und-Nebel-Aktion. Diesmal nahm er mehr als nur Schlüssel und Brieftasche mit. Er räumte seine Hälfte des Kleiderschranks aus und schleifte den Koffer ins Wohnzimmer, bevor er den geräuschvollen Reißverschluss zuzog. Er stopfte genug Kleidungsstücke für eine Woche in seinen Rucksack und schob Laptop, Telefon und diverse Ladegeräte und Netzteile in seine Aktentasche. Nach einigem Zögern packte er auch seine beiden Preise ein – schwer, aber unersetzlich, eine allzu wichtige Erinnerung an das, was er wieder werden könnte. Minutenlang schwebte seine Hand über dem Cartier-Etui. Als er es in die Tasche steckte, war es, als würge er verdorbenes Essen herunter. Auf dem Sideboard lag eine Handvoll Zwanziger. Luke verbannte das Bild eines am Boden liegenden Mannes, dem er ins Gesicht trat, aus seinen Gedanken, als er das Geld einsteckte.

Mit einem der Scheine bezahlte er das Taxi zu seiner alten Wohnung. Zu seiner Erleichterung versuchte der Fahrer nicht, ein Gespräch anzufangen. Auf dem Rücksitz war es dunkel und abgeschieden genug, um lautlos zu weinen. Ein einziger Ton kam aus seiner Kehle. Es klang wie das Jaulen eines Katers und überraschte sie beide, und der Wagen geriet kurz ins Schleudern.

Viggo öffnete die Tür, als wäre es nichts Besonderes, dass weit nach Mitternacht plötzlich Besuch aufkreuzte. Er goss Rotwein in zwei Kaffeebecher und hörte wortlos zu, als Luke ihm alles erzählte.

»Willst du wieder hier einziehen?«, war seine erste Frage, und Luke liebte ihn dafür, dass er sie stellte, ohne die leiseste Andeutung eines »Ich hab's doch gesagt« durchklingen zu lassen.

»Danke, aber ich kann nicht in Leeds bleiben. Seit es das Heft nicht mehr gibt, war es hauptsächlich das Buch, das mich im Norden gehalten hat, und nachdem das jetzt in die Binsen gegangen ist …«

»Wo willst du denn hin? Nach London?«

»Ich weiß es nicht. Ich glaube, ich brauche etwas zwischen ihm und mir, das so *groß* ist wie London«, sagte Luke. »Ich werde wohl für eine Weile zu Charlene nach Brighton gehen. Ich rufe sie gleich morgen früh an. Ich glaube, da unten kann ich atmen.« In Brighton würde er wahrscheinlich in Sicherheit sein. Er erinnerte sich an Jems einzige Begegnung mit Charlene, an jenen ersten Abend im Charmers. Er war sicher, dass sie nur »unten im Süden« gesagt hatten, ohne den Ortsnamen zu erwähnen, und Jem hatte sich seitdem nicht für sie interessiert. Weiblich und arm, bedeutete sie ihm nichts. Sie weckte weder sexuelle Eifersucht noch gesellschaftliches Interesse.

»Wann willst du fahren?«

»Morgen, wenn es Char recht ist. Kann ich meinen Koffer vorläufig hierlassen? Ich kann keine einzige Nacht mehr hier in Leeds verbringen. Fuck, ich will nur weg von ihm. Und er weiß es zwar nicht, aber er muss auch für eine Weile weg von mir.«

ACHT

Die Anrufe begannen am Morgen um zehn vor sechs. Um sechs hatte Luke sein Telefon stummgeschaltet. Um halb zehn, als er in den Zug stieg, verzeichnete er zweiunddreißig entgangene Anrufe, ebenso viele Voicemail-Nachrichten und siebzehn SMS. Er las nur die ersten zwei.

Wo bist du? Das ist äußerst kindisch, Luke.

Ich habe gesagt, es tut mir leid, ich habe dir einen Ring gekauft, was willst du noch?

In Doncaster war die Zahl der unbeantworteten Anrufe auf zweiundachtzig gestiegen. Lukes Geduld und sein Akku waren fast erschöpft, und schließlich schaltete er das Handy ab und erst wieder ein, als er im Bahnhof in Brighton ankam.

In der Halle kündigte eine Reklametafel der Lokalzeitung *Argus* einen kurzen Indianersommer, eine Mini-Hitzewelle, an, bevor der Herbst endgültig einsetzte. Eine Möwe schoss mit weit aufgerissenem gelbem Schnabel auf Luke herab, als wollte sie ihn fressen, und er drückte sich an einen Laternenmast. Sein erschöpftes Herz hämmerte in der Brust. Schluss mit dem Kaffee, zumindest bis er mit Charlene gesprochen hätte. Er gab die Postleitzahl, die sie ihm genannt hatte, in die Navi-App seines Telefons ein. Ihr Büro war anscheinend eine gute halbe Stunde weit entfernt, und der Rucksack wurde allmählich schwer, aber irgendwann während der Zugfahrt hatte er sich damit arrangiert, dass er wieder zu den Armen gehörte, und so ging er an der Reihe der weiß-türkisfarbenen Taxis unter dem verschnörkelten Eisenvordach des Bahnhofs vorbei.

Er hielt sich treu an den Weg, den die Navi-Karte ihm zeigte. Von Bildern kannte er Brighton nur als Regency-Paradies, aber auch wenn er durch ein paar cremeweiße Reihenhaussiedlungen kam, führte ihn die Route doch hauptsächlich vorbei an hässlichen Geschäftszeilen und hohen Büroblocks aus den Sechzigern. Das Meer konnte er weder riechen noch sehen, aber er spürte es wie das Gefühl der Möglichkeiten, das sich mit der Nähe der offenen See verband. Er hatte gehört, die Stadt habe ihren Namen von der reinen Beschaffenheit des Lichts hier unten, und tatsächlich wirkte alles klarer und sauberer, als er es seit langem gesehen hatte.

Der bewegliche blaue Punkt auf der Karte hatte das kleine rote Fähnchen, das sein Ziel markierte, fast erreicht. Er kam an einer Discount-Buchhandlung vorbei, an einem Wohltätigkeitsladen, einer Anwaltskanzlei, und an der Ecke, wo schmale Straßen zu einer verknäulten Kreuzung zusammentrafen, fand er, was er suchte.

Auf dem Schild stand »Jocelyn Grand Properties« in verblichenen Goldbuchstaben. Darunter las er: »Vermietungsagentur«. Es sah anders aus als die Immobilienfirma in Jems Nachbarschaft, die mit Kühlschränken voller Getränke, TV-Bildschirmen und farbenfrohen Sofas die Kundschaft anlockte. Durch das große Schaufenster sah er ein halbes Dutzend Leute, die an Schreibtischen saßen, telefonierten oder junge Paare berieten. Er drückte die Nase an die Scheibe und entdeckte Charlene. Sie hatte ein Telefon zwischen

Ohr und Schulter geklemmt, und als er eintrat, zwinkerte sie ihm zu und ahmte mit einer Handbewegung einen quakenden Entenschnabel nach, um zu zeigen, dass sie in ein Gespräch verwickelt war.

Luke warf noch einmal einen Blick auf sein Telefon. Die Anrufe hatten zumindest vorläufig aufgehört, aber die SMS-Nachrichten kamen immer noch. Offensichtlich ahnte Jem nicht, dass Luke nicht mehr in Leeds war.

Bitte komm nach Hause. Ich habe mir heute freigenommen. Ich warte zu Hause auf dich.

Ich wette, du bist bei IHM, nicht wahr?

Entschuldige, ich habe das mit Viggo nicht so gemeint. Ich will nur, dass du nach Hause kommst.

Luke schaltete das Telefon aus, aber trotzdem fühlte er es wie elektrisch aufgeladen von Jems Kränkung, Zorn und Sorge schwer in seiner Tasche.

Er sah sich um. Die Wand hinter Charlene war mit fünf Meter breiten Stadtplänen tapeziert. Sie reichten von Lewes im Osten bis Portslade im Westen. Die konturlose Küste im Süden wurde nur durch zwei ins Meer hinausragende Seebrücken unterbrochen. Es waren keine gewöhnlichen Straßenkarten, sondern hochdetaillierte Katasterpläne, auf denen jedes Gebäude einzeln dargestellt war. Nur die Namen der Hauptstraßen waren leicht zu lesen. Die der Nebenstraßen drängten sich aneinander wie die Sardinen. Hier und da waren Gebäude mit pinkfarbenem Marker hervorgehoben. An manchen Stellen, in der Gegend von Whitehawk, waren es ganze Straßenzüge. Gehörten diese Immobilien der Firma? Würde eins dieser rosaroten Vierecke sein neues Zuhause werden? Welches waren die angesagten Gegenden, und wo waren die Ghettos? Charlene hatte gesagt, es komme nicht in Frage, dass Luke bei ihr einzog, aber sie werde ihm die billigste Wohnung besorgen, die sie finden könne. Tatsächlich hatte sie das Wort »Dachkammer« benutzt und hinzugefügt: »In der Not frisst der Teufel eben Fliegen.«

Endlich legte sie das Telefon aus der Hand, sprang um den Schreibtisch herum und umarmte ihn. Luke war so schockiert, sie im Rock zu sehen, dass er ein paar Sekunden brauchte, um die Umarmung zu erwidern.

»Hey, du«, sagte sie, »wie geht's dir?«

»Ach, weißt du …« Luke brach ab, denn er befürchtete, seine Stimme könnte zittern.

»Möchtest du einen Tee? Oder Kaffee?« Er nickte, und sie führte ihn zu einer kleinen Küche im hinteren Teil des Büros. Während das Wasser heiß wurde, musterte Charlene ihn von oben bis unten, und erst jetzt bemerkte sie sein spärliches Gepäck. »Wo sind deine ganzen Sachen?«

»Viggo schickt sie mir her, wenn ich eine Adresse habe.«

»Ja, natürlich. Tut mir leid, dass es mit Jem schiefgegangen ist.«

»Danke, Char. Hey, wie geht's deinem Dad?«

Charlene schüttelte den Kopf. »War 'ne schlechte Nacht. Zumindest kann ich diesen Job auf einer Arschbacke runterreißen. Eigentlich könnte ich es telefonisch erledigen. Ich würde mit Dad nie zurande kommen, wenn ich auch noch in einer Kulturredaktion arbeiten müsste.«

»Charlene Mullins, Immobilienmaklerin«, sagte Luke staunend. »Schwimmst du in Provisionen?«

»Es geht nur um Vermietungen, also eher nicht.« Sie löffelte Nescafé in einen Becher mit dem JGP-Logo. »Ist ein merkwürdiger Laden. Tatsächlich gehören der Agentur die Immobilien, die wir vermieten. Ich arbeite also für einen einzigen Vermieter. Leicht und bequem, wenn du die komischen kleinen Regeln und Schrullen einmal begriffen hast. Der Chef ist sehr eigen. Anscheinend arbeiten wir anders.«

»Der namensgebende Jocelyn Grand?« Luke zeigte auf die Firmenbezeichnung über der Karte. Charlene nickte. »Joss. Na ja, *Sir* für uns. Er ist ungefähr hundert Jahre alt und schwimmt im Geld. Wohnt in einem riesigen prolligen Palast, der aussieht wie aus *Familie Feuerstein,* oben an der Dyke Road. Er kommt montags morgens um neun ins Büro, regelmäßig wie ein Uhrwerk, und alles springt auf, als wäre die Queen hereingekommen. Ich glaube nicht, dass er in den letzten Jahren noch unmittelbar mit dem Geschäft zu tun gehabt hat. Die meiste Zeit fährt er in Brighton herum und schaut sich seine Objekte durch das Autofenster an. Er hat eine kleine Routinestrecke, von der er nie abweicht, und deshalb wissen wir immer, wo er ist. Im Moment …« Sie sah auf die Uhr. »Donnerstag, sechzehn Uhr, das heißt, er behindert den Verkehr in den Lanes noch ungefähr eine Stunde lang. Aber vergiss ihn. Wir müssen eine Wohnung für dich finden. Wie sieht's mit Geld aus?«

»Ich hab ein bisschen gespart, wahrscheinlich genug für eine Kaution und eine Monatsmiete …« Tatsächlich hatte er zweimal so viel und außerdem das, was er für den Ring bekommen könnte. Aber er schämte sich für diesen Notgroschen und die Art und Weise, wie er ihn an sich gebracht hatte. »Im Moment komme ich jedenfalls zurecht. Ich werde es wohl wieder als Freelancer versuchen.«

Wenn Charlene das für eine schlechte Idee hielt, war sie rücksichtsvoll genug, es nicht zu sagen. »Dann mal los.« Sie rückte eine Akte auf ihrem Schreibtisch gerade. »Wir haben jede Menge Apartments in Whitehawk, aber ich will erst mal versuchen, etwas Zentraleres zu finden. Moment, wer ist denn das?«

Ein großer Kunde im Anzug und mit Jems Haarfarbe stand in der Tür. Einen paranoiden Augenblick lang schoss die Panik wie ein kalter Strom durch Lukes Adern, aber dann sah er, dass dieser Mann viel älter war – mindestens Mitte fünfzig. Die Falten an seinen Augen verrieten, dass er gern lächelte. Er hatte eine Dokumentenmappe aus Plastik in der Hand. Sie enthielt zerfledderte, vergilbte Umschläge und einen kleinen Schlüsselbund.

»Kann ich Ihnen helfen?«, fragte Charlene.

»Ich bringe die Schlüssel zu Nummer 1, Temperance Place zurück«, sagte der Mann.

Sie sah ihn verständnislos an. Luke kniff die Augen zusammen, spähte auf die Karte und suchte eine Straße namens Temperance Place.

»Verzeihung, ich hätte vorher anrufen sollen. Ich bin Michael Duffy. Kathleen Duffy hat dort gewohnt; sie war meine Mutter und wahrscheinlich Ihre älteste Mieterin. Sie ist letzte Woche verstorben.«

»Oh, das tut mir sehr leid«, sagte Charlene. Ihre unverbindliche professionelle Maske zeigte sofort das Mitgefühl eines Automaten.

»Danke. Es tut mir leid, dass wir nicht ordnungsgemäß gekündigt haben, aber es ging sehr schnell. Ein Schlaganfall. Sie war erst vierundsiebzig. Das ist heutzutage kein Alter, oder?« Charlene verzog das Gesicht. Ihr Vater war Ende sechzig. »Jedenfalls, wir haben das Haus gerade ausgeräumt und von oben bis unten für Sie geputzt. Ich dachte mir, ich sollte Ihnen das alles zusammen mit dem Schlüssel zurückbringen. Manches davon gehört fast ins Museum. Sie hat alle Mietbücher aufbewahrt, seit sie dort wohnte. Auch jedes Scheckbuch und alle Einzahlungsquittungen, aber damit will ich Sie nicht behelligen. Hören Sie, ich sollte jetzt gehen, ich muss zum Zug. Wenn Sie Mr Grand sehen, sagen Sie ihm bitte, die Familie ist dankbar für alles, was er für sie getan hat?«

»Danke, das werde ich tun.« Charlene nahm die Plastikmappe in Empfang. »Sagen Sie, sind Sie der nächste Angehörige? Es tut mir leid, ich möchte nicht plump erscheinen, aber ich hatte noch nie mit einem Mietvertrag zu tun, der so geendet hat. Ich weiß nicht, ob es eine Kaution gibt, die erstattet werden muss, oder wie das alles funktioniert. Darf ich Ihre persönlichen Daten aufnehmen, damit wir Ihrer Familie gegebenenfalls zurückzahlen können, was Ihnen zusteht?«

Duffy lachte. »Ich glaube, darauf können wir verzichten«, sagte er. »Hören Sie, ich muss wirklich los.«

Sie fanden Temperance Place auf der Karte; es war ein kleiner Bindestrich zwischen den schmalen gewundenen Straßen nahe der Küste in Richtung Hove. Ein pinkfarbenes Viereck gab es dort nicht.

»Verrückt.« Charlene beugte sich über ein Computerterminal und rief ein paar Details auf dem Bildschirm auf. »In den Büchern steht nichts davon. Dieses System ist ein Haufen Scheiße. Hör zu, wahrscheinlich übersteigt es dein Budget bei weitem, aber ein Objekt so nah am Wasser gibt es bestimmt nicht oft. Wir können es uns zumindest mal ansehen. Ich zeige dir die landschaftlich schöne Strecke.«

NEUN

Auf dem engen kleinen Parkplatz hinter dem Gebäude standen drei Minis mit dem JGP-Logo auf den Türen. Sie fuhren durch eine verkehrsreiche Einkaufsstraße und dann um die Ecke und eine leichte Steigung hinauf. Da waren das Meer und der Himmel, zwei strahlend blaue Flächen, und sie unterschieden sich nur dadurch, dass die eine gekräuselt, die andere glatt war.

Charlene saß gern am Steuer. Sie fuhr in Richtung Osten und machte einen kurzen Abstecher zum Yachthafen, der in die Steilküste geschnitten war. Dahinter ahnte man die weißen Kreidefelsen von Sussex, die sich meilenweit hinzogen. Luke gefiel es hier nicht; die Yachten und Penthouse-Wohnungen erinnerten ihn zu sehr an Jems Dock. Sie fuhren zurück in Richtung Stadt und im Kriechtempo an der Küste entlang, um das Aquarium herum und an den Arkaden vorbei, einer Flut von Vergnügungspalästen im Wettstreit mit dem Meer. War Brighton Pier nicht einer der legendenumwobenen Orte, von denen man behauptete, man müsse nur lange genug dasitzen, und jeder, den man kannte, werde irgendwann vorbeikommen? Hoffentlich nicht auch Jem, dachte Luke. Charlene wich einer Gruppe von jungen Frauen aus, die als Marienkäfer verkleidet waren. Sie torkelten zwischen den Autos hindurch, um einer von ihnen zu helfen, die sich auf einer Verkehrsinsel übergab.

»Fuck, diese Junggesellinnenabschiede.« Charlene hupte,

worauf die Marienkäfer an den Straßenrand sprangen. Weiter ging es, vorbei an Apartmenthäusern und Hotels. Manche sahen aus wie Hochzeitstorten, andere wie Parkhäuser. Schließlich verließen sie die Küste und fuhren zurück in die engen, verstopften Straßen. Hier waren die Häuser drei- oder viergeschossig. Unebene, weiß verputzte Mauern ließen zahllose Farbschichten erkennen, die im Laufe der Jahrhunderte, nicht nur ein paar Jahre lang, aufgetragen worden waren, um sie vor dem Meereswind zu schützen. Luke vermutete, dass sie alle Meerblick gehabt hatten, bevor die Hotels gekommen waren. An der Engelsstatue an der Grenze zu Hove bog Charlene rechts ab. Temperance Place, gerade noch in Brighton, war die schmalste Straße bisher – eher ein Hinterhof als eine richtige Straße. Es bestand aus den Rückseiten größerer Gebäude und zwei kleinen Cottages unmittelbar am Straßenrand. Es gab nur zwei Parkplätze, und Charlene parkte unerlaubterweise auf einem davon. Nummer 1 hatte schwarz gerahmte, einfach verglaste Fenster und eine winzige Haustür unter einem runden Türbogen. Sie nahm den Schlüssel aus der Plastikmappe, die Michael Duffy ihr gegeben hatte, und sie traten ein.

Es war, als wären sie in einem Museum oder einer Filmkulisse. Genauer gesagt, es sah aus, als habe jemand den Eindruck der späten sechziger Jahre erschaffen wollen und dann nie mehr etwas geändert. Das Haus war winzig, fast konnte man vom Eingang aus mit ausgestreckter Hand die Hintertür berühren. Die Küche war nicht eingerichtet, abgesehen von einer altmodischen Anrichte und einem Schrank mit Milchglasscheiben. Das Geschirr, das darin stand, war das zweckmäßige hellblaue Woods-Porzellan mit den charakteristischen Rillen an Tassen und Tellern. Ein Rüschenvorhang verdeckte die Rohrleitungen unter dem Spülbecken.

Im Wohnzimmer standen harte Sofas mit hölzernen Armlehnen und Schondecken auf den Rückenlehnen. Die Wände waren dunkel tapeziert, die Farbe erinnerte an Schlamm, und das ursprüngliche Rosenmuster war nur zu sehen, wo Bilder gehangen hatten. Über dem gekachelten Kamin erkannte man die Umrisse eines Kruzifixes und über dem Lichtschalter neben der Tür eine wellige ovale Kontur, eine verschwommene, aber vertraute Form, die Luke tief im Inneren unbehaglich berührte. Er starrte ein paar Augenblicke lang darauf, bevor er die Umrisse eines Weihwasserbeckens in Gestalt der Jungfrau Maria ausmachte. Seine irische Großmutter hatte so etwas besessen. Alte Trauer erwachte, als er sich an ihr Haus mit seiner Fülle von religiösen Bildnissen erinnerte. Er hatte genug irisch-katholische Haushalte gesehen, um die von den Bilderrahmen hinterlassenen Leerstellen auszufüllen: Fotos von der Erstkommunion, das Gemälde eines blauäugigen Christus, ein leuchtendes Herz Jesu.

Eine weitere gespenstische Reminiszenz eines Kruzifixes war auf einer Wand des einzigen Schlafzimmers zu erkennen, das zur Straße hinauslag.

»Ich glaube, das hier war früher ein zweites Schlafzimmer«, sagte Charlene, als sie in ein Bad mit schrägen Wänden oben an der Rückseite des Hauses kamen. »Siehst du, da ist immer noch eine Außentoilette.« Sie spähten durch die Gardine in einen winzigen backsteingepflasterten Hof. Neben dem kleinen Klohäuschen standen Dutzende von Blumentöpfen. Die Schösslinge waren schon verwelkt. Der einzige Farbklecks war ein Hochbeet, das in Form und Größe einer großen Badewanne entsprach. Geranien in voller Blüte drängten sich auf engem Raum zusammen.

Als sie wieder unten waren, zog Charlene die Stirn kraus und murmelte: »Wir können diese Bude nicht vermieten.

Sie entspricht nicht annähernd Mr Grands Standards. Ich bin nicht mal sicher, ob das alles legal ist.« Sie betrachtete den Gasherd mit dem Grill in Augenhöhe und die Wäscheschleuder. »Wer wohnt denn heutzutage noch so? Gleich finde ich noch ein Waschbrett und eine Mangel.«

»Ich könnte hier wohnen«, sagte Luke. »Ich könnte hier schreiben.«

»Nicht ohne dass die Behörde uns mit den Wohnungsbauvorschriften im Nacken sitzt. Ich meine, was haben wir denn hier als Miete berechnet?« Sie kippte den Inhalt der Mappe auf den Tisch. »Normalerweise, wenn ein Objekt wieder frei wird, passt Mr Grand die Miete gern dem aktuellen Mietstandard an, aber vorher dürfte er dieses Haus komplett renovieren lassen. Kommt wirklich darauf an, was sie gezahlt hat.« Sie hielt eins der neueren Mietbücher hoch. »Ich hätte dir sagen können, dass sie alt war, schon weil sie die hier hatte. Die alten Leute dürfen sie manchmal behalten, weil sie daran gewöhnt sind. Zumindest ist es up to date … Moment mal, was ist denn das, verdammt?«

»Was ist los?«

»Sie hat drei Pfund im Monat bezahlt.« Charlene zeigte Luke die entsprechende Seite, die mit zittriger Handschrift ausgefüllt war. »Niemand hat die Miete mehr erhöht, seit …« Sie zerrte ein abgegriffenes braunes Mietbuch unten aus dem Stapel. »Sie hat seit 1968 die gleiche Miete gezahlt. Das kapier ich nicht.«

Bei Luke löste dieses Datum zahlreiche Assoziationen aus. Das Jahr, in dem die Kray-Zwillinge endlich verhaftet worden waren. Für ihn war es ein Meilenstein der Geschichte.

»Der Sache muss ich auf den Grund gehen.«

»Du könntest mich doch einfach ein paar Nächte hier pennen lassen. Inoffiziell.«

»Bei Mr Grand gibt es kein ›inoffiziell‹.«

»Nicht? Warum ist dieses Haus dann nicht in eurem System? Ich nehme an, jemand hat vergessen, es hochzuladen oder zu erfassen, als ihr eure Unterlagen digitalisiert habt, und seitdem hat die alte Lady hier gesessen und sich kaputtgelacht. Wie soll irgendjemand davon erfahren?«

Darauf wusste sie auch keine Antwort. Sie trommelte mit den Fingern auf den Tisch. »Schön, okay, du kannst hierbleiben, aber nur, bis du was gefunden hast und während ich rausfinde, was Mr Grand mit dem Objekt vorhat.«

Luke fiel ihr um den Hals.

»Mach's dir nicht allzu kuschelig. Kann sein, dass du morgen schon wieder ausziehen musst. Hier, nimm einen von denen.«

Sie nestelte den Haustürschlüssel an einen Anhänger mit dem JGP-Logo. Luke strich mit dem Daumen über die goldenen Lettern.

»So einen geben wir allen unseren Mietern«, sagte Charlene. »Das ist so'n Ding in Brighton. Pass auf, jetzt, wo du auch eins hast, wirst du sie überall sehen. Und neben der Gasuhr müsste ein Ersatzschlüssel hängen, falls du ihn je brauchen solltest. Mal nachsehen.«

Aber da war kein Schlüssel, nur ein kleines goldenes Schild mit der Aufschrift:

Eine Jocelyn-Grand-Immobilie
Vermietungen und Hausverwaltungen
Telefon Brighton 25445

»Das ist auch eine von Mr Grands kleinen persönlichen Spezialitäten. Er lässt es in all seinen Objekten anbringen, sobald es vermietet werden kann. Immer schon. Das hier ist aber schon eine ganze Weile hier. Sieh doch, wie kurz die Telefonnummer ist. Okay, wenn du erst mal hierbleibst? Ich muss jetzt nach Hause zu Dad. Ich ruf dich morgen an und sag dir, wie es weitergeht, in Ordnung?«

Als sie ihn zum Abschied umarmte, widerstand Luke dem plötzlichen Drang, sie zu bitten, bei ihm zu bleiben.

Er ging einkaufen – Milch, Brot, Bier, Zigaretten, den *Argus* – und machte es sich für den Abend bequem, zu müde, um die Stadt zu erkunden, zu verwundbar, um neue Leute kennenzulernen.

Mit seinem Stick bekam er eine brauchbare Internetverbindung, und während der Abend dämmerte, surfte er im Netz. Ermutigt durch seine Flucht aus Leeds, aber immer noch bang, tippte er seinen Namen in die Suchmaske. Sein Finger schwebte über der Eingabetaste. Er hatte schon vor langer Zeit aufgehört, sich selbst zu googeln, schon bevor er Jem kennengelernt hatte, denn die Version seiner selbst und die Episode, die das Netz wiedergab, waren ihm unerträglich. Schließlich drückte er die Taste und sah erleichtert, dass das, was seine Arbeit wirklich auszeichnete – lange Feature-Artikel für den *Observer*, den *Independent* und die *Yorkshire Evening Post* sowie das, was er für *Coming Up* geschrieben hatte –, in der Liste der Treffer wieder ganz nach oben gestiegen war. Anscheinend war der Sturm, der seine Karriere ruiniert hatte, endlich wieder ins Wasserglas zurückgekehrt, und das war tröstlich.

Er klickte ein paar lokale und historische Websites an; für den nächsten Tag brauchte er so etwas wie Struktur und ein Ziel, damit die Depressionen nicht wieder zurückkehrten. Er war zu müde und zu aufgedreht, um die Worte und Bilder, die da vor ihm erschienen, zu verarbeiten, und beschloss, es auf die altmodische Weise anzugehen. Er machte sich eine handschriftliche Liste von Museen, Bibliotheken und Buchhandlungen, die er morgen besuchen könnte, und notierte die Namen und Adressen von ein paar Amateur-Lokalhistorikern und eines Fachmanns. Jem rief immer noch an und schickte eine SMS nach der anderen. Als es dunkel war, änderte sich die Tonart auf eine Weise, die vermuten ließ, dass er eine Flasche aufgemacht hatte.

Werde jetzt durch die Straßen laufen, bis ich dich finde.

Luke seufzte und rieb sich die Augen. Zumindest einmal sollte er antworten, um Jem zu beruhigen. Wenn es je einen Anlass gab, bei dem Grausamkeit mit Güte gleichzusetzen war, dann jetzt.

Es tut mir leid, Jem. Es ist aus. Ich liebe dich nicht mehr.
Ich habe dich verlassen, und ich habe Leeds verlassen.
Bitte schreib mir nicht mehr.

Unvermittelt änderte sich der Ton der Nachrichten.

Werde dich wegen Diebstahls anzeigen. Ich weiß, du hast das ganze Bargeld genommen, plus den Cartier-Ring & den Laptop.
Mir gehören die Kleider, die du trägst.
Die Polizei wird dich finden, selbst wenn ich es nicht kann.

Der Vorwurf weckte Gewissensbisse. Sosehr er sich auch bemühte zu rechtfertigen, dass er das Geld und den Ring genommen hatte, es fühlte sich so unrecht an, wie es richtig gewesen war wegzugehen. Selbst der Umstand, dass er sein Taschengeld gespart hatte, kam ihm plötzlich vor wie ein Diebstahl, obwohl Jem es ihm aus freien Stücken gegeben und nie gefragt hatte, wofür er es ausgab. Wie glaubhaft war seine Drohung, die Polizei zu informieren? Er klappte den Laptop zu und untersuchte das Gehäuse. Eine sichtbare Kennzeichnung fand er nicht, aber er wusste, dass Jem den größten Teil seiner elektronischen Geräte mit einem UV-Stift markiert hatte.

> Nicht dass ich auf die Polizei angewiesen wäre. Ich habe Geld und kann Leute bezahlen, die dich suchen.

Luke fröstelte es. Das stimmte. Jem konnte eine Armee von Detektiven beauftragen, ihn aufzuspüren. Dagegen könnte er nichts unternehmen, und er hoffte, dass an dem Gerede nur der Alkohol schuld war. Eine halbe Stunde blieb es still, und dann, gegen halb zwölf:

> Entschuldige bitte bitte bitte bitte. Will nur unbedingt wissen, wo du bist.
> Wollte dir niemals wehtun. Möchte dich im Arm halten.
> Wohnung ist leer ohne dich. Du fehlst mir so sehr.

Aber bevor Lukes Schuldgefühle noch schlimmer werden konnten, schlug der Ton wieder um.

> Wenn ich dich nicht haben kann, darf es niemand.

Bei diesem Klischee verzog Luke schmerzlich berührt das Gesicht. Danach kam keine SMS mehr. Luke sah Jem vor sich, wie er auf dem Sofa eingeschlafen war. Er hatte nie bis nach Mitternacht wach bleiben können.

ZEHN

Von Temperance Place aus war man zu Fuß in vier Minuten am Strand. An diesem Teil der Küste standen noch die altmodischen gusseisernen Laternenpfähle, türkisblau angestrichen wie das Geländer an der Esplanade. Zwischen den Laternen hingen Doppelreihen von Glühlampen, die tagsüber wie Perlmutt aussahen. Man erkannte aber, dass sie hell leuchten würden, wenn der Abend dämmerte.

Luke kaufte sich einen Becher Kaffee in dem Imbiss unter einem Backpacker-Hostel zwischen dem Grand und dem Metropole Hotel. Während er ihn trank, schaute er hinaus auf den alten West Pier, das vom Feuer verwüstete Meisterwerk aus dem neunzehnten Jahrhundert. Selbst als Ruine entsprach er noch immer seiner Zeit: Er sah jetzt aus wie ein gigantischer viktorianischer Vogelkäfig, tausend Mal zu groß für die Stare, die zu Hunderten darauf hockten. Die Masten kleiner Segelboote klapperten leise im Wind. Oben an der Hauptstraße, gleich hinter ihm, machten ein paar Leute mittleren Alters in einem Orchesterpavillon Yogaübungen. Die Sonne beleuchtete den Mond, der pastellfarben am Himmel schwebte. Leeds war ungefähr genauso weit weg und Jem und seine Drohungen ein böser Traum.

Als er sich hinreichend mit Koffein versorgt hatte, ging Luke bei der Jubilee Library vorbei und stopfte sich die Tasche mit Handzetteln voll. Er hatte sich vorgenommen, aufgeschlossen zu bleiben und nach einem lohnenden Thema

Ausschau zu halten und nicht wieder zu seiner gewohnten Bandenszenerie zurückzukehren. Aber dann fiel sein suchender Blick auf einen Flyer, der für einen geführten Rundgang durch das alte Polizeigefängnis warb, und das Gleiche passierte in der Abteilung für Nachschlagewerke, wo seine Finger über die alten Buchrücken strichen und bei einem Buch über lokale Mordfälle verharrten. Das Buch öffnete sich bei einem Kapitel mit dem Titel »Rasiermesser und Rennbahnen«, und darin ging es um die von Banden umkämpfte Stadt, die die Inspiration zu *Brighton Rock* gegeben hatte. Sofort inspirierte ihn das, den Roman noch einmal zu lesen. Jetzt, da er sich selbst bedroht fühlte, wirkte es seltsam beruhigend, über vergangene Verbrechen zu lesen, über Morde unter Gaunern, über Gewalttätigkeit, die – bedingt durch Zeit und Umstände – von seinen eigenen Erfahrungen sehr weit entfernt waren. Und wenn es fiktional war, umso besser.

Da er nicht gemeldet war, konnte er auch keinen Bibliotheksausweis bekommen, aber er kaufte eine Taschenbuchausgabe von *Brighton Rock* in einem Antiquariatsbuchladen tief im Herzen der labyrinthischen Lanes, dieses Gewirrs von alten Fischerhütten, in denen jetzt italienische Restaurants, Boutiquen und Juweliergeschäfte angesiedelt waren.

Dem Buchladen gegenüber lag ein Pub, völlig dunkel und wie von Hogarth gemalt. Luke fand einen Tisch am Fenster und breitete seine Sachen um sich herum aus. Die meisten Flyer, die er eingesteckt hatte, waren belangloser Mist – den Hochzeitsfotografen und den Schwangerschaftsyoga-Kurs legte er sofort zur Seite –, aber ein paar andere Sachen kamen auf einen »ernsthaften« Stapel: öffentlich zugängliche Künstlerateliers, der Ghost Walk, ein abendlicher Rundgang durch die gespenstischen Lanes, das Kinoprogramm des Duke of York's Picture House, das Hove Museum, das Brighton Museum und sein History Centre, eine Karte von jemandem namens Sandy Quick, der oder die seine oder ihre Dienste als privater Archivar und Amateur-Lokalhistoriker anbot, was immer das bedeuten sollte.

Ein paar Mal kamen Touristen vorbei, deren faszinierte Mienen zunehmend einen ratlosen Ausdruck annahmen, während sie sich bemühten, den Weg aus den Lanes hinauszufinden. Luke freute sich schon jetzt auf den Tag, da das Mitgefühl des touristischen Leidensgenossen sich in die Verachtung verwandelte, die der Einheimische empfand.

Um Mitternacht telefonierte er mit seinem Telefon-Provider. Luke war wie seine Freunde prinzipiell gegen die Globalisierung, aber die Hilfe des höflichen, kundigen jungen Mannes im Call Center auf den Philippinen war ihm willkommen. Allerdings ließ sich eine Telefonnummer anscheinend nicht mehr mit ein paar Tasten blockieren. Ernsthafte Drohanrufe oder Fälle von Stalking mussten bei der Polizei angezeigt werden, bevor die Firma etwas unternehmen konnte. Bisher hatte Jem überwiegend nur indirekt Drohungen ausgesprochen, aber der Mann auf den Philippinen meinte, allein die Häufigkeit der Kontaktaufnahme könne schon den Tatbestand der Belästigung erfüllen. Luke müsse am nächsten Tag damit zur Polizei gehen.

Er scrollte durch Jems SMS-Nachrichten. Er hatte sie nie gelöscht, und so enthielten sie die ganze Geschichte ihrer Beziehung, von der ungestümen Intensität der ersten Tage bis zum jüngsten Trommelfeuer aus Bitten und Beschimpfungen.

Das Telefon war noch heiß von der langen Unterhaltung mit den Philippinen, als es wieder klingelte. Viggos Nummer und sein Profilbild erschienen auf dem Display. Es war halb zwei Uhr früh.

»Jem ist draußen«, sagte er in dramatischem Flüsterton.

»Was!?« Luke sprang vom Fenster zurück und setzte sich auf den Boden.

»Ich sitze zu Hause bei ausgeschaltetem Licht, und er steht draußen vor dem Balkon und schreit deinen Namen. Er glaubt, du bist hier.«

Die Sorge um Viggo dämpfte seine Erleichterung, und dann war er plötzlich verwirrt.

»Woher weiß er, wo du wohnst?« Jem hatte sich nie für die Wohnung interessiert, die Luke früher mit Viggo geteilt hatte.

»Er muss mir vom Charmers nach Hause gefolgt sein.«

»Er war im Charmers!?«

»Ja. Er hat mir keine Ruhe gelassen, hat mich dauernd gefragt, wo du bist.«

»Aber du hast es ihm nicht gesagt?«

»Wie sollte ich, wenn ich noch nicht mal deine Adresse habe? Und als ich es ihm nicht gesagt habe, hat er ein Foto von dir rausgeholt, ist im Club rumspaziert und hat die Leute gefragt, ob sie dich gesehen hätten. Als ob du vermisst wärst. Schließlich haben sie ihn rausgeschmissen. Er hat die Leute beim Trinken gestört.«

Luke konnte sich die Szene vorstellen. Wie grässlich, für alle.

»Wie sah er aus? Ich meine, wie kam er dir vor?«

»Ausgesehen hat er beschissen. Und anscheinend war er wie von Sinnen. Er ist besessen. Ich meine, so gut bist du ja auch wieder nicht im Bett.« Luke brachte ein Lachen zustande. »Aber im Ernst, Luke, ich frag mich, ob es sich lohnt, dass du ihn mal anrufst, nur um ihn zu beruhigen. Er stößt alle möglichen Drohungen aus. Ich hatte keine Ahnung, dass es so schlimm war.« Plötzlich klang Viggo so verwundbar, wie Luke es im Laufe ihrer Freundschaft nur ein paar Mal erlebt hatte. »Ich würde dich nicht darum bitten, wenn er mich nicht wirklich kirre machen würde.«

»Nein, du hast recht. Es ist nicht fair dir gegenüber. Okay. Überlass es mir.«

Eine Zeitlang starrte er sein Telefon an, bevor er Jems Nummer wählte. Jem meldete sich sofort. Anscheinend hatte er den Finger auf dem Display gehabt. Aber er sagte nichts, sondern schluchzte nur erstickt.

»Du hast mir so gefehlt«, brachte er schließlich hervor.

Luke rief sich die brennenden Bücher vor Augen, um sein Herz zu verhärten.

»Ich rufe nur an, um dich zu bitten, Viggo in Ruhe zu lassen. Er weiß nicht, wo ich bin, und deshalb hat es keinen Sinn, ihn zu drangsalieren.«

»Wo bist du denn?«

»Jem, es ist aus. Okay? Lass bitte Viggo aus dem Spiel. Das alles hat nichts mit ihm zu tun. Tu's für mich, bitte.«

Das Schluchzen brach plötzlich ab, und Jems Stimme klang scharf und bedrohlich. »Ich lasse ihn in Ruhe, wenn du mir versprichst …« In diesem Augenblick landete eine Möwe auf Lukes Fenstersims und stieß ihren unverwechselbaren Schrei aus. »War das eine Möwe? Wo genau bist …«

Hastig trennte Luke die Verbindung, als hätte er Angst, der Vogel könnte seine Adresse verraten.

Es dauerte noch eine Stunde, bis er wieder vom Boden aufstand, und er kroch fast die Treppe hinauf, um schlafen zu gehen. Von allen Drogen braucht Adrenalin am längsten, um abzuklingen, aber wenn es so weit ist, gleicht der Absturz in die Erschöpfung einem Sprung von der Steilklippe.

ELF

Er war wunderbar spät aufgestanden. Jetzt war er erst wenige Tage weg von Jem, und schon kehrten die alten Schlafmuster zurück. Vor dem Aufstehen hatte er nach dem Telefon gegriffen und sein neues Morgenritual absolviert: Er hatte Dutzende von entgangenen Anrufen und SMS-Nachrichten von anonymen Handynummern gelöscht.

Am Morgen nach seinem nächtlichen Telefongespräch mit Viggo hatte er die Polizei überreden können, Jems Nummer für sein Telefon zu blockieren. Jem hatte es ihm offenbar damit heimgezahlt, dass er losgezogen war und eine ganze Handvoll Prepaid-SIM-Karten gekauft hatte. Jedes Mal, wenn eine neue Nummer erschien, speicherte Luke sie unter NICHT ANNEHMEN. Jeden Tag versuchten zwei oder drei neue Nummern ihn zu erreichen. Luke konnte sie nicht alle blockieren lassen, aber als Jem das Spiel immer weiter fortsetzte, nahm ironischerweise das Gefühl der Bedrohung ab, und Luke fühlte sich zunehmend belästigt. Das Nächstliegende war, seine eigene Nummer zu ändern, aber möglicherweise war noch mit vereinzelten Freelance-Aufträgen zu rechnen, und Luke konnte es sich nicht mehr leisten, auf einen Auftrag zu verzichten.

Jetzt saß er im vorderen Zimmer, hatte die Füße auf den Tisch gelegt und den Stuhl leicht nach hinten gekippt. Er las *Brighton Rock,* rauchte und überlegte, wohin er zum Frühstück gehen sollte, als der Türklopfer laut durch das Haus dröhnte.

Er erstarrte. Charlene konnte es nicht sein, denn sie war heute bei ihrem Dad. Wer sonst wusste, dass er hier war? Inzwischen hatte Viggo seine Adresse und außerdem Charlene, seine Mum und seine Agentin, aber sie alle wussten, warum er hier war, und keiner von ihnen hätte die Adresse an Jem weitergegeben. Seine Rechnungen kamen allesamt auf dem elektronischen Weg, und es gab keinen Nachsendeantrag für seine Post. Also konnte Jem auf diesem Wege nichts herausbekommen haben. Offenbar hatte er eine seiner anderen Drohungen wahr gemacht und war zur Polizei gegangen oder hatte jemanden beauftragt, ihn aufzuspüren. Schweiß lief unter seinen Armen herunter. Wegen einer kleinen Dieberei würde die Polizei doch niemanden von Leeds herschicken, oder?

Er zwang sich, durch den Türspion zu schauen. Es war weder Jem noch ein uniformierter Polizist. Was er sah, war der Scheitel eines Fremden. Luke drückte die Nase an die Tür, um den Besucher besser sehen zu können. Es war ein kleiner alter Mann, den die konvexe Linse des Spions noch weiter schrumpfen ließ. Er trug eine dicke Hornbrille und einen Kamelhaarmantel, und sein dünnes dunkelgraues, ölig glänzendes Haar war zu einem Seitenscheitel gekämmt. Luke konnte gerade noch erkennen, dass er in der zittrigen Linken ein Blumensträußchen hielt. Hinter ihm saß ein uniformierter Chauffeur am Steuer eines glänzenden schwarzen Bentley T1, dessen perfekte, elegante Kurven von dem silbernen B auf der Motorhaube gekrönt wurden.

Wieder wurde an die Tür geklopft – eine Maschinengewehrsalve in Brusthöhe. Als Luke öffnete, nahm der alte Mann wieder menschliche Proportionen an; nur seine Augen hinter den dicken Brillengläsern waren wie durch ein Teleskop vergrößert. Im Nu erfasste Luke den gebügelten Nadelstreifenanzug unter dem Mantel, die teuren Lederschuhe, die Krawattennadel, den Ebenholzstock. Der Mann sah aus wie der König von 1965.

»Sind Sie der Sohn? Michael, nicht wahr?«, fragte der Mann mit der rasselnden Stimme eines Rauchers, der ein Leben lang vierzig Zigaretten am Tag gequalmt hatte. Aber sein Atem roch nicht nach Zigaretten. »Nein, Sie sind ja noch ein Junge. Wer sind Sie, wenn Sie nicht Michael sind?«

»Ich bin Luke.«

Der Chauffeur, um die fünfzig, ein Baum von einem Mann, sprang aus dem Wagen und rannte zu seinem Fahrgast, als sei Luke im Begriff, ihn anzugreifen. »Was ist los, Sir?«

Er war sicher eins fünfundneunzig groß, hundert Kilo schieres Muskelfleisch. Er sprach die raue Mundart von Brighton, aber war genauso gut gekleidet wie sein Fahrgast, in Woll- und Seidenstoffe. Das einzig Auffällige in seinem Kartoffelgesicht war ein Grübchen im Kinn, das aussah, als habe es ihm jemand mit der Stricknadel beigebracht.

»Aber wo ist Kathleen?«, fragte der alte Mann. Luke wusste nicht, was er sagen sollte. Im Kino überbrachte die Polizei eine schlechte Nachricht immer erst, wenn der Adressat sich hingesetzt hatte, und dieser Mann sah aus, als könnte eine sanfte Brise ihn umhauen.

»Äh, kommen Sie lieber herein.«

Der Besucher sah die kahlen Wände. »Wo sind Kathleens Sachen? Fuck, wer sind Sie?« Seine Stimme war plötzlich hart wie Stahl und zeugte von Autorität, und Luke wich unwillkürlich einen Schritt zurück, als hätte der Mann die Faust erhoben. »Ich frage Sie noch einmal, und ich will eine klare Antwort. *Wo ist Kathleen?*«

»Es tut mir sehr leid, aber Mrs Duffy ist letzte Woche verstorben.«

Jetzt war es der Besucher, der einen Schritt zurücktaumelte. Der kleine Blumenstrauß fiel zu Boden, und ein einzelnes violettes Blütenblatt schwebte durch die Luft.

»Sie ist tot?«, fragte er. »Kathleen ist *tot*?« Er machte eine Grimasse, und seine Lippen entblößten ein perfektes Gebiss, das nicht zu dem faltig schraffierten Gesicht passte.

»Es tut mir so leid«, sagte Luke. »Wollen Sie wirklich nicht hereinkommen?«

»Was ist passiert?« Der Chauffeur nahm den Ellenbogen seines Chefs.

»Ein Schlaganfall. Ich habe nur einen Verwandten kennengelernt … Hören Sie, sind Sie sicher, dass Sie nicht hereinkommen möchten?«

»Meine Kathleen!«, sagte der Mann. »Mein prachtvolles Mädchen … wie soll ich ohne sie auskommen?« Die Frage war direkt an Luke gerichtet, der verlegen wurde angesichts der so offen bekundeten Trauer. Er trat beiseite, falls sie sich doch noch entschließen sollten einzutreten. Das leere Haus schien den alten Mann noch mehr zu quälen. Eine Träne fand ihren Weg im Zickzack von seinem rechten Auge durch die Falten seiner Wange.

»Alle ihre Sachen sind weg! Als wäre sie nie … Fünfundvierzig Jahre weggewischt, einfach so.« Er rang nach Luft, strich mit zitternden Fingerspitzen über die Türkante und legte die Wange an die Wand. Er und die Witwe waren offensichtlich – ja, wie sollte man es nennen? Das Wort *Liebespaar* mit seinen Konnotationen von Sehnsucht, Haut und zerknüllten Laken war wohl kaum die richtige Bezeichnung für zwei Leute, die den Gipfel ihrer Sexualität so weit hinter sich gelassen hatten. Schätzchen? Gefährten?

Der alte Mann riss ihn aus seinen Gedanken. »Und Sie sind kein Verwandter, sagen Sie?« Luke nickte und schüttelte dann den Kopf, die Stimme des alten Mannes nahm abermals einen bedrohlichen Ton an. »Was sind Sie dann? Ein Hausbesetzer? Würden Sie genauso schnell auch in Ihr Grab springen?«

»Soll ich ihn rauswerfen, Sir?«, fragte der Fahrer.

»Was? Nein! Hören Sie, ich hab einen Schlüssel ...« Luke zog den goldenen Anhänger aus der Tasche. »Den hab ich von der Vermietungs...« Er brach ab, als ihm klar wurde, wer sein Besucher sein musste, und er hatte das schreckliche Gefühl, dass er soeben Charlenes Kündigung unterschrieben hatte. Schuldbewusstsein sickerte in seine Blutbahn wie kalte schwarze Tinte. Er wagte nicht weiterzusprechen, weil er befürchten musste, Charlene noch mehr zu belasten.

Joss Grands Keuchen verwandelte sich in ein verzweifeltes Röcheln, und auf das ungerührte Gesicht des Chauffeurs trat jetzt doch Besorgnis.

»Okay, Sir, ins Auto mit Ihnen.« Der alte Mann ließ sich am Ellenbogen zurück zum Bentley führen. »Sie wissen, Sie dürfen sich nicht aufregen. Wir werden der Sache auf den Grund gehen.« Der Chauffeur schaute über die Schulter zurück und bedachte Luke mit einem bösen Blick, als habe er ihn im Verdacht, Kathleen Duffy umgebracht zu haben, um diese Luxusimmobilie in die Hände zu bekommen. Die glänzende Wagentür öffnete sich und gab den Blick auf das dunkle Granatrot des Ledersitzes frei. »Sie hören noch von uns«, war sein Abschiedsgruß an Luke.

Warum?, dachte Luke. Er schaute ihnen noch ein paar Augenblicke nach und wollte dann die Tür schließen. Aber etwas war im Weg. Das herabgefallene Sträußchen klemmte zwischen Tür und Rahmen, und Luke bückte sich, um es aufzuheben. Das hintere Autofenster war offen, und er hörte noch die letzten Worte des alten Mannes.

»Sie war die Einzige, die Bescheid wusste«, keuchte er. »Die Einzige, die Bescheid wusste, und jetzt ist sie weg. Bringen Sie mich nach Hause, Vaughan. Nein, scheiß drauf, fahren Sie mich ins Büro.«

Der Bentley rollte davon, geschmeidig und lautlos wie kaum eines seiner modernen Gegenstücke. Das zerdrückte Sträußchen in der Hand, stand Luke vor dem Haus und sah ihnen nach.

Er rief Charlene in der Firma an und erfuhr, dass sie zu einer Besichtigung gefahren war. Ohne zu wissen, ob er sich beklommen oder erleichtert fühlen sollte, rief er sie auf ihrem Handy an und bemühte sich um einen munteren Ton, als er auf die Mailbox sprach und sie um einen Rückruf bat. Eine starke Unruhe befiel ihn, weil er sich in einer Klemme befand, die er selbst verschuldet hatte, aber an der er nichts ändern konnte.

In seine Sorge um Charlene mischte sich die brennende Neugier, was für ein Mensch Joss Grand war. Es konnte nichts schaden, sich seinen Besucher genauer anzusehen, während er auf ihren Rückruf wartete, oder? Vielleicht, dachte er sich, würde er sogar über etwas stolpern, das hilfreich sein könnte.

Er klappte den Laptop auf und gab bei Google *Jocelyn Grand Brighton* ein, und bevor er auf »Suchen« klickte, schrieb er noch den Spitznamen *Joss* dazu. Die offizielle Website der Agentur überging er. Bei Wikipedia stand nichts. Aber drei Bilder erschienen auf dem Display. Das erste war ein monochromes grobkörniges Polizeifoto. Er erblickte den Mann, mit dem er gerade gesprochen hatte, aber auf der Abbildung hatte er einen dichten schwarzen Haarschopf. Die Brille saß unter dicken geradlinigen Augenbrauen, und der Gesichtsausdruck erinnerte an ein Zähnefletschen. Die Bedrohlichkeit, die Luke noch in Ansätzen gespürt hatte, war auf diesem Foto von 1957 unverkennbar.

Er klickte sich durch die Website, eine obskure kleine Enzyklopädie des Verbrechens. Das Design war plump – eine schwarze Schrift auf einem königsblauen Hintergrund. Schwer zu lesen. Lukes Faszination wuchs von Minute zu Minute, als er sich über den Computer beugte und seinen neuen Hauswirt kennenlernte.

ZWÖLF

www.crimewhoiswho.co.uk

NAME: Jocelyn (Joss) Howard Grand
GEBOREN: 22. Juli 1932
GESTORBEN: –
VERURTEILUNGEN: 1957: Folter, Verschwörung zum Zweck der Folter, räuberische Erpressung
Haftstrafe in Parkhurst, Isle of Wight, dann Lewes, Sussex
BEKANNTE KONTAKTE: Jacky Nye, Dave Rosslyn
TRIVIA: Gestand in der Haft, der Erfinder einer Fesselungs- und Foltermethode zu sein, die als »Grand-Fessel« bezeichnet wird.
BEMERKENSWERTE ZITATE: »Wir haben uns nie an einen Mann herangemacht, der nicht sowieso schon halb korrupt war.«

NAME: Jacky Nye
GEBOREN: 31. Juli 1932
GESTORBEN: 21. Oktober 1968 (Alter 36 J.)
VERURTEILUNGEN: 1957: Diebstahl, Besitz unsittlicher Abbildungen, Haftstrafe in Lewes, Sussex
BEKANNTE KONTAKTE: Joss Grand, Dave Rosslyn
TRIVIA: Gewann den Mietvertrag für eine Wohnung in Chelsea beim Poker
BEMERKENSWERTE ZITATE: »Wenn du es nicht

*essen, trinken, f***en oder klauen kannst, was soll's dann?«*

Luke war plötzlich hellwach. Warum hatte er noch nie von diesem Fall gehört? Warum war er noch nie auf diese Website gestoßen? Vielleicht weil sie so wirr war, so schmucklos zusammengeschustert. Luke sah sich andere Einträge in der selbst gestalteten Enzyklopädie an, aber auch die großen Fische waren nicht mehr als ein paar hundert Wörter wert. Es gab keine Seite »über den Autor« und auch kein Autorenfoto. Das war ungewöhnlich. Oft lechzten »True Crime«-Autoren, auch – oder erst recht – die Amateure, danach, sich im Glanz ihrer berüchtigten Objekte zu sonnen. (Einen kurzen unbehaglichen Augenblick lang fragte Luke sich, ob das auch für ihn galt. Nein, sicher nicht, aber er wusste nicht, ob er explizit etwas dagegen hätte, wenn sein Autorenfoto auf seinen Büchern abgedruckt werden würde.)

Die nächste Website, durch die er sich klickte, war genauso obskur und außerdem veraltet. Der jüngste Artikel war fünf Jahre alt, was ihn vermuten ließ, dass die Seite nicht mehr gepflegt wurde und nur noch eine Rolle spielte, wenn der Service Provider die Jahresrechnung vom Konto abbuchte. Ein Zähler zeigte, dass Luke erst der tausendvierte Besucher dieser Seite war.

www.coldcasesussex.co.uk/thewestpiermurder

In der windigen Nacht des 21. Oktober 1968 wurde der Brightoner Gangsterbaron Jacky Nye von einem oder mehreren Unbekannten auf dem West Pier in Brighton erwürgt. Wer war der Mörder? Es gibt zahlreiche Theorien, aber keine wurde je bewiesen.

Background

Der sanfte Riese Jack Nye war die Marionette seines Kindheitsfreundes Joss Grand, des überführten Folterers. Mit seiner Schwäche für Wein, Weib und Gesang war er so gesellig und extrovertiert, wie Joss Grand finster und unergründlich war. Jacky ließ sich gern liebevoll den Guv'nor *nennen, und schon als junger Mann gab er sich bestenfalls mit der Anrede* Sir *zufrieden.*

1957 wurde Grand für schuldig befunden, in erpresserischer Absicht den Brightoner Geschäftsmann Mario Zammit gefoltert zu haben. Das Opfer hatte über einer harmlos aussehenden Kaffeebar in den Lanes hardcore-pornographische Filme vorgeführt. Nye war nicht anwesend, als die gewalttätigen Handlungen vorgenommen wurden, die der festnehmende Officer, Detective Constable John Rochester, als die bösartigsten beschrieb, die er je gesehen habe.

Luke empfand leichte Mattigkeit, als ihm klar wurde, mit wem er da gesprochen hatte. Widersprüchliche Gefühle, Angst und Faszination regten sich in ihm.

Aber die Polizei entdeckte Dosen mit pornographischen Filmen in Nyes Besitz, was darauf schließen ließ, dass er auf irgendeine Weise beteiligt war. Wahrscheinlich hatte Grand ihn angewiesen, die Filme beiseitezuschaffen. Die beiden Männer hatten schon vorher oft körperliche Strafaktionen damit verbunden, dass sie Waren zum Zweck des Wiederverkaufs an sich brachten.

Mit achtundzwanzig Jahren wieder auf freiem Fuß, machten sie da weiter, wo sie aufgehört hatten. Sie benutzten Spielautomaten als Tarnung für Schutzgelderpressung und illegales Glücksspiel in ganz Brighton. Als 1960, im Jahr ihrer Haftentlassung, die britische Glücksspielverordnung in Kraft trat, erhielten ihre Geschäfte den Anschein der Legalität, und der Mittelpunkt ihres Imperiums war das Alhambra Casino (heute Ocean Hotel) am Kingsway.

In diesen ihren glorreichen Jahren war Jacky das öffentliche Gesicht des Unternehmens. Ein Witzbold mit einem Hang zum Highlife, holte er die Kunden heran, während Joss die Finanzen kontrollierte – und die Hälfte der Geschäftsleute von Brighton.

Dass Jacky Nye einen Ruf als Witzbold hatte, verriet Luke mehr, als jede Verurteilung es hätte tun können. Er selbst war in der Schule manchmal die Zielscheibe solcher »Witzbolde« gewesen. Noch immer verzog er schmerzlich berührt das Gesicht, wenn er sich an das angepinnte Schild auf seinem Rücken erinnerte, auf dem ein Pfeil zu seinem Arsch hinunterzeigte, oder an das Schmuddelheft, das am Inspektionstag in seinem Spind gelegen hatte. Noch nie war er einem Witzbold begegnet, der nicht ein sadistischer Feigling war und sich hinter dem unanfechtbaren Spruch versteckte: »Du hast keinen Humor.« Ein Mann, der anderen gern »Streiche« spielte, würde sich in der Gesellschaft eines Folterers wie zu Hause fühlen.

Die Nacht des Mordes

Nyes Leiche wurde aus dem Meer gefischt, aber die Todesursache war Strangulation. Der Mörder hatte Handschuhe getragen und keine verwertbaren Spuren an der Leiche hinterlassen. Es gab nur einen faszinierenden Hinweis: In

Nyes Handfläche fand sich der blutunterlaufene Abdruck einer Brille, als habe er seinem Angreifer einen Schlag versetzt und dabei eine Brille in der geschlossenen Faust gehalten. Die Glassplitter, die in der Handfläche steckten, waren zu klein, um daraus auf die Stärke der Brillengläser zu schließen, und die Verletzung zu unspezifisch, als dass die Form des Gestells ermittelt werden konnte.

Ein Liebespaar, das die Polizei informierte, gab an, einen großen schwarzen Wagen gesehen zu haben, der sich vom Pier entfernte. Grands Bentley war der einzige seiner Art in den Straßen von Brighton, und die Polizei fuhr auf dem schnellsten Weg zu seinem Club – dem Le Pigalle in der Ship Street –, wo der Bentley vor der Tür parkte. Die Motorhaube war warm.

Drinnen trug Grand immer noch einen Mantel, aber fünfundsechzig Zeugen gaben an, ihn an diesem Abend im Club gesehen zu haben, und fünf Personen gaben zu Protokoll, er sei seit neunzehn Uhr im Haus gewesen. Seine charakteristische Hornbrille war in einem makellosen Zustand, und als ein Polizist Grand aufforderte, seine Ersatzbrille vorzuweisen, lag sie in einem ledernen Etui auf seinem Schreibtisch. Die Ermittlungen konzentrierten sich darauf, die Brille zu finden, die Jacky Nye in der Faust gehalten hatte. Wenn man sie identifizieren könnte, hätte man den Täter. Der Boardwalk wurde abgesucht, und Froschmänner tauchten im Wasser darunter, aber von Glas oder Gestell wurde nie eine Spur gefunden.

Ein einheimischer Obdachloser berichtete später, er habe ungefähr zur Zeit der Mordtat ein junges Mädchen in einem roten Mantel vom Pier weglaufen sehen. Aber falls sie existierte, meldete sie sich nie.

Cherchez la femme, dachte Luke. Der Ausdruck »junges Mädchen« hatte seine Aufmerksamkeit erregt. Er hatte genug Zeit mit Charlene verbracht, um ihre feministische Empfindsamkeit zu übernehmen. Sie erklärte, bei der Bezeichnung »Mädchen« für eine Frau über achtzehn bekomme sie Ausschlag, genau wie bei allen feminisierten Worten wie »Actrice« oder »Masseuse«. Ein Mädchen konnte alles sein, vom Kleinkind bis zur Erwachsenen. Schließlich hatte Grand vorhin Kathleen Duffy als »Mädchen« bezeichnet, und sie war über siebzig gewesen. Luke seufzte und las weiter.

Zur Zeit des Mordes war von einem Konflikt zwischen den beiden Männern nichts bekannt. Tatsächlich waren sie auf dem Höhepunkt ihrer Macht, und durch den Verkauf des Alhambra waren sie zum ersten Mal auf legale Weise reich. Aber Detective John Rochester, der die beiden Männer und ihre Geschäfte wahrscheinlich besser kannte als irgendjemand sonst außerhalb ihres Zirkels, war davon überzeugt, dass Grand der Mörder war und dass die Brille ihm gehörte. Im Laufe ihrer Ermittlungen befragten Rochester und seine Polizisten 209 Personen.

Nach Nyes Tod verkaufte oder verschenkte Grand seine Mehrheitsbeteiligungen an all seinen Geschäften. Er pumpte sein gesamtes Barvermögen in Immobilien und gründete 1969 sein Vermietungsunternehmen JGP. Grand war einer der ersten privaten Großvermieter im Land und ist noch heute der bedeutendste Immobilienbesitzer in West Sussex. Man schätzt sein Portfolio auf 37 Mio Pfund.

Zurzeit lebt er in Brighton und ist Gerüchten zufolge bei schlechter Gesundheit. Da er keine Verwandten hat, weiß niemand, was im Falle seines Todes aus dem riesigen Vermögen werden wird; allerdings ist bekannt, dass er diverse Wohltätigkeitsorganisationen gefördert hat. Rochester kommentierte seinen Wandel zum Philanthropen mit den Worten: »Es ist, als wollte er seine Seele zurückkaufen.«

Rochester ging im Rang eines Detective Chief Inspector in Pension. Er starb 2001. Der Mordfall Jacky Nye ist nie aufgeklärt worden.

Es war, als legte sich bei Luke ein Schalter um, der ihn in den Zustand des Informationensammelns versetzte, in dem er sich ganz bei sich selbst fühlte, so in sich zurückgezogen, dass er auf den Stift in seiner rechten Hand blicken musste, um zu merken, dass er sich Notizen machte.

DREIZEHN

Luke schaute vom eisblau leuchtenden Computerdisplay auf und war beinahe überrascht, dass das Cottage angesichts dessen, was er über seinen Eigentümer erfahren hatte, nicht irgendwie Farbe und Größe geändert hatte. Als er nach seiner Teetasse griff, stellte er fest, dass der Tee eiskalt geworden war, und spuckte ihn zurück in die Tasse. Er polierte seine Brille am Saum seines T-Shirts, setzte sie auf und wandte sich wieder www.coldcasesussex.co.uk zu.

Unter dem Artikel gab es ein Diskussionsforum, aber dort war nur ein Kommentar gepostet worden.

> Toller Fall, so interessant. Wenn jemand weitere Hinweise hat, bitte melden. Honorar möglich. Ciao, Leute. jpwriter@aol.com

Luke fühlte sich plötzlich im Windschatten eines anderen Autors. Eine Antwort stand nicht da, aber natürlich hatte derjenige sie direkt an die E-Mail-Adresse gerichtet.

Aus Neugier und Gewohnheit, nicht weil er ernsthaft auf Antwort hoffte, verfasste Luke eine kurze Notiz mit der Frage, ob jemand Informationen über neue Entwicklungen in diesem Fall habe. Er kopierte sie in das Kontaktfenster der Website und schickte eine zweite Kopie an die AOL-Adresse. Er erwartete nichts und war nicht überrascht, als Sekunden später beide Mails als unzustellbar zurückkamen.

Auf einmal fiel ihm ein, dass sein Posteingang noch offen war, und er rief den Ordner auf, den er eingerichtet hatte, um Mails von Jem zu empfangen und die automatische Antwort zurückzusenden, diese Adresse sei nicht mehr in Gebrauch. Der Ordner enthielt hundertsechsundzwanzig Nachrichten. Luke schloss ihn, ohne eine davon zu lesen.

Er kehrte zur Suchmaschine zurück, aber diesmal suchte er nur nach Bildern. Von den Polizeifotos abgesehen gab es noch ein halbes Dutzend Fotos von Grand und Nye.

Auf dem körnigen Bild, das sie in Boxshorts und -handschuhen zeigte, waren sie offensichtlich noch Teenager. Sie standen vor einem Boxring und hatten einander in einer klassischen homoerotischen Pose die Arme um die nackten Schultern gelegt. Durch seine eigene Neigung sensibilisiert und aufgrund seiner akademischen Ausbildung dazu konditioniert, Dinge zu hinterfragen, schrieb Luke *Nur Freunde? Oder mehr?* auf seinen Notizblock. Für Männer ihres Alters war es in jenen Tagen ungewöhnlich, nicht verheiratet zu sein, und auch wenn Jacky Nyes stichpunktartige Biographie ihn als Schürzenjäger auswies, war es doch noch ungewöhnlicher, dass ein Mann in Grands Alter immer noch keine Frau hatte. Rasch startete er eine neue Suche und verband ihre Namen mit den Stichwörtern »schwul«, »homosexuell« und »gay«. Fehlanzeige. Aber das hatte kaum etwas zu bedeuten. Wenn sie eine körperliche Beziehung gehabt hätten, hätte wahrscheinlich niemand außer ihnen selbst etwas davon gewusst. Ein schwuler Mann in Joss Grands Alter war in eine Welt hineingeboren worden, in der so eine sexuelle Ausrichtung ein Verbrechen war, legalisiert erst 1967, und in manchen Kreisen hätte man sich zwar als Gangster offenbaren können, aber nicht als Homosexueller. Wäre das ein Geheimnis gewesen, das einen Mord rechtfertigte? Wenn ja, wäre es unglaublich, ja, lächerlich nah an Lukes perfekter Story. Das allein ließ ihn zweifeln. *Stoff zum Nachdenken,* notierte er, und nach kurzem Überlegen: *Aber übertreib es nicht.* Dann kehrte er zu den Bildern zurück.

Ein professionelles Foto von 1965, ohne Quellenangabe, versuchte ganz offensichtlich, David Baileys berühmt-berüchtigtes Porträt der Kray-Zwillinge nachzuahmen, das die beiden aus der kriminellen Unterwelt ins Licht der Prominenz katapultiert hatte. Grand stand ein Stück weiter vorn als Jacky. Wahrscheinlich sollte die Perspektive den Unterschied des Körperumfangs ausgleichen, der beinahe komisch wirkte – wie bei Jack Sprat und seiner Frau. Grand sah sehnig und bedrohlich aus, und Nye spähte ihm pausbäckig über die Schulter.

Ein Schnappschuss zeigte sie in einem Nightclub, flankiert von Cocktail-Kellnerinnen. Grand stand mit verschränkten Armen da, Nye begrabschte mit seinen Wurstfingern den spärlich verhüllten Hintern eines kaum volljährigen Püppchens. Das Einzige, was auf Nyes Gewalttätigkeit hindeutete, waren seine schlagringartigen Ringe. Sie glänzten golden, selbst auf dem Schwarzweißfoto. Eine Aufnahme von 1968, dem letzten Jahr seines Lebens, war auf einer Feier entstanden. Champagner spritzte im hohen Bogen aus der Flasche, die Jacky Nye in den Händen hielt, und teilte das Bild in zwei Hälften. Grand starrte in die Kamera, während Nye lachte und seine Goldzähne blitzten. Schließlich fanden sich nur noch ein paar Bilder aus den Neunzigern, auf denen ein älterer, schmächtigerer Joss Grand lokalen Charity-Persönlichkeiten und Würdenträgern die Hand schüttelte.

Bei der letzten Website zögerte Luke, nicht weil er so zart besaitet war, sondern weil es aussah, als könnte sie Bilder enthalten, die man lieber nicht auf seiner Festplatte haben wollte. Sie befasste sich mit Foltermethoden in allen möglichen Zusammenhängen, vom Militär bis zum organisierten Verbrechen. Von Daumenschrauben bis Waterboarding fand sich hier alles, was Menschen sich ausgedacht hatten, um anderen Menschen wehzutun, bis sie nach ihrer Mutter riefen. Dem Abschnitt, in dem Grand erwähnt wurde, war ein schlecht gescannter Zeitungsartikel vorangestellt. Luke musste die Augen zusammenkneifen, um ihn zu lesen.

Evening Argus
Samstag, 30. Mai 1964
Drittes Opfer des Seiltäters?
von Keith Vellacott

Ein unbekannter Mann wurde in lebensbedrohlichem Zustand ins Royal Sussex Hospital aufgenommen, nachdem er gestern Nachmittag in eine Decke gewickelt auf den Stufen des Krankenhauses abgelegt worden war. Er war gefesselt und geknebelt, und sein Gesicht war mit Schwefelsäure verätzt. Die Ärzte erklären, sein Fall sei einer der schlimmsten, die sie je gesehen hätten, und obwohl der Mann sediert worden sei, habe er noch so lange geschrien, bis er schließlich bewusstlos wurde. Er ist in diesem Jahr der Dritte, der mit Verletzungen dieser Art ins Krankenhaus eingeliefert wurde. Striemen an Hand- und Fußgelenken und Faserrisse in den Quadrizeps-Muskeln passen zu der Fesselungsmethode, die Joss Grand 1957 bei der ausgiebigen Misshandlung des Brightoner Geschäftsmanns Mario Zammit anwandte.

Sämtliche Opfer sind einheimische Geschäftsleute, und alle behaupten, nicht zu wissen, wer sie misshandelt hat.

Die Polizei ersucht jeden, der nähere Angaben machen kann, sich mit DC Rochester bei der Brighton Police in Verbindung zu setzen. Sämtliche Informationen werden streng vertraulich behandelt.

Der Bericht war an sich schon eine düstere Lektüre, aber noch verstörender war die Begleitnotiz eines eifrigen Beiträgers, der sich selbst »Slicer« nannte – den »Schlitzer« – und detailliert erläuterte, wie man jemanden auf diese Weise fesselte. Die Anleitung begann mit einem Schlag auf den Kopf, mit dem das Opfer außer Gefecht gesetzt wurde, und führte den angehenden Folterer dann durch die nächsten Schritte, angefangen bei der idealen Dicke des verwendeten Stricks bis zu den sichersten Knoten, die mit der leidenschaftslosen Präzision eines Pfadfinders erläutert wurden, der eine Zeltleine sicher befestigen will. Luke fröstelte. Das war das Problem mit dem Internet: Solche Informationen waren nicht nur für Leute wie ihn zugänglich, für verantwortungsbewusste Leute mit akademischem Background und einem professionellen Interesse daran, das Verbrechen in einen größeren Zusammenhang zu stellen, sondern auch für die Irren, die man nicht mal in die Nähe einer Breitbandverbindung lassen dürfte.

Als Luke von den Fesselspuren an den Handgelenken und der Säure im Gesicht las, rief er sich den kleinen alten Mann noch einmal in Erinnerung, den er eben kennengelernt hatte. Der Anblick des kleinen Veilchenstraußes in der zitternden Hand wurde überschattet vom aggressiven Klang der Stimme. Aber es war unvorstellbar, dass eine katholische Rentnerin in dieses Bild gehörte.

Er begann eine neue Suche. Diesmal verband er Grands Namen mit Kathleen Duffy. Nichts. Die Kombination mit Jacky Nye brachte das gleiche Resultat. Er gab »Kathleen

Duffy« und »Brighton« ein und fand ein streberhaftes Schulmädchen, aber keine Spur von Grands Kathleen, der Frau, deren heilige Geister ihre Schatten auf seinen Wänden hinterlassen hatten. Vielleicht hatte sie irgendwo eine Spur auf echtem Papier hinterlassen, aber was das Internet betraf, hatte sie ein Leben ohne jede öffentliche Bedeutung geführt (und war eines ebensolchen Todes gestorben).

Joss Grands Reaktion ließ keinen Zweifel daran, dass sie ihm ungeheuer viel bedeutet hatte. Sie musste eine bemerkenswerte Frau gewesen sein, wenn ihr Verlust einen solchen Mann zu Tränen rührte. Was hatte er noch zu seinem Fahrer gesagt? »Sie war die Einzige, die Bescheid wusste.« Also hatte sie irgendein Geheimnis mit ins Grab genommen? Nein, das konnte nicht sein. Der Fahrer musste zumindest einen Teil der Geschichte kennen, auf die Grand sich bezog, denn er hatte keine Erklärung benötigt.

Plötzlich blitzte etwas rot in seinem Kopf auf. War Kathleen Duffy möglicherweise die gesuchte Zeugin? Er musste Michael Duffy erreichen und ihn fragen, ob seine Mutter einen roten Mantel hinterlassen hatte oder ein Bild, auf dem sie einen trug. Ihn zu googeln erwies sich als umgekehrtes Problem. Ohne einen Ort, der als Filter diente, bekam er mehr Treffer, als er im Leben durchsehen konnte. Eine Bildersuche erbrachte niemanden, der Ähnlichkeit mit dem Mann hatte. Er klappte den Laptop zu und überlegte sich den nächsten Schritt.

Er durchwühlte die Plastikmappe, die Duffy zurückgelassen hatte, fand aber keine Kontaktnummer, sondern nur die Unterlagen über die Miete. Hatte das an sich eine Bedeutung? Was hatte sie gewusst, was hatte sie gesehen, das einen so habgierigen Mann wie Grand dazu brachte, sie praktisch kostenlos in einem seiner Häuser wohnen zu lassen?

Um das private Geheimnis zu lüften, was Kathleen Duffy gewusst und in welcher Beziehung sie zu Joss Grand gestanden hatte, musste er das öffentliche Rätsel um den Mord an Jacky Nye aufklären. Kathleen Duffy hatte ihr Geheimnis mit ins Grab genommen. Bei dem Gedanken, dass er derjenige war, der es womöglich wieder ausgrub, fühlte Luke sich so lebendig wie seit Monaten nicht mehr.

VIERZEHN

Weitere Nachforschungen mussten warten, bis er wusste, welche Folgen Joss Grands Besuch für Charlene haben würde. Es war ausgeschlossen, dass sie für ein Unternehmen wie JGP arbeitete, ohne die Legende über ihren Chef zu kennen. Wenn sie nur die Hälfte von dem wusste, was er soeben gelesen hatte, war sie für Luke immer noch ein Risiko eingegangen, an dem sich das Ausmaß ihrer Loyalität ablesen ließ. Was für Luke eine rührende Gefälligkeit gegenüber einem Freund war, betrachtete Joss Grand zweifellos als grobes berufliches Fehlverhalten. Sie hatte die strengen Unternehmensrichtlinien übergangen und ein Haus neu vermietet, ohne es vorher wieder zu dokumentieren. Sie wäre zweifach in Schwierigkeiten, zum einen, weil sie der Firma nicht genug Geld einbrachte, und zum Zweiten: Wenn ihre Theorie stimmte und das Haus nicht mehr den Bestimmungen der Wohnungsbaubehörde entsprach, riskierte die Firma, dass ein Strafverfahren gegen sie eröffnet wurde. Und dabei zog er noch gar nicht in Betracht, dass Grands offenkundige emotionale Bindung an dieses spezielle Cottage das Ganze womöglich zusätzlich verkomplizierte.

Er zog sein Telefon heraus, löschte zehn Anrufe und zwölf SMS-Nachrichten von diversen Nummern, die als NICHT ANNEHMEN klassifiziert waren, und schickte eine absichtlich neutrale SMS an Charlene.

Hast du Zeit für ein schnelles Bier nach der Arbeit?

Ihre Antwort kam Sekunden später.

Gute Idee. Wir müssen reden. Fortune of War um 6.

Kein »Char«, kein Kuss. Es war erst vier, aber vielleicht, dachte Luke, als er Schlüssel und Brieftasche einsteckte, könnte er jetzt schon etwas zu trinken brauchen.

Das Fortune of War lag versteckt in einem der Bogen an der Seepromenade. Es war klein, dunkel und leer, aber an den Tischen draußen tranken die Leute aus Plastikbechern, und alle waren vergnügt in dem entschlossenen Bestreben, die letzten warmen Tage zu genießen. Das Meer war ein wehendes blaues Tuch mit weißem Spitzenbesatz. Ein Trio von bärtigen Musikern – Schlagzeug, Gitarre und Bass – nudelte ein endloses Acid-Jazz-Riff herunter. Ein Mann mit verfilzten hellen Locken, der aussah, als surfe er das ganze Jahr, schaute Luke in die Augen, hielt seinen Blick eine Sekunde zu lange fest und zwinkerte. Luke errötete und verzog die Lippen zu einem Lächeln, aber da kam Charlene im Bürorock schon mit knirschenden Schritten über den Kiesweg und rief seinen Namen. Der Surfer, der sie offensichtlich für Lukes Freundin hielt, wandte sich wieder seinem Bier zu, und sein Achselzucken sagte: »Man kann nicht alle kriegen.«

»So«, sagte Charlene und trank das Pint, das Luke schon für sie bestellt hatte, zu einem Drittel aus. »Ich höre, du hattest Besuch von unserem geschätzten Chef.« Sie starrte ihn an, und ihre Augen waren hart und ausdruckslos.

Luke war vorsichtig. »Hast du Ärger?« Es hatte keinen

Sinn, Charlene zu erzählen, was er heute gelesen hatte, solange er nicht wusste, wo sie stand.

»Ich hab mir in die Hose geschissen«, sagte Charlene. »Woher soll ich wissen, dass er auf einmal bei dir vor der Tür steht? Soweit wir wussten, hatte er seit Jahren keinen Fuß mehr in eins seiner Objekte gesetzt. Wir dachten, er schaut sie nur vom Auto aus an. Ich dachte – ja, fuck, was hab ich eigentlich gedacht?«

»Aber es ist alles okay? Ich meine, er ist nicht wütend, weil du mich für diese lächerliche Miete hast einziehen lassen? Ich kann morgen ausziehen, wenn es ein Problem ist.«

»Nein, das ist ja das Verrückte«, sagte Charlene. »Ich hab ihm gesagt, du wärst ein Freund, und wir könnten dich rausschmeißen, wenn er das Haus renovieren wollte, damit wir eine anständige Miete berechnen können, aber er meinte ...« Sie rümpfte ratlos die Nase. »Er meinte, es sei zu früh, sich um das Objekt zu kümmern, und wenn es nach ihm ginge, würde er überhaupt nie wieder einen Mieter hineinlassen. Das ist verrückt. Es ist überhaupt nicht seine Art. Wenn ein Objekt länger als einen Monat leer steht, dreht er normalerweise durch und will wissen, warum wir es noch nicht vermietet haben. Es passt nicht zu ihm.«

Nur etwas so Irrationales wie Liebe würde einen raffgierigen Vermieter dazu bringen, das Haus seiner Geliebten in seinem schlechten Zustand zu bewahren und keinen Gewinn daraus zu ziehen. Luke konnte diesen Impuls verstehen. Die Häuser der Verstorbenen behielten ihre emotionale Bedeutung noch, wenn die Bewohner längst fortgegangen waren. Er erinnerte sich an den Tod seiner Großmutter und daran, wie schmerzlich es für sie alle gewesen war, als eine neue Familie in die Sozialwohnung einzog, in der immer nur Considines gewohnt hatten. Er dachte daran, wie

Grand mit zitternden Fingern liebevoll über die Wände gestrichen hatte.

»Ich glaube, dein Chef und meine verstorbene alte Lady waren ein Paar. Was schätzt du?«

Charlenes Achselzucken verriet Abscheu oder Desinteresse. »Ich weiß es nicht«, sagte sie. »Ich sage ja, er war komisch. Weiß der Himmel, wie sein Kopf funktioniert. Uns kommt es nicht zu zu fragen, warum … Jedenfalls sind wir noch mal davongekommen.«

»Ja, fuck sei Dank«, sagte Luke. Das Pendel seiner sorgenvollen Gedanken schwang sofort zurück zu ihm selbst und seiner Story.

»Du hast wohl nicht zufällig die Kontaktdaten von dem Mann, der bei euch vorbeigekommen ist? Von dem Sohn?«

»Was willst du denn damit?« Sie warf ihm einen seltsamen Blick zu, und er wusste, dass sie ihm auf die Spur gekommen war. Zeit für ein Geständnis – nur um vorzubeugen.

»Ich weiß von Grands Vergangenheit. Ich hab ihn nachgeschlagen.«

Charlene verdrehte die Augen.

»Du hast es mir verschwiegen. Wieso hast du mir nicht erzählt, wer er ist? Was sein Background ist? Ein ungeklärter Bandenmord aus den Sechzigern? Das ist doch mein Traumbuch und wartet nur darauf, von mir geschrieben zu werden.«

Sie hob die Hand. »Halt, stopp. Man arbeitet nicht fast ein Jahr bei JGP und hört keine Gerüchte. Und, ja, ich hab mich selbst im Netz umgesehen. Ich sag dir, warum ich dir nichts erzählt hab. Weil ich wusste, du würdest so reagieren. Du witterst eine Story und willst ein Buch schreiben. Hör zu. Manche Fälle bleiben ungelöst. Ich weiß nicht, was du dir vorstellst. Was glaubst du, was du herausfinden wirst, was die Detectives nicht herausfinden konnten? Speziell jetzt?«

Ein »aber« erstarb auf seinen Lippen, als Charlenes Hand, die langsam herabgesunken war, sich wieder hob. »Pass auf, ich habe dich bereits hinter Mr Grands Rücken in das Cottage geschmuggelt. Was glaubst du, in welche Lage es mich bringt, wenn du dann auch noch in seiner Vergangenheit herumwühlst? Ich bin mit diesem Haus schon ein Risiko für dich eingegangen, weil du mein Freund bist und weil du in Schwierigkeiten steckst. Aber ich brauche diesen Job, Luke. Hast du eine Ahnung, wie der Arbeitsmarkt im Moment aussieht? Mr Grand könnte mich morgen früh entlassen, und bis zum Abend hätte er dreihundert Bewerbungen in der Post. Ich muss die Wohnungsmiete für meinen Dad bezahlen, und wenn diese Kürzungen weitergehen, muss ich für die häusliche Pflege auch noch selbst aufkommen …« Wütend wischte sie sich die Tränen von der Wange und versuchte, Luke anzufunkeln. Luke war klug genug, ihre Tränen nicht zu kommentieren. Das Einzige, was Charlene noch weniger ausstehen konnte als Selbstmitleid, war das Mitleid anderer Leute. »Und was ist, wenn du tatsächlich was Unsauberes rausfindest? Dann hast du deine Story, aber wenn mein Chef den Bach runtergeht, was wird dann aus meinem Job? So oder so, ich bin im Arsch. Ich warne dich, Luke. Wenn du Staub aufwirbelst und ich deswegen meine Arbeit verliere, werde ich dir das nie verzeihen.«

»Okay, okay.« Luke bemühte sich verzweifelt, ihr die Würdelosigkeit weiterer Tränen zu ersparen. »Kein Problem, ich lass es bleiben. Ich schreibe über was anderes.«

Die Band drehte die Lautstärke auf, und eine Zeitlang war es unmöglich, sich zu unterhalten. Luke und Charlene betrachteten die untergehende Sonne. Um sieben machte sie sich auf den Heimweg. Er holte sich noch ein Bier, drehte sich eine Zigarette und suchte die Umgebung nach dem blonden Wuschelkopf ab. Aber sein Surfer war weg.

Eigentlich glaubte Luke nicht an das Schicksal – jeglicher Hang zum Fatalismus war von Jems Überzeugung, sie seien füreinander bestimmt gewesen, zunichtegemacht worden –, aber als er das alles im Kopf hin und her wendete, konnte er nicht umhin zu glauben, dass diese Story irgendwie für ihn gedacht war. Es war die geschichtliche Periode, die ihn am meisten interessierte, und das Thema, das sein Herz schneller schlagen ließ. Und er, ein Autor, wohnte nun in einem Haus, das Joss Grand gehörte, mit dem Geist einer Frau, die etwas Bedeutsames gewusst hatte, ja, die selbst bedeutsam gewesen war. Geliebte oder Zeugin oder beides – er musste es wissen. Anders als Earnshaws Story verfolgte dieses Buch *ihn*.

Die Stare auf dem West Pier erwachten plötzlich zum Leben und kreisten in ihrem abendlichen Rundflug am Himmel. In atemberaubenden Formationen bewegten sie sich wie ein einzelner Organismus, der sich zusammenzog und wieder ausdehnte, kräuselte und glättete, die Sonne verdunkelte und sie wieder freigab. Sein leerer Magen knurrte. Er dachte an Charlene, die ihrem Dad in Whitehawk das Abendessen zubereitete, und verzog schmerzlich das Gesicht. Er wusste weder, wie er das Versprechen, sich von der Sache fernzuhalten, brechen konnte, noch, wie er es halten sollte.

FÜNFZEHN

Luke ging im Cottage umher und klopfte an die Wände, um festzustellen, ob sie irgendwo hohl oder falsch waren. Die ganze Nacht war er wach gewesen und hatte im Geiste Theorien gewälzt. Eine davon lautete, das Haus selbst bewahre Geheimnisse. Vielleicht hatte Kathleen Duffy ein halbes Jahrhundert lang etwas für Grand versteckt.

Er kam sich albern vor und war froh, dass niemand mitbekam, wie er sich aufführte, als wäre er ein Kind in einem Scooby-Doo-Cartoon. Was erwartete er zu finden? Eine Pistole, eingewickelt in ein Öltuch? Ein Skelett, eingemauert hinter einer falschen Tür, irgendeinen alten Kumpel aus den Grand-Nye-Jahren?

Das Haus war klein, und die Schatzsuche dauerte nicht lange. Um sich selbst einen Gefallen zu tun und einen Schlussstrich unter die Sache zu ziehen, beschloss er, auch das kleine Klohäuschen hinter dem Haus zu untersuchen. Halsbrecherisch balancierte er auf dem schwarzen Toilettensitz und gedachte einen Augenblick lang all derer, die hier in den Jahren vor der Einführung der Innentoiletten gewohnt hatten, bevor er die staubigen Ecken unter dem Dach abtastete. Sand rieselte herunter und bedeckte Haare und Haut.

Als er herauskam, brannte im Nachbargarten die Sicherheitsbeleuchtung. Die Mauer war niedrig, und er erblickte einen jungen Mann mit langen Haaren und einem breiten Schnurrbart. Für den kühlen Abend war er unzulänglich gekleidet und trug ein altes T-Shirt und eine Jeans mit Schlag.

»Hey, Nachbar.« Sein Akzent war amerikanisch, und er sprach mit tiefer Stimme. »Ich dachte doch, ich hätte jemanden gehört. Ich bin Caleb. Nett, Sie zu sehen.«

Eine Spinnwebe fiel Luke aus dem Haar und blieb an seinen Wimpern hängen. »Hallo. Luke«, sagte er und blinzelte, um die Spinnwebe loszuwerden. »Äh, gleichfalls. Bin erst seit ein paar Tagen hier und muss mich noch zurechtfinden.«

»Wohnst du allein da?« Caleb verschränkte die Arme zum Schutz gegen die Kälte. Luke nickte. »Dann hast du es gut getroffen. Das hier sind eigentlich Ein-Personen-Häuser. Ich wohne mit meiner Freundin Belinda zusammen. Wir haben gerade den Dachboden ausgebaut, aber es ist immer noch nicht genug Platz für uns beide zum Arbeiten.«

»Was macht ihr denn?« Luke spuckte auf den Boden, weil er irgendetwas Ekliges an den Lippen hatte.

»Ich mache Requisiten für Theater und Fernsehen, und Belinda ist Kostümbildnerin. Deshalb ist es ziemlich vollgestopft bei uns.«

»Klingt faszinierend«, meinte Luke.

»Es hat manchmal was. Wir waren beide auf einem Dreh, als die alte irische Lady starb. Sie haben sie ungefähr zwei Tage später beerdigt, und so schnell konnten wir nicht zurück sein.«

»Standen Sie ihr nah?«

»Kann man sagen. Belinda kannte sie sehr viel besser als ich. Sie müssen mal abends auf ein Glas rüberkommen und sich ansehen, was wir aus der Bude gemacht haben«, sagte Caleb. »Wenn wir das nächste Mal beide zu Hause sind, sagen wir Ihnen Bescheid.«

»Das wäre toll. Tja, ich gehe jetzt lieber wieder ins Warme.« Aber er hatte noch eine letzte Frage und schaute über die Schulter zurück. »Nur interessehalber – als Sie den Dachboden ausgebaut haben, hatten Sie das Haus vorher ordnungsgemäß vermessen lassen?«

»Natürlich.«

»Und wenn diese alten Häuser einen Keller hätten, wüssten Sie davon.«

»Himmel, ja. Wir wären froh. Man hat ja nie genug Stauraum.«

Es gab also keinen Keller. Gut zu wissen. Als er auf den Boden starrte, fiel ihm noch ein Versteck ein, das ausgeschlossen werden musste. Leise, damit Caleb nichts hörte – Luke malte sich aus, wie er ein Wasserglas an die Wand drückte, um zu lauschen –, rollte Luke den Teppich zurück und hebelte die Bodendielen in der Mitte hoch, um mit einer Taschenlanpe darunterzuleuchten. Im Lichtstrahl sah er nichts als Schmutz und Staub von sechzig Jahren.

Okay. Genug jetzt. Michael Duffy hatte die Wahrheit gesagt, als er erzählte, sie hätten das Haus seiner Mutter von oben bis unten gereinigt. Vielleicht war ein Beweisstück oder ein Hinweis dabei beseitigt worden. Vielleicht war es ein scheinbar harmloser Gegenstand aus Kathleens Besitz gewesen, zum Beispiel ein roter Mantel, ganz hinten in dem alten Kleiderschrank. Womöglich sortierten Michael Duffy und seine Familie gerade in diesem Augenblick die Hinterlassenschaft eines Menschenlebens und schickten ahnungslos etwas Wichtiges zur Kleiderkammer oder verstauten es in einem Schrank.

Phantasie war etwas für Romanschriftsteller. Es war gefährlich, wenn man sie benutzte, um die Lücken zu stopfen, die mit Fakten gefüllt werden sollten. Er brauchte Beweismaterial, bevor die Phantasie zur Besessenheit wurde.

SECHZEHN

Brighton Pavilion war ein prachtvoller Palast mit einer zwiebelförmigen Kuppel, Minaretten und Kielbogenfenstern. Er hätte besser nach Jaipur oder Rajasthan gepasst als zwischen die respektable Fassade des Theatre Royal und dem Old Steine mit seinen Universitätsgebäuden und den Bussen, die alle zehn Sekunden vorbeidonnerten. Aber da stand er, mitten in einer englischen Parklandschaft. Schmale Pfade schlängelten sich zwischen langen Rabatten, wo eifrige Schmetterlinge und Bienen den letzten Nektar aus den ergrauenden Lavendelbüschen und dem Sommerflieder pressten, dessen violette Blütenrispen sich schon braun gefärbt hatten. Der Park war voll von selbstbewussten, attraktiven jungen Leuten, die beim Lunch saßen. Die Luft roch nach gemähtem Gras, gemahlenem Kaffee, Hummus und Falafel. Aus einem dichten Gestrüpp, aus dem ein Paar abgetragene Stiefel herausragte, stieg eine dünne Marihuana-Rauchfahne auf.

Das Brighton History Centre war in einem Raum im Obergeschoss der Museum and Art Gallery. Luke redete sich ein, er hintergehe Charlene eigentlich nicht. Mit seinem Vorhaben werde er sie nicht in Schwierigkeiten bringen, und im Grunde recherchiere er diesen Fall ja nur, damit er tun könne, was sie vorgeschlagen hatte – nämlich, ihn auf sich beruhen lassen. Vielleicht genügte es ja, sich zu vergewissern, dass es hier keine Story zu erzählen gab. Ihren Job setzte er kaum aufs Spiel, wenn er hierherkam, es sei denn, Grand hatte in den Stadtarchiven rund um die Uhr Spione im Einsatz, nur für den unwahrscheinlichen Fall, dass eines Tages jemand aufkreuzte, der Nachforschungen über seine Vergangenheit anstellen wollte. Er recherchierte nur, weiter nichts.

Der Raum war mit sauberen modernen Kiefernholzschreibtischen und Drehstühlen ausgestattet. Regale reichten bis zur weißen Stuckdecke hinauf, die drei große, grün glänzende Kuppeln hatte und mit silbernen Schnörkeln verziert war. Außer Luke waren nur zwei Bibliothekare anwesend, eine lächelnde Frau mit leicht vorquellenden Augen, ungefähr so alt wie seine Mum, und ein Mann mit einem dünnen Bart. Ein Plakat warb für einen Recherchedienst, der zu günstigen Preisen lokalgeschichtliche Informationen lieferte. Aber Lukes Vertrauen in seine eigenen Fähigkeiten war so groß, dass er nicht in Versuchung geriet.

Die ältesten Zeitungsarchive standen noch nicht online zur Verfügung, aber er hatte erwartet, dass sie zumindest auf CD-ROM digitalisiert waren. Überrascht und ein bisschen eingeschüchtert erfuhr er, dass alles auf Mikrofilm aufgenommen worden war. Davon hatte er schon gehört, aber gesehen hatte er so etwas noch nicht, nicht einmal während seines Master-Studiums. Aus Aktenschränken holte er sich kleine Filmrollen aus den sechziger Jahren. Sie enthielten die Tageszeitung und zwei längst eingegangene Wochenblätter. Ohne mit der Wimper zu zucken, zeigte die Bibliothekarin ihm, wie man die Filmrolle in das Lesegerät einlegte und den Film mit den Drehknöpfen heran- und wegzoomte, vorwärts- und rückwärtsspulte. Als er das erste Faksimile einer Titelseite von 1968 mitsamt allen körnigen Fotografien und Anzeigen auf dem Bildschirm scharf stellte, verspürte

Luke das ungewohnte Kribbeln einer körperlichen Verbindung mit der Vergangenheit. Er hatte das seltsame Gefühl, dass er, wenn er jetzt auf seine Hände schaute, fünfzig Jahre alte Druckerschwärze an seinen Fingern sehen würde. Mehr als einmal berührte er, ohne nachzudenken, den Bildschirm mit Daumen und Zeigefinger und zog die Fingerspitzen auseinander, um das Bild zu vergrößern. Er wurde verlegen, als ihm klar wurde, wie sehr er an den Umgang mit Touchscreens und digitalen Medien gewöhnt war.

Der *Argus* – oder der *Evening Argus*, wie er damals noch geheißen hatte – war eine täglich erscheinende Lokalzeitung. Sie machte mit landesweiten Nachrichten auf, und Storys von lokalem Interesse kamen erst weiter hinten. Luke hatte bald einen Rhythmus gefunden: Er las die Titelseite und drehte den Einstellknopf so, dass er sogleich die entscheidenden Lokalseiten fand. Mit einer nächsten stärkeren Drehung übersprang er die Sportmeldungen und die Kleinanzeigen im hinteren Teil. Er kam nur langsam voran, und immer wieder vergaß er, was im Mittelpunkt seiner Suche stand, und verlor sich in der Vergangenheit. Matt Monro sang in den Clubs. Das Concorde veranstaltete Tanztees für Leute über fünfundzwanzig. Im ABC lief immer noch *Die Reifeprüfung*. Bei Mothercare war Schlussverkauf. Ein Reisebüro in Brighton war das einzige in Sussex, das Pauschalreisen nach Sardinien anbot. Die Mütter der Stadt organisierten eine Kampagne für mehr Schulplätze für Fünfjährige. Brightons Radfahrer folgten ihren eigenen Gesetzen. Ein reicher Erbe aus der Stadt hatte eine Schwarze geheiratet.

Grand und Nye wurden ab und zu erwähnt. 1964 fand in ihrem Club Le Pigalle eine Rauschgiftrazzia statt. Zu einer Anklage kam es nicht, aber das hatte die Zeitung nicht daran gehindert, einen vernichtenden Leitartikel zu drucken, in dem Chefreporter Keith Vellacott gegen die neue Geißel der Amphetamine zu Felde zog. Häufig kam es zu Festnahmen oder Schlägereien in oder vor ihren Nightclubs, und die Leute, die sie nach Brighton lockten, waren exakt die Leute, die man in der Stadt nicht haben wollte. Luke konnte den Rauch vor sich sehen, der aus Vellacotts Schreibmaschine stieg, wenn Grand und Nye erwähnt wurden – nur nicht in dieser erfreulichen Story:

Evening Argus
Dienstag, 1. Oktober 1968
Lokalgrößen verscherbeln Lasterhöhle
von Keith Vellacott

Champagnerkorken knallten überall in Bristol, als gestern Abend bekannt wurde, dass das berüchtigte Brightoner Alhambra Casino an eine Hotelkette verkauft worden ist. Aufgestiegen aus der Asche einer illegalen Spielhölle der fünfziger Jahre, war es ein Ort der Gewalt, aber auch des kürzlich legalisierten Glücksspiels. Die bisherigen Eigentümer des Alhambra, die Brightoner Geschäftsleute Joss Grand und Jacky Nye, standen für eine Stellungnahme nicht zur Verfügung.

Natürlich hatten im Oktober 1968 sogar die Lokalzeitungen mit dem Prozess gegen die Kray-Zwillinge aufgemacht. Hier stand der Bericht unter der Schlagzeile: *Jack the Hat – Zeuge lügt.* In den Weltnachrichten gab es eine Meldung über zwei amerikanische Sportler, die bei der Olympiade in Mexiko den Black-Power-Gruß gezeigt hatten. Ein Protestmarsch gegen den Vietnamkrieg hatte ganz London zum Stillstand gebracht. Der berüchtigte Politiker Enoch Powell, dem es nach der umstrittenen »Ströme von Blut«-Rede, die er im April in Birmingham gehalten hatte, immer noch rot von den Zähnen tropfte, würde im Laufe der Woche in der Brighton Town Hall wieder eine Rede über Großbritanniens wirtschaftliche Zukunft halten.

Powells mit Spannung erwarteter Besuch wurde im *Argus* aber nur mit einer kurzen Spalte in einer Ecke der Seite sieben vom Dienstag, dem 22. Oktober gewürdigt. Diese und alle anderen Nachrichten waren überschattet von der Story über die Ermordung des Brightoner Gangsterbarons Jacky Nye auf dem West Pier.

Luke kannte alle Fotos von Grand und Nye, die die seitenlangen Berichte und Spekulationen begleiteten. Die Meldung an sich war eine Enttäuschung, buchstabengetreu das, was auf der »Cold Case Sussex«-Website gestanden hatte, was darauf schließen ließ, dass deren Autor dasselbe Quellenmaterial benutzt und keine neuen Fakten entdeckt hatte. Als Luke sich durch den vertrauten Text wühlte, spürte er eine ähnliche Frustration, die Detective John Rochester empfunden haben musste.

Es gab ein Interview mit dem Pärchen, das Nyes leblose Gestalt gefunden hatte, und einen Appell an das Mädchen im roten Mantel, sich zu melden. Lukes Überzeugung, es habe sich dabei um Kathleen Duffy gehandelt, geriet ins Wanken. Je länger er darüber nachdachte, desto weniger glaubte er überhaupt noch an die Existenz des Mädchens. Ein Mädchen – Verzeihung, Charlene –, eine junge Frau im roten Mantel war schließlich ein literarischer Topos seit Rotkäppchen. Solch eine Geschichte hätte ein Penner parat, der auf Aufmerksamkeit oder eine Belohnung aus war. Vellacott berichtete, Joss Grand sei der Polizei bei ihren Ermittlungen behilflich. Obwohl sein Alibi anscheinend wasserdicht sei, konzentriere die Polizei sich auf ihn. Grands Schuld schimmerte immer wieder zwischen den Zeilen hervor.

Das letzte gemeinsame Foto von Grand und Nye war anscheinend nie ins Internet hochgeladen worden. Es war mit dem Teleobjektiv auf Nyes Beerdigung aufgenommen worden. Ein ernst blickender Grand stand knietief in Blumengebinden neben einer gläsernen Pferdekutsche mit einem übergroßen Sarg. Eine Schauspielerin, die zu dieser Zeit eine Hauptrolle in einer Soap spielte, war auch dabei. Auf keinem Foto, das Luke gesehen hatte, sah sie so jung aus. Ihr Gesicht war halb von einem schwarzen Schleier verdeckt. Diana Dors, hieß es, habe Blumen geschickt.

Nach dem Begräbnis schien Vellacott an Schwung zu verlieren. Seine Schlagzeilen ließen nach, an Zuversicht wie an Häufigkeit. Aus *Wer hat Jacky Nye ermordet?* wurde *Jacky: Weiter keine Festnahme* und schließlich *Hoffnungen schwinden im Mordfall Nye*. Die Artikel wurden kürzer, die Überschriften unspektakulärer, und Detective John Rochester klang von Mal zu Mal niedergeschlagener, verzweifelter und defensiver. Obwohl Luke wusste, wie die Geschichte weiterging, konnte er sich der leise anschwellenden Enttäuschung nicht entziehen. Der Reiz des Neuen beim Lesen der Zeitungen auf Mikrofilm war gegen fünf Uhr verflogen – anders gesagt, zu Anfang des Jahres 1969, als seine Augen von der Anstrengung zu brennen begannen. Er sehnte sich bereits nach der kalten, klinischen Zweckmäßigkeit einer Suchmaschine, als er schließlich Feierabend machte.

Auf dem Weg zurück nach Temperance Place kam ihm eine Frau in einem kurzen roten Mantel entgegen. Er sah ihr nach und riss den Kopf so plötzlich herum, dass etwas in seinem Nacken knackte.

SIEBZEHN

Eine Woche verging, bevor Caleb und Belinda an einem Abend beide zu Hause waren. Es war ein nasser, windiger Samstag, der die Strandpromenade in Brighton leerfegte und die Pubs füllte.

»Schiffe, die einander nachts passieren, das sind wir«, sagte Belinda und zog Luke über die Schwelle ihres Häuschens. Drinnen war es so bunt, wie es bei ihm düster war. Farben, Stoffe, Papier und Requisiten bedeckten alles. Vielförmig ausgesägte Spanplatten lehnten an den Wänden, und eine Leiter lag quer auf einem ausladenden Arbeitstisch – eine Slapstick-Nummer, die auf ihre Ausführung wartete. Der Esstisch verschwand unter zwei Nähmaschinen und Bergen von Schnittmustern, und so aßen sie die Tajine, die Caleb gemacht hatte, im Schneidersitz auf dem Boden.

Caleb hatte Belinda als Kostümbildnerin bezeichnet, aber sie selbst nannte sich Schneiderin, und die altmodische Berufsbezeichnung passte zu ihr und ihrem Stilmischmasch aus verschiedenen Jahrzehnten, von der »Victory Roll«-Frisur bis zu den Dolly Rockers an ihren Füßen.

»Habt ihr Mrs Duffy nahegestanden?«, fragte Luke, als das Gespräch einmal stockte. Belinda und Caleb wechselten einen Blick, halb amüsiert, halb verärgert.

»Als Freundschaft würde ich es eigentlich nicht bezeichnen«, sagte Belinda dann. »Sie war rund fünfzig Jahre älter als ich, und in manchen Dingen waren wir nicht einer Meinung. Aber sie war sehr freundlich, als wir hier einzogen. Und sie war eine gute Quelle.«

»Eine Quelle?«

»Für Kleider«, sagte Belinda. »In meinem Job muss ich den Look aller möglichen Perioden nachschöpfen, nicht wahr? Bei modernen Sachen stimmt einfach der Schnitt nicht. Textiltechnologie ist der Wahnsinn, aber Schneidern ist eine aussterbende Kunst. Es gibt nichts Besseres, als ein Originalkleidungsstück aufzutrennen und zu sehen, wie es gemacht wurde. Mrs D hatte keine Riesengarderobe, aber es waren lauter Originalsachen. Sie sagte, sie habe nichts mehr weggeworfen, seit sie ein Teenager war. Mit siebzig hat sie genauso viel gewogen wie mit zwanzig. Sie war sehr kritisch gegenüber Frauen, die ihr Gewicht nicht halten konnten. Sie war ziemlich kritisch, Punkt.«

Luke wollte die Gelegenheit beim Schopf packen und diesen Einblick in die Persönlichkeit der alten Lady vertiefen, aber Belinda sprach schnell, und ihr ins Wort zu fallen erforderte ungefähr so viel Geschick wie das Lückenspringen im Autobahnverkehr. »Also durfte ich eine Zeitlang ihre Kleider ausborgen, ich konnte mir ansehen, wie sie genäht waren, und mir Schnittmuster machen. Als Dankeschön hab ich auch ein paar Stücke für sie in Ordnung gebracht. Sie hatte eine ziemlich schlimme Arthritis und konnte es selbst nicht mehr. Ich kann dir ein paar von meinen Sachen zeigen. Sie werden dir gefallen.«

Belindas Annahme, er interessiere sich für Mode, wurmte ihn, bis ihm bewusst wurde, dass er von Kopf bis Fuß nur Sachen trug, die Jem ihm gekauft hatte und die auf dem neuesten Stand der Mode waren. In der nächsten oder übernächsten Saison wäre er wieder so ahnungslos wie eh und je. Belinda rollte eine durchgebogene Kleiderstange auf Rädern heran und schüttelte ein kanariengelbes Minikleid aus. Mrs Duffy hatte es offensichtlich nicht gehört; es war die Kopie eines 1965er Originals von Mary Quant, und Belinda hielt ihm einen Vortrag über die Bedeutung von Brustabnähern. Allmählich taten ihm die Wangen weh, und es wurde anstrengend, sein Lächeln aufrechtzuerhalten.

»Der hier hat Mrs D gehört.« Belinda kämpfte mit einem Kleiderbügel. Als sie sich wieder zu Luke umdrehte, hatte sie einen roten Trenchcoat mit Gürtel in der Hand. Lukes Herz klopfte gegen seine Rippen. »Sie hatte ihn seit ungefähr fünfzig Jahren, aber er war so gut gearbeitet, dass sie ihn immer noch jeden Tag tragen konnte. Es liegt an den Details. Das Futter hier, das hat eine doppelte Kappnaht, sodass man den Stoß nicht sieht. So was kriegst du heute nicht mehr. Heute macht man eine normale Naht mit Vorstich …«

Caleb fiel ihr ins Wort. »Belinda, Luke ist nur höflich.«

»Keineswegs«, sagte Luke. »Ich mag alte Dinge.«

»Es ist eine perfekte Kopie, Stich für Stich«, sagte Belinda besänftigt und schlug den Mantel auf, um das rote Satinfutter zu zeigen. »Siehst du, diese Knöpfe sind mit dem gleichen Stoff bezogen, aus dem auch der Mantel besteht. Das musste ich mit der Hand machen. Sechzig Stunden, von Anfang bis Ende.«

»Darf ich ihn anfassen?« Luke hielt den Mantel behutsam hoch, als wäre er eine heilige Reliquie. »Das ist unglaublich.« Zu spät hörte er das Quieken in seiner Stimme.

»Hey, Mann«, sagte Caleb trocken, »krieg dich wieder ein. Ich glaube, das ist nicht deine Größe.«

»Haha.« Luke tarnte seine Verlegenheit mit einem Pokerface und reichte Belinda den Mantel zurück. »Ich glaube, ich bin einfach fasziniert von ihr. Wisst ihr, weil es sich immer noch ein bisschen so anfühlt, als wäre es ihr Haus.«

»Mm«, sagte Belinda. »Irgendwo hab ich ein Bild, auf dem sie ihn anhat. Willst du es sehen?«

Luke tat cool, als sie ein kleines schwarzweißes Viereck aus einem Album nahm. Da war Kathleen Duffy. Sie stand vor seiner Haustür. Erfreut bemerkte Luke, wie zutreffend seine Vorstellung von ihr gewesen war: Sie sah aus wie ein kleiner dunkeläugiger Vogel, winzig neben dem großen »Silver Cross«-Kinderwagen neben ihr, aus dem eine Babyhand herausragte wie ein Seestern. Er verstand, dass der schmächtige, drahtige Grand sich in sie verliebt hatte. Sie war so zierlich und mädchenhaft, dass er neben ihr wie ein stattlicher Mann wirkte. Er drehte das Foto um. Auf der Rückseite stand in groben, ungleichmäßigen Buchstaben: *Home sweet home. Kathleen in Temperance Place, April 1968.* Luke nahm sich vor nachzusehen, aus welcher Zeit die ersten Mietbücher stammten.

Caleb stand auf, um das Geschirr wegzuräumen, und während Belinda ihren Kleiderständer in Ordnung brachte, stellte Luke das Klickgeräusch seiner Telefonkamera leise und machte heimlich ein Foto von dem Bild.

»Und vorgestern kam nun dieser Typ mit einem großen schwarzen Auto und wollte zu Mrs Duffy«, sagte er. »Ich musste es ihm sagen.«

»Ach der«, sagte Belinda über das Rasseln und Klirren der Kleiderbügel hinweg. »Wir nannten ihn immer den Herrenbesuch. Wie hieß er noch? Sie hat erzählt, sie hätten in fünfzig Jahren nicht ein einziges Mal ihren allwöchentlichen Nachmittagstee ausgelassen. So old-school. So süß.«

»Was für eine gemeinsame Geschichte hatten sie denn? Hast du sie je gefragt, ob sie ein Paar waren?«

»Machst du Witze? Sie war so gesittet, eine solche Frage hätte man ihr nie stellen können. Sie hat einen Monat lang nicht mit mir gesprochen, als sie rauskriegte, dass Caleb und ich in Sünde leben.«

»Dann hätte sie mich wahrscheinlich geliebt, was?« Luke lächelte.

Belinda fing an, von Mrs Duffys Hochzeitskleid zu reden, einem zweiteiligen weißen Kostüm, das im Schrank völlig vergilbt, aber so wunderbar gearbeitet gewesen war, dass sie es nicht übers Herz gebracht hatte, es aufzutrennen. Luke spürte, dass er bei dem Thema des Herrenbesuchs gegen eine Wand lief und nicht weiter darauf dringen konnte, ohne zu verraten, warum. Als Caleb einen Joint drehte, beschloss er, es für diesen Abend auf sich beruhen zu lassen, und die nächsten paar Stunden vergingen in einem angenehmen Nebel.

Ein paar Minuten vor Mitternacht schwebte er in sein Haus zurück. Sein Blick fiel auf Kathleen Duffys Mietbücher, die nach Datum geordnet auf dem Kaminsims gestapelt lagen.

Der erste Eintrag war vom 30. Oktober 1968, neun Tage nach dem Mord an Jacky Nye. Ein Zufall konnte das nicht sein, aber Luke hatte keine Ahnung, was dahintersteckte. Das Foto zeigte sie im April desselben Jahres vor dem Cottage. Hatte sie den Mietvertrag geerbt, oder gab es irgendwo noch ein weiteres Mietbuch, aus dem hervorging, dass Joss Grand schon im Frühjahr dieses Jahres ihr Hauswirt gewesen war? Und wenn ja, hatten sie schon vor dem Mietverhältnis eine Affäre gehabt – oder was es immer gewesen sein mochte? In seinem benebelten Kopf fand Luke keine Antwort.

Er stolperte die Treppe hinauf und überlegte, ob es andere Informationsquellen zu Kathleen Duffy gab, die er noch nicht angezapft hatte. Der Schatten des Kreuzes über seinem Bett trat stärker hervor als sonst, und Luke wurde klar, dass er ihn seit Tagen überhaupt nicht mehr bemerkt hatte. In den Sekunden vor dem Einschlafen nahm die Antwort Gestalt an. Er griff nach seinem Smartphone, unternahm eine kurze Internetsuche und stellte den Wecker für den nächsten Morgen auf halb zehn.

ACHTZEHN

Die römisch-katholische Kirche vom Heiligen Herzen war ein gotisches Kalksteingebäude, dessen graue Türmchen und Spitzbogen einen groben Kontrast zu den kultivierten Stuckfassaden im Vorort von Hove bildeten. Luke zögerte auf der Schwelle. Seit der Beerdigung seiner Großmutter vor über zehn Jahren war er in keiner Kirche mehr gewesen, aber was ihn stehen bleiben ließ, war keine spirituelle Erweckung, sondern der Kloß, der ihm bei dem Gedanken an sie in die Kehle stieg. Das überraschte ihn genauso wie die Kniebeuge, die er automatisch vollführte, bevor er auf einer der hinteren Sitzbänke Platz nahm. Buntglasfenster malten ihre Farben auf seine Handrücken.

Der Priester war in zweifacher Hinsicht enttäuschend: zu jung und zu irisch, um besonders viele Erinnerungen an das alte Brighton zu haben. Nach der Kommunion, bei der Luke sitzen blieb, sang die Gemeinde zufällig das Lieblingslied seiner Großmutter, *Der König der Liebe mein Hirte ist.* Die Zeile, in der von den erlösten Seelen die Rede war, hatte ihm immer besonders gut gefallen. Ohne das Gesangbuch aufschlagen zu müssen, sang er unversehens mit, ohne es zu wollen.

Trotzdem hielt er den Priester nach der Messe im Kirchenschiff auf.

»Hallo, Father«, sagte er. »Ich glaube, Sie haben meine verstorbene Großtante beerdigt. Kathleen Duffy? Sie ist vor ungefähr drei Wochen gestorben. Ich konnte nicht zur Beerdigung kommen, und ich wollte nur … ich weiß nicht … ihr noch einmal nah sein. Wir hatten den Kontakt verloren, und ich habe eben erst erfahren, dass sie gestorben ist.«

In der Kirche zu lügen! Einen Priester zu belügen! Luke wartete auf den Blitzschlag, der auf ihn herabfuhr.

»Ah, Mrs Duffy«, sagte der Priester. »Sie fehlt uns sehr. Sie war sehr fromm. Jeden Sonntag und jeden Mittwoch war sie in der Messe, und sie hat nie einen heiligen Feiertag vergessen. Warten Sie hier.«

Er kam mit einer kleinen Totengedenkkarte zurück, bedruckt mit Kathleens Bild, Geburts- und Sterbedatum und einem Gebet, das Luke nicht kannte. Das schöne dunkle Haar war blasser und dünner geworden, aber die Augen waren immer noch schwarz und tiefgründig. Luke dankte dem Priester und steckte die Karte ein.

»Sie wissen wohl nicht, wo ich ihren Sohn finden könnte? Michael Duffy?«

»Ich kann seine Adresse ohne seine Erlaubnis nicht herausgeben«, sagte der Priester pedantisch, als hätte Luke ihn aufgefordert, das Beichtgeheimnis zu brechen. »Aber wenn Sie verwandt sind, kann es doch nicht so schwierig sein, ihn zu finden?«

Jetzt verfluchte Luke sich dafür, dass er die Verwandtschaftskarte ausgespielt hatte. Wenn der Priester der Familie berichtete, dass er Fragen gestellt hatte, würden die Leute misstrauisch werden, bevor er mit ihnen gesprochen hätte. Michael Duffy hätte sich vielleicht entgegenkommend gezeigt, wenn ein Fremder Fragen stellte, aber es würde sofort seinen Argwohn wecken, wenn jemand sich als Verwandter ausgab.

»Wir haben den Kontakt verloren. Vielleicht kann ich einen Brief schreiben, den Sie an ihn weiterleiten. Können Sie mir denn sagen, wo sie begraben ist? Ich möchte ihr die letzte Ehre erweisen.«

Der Friedhof erstreckte sich über ein dicht bewaldetes Tal draußen an der Lewes Road. Die Zufahrtsstraße teilte sich in drei Alleen, die zwischen den Grabstätten hindurchführten. Luke blieb an der Gabelung stehen. Erst jetzt wurde ihm bewusst, dass es für Friedhöfe keine Lagepläne gab. Um Kathleens Grab zu finden, müsste er frische Gräber suchen und dann die einzelnen Grabinschriften lesen. Luke ignorierte die zerbröckelnden Steinengel, deren Sockel im Laufe der Jahre von Gras und Efeu überwuchert worden waren, und konzentrierte sich auf die neueren Grabsteine, schlichten Granit- und Marmorplatten. Tatsächlich fand er sie sofort, als eine vertraute Farbe am Rande seines Gesichtsfelds aufblitzte. Ein frischer Strauß Veilchen leuchtete auf den welkenden Kränzen, die noch an einem rosagoldenen Stein lehnten.

Kathleen Duffy war nicht allein. Die neu angebrachte Inschrift auf dem alten Stein glänzte und stach heraus unter den bemoosten Lettern des Grabspruchs für ihren verstorbenen Ehemann. Joseph Patrick Duffy, in die Ewigkeit eingegangen mit fünfunddreißig Jahren, hatte seit August 1968 auf seine Frau gewartet. Kathleens Mann war zwei Monate, bevor sie Joss Grands Mieterin wurde, gestorben.

Es war erst Mittag, und der Sonntag dehnte sich gähnend vor ihm, genau wie damals, als Luke klein gewesen war. Er kehrte zurück nach Brighton. Als er den ständig verstopften Kreisverkehr von Seven Dials überquerte, fiel ihm ein Straßenname ins Auge, und aus einer Laune heraus bog er ab.

Jenseits des Stadtzentrums kamen die üblichen Villen und Wohnblocks, und daraus wurden bald große Häuser hinter hohen Toren und Mauern. Die Straße schien kein Ende zu nehmen. Er rief die Karte auf seinem Smartphone auf und sah bestürzt, dass die Dyke Road anscheinend so lang war wie die Stadt selbst. Aber er hatte nichts Besseres zu tun, und die schlichte menschliche Bewegung des Gehens fühlte sich gut an, nachdem er tagelang vor dem Bildschirm und Papier gesessen hatte. Er spähte über jeden Zaun und durch jedes Tor.

Er war die Dyke Road ungefähr eine Meile weit gegangen, als er hinter einem verschnörkelten schmiedeeisernen Tor den Bentley sah. Er parkte auf einer asphaltierten Zufahrt, die hufeisenförmig um einen Springbrunnen verlief, wo symmetrische Wasserbogen in einen flachen Teich prasselten. Das Haus dahinter demonstrierte Reichtum und Status einer längst vergangenen Welt. Wie Grands Kleidung verkörperte es die Grandezza der sechziger Jahre mit seiner steinverkleideten Fassade und seinen dorischen Säulen, und auf dem Rasen wuchsen Koniferen und Pampasgras. Luke musste an Graceland denken, das er im Urlaub einmal besucht hatte. Warum war Grand nie auf die Idee gekommen, sein Haus zu modernisieren? Nur eine Ergänzung sah neu aus, ein hüfthohes Geländer, das parallel zu der flachen Rampe auf der rechten Seite der Treppe verlief. Ein silberfarbener SUV mit dem Logo einer privaten Krankenpflegefirma parkte daneben. Während Luke noch durch das Gitter spähte, kam ein junger Schwarzer in der weißen Uniform eines Pflegers aus dem Haus. Er trug eine Kiste mit etwas, das aussah wie lauter kleine Feuerlöscher, silberne Kanister mit grüner Spitze. Er stellte sie in den Kofferraum des Wagens, ging wieder ins Haus und schloss die Tür hinter sich.

Luke drehte sich zur Straße um. Die massige Gestalt im Jogginganzug, die auf dem Gehweg auf ihn zugelaufen kam und mit Boxbewegungen ins Leere schlug, erkannte er nicht sofort. Er hatte Grands Chauffeur nur einmal gesehen, und da hatte er einen Anzug getragen. Luke drückte sich an die kalte Aluminiumwand der Bushaltestelle, als Vaughan an ihm vorbeistampfte, so nah, dass er seine Körperwärme spüren konnte. Wenn er Luke erspäht hatte, dann ließ er es sich nicht anmerken. Seine Aufmerksamkeit konzentrierte sich auf eine hübsche blonde Joggerin mit vollem Make-up und ohne Sport-BH, die ihm entgegenkam. Er stierte sie unverhohlen an, und Luke fühlte sich an Jacky Nye erinnert, einen massigen Mann, der von seinen Gelüsten gesteuert worden war. Die Blonde tat, als registriere sie seinen geilen Blick nicht, aber als sie an Vaughan vorbei war, schüttelte sie sich.

Vaughan richtete einen Schlüsselanhänger auf das Tor der Villa. Während er darauf wartete, dass es sich öffnete, ließ er sich zu Boden fallen und machte ein paar Liegestütze auf den Fäusten. Seine bloßen Knöchel stemmten sich in den Asphalt. Er war sicher doppelt so schwer wie Luke. Kein Wunder, dass Grand sich auf ihn und nicht auf seine eigenen spärlichen Muskeln verließ. Man sah solche Männer in Clubs, mit tief ausgeschnittener Weste, die eine Brust wie eine Ziegelmauer offenbarte, und mit Armen so dick wie Baumstämme. Luke hatte nicht viel für sie übrig, aber sie erregten überall Aufmerksamkeit. Wenn Vaughan je beschließen sollte, die Seiten zu wechseln, würde er sich des Ansturms kaum erwehren können.

Die Torflügel schlossen sich summend hinter Vaughan, und Luke fragte sich wieder, was Vaughan wusste und er nicht.

Den Rest des Tages über spazierte Luke allein durch die Stadt. Werktags fand er mühelos Zeit, um zu lesen oder in einem Café zu arbeiten, aber sonntags war man eine auffällig einsame Gestalt. Ihm wurde bewusst, dass er zum ersten Mal vor der Notwendigkeit stand, außerhalb des Rahmens von Arbeit oder Studium neue Freunde zu finden, und er hatte keine Ahnung, wie er das anstellen sollte. Belinda und Caleb waren vielleicht an einem von sieben Tagen zu Hause. Sie hatten früh an diesem Morgen ihre Autos vollgeladen und waren zu ihren jeweiligen Arbeitsplätzen gefahren, sie zu einem Drehort in Wales, und er in ein Londoner Studio. Charlenes Wochenenden standen natürlich nicht zur freien Verfügung. Jetzt war er seit zehn Tagen in Brighton und eroberte sich nach und nach die Straßen, aber er hatte niemanden, der ihn dabei begleitete. Viggo mit seinem offenen Wesen hätte inzwischen schon einen ganzen Haufen neue Freunde. Er hätte gewusst, wie er Zugang zu den gut gekleideten Cliquen fand, die Luke konsequent den Rücken zuwandten.

Er hatte miese Laune, und seine Füße schmerzten, als er endlich einen Pub in der Nähe der Town Hall entdeckte, in dem es Roastbeef mit reichlich Beilagen gab. Während er darauf wartete, dass das Essen aus der Mikrowelle abkühlte, rief er auf seinem Telefon die Website des National Archive auf und schlug anhand des Datums Joseph Duffys Sterbeeintrag nach. Als Todesursache war »Baustellenunfall« angegeben. Das rief genauso viele Fragen auf, wie es beantwortete.

Er schrak hoch, als ihm auffiel, dass heute zum ersten Mal seit seiner Ankunft in Brighton keine blockierten Nummern auf seinem Display erschienen, und leise Hoffnung keimte in ihm auf. Vielleicht hatte Jem kapiert. Nach langem Überlegen schaltete er seine Voicemail wieder ein. Seit er nach

Brighton gezogen war, hatte ihn kein Freelance-Auftrag mehr erreicht – ein Grund mehr. Zeitungsredakteure mit einer Deadline hatten keine Lust, hinter freien Mitarbeitern herzujagen. Der Teufel sollte ihn holen, wenn er zuließ, dass Jem ihm seine Chancen vermasselte oder sogar sein Verhalten aus der Ferne steuerte.

Als seine Gabel den Yorkshire Pudding zerteilte, bekam er plötzlich Heimweh nach seiner Familie. Die Considines mochten ihre religiöse Fassade abgelegt haben, aber noch immer traf die Familie sich jeden Sonntag zum Mittagessen, und seine Mutter bereitete tapfer einen Braten für zehn Personen zu, selbst bei vierzig Grad Hitze. Er wartete bis zum späten Abend, wenn sie sich auf einen Drink vor dem Essen im Garten versammeln würden, und schickte seinem Bruder Shane eine SMS und kündigte einen Skype-Anruf an.

Auf dem Bildschirm drängten sich, mit kaum merklicher Verzögerung um die halbe Welt gesendet, bewegte Bilder von Locken und Sommersprossen. Für seine kleinen Nichten und Neffen war dieses Science-Fiction-Phänomen einer Videoverbindung mit ihrem Onkel auf der anderen Seite der Erde eine Selbstverständlichkeit, und selbst seine Eltern hatten sich rasch an die neue Technologie gewöhnt.

»Wie ist die neue Wohnung?«, fragte sein Vater, Jamie. Luke nahm den Computer vom Tisch und machte einen Rundgang durch das Cottage. Seine Eltern blinzelten zweifelnd in die Webcam.

»Du weißt, dass wir dein altes Zimmer behalten haben«, sagte seine Mutter. »Du kannst jederzeit nach Hause kommen, wenn du in finanzielle Schwierigkeiten gerätst.« Er hatte sich nie daran gewöhnen können, dass sie Australien mit dem breiten Akzent einer Frau aus Leeds als ihr Zuhause bezeichnete.

»Mir geht's gut«, sagte er. »Ich hab zu tun. Vielleicht ein neues Buch.«

Bei dem Wort »Buch« wurde die Furche in der Stirn seines Vaters tiefer. »Na, du weißt ja, du hast immer einen Job bei mir und deinen Brüdern«, sagte er. Die Stimme von Lukes hochschwangerer Schwägerin war im Hintergrund zu hören, sie drängte ihn, zu Besuch zu kommen, bevor ihr Baby auf dem College sei.

Luke verabschiedete sich und klappte den Laptop zu. Wenn er mit seiner Familie gesprochen hatte – vor allem *en masse* wie soeben –, befiel ihn immer eine Melancholie, die er sich nicht allein damit erklären konnte, dass er sie vermisste. Es war das gleiche Gefühl, das er bei Jem gehabt hatte: geliebt, aber nicht verstanden zu werden. Sie wollten, dass er glücklich war, aber er würde ihnen niemals begreiflich machen können, dass er seine Erfüllung nicht zu ihren Bedingungen finden würde. Sie konnten nicht verstehen, dass er in der Beach-and-Barbecue-Kultur von Sydney nicht aufblühte wie sie. Die schmalen Straßen und der graue Himmel, die alten Fotografien und obskuren Bücher, in denen er seine Inspiration fand, waren für sie ein Hinweis auf eine zutiefst unglückliche Verfassung. Die dunkle, introspektive Seite seines Charakters bereitete ihnen stets Sorge. Niemals könnte er ihnen die Romantik einer verlassenen Küstenstadt nach dem Ende des Sommers begreiflich machen, und wenn er es doch versuchte, war ihm elend zumute. Lukes Eltern hatten nicht mit der Wimper gezuckt, als er ihnen sagte, er sei schwul, aber als sie erfahren hatten, dass ihr Sohn ein Autor war, hatten sie sich von diesem Schlag, so befürchtete er, nie vollständig erholt.

NEUNZEHN

Am Ende eines langen Tages voller Recherche machte Luke einen Ausflug zum alten West Pier. Er konnte ihn jetzt nicht mehr anschauen, ohne sich zu wünschen, er wäre über seine Planken spaziert, bevor das Feuer den Steg zwischen Ufer und Gebäude zerstört hatte. Auf einem Schild wurde immer noch für die Schutzhelm-Rundgänge geworben, die man bis vor zehn Jahren hier hatte machen können. Er nahm die Brille ab und versuchte, die welligen Konturen vor ihm zu skizzieren: die alten Stelzen und Balustraden des Piers, das verschnörkelte Eisengerüst, die Kurvenlinien des Tanzpalastes mit seinen Lichterketten.

Das Klingeln des Telefons riss ihn aus seinen Gedanken. Das Display zeigte eine Nummer mit der Vorwahl von Leeds. Es war nicht das Apartment oder die Zentrale von Gilchrist Fonseca, aber was sollte Jem daran hindern, ein öffentliches Telefon oder den Festnetzanschluss einer Bar oder eines Restaurants zu benutzen? Er wies den Anruf ab. Statt es noch einmal zu versuchen, hinterließ der Anrufer eine Nachricht auf der Mailbox. Luke bemühte sich, sie zu ignorieren, aber dass Jem von seiner üblichen Vorgehensweise abwich, machte ihn neugierig und gab ihm sogar Hoffnung. Rief er womöglich an, um sich zu entschuldigen? Vielleicht hatte er gestern in aller Ruhe darüber nachgedacht, dass er unsäglichen Druck auf Luke ausgeübt hatte, und nach und nach verstanden, warum Luke hatte gehen müssen. Eine Freundschaft stand außer Frage, aber Luke könnte es akzeptieren, ja, es würde ihm gefallen, wenn sie zumindest zu einer Art friedlicher Basis zurückfinden und die Drohungen und Beschimpfungen aufhören würden. Eine Welle brach sich zu seinen Füßen, und er machte einen Satz rückwärts und landete auf dem entgegengesetzten Standpunkt: Wahrscheinlich rief Jem nur an, um wieder ein bisschen zu jammern, zu drohen und zu betteln. Es gab nur eine Möglichkeit, es herauszufinden.

Er tippte auf den Voicemail-Button. Die hallende Stimme nach dem Piepton klang so kultiviert wie Jems, aber es war eine Frauenstimme.

»Luke, hier spricht Serena Gilchrist, Jerrys Frau.« Die Pause, die darauf folgte, war gerade so lange, dass Luke denken konnte: Jerry? Sie nennt ihn *Jerry?* Also *das* hatte er für sich behalten. »Mist, sorry, ich mache das nicht sehr gut. Hören Sie, die Hauptsache ist, es geht ihm gut, also ignorieren Sie den Brief, sie haben ihn noch rechtzeitig erwischt. Ich nehme an, Sie möchten Einzelheiten wissen. Rufen Sie mich ruhig zurück. Meine Nummer steht sicher auf Ihrem Display.«

Wer hatte ihn rechtzeitig erwischt? Was für ein Brief? Er schleifte die Füße durch den Kies und stieg die Schiefertreppe vom Strand zur Esplanade hinauf. Mit wachsendem Unbehagen legte er den Rest des kurzen Wegs nach Hause im Laufschritt zurück und schlängelte sich zwischen Radfahrern und Spaziergängern hindurch. Atemlos kam er zu Hause an und fand auf der Türmatte einen steifen Briefumschlag, versteckt zwischen den Take-away-Speisekarten, die er mit dem Fuß zur Seite geschoben hatte, als er gegangen war. Es war Jems Handschrift. *Verdammte Scheiße, woher hatte er die Adresse?* Der Brief war in Leeds abgestempelt.

»Oh Jem, was hast du getan?«, sagte Luke, als er das Kuvert aufriss. Der Brief war auf dem unverwechselbaren blassgrünen Papier mit dem Briefkopf von Gilchrist Fonseca geschrieben, handschriftlich und undatiert.

Darling Luke,
so kann es nicht weitergehen. Bei dem Gedanken an einen weiteren Tag ohne dich will ich sterben. Ehrlich, mir bleibt nichts anderes übrig, als es so zu beenden. Hoffentlich verstehst du das und bist dir auch über deine Verantwortung im Klaren. Ich hoffe, so kann ich dich mit meiner Einsamkeit umschließen, für immer.

Das tut weh, nicht wahr?

Alles Liebe für immer (auch wenn die Ewigkeit nur kurz währt)

Jem

Dieser blöde, melodramatische, manipulative Vollidiot. Dieser arme, einsame Schatz mit dem gebrochenen Herzen. Ein Strudel aus Entsetzen, Schuldgefühlen und Wut erfasste Luke. Er zündete sich eine Zigarette an und wartete darauf, dass die Gefühle sich entwirrten.

Als er Serena zurückrief, meldete sie sich sofort.

»Luke, Gott sei Dank«, sagte sie atemlos. »Danke, dass Sie anrufen. Tut mir leid, dass ich am Telefon ein bisschen wie eine Wahnsinnige geklungen habe. Ich nehme an, Sie haben seinen Brief gelesen?«

»Woher wusste er, wo er ihn hinschicken musste?«

»Das weiß ich nicht«, sagte Serena ungeduldig. »Es ist auch kaum die drängendste Frage, oder?« Vielleicht nicht für sie. Anscheinend hatte er seine Drohung wahr gemacht und jemanden beauftragt, ihn zu suchen. Typisch Jem. Sogar das Problem, wohin er seinen Abschiedsbrief vor dem Selbstmord schicken sollte, löste er mit Geld.

»Was ist denn passiert?« Im Geiste packte Luke schon den Koffer und überlegte, ob er noch rechtzeitig in London sein könnte, um den Anschlusszug nach Leeds zu erwischen.

»Er hat sich gestern Abend in einem Nightclub auf der Toilette die Pulsadern aufgeschnitten. In einem von den Nightclubs, wo Sie immer hingehen. Er wird's überleben. Als der Rettungswagen kam, war er erst ein paar Minuten da gewesen. Er ist im Krankenhaus. Sie mussten ihn sedieren, aber er kommt wieder auf die Beine. Körperlich jedenfalls.«

»Wollen Sie, dass ich raufkomme?«, fragte Luke.

Sie schnaubte empört. »Soll das ein Witz sein? Ich habe Sie nur angerufen, weil Jerry mich angefleht hat, Ihnen zu sagen, es gehe ihm gut. Es ist ja Ihre Schuld, dass er überhaupt im Krankenhaus ist.«

»Das ist ein bisschen hart …«

»Ach ja? Wirklich? So dramatisch ist er doch erst, seit er Sie kennt, oder? Ich meine, wäre er in einem schmierigen kleinen Club geendet, wenn er mich wegen einer anderen Frau verlassen hätte?«

Sie mochte erregt sein, aber damit würde Luke sie nicht durchkommen lassen.

»Er hatte Sie schon verlassen, als er mich kennenlernte, Serena. Er ist schwul.«

Sie antwortete nicht. Er hörte nur noch das Sirren von Calebs elektrischer Säge durch die Zwischenwand und fragte sich, ob sie aufgelegt hatte. Als Serena wieder sprach, hatte ihr Ton jede Angriffslust verloren.

»Ich weiß, ich bin nicht mehr seine nächste Angehörige, aber er hatte mich immer noch als Notfallkontakt angegeben. Das muss doch etwas bedeuten, oder? Bitte lassen Sie mich das machen, Luke. Bitte.«

Jetzt tat sie ihm leid, weil sie so verzweifelt war in ihrem Wahn, sie könne ihn sich wieder krallen.

»Wissen Sie was? Sie können ihn gern haben.« Es klang schroffer als beabsichtigt. Sie schien zu weinen anzufangen, und dann legte sie auf.

Luke starrte lange auf seine glatten Handgelenke. Violette Adern schlängelten sich unheimlich dicht unter der Oberfläche. Plötzlich fühlte er sich doch verantwortlich und rief Viggo an, um eine zweite Meinung einzuholen.

»Nein!«, kreischte Viggo. »Alle haben davon geredet, aber ich hatte doch keine Ahnung, dass er es war. Verdammt! Ich kann nicht sagen, dass es mich überrascht. Als ich das letzte Mal mit ihm gesprochen habe …«

»Moment, Moment. Du hast ihn gesehen?«

»Luke, er ist jetzt dauernd auf der Piste. Er ist schlimmer als ich. Kommt er denn wieder auf die Beine?«

»Anscheinend«, sagte Luke. »Wie es sich anhört, war es eher ein Hilferuf als ein ernsthafter Versuch. Jetzt sei ehrlich. Findest du, ich sollte raufkommen, auch wenn Serena sich dagegen ausspricht?«

»Das weiß ich nicht, Luke. Aber wenn seine Exfrau sich um ihn kümmern will, dann würde ich dazu neigen, sie zu lassen. Und wenn du jedes Mal nach Leeds gerannt kommst, wenn er so was tut, was sendest du dann für eine Botschaft aus? Er wird niemals vorwärtsschauen, oder? Es zeigt ihm nur, dass er dich auf diese Weise wieder unter Kontrolle bringt.«

»Danke, Vig. Genau das musste ich hören.« Es stimmte ja. Was hatte es für einen Sinn, einen sauberen Schnitt zu machen, wenn man dann selbst zurückkehrte, um neuen Staub aufzuwirbeln?

»Das Komische ist, ich dachte, er wäre allmählich über dich hinweg«, sagte Viggo.

»Was soll das heißen?« Luke hätte plötzlich gern gewusst, ob Jem mit anderen Leuten zusammen gewesen war, aber er wusste, wenn er seine Beziehung zu Jem beendete, musste er auch bestimmte Rechte aufgeben und seine Neugier im Zaum halten.

»Ach, nichts weiter«, sagte Viggo abwesend. Eine schrille Stimme im Hintergrund rief seinen Namen. »Hör mal, ich muss Schluss machen, aber bevor ich auflege … Aminah hat in ein paar Wochen einen Auftritt in einem Club in Brighton, und eine ganze Truppe von uns fährt mit, also sieh zu, dass Char sich ein paar Pfleger besorgt.«

Ein Abend auf der Piste, beschissene Musik, besinnungsloser Smalltalk mit den seichten Idioten von Aminahs Entourage. Luke freute sich jetzt schon darauf.

»Ich kann's kaum erwarten«, sagte er. »Ich sorge dafür, dass sie mitkommt, und wenn ich die Pflegerin selbst bezahlen muss.«

ZWANZIG

Im Laufe der Nacht wurde Luke immer unbehaglicher zumute. Alarmbereit wartete er darauf, dass Jems Finger die Türglocke drückte oder sein Stiefel die Haustür zertrümmerte. Warum hatte er Serena nicht gesagt, er ziehe jetzt von Temperance Place weg und verlasse Brighton?

Draußen im Klohäuschen fand er ein altes Stuhlbein, das er sich neben das Bett legte, aber damit fühlte er sich kaum sicherer. Er, der ungestört durch das rhythmische Tosen einer Großstadt immer hatte durchschlafen können, saß jetzt bei jedem Geräusch aufrecht und atemlos im Bett: wenn Caleb in der Frühe seine Haustür zufallen ließ, wenn ein Motor aufheulte, wenn ein Fuchs einen Mülleimer umwarf – jedes Mal war er hellwach und tastete im Adrenalinrausch nach der Waffe.

Irgendwann stumpfte seine Angst ab, und er schlief ein, aber nicht lange, denn als eine Katze auf sein Fenstersims sprang, schrie er sogar. Er fuhr hoch und sah zu, wie der Schatten des Tieres im Mondlicht über seine Bettdecke glitt. So also fühlten sich echte Angst und körperliche Bedrohung an. Hatten Joss Grands Opfer es auch so empfunden?

Er legte sich wieder hin und schloss die Finger um seinen notdürftigen Knüppel. Das Bett war so bequem wie eine Rasierklinge, aber er zwang sich liegen zu bleiben, bis es draußen hell geworden war.

Sein Frühstück bestand unvernünftigerweise aus einer

Tasse schwarzem Kaffee. Entspannen konnte er sich erst, wenn er wusste, wo Jem war. Wenn er ihm doch nur einen Peilsender anhängen könnte, einen Mikrochip, der ihm mit Hilfe eines blinkenden Punkts auf dem Computer Auskunft über Jems Aufenthaltsort erteilte. Ein Frühwarnsystem. Die Ironie der Situation war, dass Jem sich vermutlich das Gleiche gewünscht hatte, als sie noch zusammen gewesen waren, allerdings aus gegenteiligen Gründen.

Er rief im Leeds General Hospital an und verlangte Mr Gilchrist zu sprechen, aber als das Gespräch durchgestellt wurde, legte er auf. Zwei Stunden später tat er es unversehens noch einmal und dann abermals nach eineinhalb Stunden. Er konnte nicht anders. Wenn er eine Krankenstation in Leeds sicher als Jems Aufenthaltsort lokalisieren könnte, würde er sich entspannen und vielleicht sogar ein paar Stunden schlafen. Noch nie hatte er sich einem solchen zwanghaften Verhalten ausgeliefert gefühlt. Es war eine Kostprobe von Jems Geisteszustand, und es war die Hölle.

Ewig konnte es nicht so weitergehen. Am Mittwochmorgen teilte die Klinik ihm mit, Jem sei entlassen worden. Seine instinktive Reaktion war Angst, aber dann begriff er. Luke hatte nie erlebt, dass Jem die Mittwochsbesprechung seiner Firma versäumte. Er unterdrückte seine Telefonnummer, verstellte seine Stimme und empfand leisen Abscheu gegenüber sich selbst, als er in der Firma anrief und die Zentrale bat, ihn zu verbinden. Er würde auflegen, sobald er die Bestätigung hätte, dass Jem an seinem Schreibtisch saß. Aber die Telefonistin teilte ihm mit, Mr Gilchrist habe Urlaub genommen, und bot ihm an, ihn mit seiner persönlichen Sekretärin zu verbinden. Sofort war Luke davon überzeugt, dass Jem am Steuer seines Wagens saß und mit Vollgas auf der M1 in Richtung Brighton raste.

Seine Brust wurde eng. Ihm fiel nur eine Person ein, die ihm vielleicht helfen könnte, wieder zu atmen. Er wählte die Nummer, die er im Telefon gespeichert hatte, und erst als die Verbindung hergestellt war, fiel ihm ein, dass Jem in diesem Moment bei ihr sein konnte.

»Hallo, Luke«, sagte Serena, und zu seinem Erstaunen fuhr sie fort: »Ich bin froh, dass Sie anrufen.« Sie klang ganz anders als bei ihrem letzten Gespräch; die Stimme war dieselbe, aber sie hörte sich müde und ausdruckslos an, und alle Bitterkeit war verschwunden.

»Ist er jetzt bei Ihnen?«

»Nein«, sagte sie. »Ich bin allein zu Hause.« Er stellte sich vor, wie sie mit dem Telefon aus einem leeren Zimmer ins andere ging.

»Wo ist er dann?«, fragte er. Serena hörte die Angst in seiner Stimme.

»Hey, machen Sie sich keine Sorgen«, sagte sie beruhigend. »Sie werden ihn vorläufig nicht wiedersehen.«

»Warum nicht? Wo ist er denn?«

»Er ist in der Psychiatrie.«

Zuerst verspürte er große Erleichterung, aber dann war er fassungslos. »In der Psychiatrie? Sie sperren ihn mit einem Haufen von Irren zusammen, weil er schwul ist?«

»Seien Sie nicht albern.« Fast war ihm, als hörte er sie kichern. »Psychiatrie ist ein Allerweltsbegriff für die private Psychoklinik, in die wir ihn gebracht haben. Wenn er nicht freiwillig gegangen wäre, hätte man ihn eingewiesen, und deshalb …«

»Fuck«, sagte Luke, und insgeheim dachte er, Jem einzuweisen wäre vielleicht keine so schlechte Idee. »Was fehlt ihm denn? Ist er krank oder was?«

»Er hat gestern den ganzen Tag mit den beratenden Psychiatern verbracht. Sie sagen, er hatte einen Nervenzusammenbruch. Die verdammte Lügerei und das Abstreiten haben schließlich doch ihren Tribut gefordert. Zunächst ging es nur um Sie, aber da steckt sehr viel mehr dahinter. Dinge, die schon Jahre zurückreichen – die vergeudeten Jahre, wie er unsere Ehe bezeichnet. Sie können sich sicher vorstellen, wie gut es mir damit geht.« Ihr Lachen klang gezwungen und brüchig. »Jedenfalls, anscheinend gibt es da eine Menge Trauer um das Leben, das wir zusammen aufgebaut haben. Er hat mit dem Verlust seiner Freunde zu kämpfen, und anscheinend sind da auch Schuldgefühle im Spiel, weil er mich verlassen hat. Statt sich damit auseinanderzusetzen, hat er sich kopfüber in die Beziehung mit Ihnen gestürzt und hat diesen ganzen Mist nicht verarbeitet, und als er das dann auch vermasselt hat … Aber es ist noch früh. Sie wollen, dass wir in eine Paarberatung gehen. Anscheinend ist er nicht der Einzige, der sich der Realität verweigert.« Sie schwieg und seufzte tief.

»Ach Serena, Sie Ärmste«, sagte Luke.

»Ich weiß. Was für ein Schlamassel. Warten Sie einen Moment, ja?« Sie legte das Telefon hin und putzte sich die Nase. Plötzlich hatte Luke sich für Serena erwärmt, und es versetzte ihm einen schmerzhaften Stich, als er unversehens eine parallele Vergangenheit vor sich sah, in der sie und Jem sich freundschaftlich getrennt hatten und sie ein Teil seines Lebens geworden war. Eine Freundin, ein Sicherheitsventil, jemand, mit dem Jem Zeit verbringen und reden konnte. Vielleicht hätte er dann nicht alles, was er hatte, in Luke investiert.

EINUNDZWANZIG

Luke war am Pavilion, bevor das History Centre überhaupt geöffnet war, und ganz kribbelig vor Ungeduld. Jetzt, da er wusste, dass von Jem keine Gefahr drohte, konnte er sich wieder Joss Grand widmen. Er hatte sich bemüht, aus Joseph Duffys Todesdatum keine voreiligen Schlüsse zu ziehen, aber die Vorstellung, Grand sei bis über beide Ohren in Kathleen verliebt gewesen und habe, weil er wusste, dass sie als fromme Katholikin sich nicht scheiden lassen werde, einen unbequemen Ehemann aus dem Weg geräumt, war doch zu verlockend. Er versuchte, in Michael Duffys Gesicht Ähnlichkeiten mit Joss Grand zu entdecken, aber während er von Grand zahlreiche Bilder gesehen hatte, war ihm Duffy nur einmal kurz begegnet, und er hatte nur fundamentale Eindrücke behalten wie Größe und Haarfarbe.

Jetzt brauchte er nur noch Sekunden, um den richtigen Mikrofilm zu finden und in das Lesegerät zu legen. Er blätterte durch den April 1968, ohne sich noch von den Reklameanzeigen ablenken zu lassen, und fand die Story, die er suchte, in weniger als einer Minute. Er lächelte, weil sein alter Freund Keith Vellacott über den Baustellenunfall berichtet hatte, aber er war unwillkürlich enttäuscht, dass der Artikel seine Verschwörungstheorie zunichtemachte. Duffy war einer von drei Männern gewesen, die auf einer Baustelle in Preston Park von einem Erdrutsch verschüttet worden waren, verursacht durch wochenlange starke Regenfälle. Selbst auf dem Höhepunkt seiner Macht hätte Joss Grand das Wetter nicht beeinflussen können.

Lukes Augen waren noch müde von der vielen Bildschirmarbeit, und ein Muskel in seinem Augenlid begann unkontrollierbar zu zucken. Da die Archive wenig mehr hergaben als das, was ihm online zur Verfügung stand, beschloss er, sich eine Pause zu gönnen und, statt sich in die Zeitungen zu vertiefen, lieber in die Atmosphäre von damals einzutauchen. Glücklich verlor er sich im riesigen Fotoarchiv des History Centres. Er betrachtete Bilder der Nebenstraßen im Brighton der vierziger und fünfziger Jahre und hoffte, dass zwei der kleinen Jungen auf dem Kopfsteinpflaster oder der Teddy Boys, die später an den Straßenecken lungerten, sich als Grand und Nye entpuppen würden. Um ihre Verbrechen in einen Kontext zu stellen, las er innerhalb von zwei Tagen ein ganzes Dutzend dünne Bücher zur Lokalgeschichte. So tief tauchte er in das Brighton der vorigen Jahrhundertmitte ein, dass er sich, als er das Gebäude auf eine Zigarette verließ, wie ein Zeitreisender fühlte, der grausam ins einundzwanzigste Jahrhundert geschossen worden war.

Gegen Ende der Woche, als der Krampf in seinem Augenlid sich wieder gelegt hatte, wandte er sich erneut den Archiven des *Argus* zu und arbeitete dort weiter, wo er aufgehört hatte. Keith Vellacotts allgegenwärtiges Autorenkürzel war im Januar 1970 durch das einer neuen Reporterin ersetzt worden: Cassandra Cameron. Von diesem Augenblick an wurde über Joss Grand ganz anders berichtet. Der neue Joss Grand erschien zum ersten Mal in einem Artikel von Cameron im selben Jahr. Sie berichtete über die Feier, bei der er den Grundstein für Black Rock Heights gelegt hatte, ein neues Hochhaus am Rande des damals umstrittenen Yachthafens, Brighton Marina. Für Grand hatte sie nichts als Lobesworte. Im privaten Mietwohnungsmarkt beginne ein neues Zeitalter, und er sei ein beispielhafter Vermieter und der Beweis dafür, dass die ausbeuterischen Praktiken der frühen Sechziger endgültig der Vergangenheit angehörten. Sie hatte danach noch mehrere Versionen dieses Artikels verfasst, wobei sie Grand jedes Mal noch üppiger mit Lob überschüttete. Luke fand es seltsam, dass diese Reporterin Grands Vergangenheit niemals erwähnt hatte, nicht einmal beiläufig, nicht einmal, um ihn reinzuwaschen. Hatte sie nicht gewusst, wer er gewesen war?

Zum Teil wurde ihm ihre mangelhafte Recherche in der folgenden Woche erklärt. Ein Foto von ihr erschien im Zusammenhang mit einer Story über eine örtliche Textilreinigung, der man nachsagte, sie berechne die Reinigung von Miniröcken nach Größe. Sie sah aus wie eine Zwölfjährige. Ihr kurzes Haar war gebleicht und nach hinten gekämmt, sie trug einen Rock, der gerade ihre Unterhose bedeckte, und sie fragte, ob die aufkommende Mode der Maxiröcke die jungen Frauen von Brighton finanziell ruinieren werde, und forderte die Reinigungsfirma auf, ihre Preispolitik zu ändern. Bei Keith Vellacott wäre ein solcher Auftritt völlig undenkbar gewesen.

Als er den Bericht über die Entwicklung des Yachthafens noch einmal las, kam er zu dem Schluss, es sei ihrer Jugend zuzuschreiben, dass sie den Sachverhalt nicht recherchiert hatte. Dass die Redaktion den Artikel allerdings ohne jeglichen Hintergrund durchgewinkt hatte, war eine Schande. Obwohl Jahrzehnte vergangen waren, nahm Luke professionellen Anstoß. Unter seinem linken Auge begann das vertraute Zucken wieder. Er schob seinen Stuhl vor dem Lesegerät zurück und seufzte lauter als beabsichtigt.

»Sie haben aber ein ordentliches Durchhaltevermögen«,

sagte die Bibliothekarin mit den Glubschaugen. »Die meisten Leute ertragen die Mikrofilme nicht länger als eine Stunde. Was recherchieren Sie denn da, wenn ich fragen darf? Ich bin absolut neugierig. Übrigens heiße ich Marcelle.«

»Luke.« Auch er sprach im Flüsterton. »Na ja, ich versuche, ein Gefühl dafür zu bekommen, wie Brighton in den sechziger Jahren war, aber außerdem möchte ich so viel wie möglich über Joss Grand herausfinden, den Immobilienmagnaten. Beziehungsweise über Joss Grand, bevor er ein Immobilienmagnat wurde.« Er zeigte ihr, was er ausgedruckt hatte. »Ich bin Schriftsteller, und ich dachte, in diesem ungeklärten Mordfall steckt vielleicht Stoff für ein Buch.«

Marcelle blätterte in seinen Unterlagen. Sie hatte nicht einmal mit der Wimper gezuckt. Es war beunruhigend.

»Ach, *diese* Geschichte haben Sie ausgegraben?«, sagte sie. »Ich muss sagen, es ist eine Weile her, dass jemand sich danach erkundigt hat. Ein paar Leute haben angefangen, ein Buch darüber zu schreiben, aber niemand hat es je zu Ende gebracht.«

Luke wollte sich nicht entmutigen lassen. »Das liegt daran, dass ich es noch nicht versucht habe. Aber leider gibt es immer weniger lebende Zeugen, je weiter man zurückgeht. Ich habe mich gefragt, ob von den alten Schreibern des *Argus* noch jemand übrig ist. Zum Beispiel, was ist mit dieser Reporterin?« Er wühlte und zog Cassandra Camerons Bild aus dem Stapel. »Ist sie vielleicht …«

»Oh, Sandy.« Marcelle warf einen kurzen Blick zur Decke. »Ich bin mit ihr zur Schule gegangen. Sie war jahrelang beim *Argus,* aber jetzt arbeitet sie schon seit einiger Zeit frei. Sie ist immer noch überwiegend in Brighton. War mit Ted Quick verheiratet, einem Fotografen beim *Argus,* und sie hat eine fabelhafte Fotosammlung, mindestens so groß wie unsere.«

In Lukes Kopf klickte etwas. »Moment.« Er bückte sich und kramte die zerknitterte Geschäftskarte aus seiner Tasche. »Sandy Quick, Archiv und Lokalgeschichte.«

»Ist sie das?«

»Ja«, sagte Marcelle und biss sich auf die Lippe, als sei diese Auskunft indiskret. »Aber ich bin nicht sicher, ob sie sich am besten dafür eignet, wenn man etwas über Joss Grand erfahren will. Ich würde vorher noch ein paar Tage hier verbringen. Unser Material ist ziemlich umfassend. Haben Sie sich die örtlichen Wochenblätter schon vorgenommen?« Sie deutete mit dem Kopf auf einen Glasschrank mit gebundenen Zeitschriften, den Luke noch nicht bemerkt hatte. Er schüttelte den Kopf. »Tja, ich kann nichts garantieren, aber gelegentlich haben sie ein bisschen ausführlicher berichtet als der *Argus*. Sandys Sammlung ist faszinierend, aber lückenhaft. Außerdem nimmt sie Geld, und zwar nicht wenig. Deshalb hat es wenig Sinn, zu ihr zu gehen, solange Sie nicht alle unsere Ressourcen ausgeschöpft haben. Sie zahlen hier nur die Druckgebühren. Apropos, für heute schulden Sie uns sechs zwanzig.«

Luke wühlte in seinen Taschen nach Kleingeld. Er hatte das Gefühl, dass Marcelle ihn von Sandy Quick fernhalten wollte, und zwar nicht nur, weil sie ihm Kosten ersparen wollte.

»Sie können sich wohl nicht an die anderen Journalisten erinnern, die sich für diese Geschichte interessiert haben?«

»Oooh, jetzt, da Sie fragen … Sie sollten sich mit Cecil unterhalten, der manchmal ehrenamtlich hier arbeitet. Er ist Ihr Mann für alle grausigen Sachen. Morgen ist er hier, und Sie können ihn fragen.«

Der Mann, der sich am nächsten Tag vorstellte, sah nicht aus, wie Luke sich einen Cecil vorstellte. Er war keine eins sechzig groß, fast ebenso breit, und weiße Stoppeln bedeckten sowohl seinen Kopf als auch den größten Teil seines Gesichts. Er trug ein verwaschenes Band-T-Shirt, so alt, dass Luke nur noch das Musikgenre identifizieren konnte – ein aufgedruckter Totenschädel und rissige gotische Lettern deuteten auf Heavy Metal –, eine voluminöse fleckige Jeans und Doc-Marten-Boots. Seine Fingernägel waren makellos mit kobaltblauem Nagellack lackiert.

»Marcelle sagt, ich soll mit dir sprechen«, sagte er. »Du entstaubst anscheinend den Fall Jacky Nye.«

»Ich versuche es«, sagte Luke. »Sie sagt, du weißt vielleicht, wer die letzten Journalisten waren, die darüber berichtet haben.«

»Der letzte seriöse Reporter war Jasper Patten«, sagte Cecil. Luke assoziierte sofort: jpwriter@aol.com. Er schöpfte neue Hoffnung, als Cecil die Bibliotheksleiter in eine dunkle Ecke rollte, hinaufkletterte und einen schmalen Hardcover-Band von einem der oberen Borde nahm. »Das ist alles, was wir von ihm haben. Es ist von lokalem Interesse; deshalb haben wir es hier. Er hat noch ein halbes Dutzend andere geschrieben. Schau mal rein, gib ihn bei Google ein und sieh dir an, was du findest. Dann kannst du mich rufen, und ich kann die Lücken ausfüllen.«

Das Buch, das er Luke in die Hand drückte, hieß *Hell on the Rocks* und handelte von einem Hell's-Angels-Mord, der zu Anfang der siebziger Jahre ein Stück weiter an der Küste begangen worden war, in Shoreham. Es war in Zusammenarbeit mit dem Ermittlungsleiter geschrieben worden. Fotos auf der hinteren Umschlagseite zeigten den Polizisten und den Autor. Der eine sah aus wie der andere: Zottelhaare, langer, spitz zulaufender Kragen, dicke Schnauzbärte und ein entschlossenes Gesicht. Luke merkte schon auf der ersten

Seite, dass er trotz des entsetzlichen Titels eine gute Arbeit in der Hand hielt. Patten war kein Capote, aber Atmosphäre und Fakten waren nahtlos ineinander verwoben, und das junge männliche Opfer war ein Mensch, bevor sein Tod zu einem Rätsel wurde, das gelöst werden musste.

Was das Buch auszeichnete, war die große Kooperationsbereitschaft von Verwandten und Freunden des Opfers. Patten verarbeitete seine ausführlichen Recherchen mit leichter Hand und beschwor eine Zeit und einen Ort herauf, die schon zum Zeitpunkt des Schreibens im Verschwinden begriffen waren. Kurz gesagt, es war ein Buch, auf dem Luke zu gern seinen Namen gesehen hätte. Er hätte mühelos auf dem Stuhl sitzen bleiben und das Buch zu Ende lesen können, aber er zwang sich, noch einmal online zu gehen und zu sehen, wo dieses Buch im Kanon des Autors seinen Platz hatte.

Schon die oberflächliche Suche ergab, dass *Hell on the Rocks* typisch für Jasper Pattens Arbeit war. Das Wiederkäuen von True Crime Storys war nicht seine Sache. Dieser Mann grub obskure und vergessene Geschichten aus, und er machte seine Sache gut. Manchmal schrieb er über Fälle, die fast noch aktuell waren, aber gelegentlich schob er die Grenzen menschlichen Gedenkens weiter zurück in die Vergangenheit.

Beunruhigend nur, wie es mit Pattens Karriere bergab gegangen war. Seine Bücher waren alle vergriffen, und auch digital war keins verfügbar. Nach einer fruchtbaren Periode in den späten siebziger und frühen achtziger Jahren hatte er in den Neunzigern nur noch ungefähr alle fünf Jahre ein Buch abgeliefert, und das letzte – über einen IRA-Aussteiger – war 1998 erschienen.

Er notierte sich Pattens Verlag, einen unabhängigen Kleinverlag, dessen Namen er noch nie gehört hatte. Wie der Autor hatte auch der Verlag keine Website; Luke fand nur eine Telefonnummer, erreichte aber dort niemand. Weiteres Googeln ergab, dass der Verlag vor zehn Jahren eingegangen war. Warum hatte Jasper Patten aufgehört zu schreiben? Warum hatte er seine Grand-Biographie oder irgendein anderes Buch nicht fertig geschrieben? Aus dem anfänglichen Neid wurde eine düstere Vorahnung. Nachdem die erste Verheißung sich in Luft aufgelöst hatte, spürte Luke für einen Augenblick den Weihnachtsgeist, der seinen bedrohlichen Schatten warf.

Er durchsuchte die National Archives und fand keinen Eintrag für Pattens Tod. Auch im Vermisstenregister fand er nichts. Wieder fühlte Luke einen kalten, dunklen Schatten auf sich, aber diesmal war es Cecil, der hinter ihm stand und das Tageslicht abhielt, das durch die Fenster hereinfiel.

»Was meinst du?«

»Ich bin beeindruckt«, sagte Luke und hielt das Buch hoch. »Was ist aus ihm geworden?«

»Er dürfte schwerer zu finden sein als die meisten«, sagte Cecil und spähte ihm über die Schulter.

»Wieso?«

»Na ja, um in diesen Datenbanken zu erscheinen, brauchst du jemanden, der sich mehr als einen Scheißdreck für dich interessiert, damit er dich dort als vermisst meldet. Aber Jasper Patten war einer der unangenehmsten Scheißkerle, die ich je das Pech hatte kennenzulernen. Ein verbitterter alter Säufer, der glaubte, die Welt wäre ihm seinen Lebensunterhalt schuldig. Angeblich konnte er ganz charmant sein, wenn er nüchtern war, aber darüber weiß ich nichts. Ich hab ihn nie gesehen, bevor er was getrunken hatte, und er kam immer schon *früh.*«

»Wann hast du ihn das letzte Mal gesehen?«

Cecil strich sich über das Kinn. »Das ist sicher neun oder zehn Jahre her. Er fing an wie du, hier drin, und dann kam er mit John Rochester, der inzwischen auch ein Alkoholproblem hatte. Er schleppte immer noch eine Liste mit potentiellen Verdächtigen im Fall Jacky Nye mit sich rum, als er längst pensioniert war. Was sie da rausfinden wollten, was die versammelte Intelligenz der Brightoner Polizei nicht rausgefunden hatte, weiß ich nicht, aber im Pub heckten sie Verschwörungstheorien aus. Da hatte er sie aber schon nicht mehr alle, unser John. Er schickte Jasper auf eine Phantomjagd zu irgendeinem alten Bekannten, der an der Costa del Sol seinen Lebensabend verbrachte, und Jasper fand raus, dass der im Knast gesessen hatte, als es passierte. Das war das Ende der Zusammenarbeit von Jasper und John. Ich glaube, danach wollte Jasper auf seine Weise arbeiten. Als ich mit ihm sprach, versuchte er es aus einer anderen Perspektive und arbeitete das Handelsregister durch und versuchte, von der Katasterbehörde eine Liste von Objekten zu bekommen. Frag mich nicht, warum.«

»Du weißt nicht, ob er mit der Möglichkeit einer Zeugin weitergekommen ist, oder? Diese Frau im roten Mantel, von der in mehreren Zeitungen die Rede war?«

»Sorry.« Cecil schüttelte den Kopf.

»Und den Namen Kathleen Duffy hast du im Zusammenhang mit dem Fall auch nie gehört?«

Cecils verständnisloser Blick genügte als Antwort.

»Weißt du«, fragte Luke weiter, »ob er je mit Grand persönlich gesprochen hat?«

»Nein«, sagte Cecil. »Aber er hätte keine Angst davor gehabt. Er war ein alter Säufer, aber er hatte Eier in der Hose, das muss man ihm lassen. Hör mal, wenn du ihn findest, sagst du mir Bescheid?«

»Es wundert mich, dass du ihn wiedersehen willst – nach diesem Charakterzeugnis.«

»Will ich nicht unbedingt. Aber der Drecksack hat sich einen Zehner für Drinks von mir geliehen, als ich ihn zuletzt gesehen hab. Den hätte ich gern zurück.«

Luke lachte und ging auf eine Zigarettenpause hinaus in den Garten. Als das Streichholz aufflackerte, hatte er eine Erleuchtung, und er zog sein Telefon aus der Tasche. Das Display kam ihm ohne die Liste der blockierten Nummern immer noch nackt vor. Er hätte nicht behauptet, dass ihm Jems Anrufe an sich fehlten, aber dass sie ausblieben, war ihm doch deutlich bewusst. Er versuchte, nicht daran zu denken, wo Jem jetzt war oder was er dort durchmachen mochte.

»Features«, sagte eine Stimme, während im Hintergrund Telefone klingelten.

»Alexa, Luke hier«, sagte er. »Ich rufe an, weil du versprochen hast, mir einen Gefallen zu tun.«

»Luke! Schön, von dir zu hören. Aber es ist ein verdammt weiter Weg für einen Kaffee.«

»Ich lach mich tot. Hör zu, ich weiß, ich bin unverschämt, aber könnte ich mich in dein Wählerverzeichnis einloggen? Nur für eine kurze Suche?«

»Uuuh, du weißt, das könnte mich den Job kosten«, sagte sie, aber er hörte schon das Klappern ihrer Tastatur, und ein paar Sekunden später hatte sie ihm ein temporäres Passwort gegeben, das ihm eine Stunde lang Zugriff auf die Datenbank gewährte.

Mit frischer Zielstrebigkeit kehrte er an seinen Schreibtisch zurück, aber bald war der Schwung wieder dahin, weil er im Wählerverzeichnis nichts fand. Das hieß aber nicht, dass schon alle Hoffnung verloren war. Patten hatte ja vielleicht das Land verlassen, und es gab eine Million andere Gründe, weshalb Leute aus dem Verzeichnis verschwanden.

Er gab den Namen Michael Duffy ein. Tatsächlich war es noch schlimmer als bei Google, dort gab es zumindest die Möglichkeit, irgendein Detail zur genaueren Identifikation zu ermitteln. In der Datenbank unterschieden sich die paar tausend Männer mit Namen Duffy nur durch ihre Adressen. Trotzdem lud Luke sämtliche Details herunter und mailte sie an sich selbst. Ihm war klar, dass es einen Monat Arbeit bedeuten würde, mit jedem Einzelnen dieser Leute Kontakt aufzunehmen.

Der Kopf wurde ihm schwer, und er ließ ihn auf die Tischplatte sinken. Er hätte darauf wetten mögen, dass Jasper Patten nicht endlose Wochen damit verbracht hatte, Verwandten nachzujagen und in Fotos zu blättern. Seine Bücher verströmten die Selbstsicherheit eines Mannes, der sekundäre Quellen übersprungen und sich geradewegs auf das Original gestürzt hatte. Wenn er nicht noch mehr Zeit und Energie verschwenden wollte, musste er seinen Einsatz erhöhen. Es war Zeit für ein Gespräch mit Joss Grand.

ZWEIUNDZWANZIG

Lukes Zusammenarbeit mit Len Earnshaw mochte mit einer Pleite geendet haben, aber zu Anfang war sie unkompliziert gewesen. Er hatte sich nicht so sehr bemüht, ein Rätsel zu lösen, sondern vielmehr eine alte Geschichte mit einer neuen Stimme zu erzählen. Bei Grand wusste er nicht einmal genau, ob die Geschichte, die er erzählen wollte, der Wahrheit entsprach. Noch immer fühlte sie sich eher wie eine Ahnung an.

Sicher, Grands Leben war guter Stoff für ein Buch, selbst wenn sich herausstellte, dass er Jacky Nye nicht umgebracht hatte. Er war immer noch ein Folterer, der zum Menschenfreund geworden war, ein Schurke, der sich zum Guten bekehrt hatte. Er war immer noch ein Produkt seiner Zeit, ein Kriegskind, das mitgeholfen hatte, die Sixties zum Swingen zu bringen. Immer wieder sagte Luke sich, dass das Geheimnis um Jacky Nyes Tod womöglich ein Teil von Joss Grands Geschichte war, ohne dass es aufgeklärt wurde, aber die Hoffnung, Grand könnte der Täter sein und er derjenige, der ihm endlich das Geständnis entlockte, wollte er nicht aufgeben.

Aber wie sollte er ihn zum Reden bringen? Bei Earnshaw war es einfach gewesen. Luke hatte vom ersten Tag an gewusst, dass die Motive, mit denen er es zu tun hatte, Rachsucht, Ganoventum und schnelles Geld hießen. Grand dagegen hatte Geld, er lebte buchstäblich wie ein Einsiedler und hatte es sich in den letzten Jahren zur Lebensaufgabe gemacht, sich von seiner Jugend zu distanzieren.

Vermutlich würde Grand es zu schätzen wissen, wenn man geradeheraus mit ihm sprach, aber der Ansatz – du wirst nicht ewig leben, also rede mit mir, setz die Dinge ins rechte Licht und bring deinen Ruf in Ordnung, bevor du stirbst – würde bei ihm nicht funktionieren. Ihn so in ein Gespräch zu verwickeln fand er schrecklich, aber eine bessere Idee hatte Luke nicht. Also tat er, was er immer tat, wenn er festsaß. Er schrieb alles auf, was er wusste, und ordnete die Fakten, erstellte Listen, Grafiken, Timelines und Spreadsheets – in der Hoffnung, dass sich, nachdem er die Informationen auf hinreichend vielfältige Weise aufbereitet hatte und sie oft genug durch sein Hirn hin und her gefiltert worden waren, schließlich ein neuer Blickwinkel zwischen den Parallelen ergeben würde.

Er entwarf eine kurze Zusammenfassung des Buches, wie seine Agentin sie an einen Verlag schicken würde, nicht länger als eine Seite, die er dann auf den kurzen Rückentext eines Taschenbuchs eindampfte, das er hoffentlich eines Tages in der Hand halten würde. Kühn griff er vor und kündete ein sensationelles Bekenntnis an. In einer groben Zeichnung bildete er sogar die Grand-Fessel ab, genau nach der Anweisung, die der Folter-Fan online gestellt hatte. Durch die Fesseln krümmte sich die Wirbelsäule seines Strichmännchen-Opfers unnatürlich. Als er sicher war, dass er alles richtig gemacht hatte, skizzierte er es noch einmal, aber diesmal als anatomisch korrekte Zeichnung eines an allen vieren gefesselten Mannes.

Er stellte eine Liste der bekannten Vorwürfe auf, die gegen Grand und Nye erhoben und später fallen gelassen worden waren, aber es waren nur die, die es bis in die Zeitungen geschafft hatten. Herrgott, wie viel gab es da noch zu finden? Je mehr er herausfand, desto klarer wurde ihm, wie viel er anscheinend *nicht* wusste. War er schon weiter gekommen als Jasper Patten, oder trat er nur in die Fußspuren seines Vorgängers?

Seine rechte Hand krümmte sich um den Bleistift und drohte zu verkrampfen. Luke richtete seine Aufmerksamkeit auf das, was er über den heutigen Joss Grand wusste. Vielleicht bestand der Trick darin, sich nicht auf Grand als jungen Mann zu konzentrieren, sondern auf die Person, die er heute war. Schließlich war er der Mann, dem er sich nähern musste. Er zog den Computer zu sich heran und notierte in einer parallelen Liste die Wohltätigkeitsorganisationen, die Grand unterstützte, die Auszeichnungen, die er bekommen hatte, und die Personen, die er sponserte. In letzter Zeit hatte er sich nur noch karitativ betätigt. Er war nicht der Typ, der mit riesigen Schecks aus Pappe posierte, aber das hatte die dankbaren Empfänger seiner Spenden nicht daran gehindert, der Lokalpresse Interviews zu geben. Das Frauenhaus dankte ihm für ein neues Haus, das er gestiftet hatte, als das alte bedroht war. Ein gelähmter Soldat, dessen Haus rollstuhlgerecht umgebaut worden war, bedankte sich ebenso wie ein kleiner Junge mit einem Lymphom, den Grand nach Disneyland geschickt hatte. Nur einmal war Grand selbst auf einem Foto zu sehen: am Kopf einer Tafel, als er die örtliche Unterstützergruppe der Krankenpflegehelfer zu einem dreigängigen Weihnachtsessen ins Metropole Hotel eingeladen hatte. Wenn John Rochesters Theorie stimmte und Grand versuchte, seine Seele zurückzukaufen, weil er seinen besten Freund ermordet hatte, dann scheute er keine Kosten. War eine verlorene Seele denn wirklich noch zu retten?

Eine Laune folgend tapezierte er die Wände des kleinen

Wohnzimmers mit seinen Ausdrucken, Fotos, Skizzen und Notizen. Die größere der leeren Wände nannte er *damals,* die kleinere Fläche über dem Kamin *heute.* Er überklebte die vereinzelten Vierecke, die Kathleens verschwundene Bilder hinterlassen hatten, bis die ganze Tapete bedeckt war. Es sollte wie eine Einsatzzentrale aussehen, hatte aber mehr Ähnlichkeit mit der Höhle eines Stalkers oder mit dem Schrein eines Serienkillers, den die Polizei stürmte, um das verschwundene Mädchen in letzter Minute zu befreien.

Der junge Joss Grand und sein älteres Ich, der Sünder und der Heilige, schauten einander über den schmalen Abgrund hinweg in die Augen. Luke stand im Kreuzfeuer ihrer Blicke und fragte sich, wie jemand sich so vollständig verändern konnte. Wie brachte man den gebrechlichen alten Mann, der über den Tod seiner Liebsten weinte, und den Gangsterboss, um den sich so viele Legenden rankten, unter einen Hut?

Luke fuhr sich mit den Händen durch das Haar, bis seine Finger plötzlich in den salzigen wirren Locken erstarrten und er begriff, dass genau dieser Widerspruch den Schlüssel darstellte. Um Grand dieses Projekt zu verkaufen, musste er es nicht als Verbrecherleben verpacken, sondern als die Memoiren eines Geretteten. Das Buch musste den Blick auf eine schmutzige Vergangenheit durch das Prisma heutiger Rechtschaffenheit werfen. Angesichts von so viel Wohltätigkeit auf dem Wohnungsmarkt – wie wär's, wenn er sich auf das Aufwachsen in den alten Gassen konzentrierte, auf die brutalisierende Wirkung? Er könnte es als eine Art Sozialgeschichte Brightons präsentieren, gesehen durch die Augen eines Mannes, der als Junge durch diese Straßen gelaufen war und sie als Jugendlicher terrorisiert hatte und dem sie, als er alt geworden war, gehörten. Er notierte sich diesen

Satz auf seinem Notizblock und strich ihn mit einem Marker an. So etwas könnte man auf das Cover schreiben.

Und jetzt? Nur weil er wusste, wie er Grand sein Projekt schmackhaft machen wollte, war die Sache noch lange nicht in trockenen Tüchern. Es kam ja nicht nur auf die Formulierung an, sondern auch darauf, wie er an ihn herantrat. Er entwarf einen Brief, in dem er Grand wissen ließ, dass er eine Agentin habe, und ihn seiner ehrbaren Absichten und literarischen Ambitionen wie auch seines sozialgeschichtlichen Blickwinkels versicherte. Er führte sogar die Preise auf, die er bekommen hatte. Als er den Brief am Ende durchlas, war es eher ein Lebenslauf als eine Anfrage. Er zerriss ihn. Bei einem anderen journalistischen Auftrag würde er auch kein Medium wählen, das womöglich wochenlang unbeantwortet blieb. Er sollte anrufen, aber er hatte keine Nummer. Er konnte ihm jederzeit vor der Haustür auflauern wie ein Lohnschreiber von der Boulevardpresse, aber das könnte Grand erschrecken und ihn in die Defensive drängen. Und es war ja nicht irgendeine alte Haustür. Alles an dem Haus an der Dyke Road ließ ahnen, dass es sich um einen äußerst privaten Wohnsitz handelte.

Wie also sollten sie wieder zusammentreffen? Gestern war Mittwoch gewesen. Wenn er doch nur seinen gewohnten Termin in Temperance Place eingehalten hätte, dann hätte Luke ihn hereinbitten und ihm sein Projekt vorstellen können. Anscheinend war ja sonst jede Sekunde in Grands Woche einer strengen Routine unterworfen, und Luke konnte kaum am Montagmorgen in der JGP-Zentrale aufkreuzen, in dem einzigen anderen Zeitfenster, von dem er wusste …

Moment. Charlene hatte ihm *genau* gesagt, wo er ihn finden konnte. Luke sah auf die Uhr. Es war kurz vor vier. Er klappte den Laptop zu, warf sich die Tasche über die Schulter und machte sich auf den Weg zu den Lanes.

DREIUNDZWANZIG

Der Verkehr floss angenehm langsam durch die labyrinthischen Spiralen des Einbahnstraßensystems, und Luke drehte seine Runden und hielt Ausschau nach dem Wagen. Eine Stunde verging, und der Schuss ins Blaue wurde zu einem Stochern im Nebel. Wenn er kurz in einen Coffeeshop lief, um etwas zu trinken oder auf die Toilette zu gehen, war er sicher, dass das Auto in der Zwischenzeit draußen vorbeifuhr. Gegen fünf kam der Berufsverkehr vollends zum Erliegen, und in einer von Trockensteigleitungen und hässlichen Sicherheitstüren gesäumten Gasse gab Luke auf und setzte sich schwerfällig auf eine schmutzige Aluminiumtonne vor dem Hinterausgang einer Schmuddelbar.

Möwen flatterten umher und pickten Restaurantabfälle aus der Gosse. Ein Lastwagen hielt neben ihm an und kippte den Inhalt von Glascontainern in Recyclingabteile. Der Lärm war ohrenbetäubend. Luke stand auf, und als er sich hinten an dem Lastwagen vorbeischob, streifte er den schwarzen Bentley, Auge in Auge mit Grands Fahrer. Der Wagen klemmte hinter dem Recyclinglaster fest. Sofort schoss das Adrenalin durch Lukes Adern. Ihm wurde flau im Magen, aber er hatte keine Angst vor einem Gewaltausbruch, sondern davor, zurückgewiesen zu werden.

Er sah sich nach den Containern um. Mehr als ein Dutzend mussten noch geleert werden, und so hatte er ein paar Minuten Zeit, bevor der Wagen weiterfahren konnte. Er trat an den Wagen heran und klopfte an Grands Fenster. Das Gesicht des Alten war ausdruckslos wie eine Maske.

»Mr Grand?« Luke formte den Namen mit den Lippen und schaute durch die Scheibe. Etwas wie Wiedererkennen flackerte in dessen Augen auf, und langsam glitt das Fenster herunter.

»Kathleens Junge«, sagte Grand, und ein herausforderndes Glitzern trat in seinen Blick. »Ich meine, der Junge in Kathleens Haus. Was wollen Sie?«

»Haben Sie Zeit für eine kurze Unterhaltung?«

Die Kaskade der klirrenden Flaschen übertönte fast jedes andere Geräusch. Luke musste sich durch das offene Fenster in den Wagen beugen, und ihm war klar, wenn Vaughan jetzt Gas gäbe und nur ein paar Schritte vorwärtsrollte, könnte er ihm den Kopf abreißen.

»Warum nicht? Lassen Sie ihn einsteigen, Vaughan.«

»Sir?«, sagte Vaughan – eine kurze Silbe, die besagte: Fuck, ist das Ihr Ernst? Trotzdem öffnete sich die Verriegelung mit einem *klunk,* und Luke setzte sich neben Grand auf den granatroten Ledersitz. Er bemühte sich, nicht daran zu denken, was in dem Wagen von diesen Sitzen abgewischt, was mit dem Staubsauger aus dem Kofferraum entfernt worden war. Auch das Auto war ein Zeuge, aber trotz seiner Vergangenheit roch der Innenraum fabrikneu, nach Macht und Geld. Alles war gewachst und poliert wie bei einem Museumsstück, aber es gab auch Modifikationen, wie Luke bemerkte, als Vaughan die Zentralverriegelung wieder aktivierte – diesmal, damit Luke nicht einfach so aussteigen konnte.

Vaughans Hinterkopf wirkte bedrohlicher als ein grimmiges Gesicht. Die dicke Hautfalte im Nacken, das militärisch kurz geschnittene Haar und die extreme Sauberkeit seiner Ohren – das alles machte Luke schon wieder nervös.

Grand hingegen erschien ruhiger als bei ihrer ersten Begegnung. Aber er sah genauso elegant aus wie neulich. Er trug einen einreihigen schiefergrauen Anzug mit Weste und Kreidestreifen.

»Geht es um Kathleen?« Da war wieder diese Kurzatmigkeit, stärker als bei ihrem ersten Treffen, aber auf dem Rücksitz eines Autos konnte Grand sich kaum angestrengt haben. Was war es? Asthma? Oder Schlimmeres? Leute in seinem Alter kriegten oft Lungenkrebs. Aber jetzt fiel ihm ein, dass Jacky Nye selten ohne brennende Zigarette fotografiert worden war, während Grand nie eine in der Hand gehalten hatte.

»In gewisser Weise«, sagte Luke. »Ich habe Ihnen einen Vorschlag zu machen. Ich bin Autor. Ein erfahrener Journalist, ein Profi – ich habe Auszeichnungen bekommen und zeige Ihnen gern meine Artikel. Ich habe mich gefragt, ob Sie je daran gedacht haben, jemandem zu erlauben, Ihre Biographie zu schreiben.« Grand kräuselte die Lippen, war es ein Lächeln oder eine höhnische Grimasse? Luke räusperte sich. »Ich habe einiges über Ihr früheres Leben gelesen, und ich finde Ihren Aufstieg zum Philanthropen bemerkenswert. Sie müssen im Laufe Ihres Lebens so viele Veränderungen in der Stadt miterlebt haben.«

Vaughan antwortete für seinen Arbeitgeber, ohne sich umzudrehen. »Haben Sie eine Ahnung, wie viele Leute diese Nummer schon versucht haben?« Dasselbe hatte er schon von Marcelle und Cecil gehört, aber diesmal hatten die Worte einen drohenden Unterton. Luke war das Sprechen noch nie so schwergefallen.

»Aber haben die anderen auch den gleichen Ansatz verfolgt wie ich? Natürlich möchte ich auch über … Ihren Aufstieg zur Macht schreiben, aber in erster Linie geht es um

Ihre Arbeit, die Sie seit dem Ende der Sechziger geleistet haben. Wir könnten über das schreiben, was Sie zu dieser Wohltätigkeitsarbeit inspiriert hat, und warum Sie in die Immobilienbranche gegangen sind. Das soll nicht heißen, dass wir Ihre … Vergangenheit schönfärben. Wir würden ganz ungeschminkt darüber berichten. Aber andere würden Ihre Geschichte vielleicht zu einem knalligen Paperback verarbeiten. Ich dagegen möchte Literatur daraus machen.«

Draußen flutete wieder eine Woge von grünen Flaschen aus dem Container in den klaffenden Rachen des Lastwagens. Mit Entsetzen wurde Luke klar, dass dies der Augenblick der Wahrheit war, der Moment, in dem das Buch entweder seinen ersten Atemzug tat oder scheiterte. Grand blickte starr geradeaus, und sein Gesicht war versteinert. Luke dachte an den weichen Zug, den Grants Gesicht in Kathleen Duffys Haus bekommen hatte, und in seiner Verzweiflung sprach er ihren Namen aus.

»Sie sind offensichtlich sehr betrübt über Kathleens Tod. Ich dachte, wenn Sie mit mir sprechen und die Erinnerungen, die Sie mit ihr gemeinsam hatten, zu Papier bringen lassen, ist das vielleicht eine Möglichkeit, sie in Ihrer Erinnerung wachzuhalten.«

Luke hatte noch nie erlebt, dass jemand ihn so anblickte, wie Grand es jetzt tat. Vor Wut pulsierte eine Ader an seiner Schläfe. *Fuck.* Kathleen Duffys Name hatte tatsächlich etwas bewegt, aber in die falsche Richtung. Das war's, dachte Luke, es ist vorbei, sie werfen mich aus dem Wagen, sie schmeißen mich in den Recyclinglaster zu den Glasscherben. Er konnte spüren, wie seine Schutzhülle dünn wurde.

»Na, Sie haben ja offensichtlich Ihre Hausaufgaben gemacht. Verdammt dreist, oder? Sie wissen, wer ich bin, und springen trotzdem zu mir ins Auto?« Lukes Knie entwickelten ein Eigenleben und fingen an zu zittern. Seine Hände im Schoß, die sie zur Ruhe bringen wollten, verstärkten das Zittern nur. Und zu seiner Verblüffung lächelte Grand. »Es ist eine Weile her, dass jemand sich getraut hat, mich so anzusprechen. Sie haben recht. Ich glaube, es ist Zeit.«

»Wirklich?« Der Schock beendete das Zittern seiner Knie. Vaughan sagte nichts, aber Luke hatte das Gefühl, dass sich dessen Nackenhaare sträubten.

»Ja. Sie sind nicht der Erste, der mir dieses Angebot macht, und wenn Sie mich noch vor zwei Monaten gefragt hätten, hätte ich Ihnen geantwortet, was ich den anderen geantwortet habe – nämlich: Verpiss dich. Aber …« Er brach ab und atmete ein paarmal rasselnd ein und aus. »Ja, mit Kathleens Tod hat sich alles geändert. Das letzte Hemd hat keine Taschen – und ich rede nicht von Geldtaschen.«

Luke musste die Arme verschränken, um keinen Fauststoß in die Luft zu vollführen.

»Wow«, sagte er stattdessen. »Das ist … super. Sie werden es nicht bereuen …« Eine Sekunde lang überlegte er, ob er ihn »Sir« nennen sollte, aber dann kam er zu dem Schluss, dass Unterwürfigkeit nur seine Stellung als der Schwächere hervorheben würde. »Mr Grand.«

»Es gibt eine Bedingung. Nicht verhandelbar.«

»Welche?« Luke war sich im Klaren darüber, dass er noch keine Vereinbarung mit Grand getroffen hatte.

»Zunächst mal bleibt diese Abmachung unter uns. Ich will nicht, dass alle Welt weiß, dass ich mit Ihnen rede. Das gilt auch für Ihre Freundin. Die Dürre, die aussieht wie Tintin.«

Luke lächelte bei dieser Beschreibung und nutzte die Gelegenheit, um Charlene zu schützen. »Selbstverständlich. Sie würde stinkwütend auf mich werden, wenn sie wüsste, dass ich Sie angesprochen habe. Es wäre mir nicht recht, wenn

Sie annähmen, sie hätte mich angestiftet, oder wenn ich damit ihren Job in Gefahr brächte.«

»Nein, ich kann schon sehen, dass sie ein gutes Mädchen ist«, sagte Grand. »Was sie für Sie getan hatte, war ein bisschen dämlich, aber anständig. Sie sorgt für ihre Leute. Das verstehe ich. Aber es ist nicht gut, wenn meine Mitarbeiter wissen, was ich treibe.«

»Verstanden. Danke. Sagen Sie mir, wann ich zu Ihnen kommen kann.«

»Für's erste Mal treffen wir uns in Kathleens Haus«, sagte Grand.

»Ah … natürlich.« Luke dachte an die Zettelgalerie an seinen Wohnzimmerwänden und betete zum Himmel, dass Grand nicht sofort kommen wollte. Der Bentley stand in der Richtung, wo es nach Temperance Place ging, und der Laster vor ihnen bog plötzlich ab und machte die Straße frei. Wenn Grand jetzt nickte, wären sie in zwei Minuten da. Der Fahrer des Wagens hinter ihnen fing an zu hupen.

»Wir treffen uns mittwochs, wie immer«, sagte Grand. Luke merkte erst, dass er den Atem angehalten hatte, als er erleichtert ausatmete. »Nächste Woche um halb drei fangen wir an.« Er streckte Luke die Hand entgegen. Als Luke sie ergriff, spürte er den Druck jeder Hand, die Grand im Laufe der Jahre geschüttelt hatte – von der bedrohlichen Umklammerung der Ganoven, mit denen er in seiner Jugend Umgang gehabt hatte, bis zum fleischigen Händedruck der Würdenträger, die er als reifer Mann umworben hatte.

Vaughan entriegelte die Türen und stieg aus, aber nicht um Luke die Wagentür aufzuhalten, sondern um dem Fahrer des Wagens hinter ihnen stirnrunzelnd einen warnenden Blick zuzuwerfen. Das Hupen hörte sofort auf. Luke kletterte aus dem Wagen, bevor Grand es sich anders überlegen konnte. Geräuschlos rollte der Bentley über das Kopfsteinpflaster davon und verschwand.

In Lukes Begeisterung mischte sich das bohrende Gefühl, dass es *zu* einfach gewesen war. Grand hatte nicht den geringsten Widerstand geleistet. Vaughan hatte sichtlich erschrocken und mit Missbilligung reagiert, und das hatte ihn beunruhigt. Kathleen Duffy war offenbar der Schlüssel, und da er den Grund dafür nicht kannte, versuchte Luke, eine Theorie zusammenzurühren. Mit der Berufung auf Kathleen hatte er an Grands Herz appellieren wollen, aber vielleicht hatte er auf einem Umweg das Ego des Mannes getroffen. Vielleicht wollte Grand die Version seiner selbst bewahren, die sie gekannt hatte. Sie dürfte ihn auf dem glanzvollen Höhepunkt seiner Macht kennengelernt haben. So nachdrücklich Grand auch seine Besserung demonstrierte, vielleicht wollte er, dass auf dem Papier etwas von dem alten Glanz der schmutzigen Fundamente durchschimmerte, auf denen sein sauberes Imperium gebaut war.

Das ständige Rätselraten war eine Qual, und Luke tröstete sich mit dem Gedanken, dass er jetzt, da Grand auf seiner Seite war, auch mit ein paar Antworten rechnen konnte.

Er hätte die Neuigkeit gern jemandem erzählt. Viggo kam nicht in Frage, denn es wäre nicht fair, ihn zu bitten, es Charlene zu verheimlichen. Und Maggie? Nein, dafür war es noch zu früh. Ihr auf der Grundlage eines Händedrucks ein Buch vorzuschlagen, das hätte er vielleicht vor zwei Jahren noch getan, aber heute nicht mehr. Er war kein stürmischer Junge mehr. Dies war sein dritter Versuch, und dieses Mal würde er nicht scheitern.

Er blätterte seine Notizen durch, sah Sandy Quicks Geschäftskarte, die aus dem Block ragte, und dachte an Marcelles entmutigende Bemerkung, als er ihren Namen im Zusammenhang mit dem Fall Grand erwähnt hatte. 1968, als Grünschnabel, hatte sie vielleicht nicht viel Ahnung gehabt, aber wenn sie damals die Geschichte Brightons ernsthaft studiert hatte, dürfte sie jetzt besser informiert sein. Vielleicht würde ihr privates Archiv ihm Einblicke ins Privatleben der Leute eröffnen. Dass Kathleen Duffy in offiziellen Akten nicht auftauchte, bedeutete ja nicht, dass sie keine anderen Spuren hinterlassen hatte. Er bog die Karte zwischen Daumen und Zeigefinger. Zum Teufel. Es wäre ein Anfang.

VIERUNDZWANZIG

Dies war der östlichste Teil von Brighton, den Luke bisher zu Fuß aufgesucht hatte, ein gutes Stück weit hinter Brighton Pier und dem Riesenrad, kurz vor dem Yachthafen. Er nahm an, er sei immer noch im Kemp Town, aber es war schwer zu sagen, denn hier unten am Rande der Gentrifizierungszone gab es keine Pubs mit flatternden Regenbogenflaggen mehr, keine kleinen Boutique-Hotels, sondern nur noch Wohnblocks und vereinzelte Reihenhaussiedlungen.

Ein Teil des Wegs führte über einen breiten Fußweg, der in die Kalksteinböschung gehauen war. Nachts wäre er hier ungern allein unterwegs gewesen. Selbst an einem strahlenden Nachmittag wie heute fiel es nur allzu leicht, sich vorzustellen, wie Pinkie und seine Bande aus Graham Greenes Roman *Brighton Rock* hier mit ihren Rasiermessern lauerten.

Disraeli Square war eine lückenhaft bebaute, hufeisenförmig gebogene Straße, ein Abklatsch der großen, luxuriösen Piazzen oben in Hove. Das Gartenstück in der Mitte war mit vereinzelten Büschen bewachsen und umgeben von einem Maschendrahtzaun, nicht mit einem schmiedeeisernen Gitter. Die Autos, die sich dicht an dicht auf den Parkflächen drängten, waren billig und glanzlos, und als Luke an den Fassaden hinaufschaute, sah er, dass von mehreren morschen Fensterrahmen die Farbe abblätterte. Zu seinem Entsetzen hatte man die traditionellen Fenster an manchen Häusern durch PVC-Rahmen ersetzt. In den denkmalgeschützten Bezirken von Palmeira oder Brunswick Square wäre das völlig ausgeschlossen gewesen. Selbst die Geländer an der Esplanade waren hier vernachlässigt und der türkisfarbene Anstrich zu einem schmutzigen Grünspanton verblichen.

Nummer 33 schaute praktisch auf das Meer hinaus, ein hohes, schmales Haus, viergeschossig, mit schweren, grau gewordenen Gardinen an den Fenstern mit Ausnahme der beiden obersten. Das Nachbarhaus schien leer zu stehen; die Fassade war hinter einem verwahrlosten Gerüst versteckt. Eine schwarze Feuertreppe führte im Zickzack an der freien Seite des Hauses nach oben. Luke stieg die drei unebenen Stufen zur Haustür hinauf – die originalen Schachbrettfliesen waren teilweise beschädigt – und drückte auf den Klingelknopf.

Niemand öffnete. Er lauschte auf Schritte im Haus, bevor er noch einmal klingelte, und verfluchte sich dafür, dass er nicht vorher angerufen hatte. Wer kreuzte denn heutzutage noch einfach so auf – abgesehen von Zählerablesern, Evangelisten, Vertretern (na ja, und gelegentlich Philanthropen und Exgangstern)? Gerade wollte er wieder gehen, als die Klappe des Briefschlitzes sich einen Spaltbreit hob.

»Mrs Quick?« Luke ging in die Hocke und setzte sein hoffentlich charmantestes Lächeln auf. »Ich heiße Luke Considine, und ich habe Ihre Karte in der Bibliothek gefunden. Ich bin Autor und recherchiere für ein Buch.«

»Was für ein Buch?«

»Lokalhistorisch. True Crime«, sagte Luke. »Ich dachte, Sie …«

Die Klappe fiel herunter.

»Moment«, sagte die Stimme auf der anderen Seite. »Ich muss aufschließen.« Er hörte das Schieben und Rasseln von einem halben Dutzend Riegeln, Ketten und Schlössern, bevor die Tür sich öffnete. Die Frau dahinter konnte die Mutter – wenn er es großzügig betrachtete – des Mädchens auf dem Bild vor der Textilreinigung sein. Ihr schlampiges Aussehen hatte etwas von einer vom Schicksal gebeutelten Barsängerin, das platonische Ideal eines bestimmten Typs von Dragqueen. Ihr Haar war immer noch weißblond, aber inzwischen lang, hochgesteckt und ohne Zweifel mit Haarteilen aufgefüttert. Ein schwarzes Wickelkleid umrahmte einen eindrucksvollen Busen, perfekte Beine und ein Makrameemuster aus Adern und Sehnen am Hals und auf den Handrücken. Die spärlichen Wimpern sahen aus, als hätten sie Mühe, das Gewicht der dicken Tusche zu tragen.

»Bevor ich Sie hereinlasse, Sie wissen, dass ich ein privates Archiv führe?« Der typisch südenglische Akzent bekam durch eine nikotinbedingte Rauheit Charakter und Charme. Luke sah, dass die Haut unterhalb des Kiefers ein wenig gefältelt war, und er fragte sich, ob man hinter den Ohren die Narben einer Gesichtsstraffung sehen würde, wenn man das Haar hochhob. »Und dass ich Ihnen jede Recherche, die ich für Sie unternehme, in Rechnung stellen muss? Das hört sich vielleicht geldgierig an, aber es hat in der Vergangenheit Missverständnisse gegeben, und deshalb möchte ich das von Anfang an klarstellen.«

»Ja, das verstehe ich. Ich arbeite seit sechs Jahren als professioneller Journalist.«

»Tja, dann kommen Sie rein.« Im Haus roch es nach Zigarettenrauch, Feuchtigkeit und Haarspray.

Er sah die hochhackigen Schuhe und die Strümpfe. »Entschuldigen Sie, aber wollten Sie gerade weggehen?«

»Nein, nein.« Sie zog ihn herein und scheuchte ihn durch einen großzügig bemessenen Korridor, halbiert durch mattgraue Aktenschränke, die an den Wänden standen, immer zwei übereinander. Die gusseisernen Warmwasserrohre hatten eine dicke Farbschicht und waren unverkleidet. Sandy ging nicht, sie trippelte, und ihre Absätze klapperten auf dem Fliesenboden wie Fingernägel auf einer Tastatur. »Für wen haben Sie denn geschrieben, Luke …?«

»Considine. Ich war Redakteur bei einem kleinen Lokalblatt in Leeds und habe als freier Mitarbeiter für Zeitungen geschrieben. Längere journalistische Arbeiten, hauptsächlich. Wahlkampagnen, Undercoverarbeit und solche Sachen.«

»Ich bin nie über die Boulevardpresse hinausgekommen«, sagte sie betrübt. »Trotzdem würden mich keine zehn Pferde mehr in die Fleet Street zurückbringen. Mein Herz gehört den Lokalnachrichten. Seit Ende neunundsechzig, Anfang siebzig berichte ich aus Sussex.«

Das hatte Luke schon aus ihrem Autorenkürzel geschlossen, aber er war enttäuscht, weil sie dann wohl keine Informationen aus erster Hand über den Mord an Nye haben konnte.

»Schreiben Sie noch für den *Argus*?«, fragte er.

»Ab und zu befreien sie mich von den Mottenkugeln.« Sie seufzte. »Heutzutage meistens für einen Nachruf. Das sagt alles. Aber mir graut vor dem Gedanken, dass ich meinen letzten Artikel geschrieben habe. Ich wollte nie was anderes werden als Journalistin. Das war nichts für Frauen, als ich ein Mädchen war. Ich musste mit Zähnen und Klauen darum kämpfen, ernst genommen zu werden. Es ist schwer loszulassen, auch wenn ich manchmal das Gefühl habe, es will *mich* loslassen.«

»Ich kenne das Gefühl.«

Sie musterte ihn von oben bis unten und schnaubte. Luke

war bemüht, sich nicht daran zu stören – sie konnte es nicht wissen –, und folgte ihr in ein plüschiges Empfangszimmer. Die Wärme hier kam nicht von den altmodischen eisernen Heizkörpern, sondern von einer Nachtspeicherheizung, die mitten im Raum stand. Zahllose Schränke und Regale zogen sich unter den Fenstern entlang und verringerten das wenige Licht, das die Gardinen hereinließen. Eine Reihe von verbeulten beigefarbenen Stahlschränken teilte das Zimmer. Kleine rot-weiße Schachteln, die verstreut auf dem Boden standen, erwiesen sich bei näherem Hinsehen als Rattenfallen mit vergifteten Ködern. Es fiel auf, dass der Getränkeschrank das am wenigsten verstaubte Möbelstück in diesem Zimmer war. Die Flaschen hinter der Glasscheibe waren Discounter-Marken, daneben stand eine Silberschale mit einer Zitrone, die vom Schimmel allmählich wieder grün wurde.

Sandy verschwand durch eine Lücke zwischen zwei Schränken in einer Küche, wo sie einen Wasserkocher füllte und einschaltete. Luke sah, dass der Kühlschrank, den sie öffnete, fast leer war und dass sie denselben Teebeutel für beide Tassen benutzte. Den Tee servierte sie in halbkugelförmigen Glastassen aus den Sechzigern, von denen man in Secondhandläden zehn Stück für ein Pfund hatte kaufen können, bis sie wieder in Mode gekommen waren und Händler und Sammler sich auf sie stürzten. Sandy hatte sie vermutlich schon immer gehabt.

»Dann hat Marcelle sie also hergeschickt, ja?«

»Danke.« Luke nahm den Tee, den sie ihm reichte. »Ja, stimmt.«

»Komische Frau. Zuckt nie mit der Wimper. Ist Ihnen das schon aufgefallen?«

»Nein, sie tut's nicht, oder? Ich dachte, ich wäre nur paranoid.« Luke lachte und deutete auf die Archivschränke um ihn herum. »Das alles ist also Lokalgeschichte?«

»Nicht auf dieser Etage. Eigentlich habe ich zwei Archive. Unten und im ersten Stock befindet sich ein allgemeines Zeitschriftenarchiv, das mir das Geld einbringt.« Von einem unordentlichen Stapel nahm sie einen Artikel über Kate Winslet. »Das ist mal ein reizendes Mädchen. Ich hab sie ein paar Mal interviewt. Sehr bodenständig. Und das ist mehr, als man über manche anderen sagen kann.« Sie schaute nach links, und Luke brauchte einen Moment, um zu begreifen, dass der böse Blick dem CD-Player galt, auf dem eine Shirley-Bassey-CD lief, seit er hier war. »Nicht mehr dieselbe, nachdem sie den Verdienstorden gekriegt hat.« Sie schnaubte. Der Boden war übersät von bedrucktem Konfetti, das Luke an die Schneeflocken erinnerte, die er zu Weihnachten zusammen mit seiner Mutter aus Zeitungspapier ausgeschnitten hatte.

»Im zweiten Stock ist das, wofür Sie sich wahrscheinlich interessieren. Eine Sammlung von alten Zeitungen, privaten Fotos, Tagebüchern, Briefen, Kleinigkeiten ... Wahrscheinlich ist es einfacher, Sie herumzuführen, statt Ihnen zu erklären, wie alles funktioniert.«

Er behielt Tasse und Untertasse in der Hand, als er ihr die Treppe hinauf folgte. Jedes Stockwerk war mit einer schweren modernen Tür verschlossen. Die Schlüssel steckten in den Schlössern. Luke schlug mit der flachen Hand dagegen und hörte den dumpfen Klang von massivem Metall. Auf den Treppenabsätzen hingen Feuerlöscher, wie man sie in öffentlichen Gebäuden erwartete.

»Das ist ein Luftschleusensystem«, erklärte sie. »Diese Archive sind mein *Leben.* Meine größte Angst ist, dass das Haus abbrennen könnte. Na ja, das – und dass die Mäuse ihre Nester im Papier bauen, die kleinen Mistviecher. Der Krieg gegen sie ist ein Fulltime-Job.«

»Woher wissen Sie, was was ist?«, fragte er. »Sie haben nichts etikettiert.«

»Ist alles hier drin.« Sandy tippte sich an die Schläfe. »In dieser Ecke des Zimmers zum Beispiel sind die politischen Storys, in denen es um die Überschreitung der Grenze zur Prominenz geht, was in den meisten Fällen Sex bedeutet. Da haben wir also John Profumo und Christine Keeler, John Major und Edwina Currie …«

»Clinton und Monica Lewinsky, Kennedy und Marilyn Monroe«, fuhr Luke fort. Sandy zog eine scheinbar beliebige Schublade auf. »Präsidenten haben eine eigene Akte«, sagte sie. Luke nahm eine heraus, öffnete sie und sah Hillary Clinton, die gute Miene zum bösen Spiel machte.

»Das ist wie das Internet, aber echt«, stellte er fest und legte die Akte sorgfältig zurück.

Sandy schob die Lippen vor. »Ich weiß, jeder unter dreißig kann das nur schwer glauben, aber was Sie online finden, ist wirklich nur die Spitze des Eisbergs, wissen Sie. Viele Zeitungen haben ihr komplettes Archiv digitalisiert, aber die meisten Zeitschriften haben es noch nicht getan, und je weiter Sie zurückgehen, desto größer wird der Seltenheitswert der Sachen. Ich nehme an, Sie haben noch nie einen Ausschnittdienst in Anspruch genommen? Hätten Sie vor zwanzig Jahren angefangen, wären Sie buchstäblich darauf angewiesen gewesen. Man musste anrufen und sagen, was man haben wollte, und dann haben sie es gefaxt – oder mit der Post geschickt, wenn wir wirklich in der Zeit zurückgehen wollen. Als ich meine Stelle aufgab, hatte ich die Vorstellung, frei zu arbeiten und das hier nebenher zu betreiben, aber bald wurde mir klar, dass ich mehr Geld machen konnte, wenn ich Zeitungsausschnitte an Journalisten lieferte, als ich selbst als Journalistin verdienen würde.«

»Wie fängt man so ein Geschäft denn überhaupt an?«, fragte Luke.

»Ich hatte keine Zeitschrift mehr weggeworfen, seit ich ein junges Mädchen war, und so hatte ich alles, was ich brauchte. Sie wussten, sie würden von mir bekommen, was sie brauchten, und zwar schneller als von irgendwem sonst. Aber ehrlich gesagt, es ist nicht mehr das, was es mal war. Wenn Sie eine Kurve meines Einkommens der letzten fünfzehn Jahre zeichnen wollten, würden mir wahrscheinlich die Tränen kommen. Aber es gibt immer noch ein paar Journalisten, die es gern auf die altmodische Tour machen. Meistens sind es diejenigen, die Promis interviewen, oder Biographen, die Zugang zu Informationen brauchen, die man im Netz einfach nicht kriegt. Sehen Sie sich Joan an.« Sie öffnete einen Stahlschrank, in dem sich von unten bis oben Akten stapelten. Die oberste enthielt ein Interview von 1952 mit einer sehr jungen Joan Collins, deren Wangenknochen beinahe dreidimensional aus der Seite ragten. Luke fing an zu stöbern. In einem späteren Ordner aus den neunziger Jahren fand er das Gesicht wieder: Buchstäblich unverändert schaute es ihm von der Titelseite eines *Hello*-Hefts entgegen. »Wenn jemand von einer der Magazinbeilagen ein Interview mit Joan haben möchte, kommt er zu mir. Für ein Pfund pro Seite kriege ich es immer noch hin. Sie war selbst auch mal hier, wissen Sie, als sie ihr eigenes Buch schrieb. Es habe ihr enorm geholfen, hat sie gesagt.«

Sandys Blick verlor sich für einen Moment im Unbestimmten. Luke stellte sich vor, wie Joan Collins zwischen den Rattenfallen über alten Zeitschriften brütete, und fragte sich, wie ernst er diese Frau nehmen sollte.

»Und die Lokalnachrichten?«

»Alles eine Etage höher. Tatsächlich gibt es dafür heutzutage einen größeren Markt als für die Mainstream-Ausschnitte. Durch das Internet sind anscheinend eine Menge Amateurautoren aus ihren Löchern gekrochen. Viele Möchtegernschriftsteller kommen zu mir. Wollen Sie alles sehen?«

Wenn im ersten und zweiten Stock das organisierte Chaos geherrscht hatte, so war hier oben in den beiden großen Räumen, die als Schlafzimmer gedacht waren, jeder Anschein von Ordnung fallen gelassen worden. Bücher, Kisten, Ziehharmonikaordner und Alben füllten die Regale, lagerten wacklig auf Tischen und stapelten sich auf dem Fußboden.

»Sie haben aber bald keinen Platz mehr.«

»Ich weiß. Es gibt einen Keller, aber der ist zu feucht, um dort irgendetwas aufzubewahren. Schon gar kein Papier. In einer Woche wäre alles verschimmelt. Mir graut bei dem Gedanken an die Kosten, wenn man daraus ein richtiges Lager machen wollte. Aber der Wahnsinn hat Methode, das verspreche ich Ihnen«, sagte Sandy. »Stellen Sie mich auf die Probe. Fragen Sie mich etwas. Irgendeine Zeit, irgendein Ereignis, und ich kann Ihnen zeigen, wie es sich auf Brighton und Hove ausgewirkt hat.«

Luke wollte sich nicht zu früh in die Karten blicken lassen. Willkürlich nannte er irgendein Datum. »Okay, wie wär's mit … dem Ersten Weltkrieg?«

Sofort ging sie durch eine Verbindungstür in ein kleines Ankleidezimmer. Von einem wackligen Kleiderschrank nahm sie einen Koffer herunter und öffnete ihn. Er enthielt makellos glatte Zeitungsseiten. Auf einer wurde über den Kriegsausbruch berichtet, und die Schlagzeile lautete: DER KÖNIG SPRICHT ZU SEINER FLOTTE. Ein kleines Bündel handgeschriebener Briefe, mit einem roten Band zusammengehalten, war auch dabei und ein Tagebuch von 1916. Luke schlug es auf und blätterte vorsichtig darin. Die Handschrift war gedrängt und geneigt, als sei das Papier kostbar, und in dem ganzen Buch fand sich nicht ein einziger Absatz. Seine Augen hatten sich von der Arbeit mit dem Mikrofilm noch nicht erholt und verweigerten sich. Er klappte das Buch zu. Ein altersfleckiger Umschlag enthielt drei Telegramme, in denen die Mutter jeweils vom Tod eines ihrer Söhne in Kenntnis gesetzt wurde. Seine trockenen Augen brannten.

»Ich will das alles ständig nach einem System sortieren, das auch jemand anders begreifen kann, aber es kommen dauernd neue Sachen herein.« Sie zeigte auf einen dickbauchigen Pappkarton, in dem einmal Kartoffeln gewesen waren und der jetzt kreuz und quer mit Klebeband zugeklebt war. »Den hab ich letzten Monat von einem alten Kollegen, Ted, geerbt. Er ist vor Längerem gestorben, aber seine Tochter hat es jetzt erst über sich gebracht, sich von seinen Sachen zu trennen. Da sind Negative und Platten aus ungefähr sechzig Jahren drin, angefangen mit den Fünfzigern.«

»So kommen Sie an all das? Die Leute schenken es Ihnen?«

»Die lokalen Sachen, ja. Ted war Pressefotograf, und er hat sein Copyright immer behalten. Als er starb, habe ich alles geerbt, und je länger ich das alles mache, desto mehr spricht es sich herum. Haushaltsentrümpelungen sind jetzt ein Riesending. Die Dachböden von alten Leuten sind voll von unbezahlbarem Plunder. Die Familien haben keinen Platz, um alles aufzubewahren, und dazu kommen die Leute, die sterben, ohne eine Familie zu hinterlassen. Wenn es etwas in Sussex reichlich gibt, dann sind das Altersheime, und die Mitarbeiter dort wissen, dass ich immer auf der Suche bin.«

Sandy wurde ein bisschen rot. »Ich weiß, das klingt, als würde ich Krankenwagen nachjagen.«

Luke fand Leichenwagen passender, aber er biss sich auf die Zunge. »Sie haben nie daran gedacht, das alles dem History Centre zu übergeben?«

Sie hätte nicht gekränkter aussehen können, wenn er vorgeschlagen hätte, ihr Baby wegzugeben. »Luke, diese Dokumente sind mein Lebensunterhalt. Sie sind mein *Leben.*« Sie nahm einen Aktenordner und hielt ihn an die Brust wie einen Säugling. »Manchmal denke ich, ich möchte gern plötzlich sterben, damit ich nicht in meinem Leben ohne das alles dastehe. Ich bekomme keine Rente, und vielleicht muss ich eines Tages alles verkaufen. Die Bedeutung für mich lässt sich mit Geld nicht aufwiegen, aber mir graut bei dem Gedanken daran, wie wenig es wert sein wird.«

FÜNFUNDZWANZIG

Die letzte Treppe führte zu einer winzigen Dachkammer mit weißen Wänden, die so kahl waren wie die anderen Zimmer vollgestopft. Keine Regale, nur ein halbes Dutzend Tische mit vier Faxgeräten, einem antiken Kopierer und einem primitiven Acorn-Computer. Zwischen zwei Tischen war ein Sprossenfenster, ein Schiebefenster, das vom Boden bis zur Decke reichte. Luke drückte die Nase an die Scheibe und sah den oberen Rand des Riesenrades und einen Streifen Meer. Wenn dies sein Haus wäre, würde er hier schreiben. Sein Blick ging nach unten: ein schmaler Zierbalkon, der nicht aussah, als könne er das Gewicht eines Erwachsenen tragen. Schade. Es wäre ein schöner Platz gewesen, um sich an warmen Abenden zu entspannen, mit einem Drink in der einen und einer Zigarette in der anderen Hand. Schnell trat er einen Schritt zurück und wäre fast über eine elektrische Brother-Schreibmaschine gestolpert, deren Tasten zur Hälfte fehlten.

»Haben Sie denn keinen Scanner oder so was?«, fragte er. »Sie könnten Ihr ganzes Archiv auf CDs brennen. Das würde Zeit kosten, aber es ginge. Dann hätten Sie Platz in Ihrem Haus.«

»Du liebe Güte, nein«, sagte sie. »Unscharfe Faxe und körnige Fotokopien, mehr kriegen meine Kunden nicht. Bessere Qualität stellen sie sofort online, und wo bleibe ich dann? Und was soll ich mit Platz? In einem leeren Zimmer, ohne das Papier um mich herum, könnte ich nicht schlafen.«

»Leuchtet ein.«

Der Wind pfiff durch einen Spalt im Schiebefenster. Die Scheibe klapperte, und sie fröstelten beide.

»Ach, meine alten Knochen«, jammerte Sandy und ahmte den Tonfall einer alten Dame nach. »Lassen Sie uns wieder nach unten gehen, ja?«

Auf dem schmalen Treppenabsatz war eine Tür, die nur auf die Feuertreppe führen konnte. Luke rüttelte an der Klinke. Sie war verschlossen. »Der Schlüssel liegt in der Schreibtischschublade, falls Sie hier je einen Notausgang brauchen«, sagte sie und warf einen Blick auf seine Jeans. »Bei Ihnen piept was, glaube ich.«

Luke hatte das summende Handy ignorieren wollen und bereute, dass er es nicht getan hatte, als er auf dem Display eine neue anonyme Handynummer sah. Etwas verknotete sich in seinem Magen, und mit jedem Klingeln zog der Knoten sich fester. Wenn Jem ein neues Handy hatte, bedeutete das, er war wieder auf freiem Fuß? Dann konnte der Anruf von überall her kommen. Vielleicht saß er in diesem Augenblick in seinem Auto vor dem Haus in Temperance Place. Luke hatte nicht die geringste Lust, sich heute oder sonst irgendwann mit Jems Scheiße zu befassen. Seit dem Selbstmordversuch war genug Zeit vergangen, und seine Angst hatte sich in Verärgerung verwandelt.

»Fuck, lass mich einfach in Ruhe«, knurrte er.

»Ärger mit ’nem Kerl?«, fragte Sandy. Anscheinend sah er verblüfft aus. »Ach, kommen Sie, Luke, ich bin in Brighton geboren und aufgewachsen, und der einzige andere Ort, wo ich je gewohnt habe, ist Soho. Mein Schwulenradar ist wahrscheinlich besser als Ihres.«

Luke lächelte matt. »Mein Ex. Oben in Leeds. Wegen ihm bin ich nach Brighton gezogen.«

»Untreu?« Sandy zündete sich eine Zigarette an. Ihr

Klatschtantentonfall ließ die Affäre in einem freundlicheren Licht erscheinen.

»Besitzergreifend«, antwortete Luke und nahm auch eine aus der Schachtel, die sie ihm anbot.

»Hübsch?«

»Schön.« Die plötzliche Erinnerung an das Verlangen war beunruhigend. »Reich, großzügig, gut in der Kiste … aber leider auch frisch geoutet und knatschverrückt.«

»Pikant. Vielleicht mache ich Sie nachher betrunken und lasse mir alles erzählen.« Das Komische war, Luke hatte das Gefühl, er könnte dieser Fremden alles über Jem erzählen, und sie würde es verstehen.

»Aber belassen wir es vorläufig bei einem Kaffee, ja?« Sandy gähnte und nahm ihm Tasse und Untertasse ab. »Dieser Tee bringt's nicht. Es ist auch noch ein bisschen früh für mich. Ich bin leider eine Nachteule. Komme eigentlich erst nachmittags in Gang, und dann arbeite ich die ganze Nacht.« Sie klapperte davon und schaltete den Wasserkocher ein. Luke lächelte wieder. Er hatte eine verwandte Seele gefunden. So viele Leute behaupteten, Nachteulen zu sein, und meinten doch nichts weiter, als dass sie erst kurz nach Mitternacht zu Bett gingen. Aber Leute wie er waren eigentlich erst wach oder lebendig, wenn der Rest der Stadt schlief.

Hoffentlich war das Kratzen und Scharren, das er hörte, nur in seiner Phantasie vorhanden. Jetzt meldete ihm sein Telefon mit einem *Ping,* dass eine SMS von derselben anonymen Nummer eingegangen war. Luke bekam noch die erste Zeile mit, als er sie löschte.

Aminah hat mir ein iPhone geschenkt! Juuhuu!
Das hier ist meine neue Nummer. Geh ans Telefon, du Zicke.
V xxx

Vor Erleichterung sackte Luke auf dem schmuddeligen pinkfarbenen Sofa zusammen. Er speicherte die Nummer und antwortete sofort.

Nicht schlecht. Nächstes Mal nimm ein Auto.

Neben ihm stand ein kleiner Zeitschriftenständer, vermutlich auch ein Bestandteil von Sandys esoterischem Ablagesystem. Er enthielt nur ein einziges Heft, die *Radio Times* von dieser Woche. Sandy hatte das Programm durchgesehen und die Sendungen, die sie interessierten, mit Kringeln markiert. Er errötete, beschämt über seine Schnüffelei, und versuchte, das Heft genauso zurückzulegen, wie er es vorgefunden hatte.

»Ist nur Nescafé, also kein Grund zur Aufregung«, sagte sie. Es waren dieselben Tassen, aber trotz des Spülmittelschaums hatte sie die Lippenstiftspuren an der Tasse, die er jetzt in der Hand hielt, nicht restlos entfernt.

Er stellte sie auf den riesigen Walnussholzsekretär. Sandy schob einen Untersetzer darunter.

»Verzeihung«, sagte Luke mit einem Blick auf die schimmernde Maserung. »Noch ein Archiv?« Er schaute nach unten. Das Durcheinander dort hob den Begriff der Unordnung auf eine neue Ebene. Alle möglichen Sachen waren planlos in die kleinen Schubladen gestopft worden. Ein Stapel Spiralblöcke ragte aus der einen, und die Ecke eines rosa Seidenschals hing aus einer anderen wie eine Zunge.

»Oh Gott, was für Zustände.« Sie versuchte, den Rolldeckel herunterzuschieben, aber er klemmte. »Ich will da immer aufräumen, aber Sie wissen ja, wie das ist.« Sie sah merkwürdig aus – oder noch merkwürdiger als vorher:

schüchtern und gleichzeitig stolz. »Ich nenne es mein Museum. Nur ein paar Erinnerungsstücke und alberner Kram aus der Zeit, in der ein Faxgerät als Avantgarde-Technologie galt. Dieses Zeug ist wirklich nutzlos, aber ich ertrage es nicht, mich davon zu trennen.«

»Darf ich es mir ansehen?«, fragte Luke. Sandy zögerte und tappte mit der Schuhspitze auf den Boden, bevor sie zur Seite ging.

»Ach, machen Sie schon. Ich gebe Ihnen zehn Seiten umsonst, wenn Sie mir sagen können, was das hier ist.« Sie zog eine Schublade auf und nahm eine ramponierte Stahlkugel heraus, die ausgesehen hätte wie ein Überbleibsel von einem Autounfall, wenn sie nicht mit Spiegelschrift-Lettern bedeckt gewesen wäre. Ein anderes kleines Fach enthielt einen schlanken blauen Zylinder, und im nächsten lag eine dünne Metallscheibe. Einen Stapel Presseausweise gab es auch, angefangen mit dem weichen Karton der Sechziger bis zu den in steifem Plastik laminierten Karten des letzten Jahrzehnts. Je glatter der Ausweis, desto verschlissener das Gesicht auf dem Foto.

»Das war einmal mein Handwerkszeug«, sagte sie, als Luke das dünne blaue Röhrchen in die Hand nahm. Er drehte es in der Mitte. Eine Schreibfeder schoss aus dem einen Ende, eine kleine Lampe, die nach unten leuchtete, aus dem anderen. »Um im Dunkeln Notizen zu machen«, sagte er.

Sie zog einen Schmollmund. »Aber das war auch nicht schwierig. Was ist das?« Sie reichte ihm die Metallkugel, die schwer wie Blei war. Luke drehte sie in den Fingern, aber erst als er Druckfarbe roch, ging ihm ein Licht auf.

»Das ist von einer Kugelkopf-Schreibmaschine«, sagte er. Sandy lachte entzückt.

»Woher weiß jemand in Ihrem Alter, was eine Kugelkopf-

Schreibmaschine ist? Ich wäre überrascht, wenn Sie ein Farbband erkennen würden.«

»Ich lese viel«, sagte Luke. Aber in keinem seiner Bücher war der dritte Gegenstand beschrieben gewesen, die dünne kleine Scheibe, die er jetzt in der Hand hielt. »Ich muss passen«, sagte er.

»Das ist eine Telefonmembran«, sagte sie. »Damals, als man seine Texte noch telefonisch an die Redaktion durchgeben musste, war man auf öffentliche Telefonzellen angewiesen, und wenn man nicht schnell genug war, stand man in der Schlange hinter einem Reporter von einem Konkurrenzblatt. Der schraubte dann den Hörer auf und nahm dieses Ding heraus. Das Telefon funktionierte nicht mehr, und man musste meilenweit latschen, bis man das nächste gefunden hatte. Bis dahin hatten die anderen ihren Knüller, und die eigene Zeitung nicht.« Luke verzog das Gesicht. »Deshalb hatten wir immer eine Ersatzmembran in der Tasche. Wenn jemand uns austricksen wollte, konnten wir sie in den Hörer schrauben. Eigentlich ziemlich kläglich, oder? Aber für mich war das alles ein großer Spaß.« Sie nahm ihm die Membran aus der Hand, legte sie in die Schublade und schob den Rolldeckel erfolgreich herunter. »Wahrscheinlich glauben Sie, ich komme geradewegs von der Arche Noah«, sagte sie, aber sie lächelte dabei. »Und – für wen schreiben Sie, und wie kann ich Ihnen helfen?«

»Oh, es ist kein Artikel«, sagte Luke. »Ich schreibe ein Buch.«

»Worüber?«

»Na ja, im Moment ist es noch reine Spekulation. Ich habe eine Agentin, aber ich muss noch ein bisschen recherchieren, bevor sie damit zu einem Verlag geht. Was ich immer schreiben wollte, ist eine Art heutige Version von *Kaltblütig*, eine wirklich tiefgehende True-Crime-Geschichte. Über Mord schreiben, aber mit dem Respekt, den er verdient. Mir einen Fall vornehmen, ihn unters Mikroskop legen, ihn ausführlich beschreiben, etwas daraus machen, das …«

Er ließ den Satz in der Schwebe. Sandy nickte, und er sah, dass er ihr, im Gegensatz zu Jem und den meisten anderen Leuten, nichts zu erklären brauchte.

»Seien Sie vorsichtig bei dem, was Sie sich wünschen. Mehr sag ich nicht. Ich habe Truman natürlich gekannt.«

»Im Ernst?« Lukes professionelle Ungerührtheit ließ ihn im Stich.

»In den Sechzigern konnte man ihm in London gar nicht aus dem Weg gehen«, sagte sie obenhin, aber dann wurde sie ernst. *»Kaltblütig* hat seinen Tribut von ihm gefordert, Luke. Er musste warten, bis diese Jungs gehängt worden waren, bevor er es zu Ende schreiben konnte. Es hat seine Karriere begründet, es hat sein Leben verändert, aber auch ruiniert.« Sie schüttelte den Kopf und blies eine Rauchwolke zur Decke, bevor sie ihre Zigarette ausdrückte und nach ihrer Kaffeetasse griff. »Ich hab mich nie gern damit abgerackert«, sagte sie. »Mit dem Schreiben an sich, meine ich. Das Prickelnde bei dem Job war immer die Jagd nach der Story. Wenn ich sie dann schreiben musste, war ich schon gelangweilt. Ich glaube, es gibt zwei verschiedene Sorten von Journalisten: hier die Reporter, da die Schreiber. Die einen haben ein Buch in sich, die anderen nicht.« Sie schaute aus dem Fenster. »Ja, irgendetwas passiert hier immer. Leider hat es keine Klasse mehr, es gibt keine Intrigen. Hauptsächlich geht es um Drogen und Osteuropäer, aber …«

»Entschuldigung, aber ich hätte es gleich sagen sollen: Ich interessiere mich nicht für eine heutige Story. Ich habe schon ein Thema und einen Fall. Tatsächlich glaube ich, es geht um jemanden, den Sie kennen oder kannten. Deshalb bin ich zu Ihnen gekommen.«

Sie zwinkerte. »Das macht den Kreis der Leute in dieser Stadt aber auch nicht kleiner, Schätzchen.«

»Joss Grand«, sagte er.

Die Tasse auf Sandys Untertasse fing an zu klappern.

»Und warum wollen Sie sich mit so jemandem einlassen?« Sie schaffte es nur ein paar Sekunden lang, den unbekümmerten Tonfall aufrechtzuerhalten. Sie griff nach seiner Hand und hielt sie fest. »Wenn Sie wissen, was gut für Sie ist, halten Sie sich fern von Joss Grand. Er ist heute noch genauso gefährlich wie damals, als ich noch ein junges Mädchen war.« Ihre Nägel bohrten sich schmerzhaft warnend in seinen Handballen.

»Ich will Ihnen nur ein paar Fragen stellen.«

»Nein, nein, nein.« Sie schüttelte den Kopf. »Gehen Sie jetzt lieber, Luke.«

Aber er blieb sitzen, starr vor Verwirrung und Schrecken angesichts der Wirkung, die seine Worte auf sie hatten.

»Gehen Sie.« Sie klang, als habe er ihr ein Messer an die Kehle gesetzt.

»Okay, schon gut, ich gehe ja.« In seiner Hast ließ Luke die Zigarettenasche auf das Sofa fallen. Sandy schob ihn buchstäblich zur Haustür. Auf der Schwelle drehte er sich noch einmal um. Eine beharrliche innere Stimme sagte ihm, er sei hier auf etwas gestoßen und könne sich jetzt nicht einfach hinauswerfen lassen. Eine andere Stimme entgegnete, er terrorisiere eine einsame Frau in ihrem eigenen Haus. Er hatte keine Zeit, den Vorsitz bei dieser inneren Debatte zu übernehmen. Die lautere Stimme gewann.

»Es tut mir leid, ich wollte Sie nicht beunruhigen.« Er fummelte sein Telefon aus der Tasche, und sein Finger glitt über das Display, als er versuchte, die Abbildung von Belindas Foto aufzurufen. Aber die Tür war schon fast geschlossen. »Können Sie mir wenigstens verraten, ob der Name Kathleen Duffy Ihnen etwas sagt?« Sandy schlug die Tür zu, aber vorher sah er noch, wie Verständnislosigkeit die Angst in ihrem Blick überlagerte, und zwar so schnell, dass sie echt gewesen sein musste.

Luke ging an den Strand. Die Lichter von Brighton Pier leuchteten hell hinter ihm. Es war Ebbe, und er schlurfte durch den Kies, bis er an den freiliegenden Sandstreifen kam, so dicht am Wasser, dass die Gischt seine Brillengläser bespritzte. In Gedanken ging er das Gespräch mit Sandy immer wieder durch. Das alles war so schnell gegangen, dass er keine Zeit gefunden hatte, sie nach Jasper Patten zu fragen, und ob sie ihn gekannt hatte. Auf jeden Fall wusste sie etwas über Joss Grand und wollte darüber nicht mit ihm reden, aber was Kathleen Duffy anging, so war dieser selbst ernannte Ein-Frau-Almanach zur Geschichte Brightons anscheinend genauso klug wie er.

SECHSUNDZWANZIG

Luke hatte ein Café in den Lanes gefunden, das ihm als Büro diente, wenn das History Centre geschlossen war. Es war eingeklemmt zwischen zwei Juweliergeschäften (in dem einen hatte er einen guten Preis für den Cartier-Ring bekommen) und hatte ein Obergeschoss, von dem offenbar niemand wusste. Das WLAN-Signal war gut und kostenlos.

Während er darauf wartete, dass Charlene in der Pause zwischen zwei Besichtigungsterminen vorbeikam, und weil die Neugier juckte, gab er Sandys Namen in das Suchfenster der *Argus*-Website ein. Er tauchte in den vergangenen zehn Jahren nur dreimal auf: bei zwei Nachrufen (ein Arzt und ein Stadtrat) und einem Bericht über die vom Shoreham Women's Institute gesponserte Schwimmveranstaltung. Als Nächstes durchsuchte er die überregionalen Blätter nach ihrem Namen im Zusammenhang mit Kate Winslet, diesmal ging er über zwanzig Jahre zurück. In keinem Archiv, auf das er zugreifen konnte, fand er eins der Interviews, die sie angeblich geführt hatte. Er zwang sich, ihr im Zweifel trotzdem zu glauben. Wahrscheinlich hatte sie für Hochglanzmagazine gearbeitet.

Auch wenn er Charlene nicht erwartet hätte, hätte er an dem polternden Schritt erkannt, dass sie die Treppe heraufkam. So leichtfüßig sie sich in ihren geliebten schweren Stiefeln bewegte, in den Pumps, die sie zur Arbeit tragen musste, hatte sie die Grazie eines rostigen Roboters. Gewissenhaft klappte er den Laptop zu und schob das Notizbuch mit den

Fragen für sein erstes Interview mit Joss Grand in seine Tasche – zu ihrem Schutz in mehr als einer Hinsicht.

Charlene stellte ihren Caffè Latte auf den Tisch und ließ sich neben ihm auf die Bank fallen.

»Oh Gott, ich bin fertig.«

»Hallo, meine Schöne.« Als er ihr das Haar zerzausen wollte, schlug sie seine Hand weg. »'ne harte Nacht?«

»Dad hat durchgeschlafen, aber ich war die ganze Nacht wach und hab mich gestresst. Wir haben den Termin für sein Gutachten. Ende des Monats.«

Sie zog einen dreimal gefalteten Brief aus der Tasche und zeigte ihn Luke. Darin stand, im Zusammenhang mit weitreichenden staatlichen Kürzungen werde man Mr Mullins' Bedürfnisse in Augenschein nehmen und feststellen, ob der derzeitige Umfang der Unterstützung angemessen sei.

»Und was passiert, wenn sie die Unterstützung streichen?«

»Dann sind wir komplett im Arsch«, sagte Charlene. »Ich höre auf zu arbeiten, damit ich die Ganztagspflege übernehmen kann, und wir sind auf die Barmherzigkeit des Staates angewiesen. Dieser Regierung. Dieses Landes.«

»Scheiße, Char. Kann ich irgendwas tun, um dich zu entlasten? Kann ich nicht bei ihm sitzen und ihm sein Essen machen, wenn du mit deinen Freunden ausgehst oder schwimmen oder shoppen oder so?«

»Danke, Schatz, aber ich weiß nicht, ob das geht. Man muss mehr für ihn tun als nur kochen. Sein Katheter muss gewechselt werden, seine Infusion muss erneuert werden, und das muss jemand tun, den er kennt, weil er sich sonst heftig aufregt.«

Luke war entsetzt. Er hatte nicht gewusst, dass es so schlimm war.

Charlenes Telefon trillerte. »SCHNAUZE!«, schrie sie es

an, bevor sie sich in beschwingtem Ton meldete: »Joss Grand Properties, Charlene.« Dann folgte eine fröhliche Unterhaltung über die Wohnung, die sie gleich zeigen würde. Als sie fertig war, schaute sie seinen geschlossenen Laptop an. »Woran arbeitest du eigentlich? Macht die Freelance-Arbeit Freude? Wenn ich schon selbst keine Karriere machen kann, dann eben durch dich.«

In dem Bewusstsein, dass er ihren Job nicht gefährdet hatte, fiel ihm die kleine Notlüge leichter. »Ach weißt du, ich bin noch auf der Suche. Die Sache mit Jem hat mich ein bisschen aus dem Gleis geworfen.«

»Das glaub ich«, sagte sie. »Hast du von ihm gehört, seit er in die Klinik gekommen ist?«

Er schüttelte den Kopf. Char hatte genug am Hals, als dass sie sich noch anhören musste, wie tief ihn der Selbstmordversuch – besser gesagt, der Selbstmörderbrief – getroffen hatte. Sie brauchte nichts zu wissen von seiner Angst vor dem Briefkasten, von dem Grauen vor den Schritten auf der Straße, die bedeuteten, dass aus den Worten Ernst geworden war, von der qualvollen Gewissheit, dass Jem ihn aufstöbern würde, selbst wenn er wieder umzöge.

Sie plauderten noch eine Weile, und zum Abschied vereinbarten sie, sich wieder zu treffen, wenn Viggo herunterkäme, wenn nicht schon vorher. Er trank ihren Latte aus – eklig!, wie konnten Mädchen solchen Mist trinken? – und wählte eine Telefonnummer.

»Feature-Redaktion.«

»Aleeexaaaaaa«, sagte er in dem winselnden Ton, den er früher immer benutzt hatte, wenn er sie bitten wollte, im Regen zu Starbucks zu laufen.

»Was soll es diesmal sein? Flat White mit einem Schuss Sirup?«

»Sei nicht albern. Dú weißt, ich kann Sirup nicht ausstehen. Nein, ich brauche einen letzten Gefallen.«

»Schieß los.«

»Kannst du mir einen wirklich guten Privatdetektiv empfehlen? Einen, der da Zugang hat, wo ich mit meinen Skills nicht hinkomme?«

»Ich kenne zwei ausgezeichnete«, sagte Alexa. »Leider sitzen sie gerade auf Kosten Ihrer Majestät ein. Aber es gibt jemanden, den ich in letzter Zeit angeheuert hab und der wirklich gut ist, obwohl der Himmel weiß, wie er das anstellt. Marcus McRae. Wo ist er, er ist irgendwo hier drin.« Er hörte, wie sie auf einer Tastatur herumklapperte. »Aber sag mal, ist das dieselbe Story, für die du das Wählerverzeichnis brauchtest? Für wen schreibst du da, und warum bist du damit nicht zuerst zu mir gekommen?«

»Das ist kein Auftrag. Ich recherchiere für ein Buch.«

»Ein *Buch*? Das ist nichts für mich. Bücher dauern ewig. Wovon handelt es?«

»Von einem alten Fall aus den Sechzigern.« Mehr wollte er ihr nicht erzählen. Sie durfte sich Viggo oder Charlene gegenüber nicht verplappern. »Potentielles Love-Story-Element. Ich weiß es noch nicht. Vielleicht. Kommt drauf an, was ich rauskriege. Ich fange morgen mit den Interviews an.«

»Na, wenn du zwischendurch eine Story daraus machen kannst, weißt du, wo du mich findest. Hast du einen Verlag?«

»Noch nicht.«

»Mann, Luke, wenn das alles nur Spekulation ist, zahlst du die Rechnung dann selbst? Marcus McRae ist nicht billig.« Aber sie gab ihm trotzdem die Nummer durch.

»Danke für die Warnung. Und danke für den Tipp.«

»Gern geschehen.«

Luke erzählte Marcus McRae alles, was er über Jasper

Patten wusste. Der Detektiv war zuversichtlich, dass er den Mann finden würde, aber als er sein Stundenhonorar nannte, wurde Luke schlecht. Wenn er ihn nur für zwei Tage engagierte, würde das seine Ersparnisse halbieren. Er kam sich verzweifelt unprofessionell vor, als er McRae fragte, wie lange es wohl dauern würde. Es war eine Amateurfrage, bei der sich ihm die Nackenhaare gesträubt hätten, als er noch Redakteur war, aber McRae musste wissen, dass er keine unerschöpfliche Geldquelle war. »Ich frage nur, weil ich es auf eigene Rechnung in Auftrag gebe. Ich habe hier kein Spesenkonto, und wenn Sie die Rechnung irgendwie niedrig halten könnten …«

»Es kostet, was es kostet«, sagte McRae und wurde dann ein bisschen milder. »Hören Sie, ich werde dran denken. Mein übliches Honorar bekomme ich für schnelle Resultate. Wenn es Ihnen nichts ausmacht, ein bisschen zu warten, kann ich Sie ans Ende der Warteschlange setzen. Dann wird's ein paar Pfund billiger.«

Luke war gern einverstanden. Die Angelegenheit war ja nicht dringend. Er hatte keine Deadline. Er hatte nicht mal seiner Agentin etwas gesagt. Das Projekt war immer noch im Stadium der Spekulation. Und es war ja nur Geld. Er klopfte mit dem Löffel an die leere Tasse, spielte mit dem Zuckerpäckchen und seufzte. Lange konnte er sich nicht etwas vormachen.

SIEBENUNDZWANZIG

Das alte Woods-Teeservice stand auf dem Tisch, das Wasser kochte, und Luke war plötzlich verzweifelt nervös. Die Minuten vor einem großen Interview hatten viel Ähnlichkeit mit denen vor einem Blind Date. Man konnte sich nur bis zu einem gewissen Grad vorbereiten, und der Rest hing von Glück und Chemie ab. Man wusste nie, welche Techniken funktionieren würden und welche Skills man würde anwenden müssen. Entweder schaffte man Atmosphäre durch Anekdoten und hoffte, die Details würden sich in den Lücken dazwischen offenbaren, oder man hatte es mit Leuten zu tun, die nur mit nackten Tatsachen handelten.

Er sah seine Notizen ein letztes Mal durch, während er darauf wartete, dass draußen der Bentley vorfuhr. Grands Ruf als Wohltäter zum Trotz gab es in Brighton mindestens eine Person, die immer noch Angst vor ihm hatte, auch wenn Luke nicht wusste, warum. Sandy Quick nahm seine Anrufe nicht an, und noch einmal vor ihrer Tür aufzukreuzen hätte an Belästigung gegrenzt. Er hatte sie zu gern gemocht, um sie im Namen der Recherche weiter unter Druck zu setzen, und außerdem hatte er genug Erfahrung mit Belästigungen, um zu wissen, dass er ihr Freiraum lassen musste, wenn er sie auf seiner Seite haben wollte.

Kaum war Grand über die Schwelle getreten, war das Cottage nicht mehr Lukes Zuhause, sondern gehörte wieder Kathleen Duffy. Der alte Mann blieb stehen und strich liebevoll über den Schatten, den die Heilige Jungfrau neben der Tür hinterlassen hatte. Seine Fingerspitzen huschten über die verschossene Tapete, als lese er Worte in Blindenschrift, und für eine halbe Sekunde trat der schmerzliche Ausdruck in sein Gesicht, mit dem er auf die Nachricht von ihrem Tod reagiert hatte. Er schloss die Augen, die ständig zu tränen schienen, und als er sie wieder öffnete, hatte er seine Züge wieder im Griff. Seine Stirn wirkte breiter, und sein Kinn ragte hervor.

Luke hatte angenommen, Vaughan werde Grand absetzen und ihn wieder abholen, wenn das Gespräch zu Ende wäre. Aber der Fahrer – der Gorilla, wie Luke ihn inzwischen insgeheim nannte – würde offensichtlich bei dem Interview daneben sitzen. Er hockte sich auf den Sessel und verwandelte ihn in ein Möbelstück aus einem Puppenhaus. Selbst im Ruhezustand waren seine Hände zu Fäusten geballt und lagen als stumme Warnung locker in seinem Schoß. Sein granitharter Blick ließ erkennen, dass er ihre Anwesenheit hier nicht billigte. Luke schenkte ihm ein Lächeln, das Beruhigung und Aufrichtigkeit vermitteln sollte, aber es traf auf Vaughans Gesicht wie eine Fliege auf eine Windschutzscheibe. Röte kroch über seine Haut und spannte sie wie bei einem Sonnenbrand. Er wandte Vaughan den Rücken zu und baute sich vor Grand auf. Er vergewisserte sich, dass sein Telefon am Ladegerät hing – man konnte ja nicht wissen, wie lange sie miteinander reden würden.

»Fangen wir mit dem Haus an, in dem Sie aufgewachsen sind, ja?«

Diese Frage war der Lackmustest für das Beschreibungstalent des Interviewten. Sie konnte entweder weitschweifige Erinnerungen auslösen oder einen Papagei dazu bringen, die Adresse herzusagen.

»Was soll damit sein?«, fragte Grand abwehrend. Luke lächelte, um seinen Ärger zu überspielen. Wieso war er mit dem Interview einverstanden und benahm sich dann wie ein Schuldiger im Polizeiverhör?

»Können Sie es beschreiben? Tapeten, Vorhänge? Möbel?«

Grand warf Vaughan einen ungläubigen Blick zu. »Warum ist es wichtig, welche Farbe die beschissenen Vorhänge meiner Mum hatten?«

Luke errötete bis unter den Haaransatz. »Ich will nur ein bisschen Hintergrund haben, das ist alles. Aber egal. Dann kommen wir eben geradewegs zu den anderen Dingen. Was ist Ihre früheste Erinnerung?«

»Keine Ahnung. Was ist Ihre?«

Langsam atmete Luke durch die Nase und ermahnte sich, nicht zu hetzen oder zu drängen. Einstweilen konnte er sich an allgemeines Archivmaterial halten und Grand die Einzelheiten entlocken, wenn sie sich besser kannten.

»Na, okay. Können Sie sich erinnern, wann Sie das erste Mal etwas gestohlen haben?«

Grand zuckte die Achseln. »Wahrscheinlich Bonbons. Die alte Lady mit dem Bonbonladen war halb blind. Sie hat nie richtig Licht im Laden gemacht, und wenn man nicht geredet hat, wusste sie nicht, wer man war. Aber Bonbons klauen war Kinderkram. *Wir* waren erstklassige Taschendiebe.« Das Atmen schien ihm leichter zu fallen als bei der vorigen Begegnung, aber er machte immer noch viele Pausen und keuchte zwischendurch.

»Wer ist ›wir‹?«

»Ich dachte, Sie hätten über mich gelesen? Was glauben Sie? Ich und Jacky, natürlich!«, antwortete Grand und atmete gleichzeitig ein, wobei die Worte plötzlich in einem Pfeifen und Röcheln untergingen. Vermutlich war das seine Art, mit dem fertigzuwerden, was mit seiner Lunge nicht stimmte. Luke schrak hoch, aber ein Blick von Vaughan gab ihm zu verstehen, dass jede Reaktion auf diese Schrulle das augenblickliche Ende des Interviews bedeutete. Um alles zu verstehen, musste er nicht nur zuhören, sondern auch Lippen lesen, und er fragte sich, wie klar die Tonaufzeichnung sein würde.

»Wir klauten Brieftaschen, nahmen das Bargeld raus und warfen sie in den Mülleimer, bevor jemand merkte, dass sie weg war«, sagte Grand. »An Feiertagen brachten wir mehr nach Hause, als mein Dad in einer Woche verdiente. Eine unterschätzte Fähigkeit, der Taschendiebstahl. Wir waren Zauberer.« Einen Moment lang dachte Luke, er werde anfangen zu singen wie Fagin, aber stattdessen gluckste er nur vor sich hin. »Das hab ich bis in die achtziger Jahre gemacht – nur dass ich den Leuten Zehner *in* die Brieftasche getan habe. Das war ein Sport, lange nachdem ich ehrlich geworden war. Ich dachte, es wäre schade, meine Talente zu vergeuden. Ich würde es immer noch tun, wenn die Beweglichkeit der Hände nicht ein Problem wäre.« Er schaute auf seine verkrümmten Finger hinunter. »Gelegenheiten sehe ich immer noch überall. Sie zum Beispiel mit Ihrer Kinderschultasche und dem Portemonnaie, das Ihnen aus der Arschtasche hängt. Sie bitten förmlich darum, beklaut zu werden.«

Tatsächlich war Luke das Portemonnaie im letzten Jahr zweimal gestohlen worden. Jem hatte ihm beide Male einen teuren Ersatz geschenkt.

»Und wie war's, als Sie das erste Mal geschnappt wurden?«

»Quatsch! Was glauben Sie, mit wem Sie reden?« Luke registrierte, dass Grand sein eigener Mythos sehr wohl bewusst war, und nahm sich vor, weitere Fragen so zu strukturieren, dass sie sich diesen Umstand zunutze machten. »Wegen Taschendiebstahl bin ich nie geschnappt worden. Gott, können Sie sich vorstellen, wie peinlich das gewesen wäre?« Er dachte kurz darüber nach. »Wegen Ladendiebstahl haben sie uns allerdings einmal drangekriegt, kann man sagen. Da waren wir ungefähr neun. Ging aber nicht um Bonbons. Wir hatten tatsächlich was Nützliches genommen – ich glaube, es war eine Ladung Kerzen. Der Bulle bog um die Ecke, als wir mit vollen Taschen aus der Tür kamen.«

»Und wie hat Ihre Mutter reagiert?«

»Sie war nicht beeindruckt.« Er lachte. »Sie meinte, es wäre eine Sache, wenn einer von uns geschnappt würde. Aber zu zweit sollten wir es eigentlich schaffen abzuhauen. Sie sagte, wenn wir clever wären, könnten wir mehr sein als die Summe unserer Teile. Es war das erste Mal, dass ich diese Redensart hörte, aber ich wusste schon als kleiner Knirps, was sie bedeutete. Dass wir zusammen besser waren als die anderen Kids.«

»Das heißt, Ihre Mum hat Ihnen praktisch ihren Segen gegeben, wenn Sie auf Diebestour gingen?«

Grand funkelte ihn wütend an. »Ja, aber … damals waren alle auf Geld aus. Denken Sie daran, wir waren im Krieg aufgewachsen. Das hat jeden ein bisschen verdorben, und wir sind am Tag der Kapitulation nicht alle plötzlich wieder ins normale Leben zurückgekehrt. Wir hatten noch Lebensmittelkarten, als ich weit über zwanzig war. Alle haben Coupons und angegammeltes Obst getauscht, Seife schwarz unterm Ladentisch verkauft, solche Sachen. Und sehen Sie sich an, was mit Leuten wie Jackys Eltern passiert ist – Sie wissen, dass die deutsche Luftwaffe sie erwischt hat?« Luke nickte. »Ganze Gebäude sind so verschwunden. Da hat man für den Augenblick gelebt. Und damit war es nach dem Krieg nicht vorbei. Die alten Sanierungsprojekte wurden wieder aufgenommen, und ganze Straßenzüge wurden plattgemacht. Da kam man aus der Schule nach Hause, und eine ganze Reihe Häuser, die am Morgen noch gestanden hatten, war verschwunden. Alte Freunde verschwanden. Jemand kam eines Tages nicht mehr zum Unterricht, und man erfuhr, dass er auf einer neuen Schule war, am anderen Ende von Brighton. Die Freunde unserer Eltern verschwanden auch. Sie wurden in diese sterilen Kästen verfrachtet und saßen plötzlich hoch oben, halb im Himmel, in diesen neuen städtischen Sozialwohnungstürmen. Wer Glück hatte, konnte in der Stadt bleiben, aber die meisten wurden auf Whitehawk verteilt, auf Crawley oder Peacehaven oder sonst wohin, und man brauchte zwei Buslinien, um hinzukommen. Plötzlich hatte meine Mum niemanden mehr, mit dem sie eine Tasse Tee trinken konnte, und mein Dad hatte keinen Kumpel für ein Bier.«

Das war schon besser. Luke spürte, wie seine Schultern sich senkten, als Grand allmählich in Fahrt kam.

»Dass Arbeiter und Arbeiterinnen nicht mehr bestimmen konnten, wo sie wohnten – dass sie dahin ziehen mussten, wo die Stadt sie hinschickte … Herrgott.« Ein langgezogenes Todesröcheln unterbrach den Satz. »Ich und Jacky haben uns geschworen, uns niemals jemandem so auszuliefern. Ich glaube, damals wurde uns klar, dass wir Geld machen mussten. Und wir wussten immer schon, dass wir es schaffen würden.«

»Woher?« Luke merkte, dass er sich auf Grands Sprechweise eingestellt hatte, wie seine Mum es immer verstanden hatte, das Babygeplapper seiner kleinen Neffen und Nichten mühelos zu übersetzen.

»Wir waren einfach cleverer als der Rest. Manchmal fand man einen Metzgereilieferwagen oder so etwas, unbeaufsichtigt unten auf den Docks in Shoreham. Keine Ahnung, ob es ein Arm oder ein Bein war, ein Schwein oder ein Lamm – man nahm es einfach. Und wenn man einen anderen Bengel sah, der etwas offensichtlich Geklautes wegschleppte, na, dann nahm man es sich auch. Ich weiß noch, wie wir mal zwei Jungs sahen, die wir kannten. Sie hatten zwei mächtige Knochenschinken geklaut.« Er hob die Hände und deutete die Größe an. »Sie konnten sie kaum tragen. Ich und Jacky brauchten uns nicht mal anzusehen, um zu wissen, was wir tun sollten. Wir nahmen uns den Kleineren mit dem größten Schinken vor und verhauten ihn, bis er ihn rausrückte. Der Größere konnte mit seinem Schinken weglaufen und brachte ihn geradewegs zu seiner Mum, der Idiot. Sie verteilte ihn in ihrer Straße, als wäre sie eine gute Fee. Die Polizei kriegte Wind davon und holte sich den Jungen. Er landete dann in Borstal in der Erziehungsanstalt. Aber unseren Schinken brachten wir zum Metzger, weil wir wussten, wenn er ihn verkauft, würde unsere Mum die besten Stücke kriegen – und noch monatelang Fleisch extra. Sie verstehen, was ich meine? *Clever.*«

»Wie dachten Ihre anderen Freunde darüber?«

Grand machte ein überraschtes Gesicht, als sei ihm die Möglichkeit, dass es noch andere Freunde gegeben hatte, noch nie in den Sinn gekommen. »Wir … na ja … wir kannten Leute in der Schule und so weiter, aber für Kids haben wir uns nie interessiert, von uns selber abgesehen.« Er sprach von sich und Nye, wie Zwillinge es taten: widerwillig oder gar nicht bereit, individuelle Handlungen, Motive und Verantwortlichkeiten zu unterscheiden. »Während die anderen Jungs noch auf der Straße spielten, trieben wir uns schon in den Pubs rum und redeten mit den Alten. Jacky erzählte ihnen gern Geschichten, vor allem über seinen Alten.

Wenn man ihm zuhörte, war sein Dad mal Buchmacher, mal Gangster gewesen, mal Dockarbeiter, mal ein Seemann, dessen Schiff untergegangen war, oder ein Schmuggler … aber meistens hatte er mit den Pferden gearbeitet.«

»Weshalb?«

»Da ging man hin, weil es schick und weil es aufregend war. Wir fingen als Eimerjungs an und wischten zwischen den Rennen die Schiefertafeln ab, und dann waren wir Aufpasser für die Läufer der Buchmacher. Da erlebten wir dann auch zum ersten Mal richtige Gewalt. Wir waren ungefähr vierzehn.«

»Ach ja?« Lukes Herzschlag beschleunigte sich.

»Die großen Banden, die ernsthaft im Wettgeschäft unterwegs waren, kamen immer von London zum Rennen herunter. Sogar die Gauner waren damals Touristen. An dem Tag stand einer der Buchmacher auf dem Platz eines anderen, und dafür, dass er sich die Mühe gemacht hat, haben sie ihn aufgeschlitzt, von einer Wange zur anderen.« Mit einem zittrigen Zeigefinger zog Grand einen Strich von einem Ohr zum anderen. »Wie sich seine Kleidung mit Blut vollsog … Ich meine, das Zeug war vom Feinsten, nur Seide und Wolle. In meinem Bauch sprühten lauter kleine Funken. Auf dem Heimweg sagte ich zu Jacky: ›So müssen wir das machen, wenn wir es zu was bringen wollen.‹ Ich war nervös, als ich das sagte, und ich hätte es zu niemandem außer Jacky sagen können. Aber er hat das Gleiche gedacht.«

»Aber als Erwachsene haben Sie nie auf der Rennbahn gearbeitet, oder?«

»Nein, damit war nach und nach Schluss, als wir alt genug waren, um mitzumischen. Die Banden auf den Rennbahnen hatten sich da schon anders organisiert. Die Messerattacke, die wir gesehen haben, war vermutlich eine der letzten ihrer

Art. Ich erinnere mich, dass die Malteser Gang ungefähr einen Monat später in Chepstow verhaftet wurde. Wir wussten, wir würden uns was anderes suchen müssen. Ich meine, wir mussten ja ganz unten anfangen, um Geld zusammenzubringen und den alten Nasen zu zeigen, dass wir wer waren. Man kann ja nicht einfach etwas behaupten. Man muss es ihnen auch zeigen. Zugegeben, wir wussten nicht immer, wann wir aufhören mussten. Aber junge Männer sind Idioten, nicht wahr? Selbst die gescheiten. Selbst die ehrgeizigen. Besonders die ehrgeizigen.«

Plötzlich war Grand meilenweit – oder Jahre – entfernt. Luke sah einen Schatten der Trauer über sein Gesicht huschen wie zuvor, als Grand von Kathleen Duffys Tod erfahren hatte.

»Sie müssen ihn vermissen«, sagte er und beobachtete sein Gegenüber aufmerksam.

»Ich vermisse, wie er war, nein, ich vermisse, wie *wir* waren. Vor diesem Tag beim Pferderennen. Sie glauben nicht, wie sehr ich das vermisse.«

Das Keuchen wurde auf einmal laut und heftig, und auf ein kurzes Wort von Vaughan hin war das Interview zu Ende. Luke war klug genug, nicht zu protestieren. Vaughan, der Beschützer, sorgte dafür, dass auf die Krankheit seines Herrn Rücksicht genommen wurde, ohne sie je beim Namen zu nennen, und Luke, der zwei fruchtlose Stunden online verbracht und versucht hatte, eine Diagnose zu finden, spürte deutlich, dass die Fortsetzung ihrer Beziehung davon abhing, dass er mitspielte.

»Nächstes Mal kommen Sie zu mir«, sagte Grand, obwohl er kaum genug Atemluft übrig hatte. »Ich will Ihnen Sachen zeigen, die ich lieber im Haus aufbewahre.«

Luke, der sich schon den Kopf darüber zerbrochen hatte, wie er eine Einladung in die Dyke Road ergattern könnte, bemühte sich, seine Aufregung zu verbergen, als er seine Gäste zur Tür begleitete. Mit hochgezogenen Augenbrauen schaute Vaughan zum Heck des Wagens, und als Grand nickte, holte er eine altmodisch karierte Wolldecke aus dem Kofferraum und breitete sie sorgfältig über Grands Schoß. Die Knie des alten Mannes zitterten. Der Wagen rollte davon, und weder Fahrer noch Fahrgast warfen einen Blick zurück. Luke schaute ihnen nach und wünschte, er könnte diesen Augenblick fotografisch festhalten. Der trauernde Millionär, dessen einziger verbliebener Freund auf seiner Gehaltsliste stand, war ein Bild der Einsamkeit, wie er es so vollkommen noch nie gesehen hatte.

ACHTUNDZWANZIG

»Wie kommen Sie mit Ihrem Joss-Grand-Buch voran?«, fragte Marcelle. »Haben Sie schon mit ihm gesprochen? Und waren Sie bei Sandy?«

»Bei ihr ja, aber bei ihm noch nicht«, sagte Luke gleichmütig, obwohl er innerlich so gespannt auf seinen bevorstehenden Besuch in der Villa an der Dyke Road war, dass er seit zwei Nächten kaum noch geschlafen hatte. Die Heuchelei fiel jetzt leichter, und jede Unwahrheit war ein Nachhall der Lüge, die er Charlene erzählt hatte, und milderte sie ab. »Was ist das für eine Geschichte mit Sandy und ihm? Alles lief wunderbar, bis ich seinen Namen erwähnte, aber da flippte sie aus und warf mich aus dem Haus. Sie sagte, ich sollte die Finger von der Story lassen.«

»Und tun Sie das?«

»Ja«, sagte er, aber nicht, um sie zu täuschen, sondern um seine Ruhe zu haben. Er hatte die Überreaktionen der Leute satt. »Die Mühe lohnt nicht.«

Marcelle schob die Lippen vor und sah beinahe enttäuscht aus. Luke wusste plötzlich, dass sie mehr wusste, als sie sagte. Vielleicht würde er sie mit Schmeicheleien zum Reden bringen.

»Ich habe den Eindruck, Sie halten nichts von Klatsch und Tratsch, sondern sind lieber diskret«, sagte er. »Aber was hat sie für ein Problem mit Joss Grand? Wenn ich am Ende mit ihr an etwas anderem arbeiten sollte, möchte ich das schon gern wissen. Ich möchte nicht wie der Elefant in den Porzellanladen stolpern und sie noch einmal in Aufregung versetzen.«

Ein kaum merkliches Rosa bedeckte Marcelles Wangen, und eine Sekunde lang sah es so aus, als würde sie sogar mit der Wimper zucken. »Wenn Sie das Buch nicht schreiben, kommt es wohl nicht so sehr darauf an. Hören Sie, hier können wir nicht reden. Ich habe jetzt Teepause.«

Das Museumscafé reichte über die ganze Länge eines mosaikverzierten Korridors zwischen dem History Centre und der Gallery. Es war leer bis auf eine Kellnerin, die ihre Bestellung schweigend entgegennahm, und eine alte Lady, die den *Argus* las. Die Atmosphäre war fast so gedämpft wie im Lesesaal.

»Sandy war immer ein bisschen eingebildet«, erzählte Marcelle. Sie rührte in ihrem Earl Grey und warf ein Stück Zucker in den Strudel. »Brighton war ihr nie gut genug. Sowie sie die Schule hinter sich hatte, saß sie im Zug nach London. Ich glaube, sie war dort ziemlich erfolgreich, hängte sich ans Telefon und gebrauchte die Ellenbogen, um in die Redaktionen zu kommen. Innerhalb von zwei Jahren war sie wieder hier, von Kopf bis Fuß in Mary-Quant-Klamotten. Bis heute ist mir nie wieder jemand begegnet, der so viel Ehrgeiz besaß. Sie war die erste Frau, von der man sagte, sie sei mit ihrer Karriere verheiratet. Sie wollte eine überall bekannte Kolumnistin werden und dann die erste weibliche Redakteurin in der Fleet Street. Und sie hätte es vielleicht geschafft; sie arbeitete beim *Mirror*, als ich Abitur machte. Natürlich hatten wir diese Zeitung nicht abonniert, aber man sprach immer wieder mit Leuten, die sie lasen und gesehen hatten, dass Sandy diese Person getroffen und über jenen Prozess berichtet hatte. Sie wurde manchmal als Korrespondentin eingesetzt, und so konnte sie eine Heimfahrt als Dienstreise geltend machen. Bei großen Ereignissen in der Stadt, bei Parteitagen zum Beispiel, schickten die überregionalen Blätter oft ihre eigenen Leute als Berichterstatter her.« Marcelle blickte plötzlich in ihren Schoß. »Im Oktober 1968 war Enoch Powell hier und hielt eine Rede in der Town Hall. So kam es, dass Sandy in der Nacht in Brighton war, als Jacky Nye starb.«

Luke verschluckte sich an seinem Tee.

»Sie war *hier?*«, fragte er. »Sie hat für den *Mirror* über den Mord berichtet?« Er war sicher, dass er ihr Autorenkürzel im Zusammenhang mit dem Fall nirgends gesehen hatte.

»Hm, ja und nein«, sagte Marcelle. »Sie war *nicht* hier, das war das Problem. Sie hat es vermasselt. Sie war während der Arbeitszeit betrunken, weil sie mit dem Rest der Pressemeute mithalten wollte, und hat so die ganze Story verpasst. Der *Mirror* war die einzige Zeitung, die nicht mit eigenem Bericht und eigenen Fotos aufwartete. Ich glaube, sie haben dann in der Spätausgabe etwas von einer Agentur gebracht, aber inzwischen … Na ja, dafür wurde sie natürlich entlassen, und sie ist nie darüber hinweggekommen. Ihr Name war im Eimer. Sie fand keine Arbeit mehr und musste nach Brighton zurückkommen.«

Sandys damalige Situation erinnerte Luke fatal an seine eigene Lage. Er dachte an die Frau, die da allein in ihrem Haus saß, nur von alten Zeitungen und Phantomen und unsichtbaren Nagetieren umgeben.

»Die arme Sandy«, sagte er.

Zwei ausländische Sprachschüler kamen plaudernd in das Café. Marcelle sah sie an, als wären sie Spione, und senkte die Stimme noch weiter. »Wenn sie Ihnen das nächste Mal erzählt, wie sehr sie die Lokalnachrichten liebt, denken Sie daran, dass sie alles dafür geben würde, bei einer überregionalen Zeitung zu arbeiten. Trotz allem, was sie sagt, ist Brighton für sie immer noch ein kläglicher Ersatz für London. Aber die Hauptstadt ist nicht das A und O.« Luke wurde warm ums Herz, weil Marcelle plötzlich so einen aufflammenden, beschützerischen Stolz für seine neue Heimatstadt an den Tag legte. »Und sie klammert sich an dieses Archiv, weil sie sonst überhaupt keine Lebensleistung vorzuweisen hätte. Sie ist hochnäsig und verbittert und gibt Grand die Schuld an allem, denn sonst müsste sie zugeben, dass sie nicht in der Lage war, mit den großen Jungs zu spielen.« Sie seufzte. »Hören Sie, Sie brauchen das Thema gar nicht mehr anzusprechen, wenn Sie diese Story nicht weiterverfolgen. Aber wenn Sie doch zu ihr zurückgehen, seien Sie behutsam mit ihr.«

Die Kaffeemaschine hinter ihnen zischte und spotzte und unterbrach ihr Gespräch. Luke ließ die neuen Fakten sacken, aber sie wollten sich nicht zusammenfügen. Was Marcelle ihm erzählt hatte, passte nicht zu dem, was er in Sandys Augen gesehen hatte. Das war nicht Bitterkeit oder Zorn gewesen, sondern Angst, reine, destillierte Angst. Hier steckte mehr dahinter, als Marcelle durchblicken ließ. Er schaute die Bibliothekarin an. Nach der Katharsis des Tratschens saß sie wieder mit großen offenherzigen Augen da und trank ihren Tee. Nein, er hatte unrecht. Es steckte mehr dahinter, als sie wusste.

NEUNUNDZWANZIG

Eine Überwachungskamera drehte sich surrend und folgte Luke auf seinem Weg durch die Zufahrt. Vaughan stand wie ein Bollwerk in der offenen Haustür, mit verschränkten Armen und entschlossenem Blick. Luke erwartete, dass er lächelte oder beiseitetrat oder wenigstens Notiz von ihm nahm. Aber Vaughan blieb bewegungslos stehen, und je näher Luke kam, desto mehr geriet sein Selbstvertrauen ins Wanken. Erst als Luke stammelnd darum bat, eintreten zu dürfen, ging er spöttisch grinsend zur Seite. Wichser, dachte Luke. Es war eine klassische Schulhofschikane, eine wirkungsvolle Machtdemonstration ohne eine Schramme, die man vorzeigen, oder Worte, die man vor dem Lehrer wiederholen konnte. Er wusste, warum Vaughan das tat. Er missbilligte Lukes Anwesenheit im Haus – ja im *Leben* – seines Herrn, aber wenn er diese Missbilligung laut äußern und Grands Urteil widersprechen würde, wäre er seinen Job los.

Die Wände, die nicht mit Velourtapete beklebt waren, waren holzgetäfelt, sodass Luke den Eindruck hatte, in einer riesigen Sauna zu sein. Im großen Wohnzimmer, ausgekleidet mit glänzend braunem Furnier, war in einer Schrankwand ein Fach von der Größe einer Mikrowelle eingelassen, offensichtlich für einen Fernseher. Aber es war viel zu klein für ein modernes Gerät, und der gigantische Flatscreen in der Ecke erschien unpassend und irgendwie provisorisch. Ein seltsam unhäuslicher Geruch hing in der Luft. Eine Mischung aus Putzmitteln und einem Hauch von Krankenhaus machte sich zwischen Luftauffrischern immer wieder bemerkbar, und abermals fragte Luke sich, was genau Grand für eine medizinische Betreuung bekam.

»Willkommen in meiner bescheidenen Hütte«, sagte Grand. Er saß auf einem L-förmigen Sofa, das eher in eine Flughafen-Lounge gepasst hätte. Gebieterisch hob er seinen Stock, eine Geste, die durch das Zittern seiner Hand an Wirkung verlor.

»Kommen Sie mit ins Büro.«

Luka watete hinter ihm her durch einen senffarbenen Zottelteppich, für dessen Pflege nur ein professioneller Reinigungsfachmann die nötige Geduld aufgebracht hätte und der von einem Leben ohne Frau, Kinder oder Haustiere erzählte. Der Alte schien hier leichter zu atmen, weit weg von der düsteren Enge in Temperance Place. Vielleicht fühlte er sich sicherer in seinem Heim, aber vielleicht hatte er auch nur eben erst seine Medikamente bekommen.

Das Büro am Ende eines kurzen Korridors hatte den Grundriss eines Hauses mit drei Schlafzimmern. Glastüren eröffneten den Blick in einen Garten von der Größe eines Parks, und hinter einer breiten Terrasse verriet die Spitze eines Sprungbretts, dass sich dort ein Swimmingpool befand. Ein großer Computermonitor auf dem neuesten Stand der Technik, fast so groß wie ein Fernseher, stand auf einem abscheulichen Rauchglastisch mit verchromten Beinen. Oben auf einem Regal waren vier Überwachungsmonitore, die abwechselnd leblose graue Bilder von verschiedenen Bereichen des Grundstücks zeigten.

Auf einem Tisch am anderen Ende des Zimmers erblickte Luke das große Modell eines Wohnblocks. Sogar von hier aus konnte er die kleinen Bäumchen und Männchen sehen, die verstreut davorstanden.

»Black Rock Heights«, sagte Grand. »Mein erstes großes Objekt. Eigentlich wollte ich von allen kleine Modelle bauen lassen, aber dann stände im Garten eine ganze Stadt.«

»Beeindruckend«, sagte Luke, und er meinte das Ganze. Alles. Er vibrierte fast vor Spannung.

»Ich weiß. Aber das ist es nicht, was ich Ihnen zeigen wollte. Kommen Sie her. Sie sollen sich meine Zahlen ansehen.« Das Vibrieren hörte auf. Die Fotos und Gegenstände, auf die er gehofft hatte, lieferten keine Interpretation des Wortes »Zahlen«.

Der Zweck des Riesenbildschirms wurde ersichtlich, als Grand ein Spreadsheet aufrief und heranzoomte, bis die Zahlen so groß waren, dass er sie lesen konnte. Manche Leute – Jem zum Beispiel – hatten einen Blick für so etwas und erkannten Muster in scheinbar beliebigen Zahlenreihen. Aber Lukes Gehirn arbeitete nicht so.

»Sie haben mich herkommen lassen, um mir Ihre Bücher zu zeigen?«

»Wieso, was haben Sie denn sonst erwartet?«

»Wie wär's mit ein paar alten Boxhandschuhen oder so was? Oder mit alten Fotos? Von Ihnen und Jacky Nye, als Sie zusammen im Geschäft waren, vielleicht?«

Grand funkelte ihn an. »Aus der Zeit hab ich nichts.«

Luke nahm seinen ganzen Mut zusammen und deutete mit dem Kopf auf das Modell von Black Rock Heights.

»Das ist nicht aus der Zeit. Das ist *danach.*«

Grand musste den Mord an Jacky Nye meinen. Irgendwie waren sie vom Gassenjungen-Charme seiner Kriegskindheit zu seinem heutigen Dasein als Philanthrop gesprungen, ohne die ausschlaggebenden Jahre zu berühren.

»Ich habe Sie kommen lassen, um Ihnen meine Bücher zu zeigen. Nehmen Sie sich einen Stuhl, setzen Sie sich auf den Arsch.« Grand tat, als sei das die allerletzte Aufforderung. Widerwillig gehorchte Luke. Reihen und Spalten voller Zahlen breiteten sich vor ihm aus und sagten ihm nichts.

»Spektakulär, was?«, sagte Grand wehmütig. »Zuerst die Schufterei. So kommt man an Kapital. Dann kommt die Investmentphase, und da braucht man Verstand und Eier in richtiger Dosierung. Aber im letzten Stadium wachsen die Zahlen von ganz allein, wie Bakterien. Moment, hier.« Er klopfte mit einem Stift auf den Bildschirm. In einer Zahlenkolonne sprang das Dezimalkomma immer weiter nach rechts. Als Grand die Tabelle schließlich schloss, wurde Luke bewusst, dass er einen der Gründe, weshalb er Geld machte, nicht erwähnt hatte, und er fragte sich, wie viel Wohltätigkeitsarbeit er aus echter Menschenliebe förderte und wie viel seiner Egopflege zugutekam. Die alte Gier, die manische Raffsucht, die Luke im ersten Interview hatte aufschimmern sehen, waren unvermindert da.

»Ausgezeichnet, danke. Ich glaube, im Prinzip hab ich es verstanden«, sagte Luke. »Vielleicht können wir jetzt zu …« Aber Grand redete weiter in der Fremdsprache der beschränkten Haftung, Gemeinnützigkeit und steuerlichen Absetzbarkeit.

Luke gab auf und schaltete ab. Die Monitore über ihren Köpfen erneuerten ihre Bilder, und er sah, dass eine Kamera sinnlos auf den Pool gerichtet war; er war leer, und abblätternde Farbe und fehlende Kacheln ließen darauf schließen, dass er seit Jahren nicht mehr benutzt worden war.

So scharf er darauf gewesen war, den Fuß in die Villa des alten Mannes zu setzen, er hatte jetzt doch den Eindruck, dass die Dinge sich rückwärts entwickelten. Er würde keinen Besuch mehr in der Dyke Road vorschlagen, solange er kein weiteres Material hatte. Vielleicht erst wieder nach dem

Geständnis. Temperance Place war kaum als neutrales Territorium zu bezeichnen, aber Luke kam es so vor, als könne er sich dort ein bisschen besser durchsetzen. Es hatte ein Weilchen gedauert, bis Grand sich in dem kleinen dunklen Cottage warm geredet hatte, aber Luke hatte nicht wie jetzt das Gefühl gehabt, dass der Alte mit ihm spielte. Kathleen schien noch im Tode dafür gesorgt zu haben, dass er sich von seiner besten Seite zeigte.

»Haben Sie das alles hier nie mit jemandem teilen wollen?« Kaum hatte Luke die Frage ausgesprochen, wurde ihm klar, wie unverschämt sie klang, und er hätte sich selbst in den Hintern treten können. Dieses Haus machte ihn zum Idioten und brachte ihn dazu, sich zu benehmen, als *wollte* er hinausgeworfen werden.

»Worauf wollen Sie hinaus?«, knurrte Grand.

Luke holte tief Luft.

»Wollten Sie nie, dass Kathleen hier mit Ihnen zusammenlebt? Ich weiß, Sie waren sehr gut zu ihr, aber das Haus in Temperance Place ist …« Er stockte und wusste nicht, wie er einem Mann mit Grands Temperament und seiner Vergangenheit höflich erklären sollte, dass er seine Geliebte vier Jahrzehnte lang in einer Hütte hatte leben lassen. »Es ist sehr charmant, aber Sie haben hier oben sämtlichen modernen Komfort.«

»Kathleen hatte kein Vertrauen zu modernem Komfort«, sagte Grand. »Wie oft hab ich ihr angeboten, die Küche machen zu lassen und keine Kosten zu scheuen, aber sie wollte nichts davon hören. Sie war nicht käuflich. Anders als die meisten.«

»Aber der Platz, die frische Luft. Haben Sie nie daran gedacht, sie hierher zu sich zu holen?«

Es war das erste Mal, dass er Grand lachen sah. Die perfekten weißen Zähne wirkten bedrohlich wie ein Haifischmaul. »Kathleen hätte in Sünde leben sollen? Der ist wirklich gut.«

Der aufblitzende Humor machte Luke kühner. »Dann eben als Ihre Ehefrau? Sie hat Ihnen ja offensichtlich mehr als alles auf der Welt bedeutet.«

Grands Lippen wurden zu einem Minuszeichen, das sein ganzes Gesicht unergründlich werden ließ. Schweigen breitete sich aus. Es war, als beobachte man einen wackelnden Kegel, ohne zu wissen, ob er umfallen würde oder nicht. Je länger es dauerte, desto mehr verstärkte sich Lukes Verdacht, dass Grand das mit Absicht tat. Die Situation schien ihm großen Spaß zu machen.

»Das wäre nicht möglich gewesen«, antwortete er schließlich vorsichtig.

»Warum nicht? Sie waren beide nicht geschieden. Die katholische Kirche gestattet es verwitweten Personen, wieder zu heiraten. Ich glaube, sie ermutigt sie sogar dazu.«

Er machte sich auf eine scharfe Erwiderung gefasst: Er solle sich um seinen eigenen Kram kümmern oder Schlimmeres. Die Antwort, die kam, überraschte ihn.

»Nicht wenn Sie sich überlegen, was die Ehe bedeutet«, sagte Grand undurchsichtig. »Was sie tatsächlich beinhaltet. Es wäre nicht möglich gewesen.«

Lukes Gedanken wirbelten durcheinander. Was zum Teufel sollte das bedeuten? Hatte er mit seiner anfänglichen Annahme, Grand sei schwul, etwa doch richtiggelegen? Anzumerken war ihm nichts, aber trotzdem …

»Hören Sie, wir reden heute nicht über Kathleen«, sagte Grand und schlug Luke die Tür zu diesem Thema vor der Nase zu. »Hier, ich zeige Ihnen jetzt eine neue Tabelle. Das ist das Geld, das ich einfach aus meiner eigenen Tasche verschenke. Ich habe wahrscheinlich einen höheren Prozentsatz meines Vermögens gespendet als irgendjemand sonst in Sussex, vielleicht sogar in England. Das können Sie doch nachschlagen, oder? Ich möchte, dass Sie das in mein Buch schreiben.«

Mein Buch. Zum ersten Mal sah Luke die Diskrepanz in ihrer Sicht auf das Projekt. Es gefiel ihm nicht, dass Grand ihn als *Amanuensis* sah, als seinen gelernten Schreiber, der sein Diktat aufnahm und etwas schrieb, das letztendlich eine Autobiographie war. Offensichtlich hatte er Grand seine Absichten nicht gleich zu Anfang klar genug gemacht. Er war so verzweifelt darauf aus gewesen, sich die Kooperation des Alten zu sichern, dass er nur Versprechungen und Schmeicheleien von sich gegeben hatte.

Tatsächlich war Grand zwar die Hauptquelle, aber es gab auch noch andere Stimmen. So musste er beispielsweise noch einmal zu Sandy Quick und die Lücken in Marcelles Version der Ereignisse schließen. Luke machte sich auf einen langen Kampf um die Herrschaft über dieses Buch gefasst. Sie wollten beide gern den Schlangenbeschwörer spielen. Aber einer musste die Schlange sein.

DREISSIG

Luke dachte an all die schwierigen Interviews, die er im Laufe seiner Karriere geführt hatte, und überlegte, welche Techniken ihm am meisten geholfen hatten. Er ließ sich die Gespräche durch den Kopf gehen, die schiefgegangen, und die, die entspannt dahingeflossen waren, und rief sich die psychologischen Tricks ins Gedächtnis zurück, die ihm zur Verfügung standen. Dann ging er in den Edel-Supermarkt in der Church Street und kaufte eine Flasche Pink Gin.

Sandys Haustür lag an der Seeseite und bot keinen Schutz vor dem Wind, der die Gischt durch die Luft peitschte. Salz bedeckte Lukes Lippen und plusterte sein Haar auf den doppelten Umfang auf. Er hörte ein Klopfen in der Nähe, und als er hinschaute, sah es aus, als schlage die Feuertreppe lose gegen die Hauswand. Er würde ihr nicht einmal seinen großen Zeh anvertrauen, von seinem Körpergewicht ganz zu schweigen. Anscheinend hatte Sandy für den Fall eines Brandes mehr über die Rettung ihres Archivs als über die Sicherheit der Bewohner nachgedacht.

Er klopfte und rief dann durch den Briefschlitz:

»Sandy, hier ist Luke Considine, von neulich.« Sie war zu Hause, da war er sicher. Das Licht im vorderen Zimmer warf einen matten Schein in die Diele, und ein dunkler Schatten bewegte sich dort langsam. »Ich wollte mich bei Ihnen entschuldigen, weil ich beim letzten Mal so taktlos war. Es war kein guter Abschied, und ich wollte es nicht dabei belassen.

Als Friedensgabe habe ich ein vierzigprozentiges Getränk mitgebracht, und ich werde Joss Grand nicht mehr erwähnen.« (Er klang so überzeugend, dass er sich bald selbst glauben würde, wenn er nicht aufpasste.) »Ich arbeite jetzt an einer neuen Story, einer ganz anderen. Hören Sie, Marcelle im Pavilion hat mir erzählt, was zwischen Ihnen und ihm vorgefallen ist. Wenn ich von Ihrer gemeinsamen Vergangenheit gewusst hätte, wäre ich nicht so taktlos gewesen.«

Der Schatten bewegte sich jetzt schneller, und diesmal ging die Tür innerhalb von Sekunden auf, als habe sie sämtliche Schlösser und Riegel gleichzeitig geöffnet. Sandy zerrte ihn so wütend über die Schwelle, wie sie ihn beim letzten Mal hinausgeworfen hatte. »Herrgott noch mal, schreien Sie doch nicht draußen vor der Haustür so herum!«

Ihr Gesicht war schon wieder starr vor Angst, und er empfand Mitleid und war gleichzeitig fasziniert.

»Es tut mir leid, Sandy«, sagte er noch einmal und hielt ihr die Flasche entgegen. Sie riss sie ihm aus der Hand. Auch heute sah sie aus, als wollte sie für den Abend ausgehen, dick geschminkt und in einem taillierten Kleid. Aber die Strumpfhose hatte Laufmaschen, und das Parfüm roch schal.

»Ich lasse Sie nur rein, weil ich genau wissen muss, was Marcelle Ihnen erzählt hat.« Sie drückte sich an die Aktenschränke, damit Luke sich an ihr vorbeizwängen konnte. »Machen Sie sich nützlich. Im Kühlschrank ist Tonic Water und Eis im Gefrierfach.« Sie machte sich im Wohnzimmer zu schaffen und ordnete die Ausschnitte, die überall herumlagen, zu kleinen Stapeln. Auf der Suche nach Gläsern öffnete Luke einen Küchenschrank, aber darin fand er weder Gläser noch Geschirr, sondern einen Karton mit Zeitungsausschnitten über die Oscarverleihungen seit 1970. Nachdem er alles gefunden hatte, hielt Sandy die offene Flasche in der Hand, und ihre glänzenden Lippen verrieten, dass sie bereits einen großzügigen Schluck genommen hatte. Luke goss vor ihren Augen einen halben Fingerbreit in das erste Glas. Als sie sich abwandte, um nach ihren Zigaretten zu suchen und sich eine anzuzünden, goss er das Dreifache in das andere Glas, füllte es mit Tonic auf und reichte es ihr. Sandy kippte es in einem Zug hinunter und hielt es ihm entgegen, damit er ihr nachschenkte.

»Marcelle, diese glotzäugige Hippie-Kuh«, sagte sie. »Sie hat einen Überlegenheitskomplex, Sozialkram hier und Moral da, Lektüregruppe und Geschichtsclub, aber wenn es darum geht, Klatsch und Tratsch zu verbreiten, ist sie nicht besser als ein Fischweib aus Whitehawk. Na los, was hat sie Ihnen erzählt?«

Jetzt bereute Luke, dass er seinen eigenen Drink nicht auch stärker gemacht hatte. Er war mehr daran gewöhnt, anderen Geheimnisse zu entlocken, als selbst unbequeme Wahrheiten auszusprechen. »Äh, na ja, also im Grunde …«, fing er an. »Marcelle sagt, Ihre Karriere hätte rasant angefangen, und Sie wären ein aufsteigender Stern beim *Mirror* gewesen. Als Nye ermordet wurde, hätten Sie sich hier in Brighton aufgehalten, aber Sie hätten die Story verpasst, weil Sie sich mit anderen Reportern betrunken hätten. Sie meint, wenn Sie diesen Knüller abgeliefert hätten, hätten Sie eine glänzende Karriere machen können. Ich meine, eine noch bessere, bei einer überregionalen Zeitung.«

Ein neuer Ausdruck huschte über Sandys Gesicht. Es war nicht wie erwartet Beschämung, sondern etwas für ihn als Journalisten viel Aufregenderes: Erleichterung. Sie hatte befürchtet, etwas sehr viel Schlimmeres sei ans Licht gekommen, darauf würde er seine Ersparnisse verwetten. Er hatte es schon tausend Mal erlebt, dass Leute ihm in Interviews eine Geschichte erzählten, um das Eigentliche zu verheimlichen. Hier war es auch so. Sandy musste es in ihrer eigenen Laufbahn ebenfalls erlebt haben, aber alle guten Journalisten wussten, dass sie noch so geschickt darin sein können, die verräterischen Zeichen bei anderen zu erkennen, bei ihren eigenen können sie nie sicher sein.

»Ja«, sagte sie. »Ja, Sie haben recht.« Ihr Blick huschte nach oben und nach links, und das war, wie man am ersten Tag in diesem Beruf lernte, ein Zeichen dafür, dass jemand log. Luke hatte nur wenige Sekunden Zeit, um sich zu überlegen, wie er damit umgehen sollte, und entschied sich für eine erprobte Technik: Man bot dem Interviewten zunächst selbst etwas an, damit dieser das Gefühl hatte, ein gleichberechtigtes Gespräch zu führen.

»Okay. Ja, das ist scheußlich. Es tut mir leid, dass ich einen Nerv getroffen hab. Ich kann ziemlich ungeschickt sein.«

Mit einem Kopfnicken nahm sie seine Entschuldigung an. In der kurzen Verlegenheitspause, die darauf folgte, studierte sie das Etikett an der Ginflasche. Er hatte den Eindruck, dass ihre Lippen sich beifällig kräuselten.

»Und was machen Sie stattdessen?«, fragte sie und sah ihn wieder an.

»Hm?«

»Sie sagten, Sie schreiben über etwas anderes. Was?«

Luke hatte nicht damit gerechnet, dass sie seinen Bluff in Frage stellte, und blieb mit seiner Lüge dicht an der Wahrheit. »Len Earnshaw. Gehörte zur Leeds-Gang und hatte einen kleinen Zusammenstoß mit den Zwillingen. Eigentlich ein Kleingangster, aber …«

»Ich weiß, wer Len Earnshaw ist.« Sandy klang, als habe er ihr soeben erklärt, wer der Premierminister war.

»Wirklich?« Einen Moment lang freute sich Luke. Dass

Sandy von Earnshaw wusste, bestätigte ihn in der Wahl seines Gegenstands, selbst wenn das Buch darüber nicht mehr seins war. Außerdem war er angenehm überrascht, weil ihre Kenntnis seiner Geschichte Glaubwürdigkeit verlieh.

»Selbstverständlich. Hab seinen Namen allerdings seit Jahren nicht mehr gehört. Hätte nie gedacht, dass er redet. Er muss pleite sein. Oder blöd.«

»Eigentlich von beidem ein bisschen«, sagte Luke. Mit seiner neuen Zuversicht ging es plötzlich steil bergab, als er daran dachte, wie leicht es ihr fallen würde, ihn auf dem falschen Fuß zu erwischen, aber anscheinend hatte sie bereits das Interesse verloren.

Er streckte ihr sein Glas entgegen. »Könnte ich wohl noch einen Schluck bekommen? Bin heute selbst ein wenig von der Rolle. Erinnern Sie sich, dass ich Ihnen von meinem Ex erzählt hab? Der hat sich jetzt die Pulsadern aufgeschnitten.«

»Scheiße!« Sandy goss sein Glas mit einem einzigen Schwall halb voll. »Luke, nein. Hat er es überlebt?«

»Ja. Er kommt wieder auf die Beine, aber … schauen Sie.« Er zog Jems Brief aus dem Innenfach seiner Aktentasche, faltete ihn auseinander und legte ihn vor ihr auf den Tisch. Mit großen Augen las Sandy ihn und fuhr dann zurück, als ob das Blatt sie beißen könnte.

»Mein Gott«, sagte sie. »Sie haben davon gesprochen, dass er besitzergreifend ist, aber das … Was haben Sie ihm getan?«

»Gar nichts«, sagte Luke. »Außer dass ich der Erste war, in den er sich nach lebenslanger sexueller Verdrängung verliebt hat, und dass ich ihm als Punchingball für die Schuldgefühle diene, die er hat, weil er seine Frau verlassen hat.«

Er hatte plötzlich das verzweifelte Bedürfnis, alles zu offenbaren, vom Abend des Tattoos bis zur Nacht der brennenden Bücher. Es war das erste Mal, dass er die Geschichte von Anfang bis Ende erzählte. Natürlich hatte er mit Viggo und Charlene immer wieder darüber geredet, aber sie waren ja in Echtzeit dabei gewesen. Er genoss die Läuterung, die er dadurch erfuhr. Sandy war eine perfekte Zuhörerin. In ihren Reaktionen spiegelte sich der Niedergang der Beziehung. Der romantische Anfang ließ sie seufzen, und sie zog Grimassen beim grauenvollen Ende. Er spürte, dass er es war, der hier die Deckung fallen ließ, und staunte über das Ausmaß der Erleichterung.

Sein professionelles Gewissen befahl ihm, den Mund zu halten, weil er die Sache völlig falsch aufzäumte, aber ein Bekenntnis schwemmte ihn in einem wirbelnden Strudel zum nächsten.

»Ich weiß, wie es Ihnen geht, wissen Sie. Mit Ihrer Karriere und all dem. Wie es ist, fertig zu sein, bevor man angefangen hat.«

Sandy blähte die Nasenflügel. »Wie können Sie das wissen?«

Luke schenkte sich noch eine Ladung ein, und diesmal war es kein Theater mehr. »Als meine Zeitschrift eingestellt wurde, beschloss ich, einen Versuch als Freelancer zu machen. Am Anfang schrieb ich über Schwulenthemen für die Zeitungen. Ich dachte, wenn sie sehen, was ich kann, lassen sie mich als Mainstream-Investigativreporter arbeiten. Große Storys und so. Ich kam einer Sache auf die Spur, bei der es um einen lokalen Geschäftsmann ging. Reiner Zufall, eine Unterhaltung im Pub. Er hat illegale Einwanderer beschäftigt, um asbestverseuchte Gebäude ohne die entsprechenden Geräte zu dekontaminieren. Ich ging mit der Idee zu einer der Wochenendbeilagen, und anfangs schienen sie sich dafür zu interessieren und wollten immer mehr Details wissen. Am Ende lehnten sie ab, was okay war, denn es ist ihr gutes Recht, und ich fing an, mit der Geschichte hausieren zu gehen. Aber zwei Wochen später benutzte die Zeitung, bei der ich zuerst gewesen war, die Geschichte als Aufmacher für die Wochenendausgabe. Geschrieben von ihrem eigenen Starreporter.«

»Schweine«, sagte Sandy. »Aber Sie sind kaum der Erste, der auf diese Weise beklaut worden ist.«

»Nein, und alle Welt weiß, dass man sich solchen Scheiß gefallen lassen muss, wenn man nach oben will. Aber mir platzte der Kragen. Ich machte einen Screenshot von unserer kompletten E-Mail-Korrespondenz und stellte ihn in meinen Blog. Ich bekam eine Menge positives Feedback von anderen Bloggern und von branchenfremden Leuten, aber über Nacht kamen keine Aufträge mehr.« Sie schnalzte mit der Zunge, und er geriet ins Stocken. Hielt sie ihn für einen Idioten? Plötzlich war es ihm wichtig, was sie von ihm dachte. Dann schüttelte sie mitfühlend den Kopf, und er war beruhigt. »Die Redaktionen machten mir gegenüber dicht, und zwar querbeet. Ich hab meine Website vom Netz genommen, aber es hatte sich schon verselbstständigt, und jeder, der mich suchte, fand Screenshots von meiner kleinen … Tirade. Man lachte über mich.« Bei der Erinnerung daran wurde er rot, und er war froh, dass es dämmerte.

Sandy legte mitfühlend den Kopf schräg. »Aber irgendwo findet sich doch immer Arbeit, Schätzchen.«

»Arbeit ist nicht gleich Arbeit. Gelegentlich kam ein Angebot von den Wochenzeitschriften, von Promi-Websites, aber was wichtige Themen anging, Sachen, auf die ich spezialisiert war und die ich am besten konnte … Niemand wollte noch etwas mit mir zu tun haben.« Ob sie nachfühlen konnte, was für ein Absturz das gewesen war? Er hatte nicht geahnt, dass er zu solchen Depressionen fähig war. Manchmal hatten Viggo und Charlene den Himmel hochgehalten, damit er ihm nicht auf den Kopf fiel und ihn für alle Zeit unter die Erde brachte. »Jetzt wissen Sie es. Ich weiß durchaus, was für ein Gefühl es ist, wenn das Einzige, wofür ich jemals wirklich gearbeitet habe, über Nacht verschwindet. Anders als in Ihrem Fall war es allerdings allein meine Schuld.«

»Ach Luke.« Sie verstand ihn, das spürte er. Eine verrückte Euphorie folgte dem Alkohol durch seine Adern, nachdem er sich das alles von der Seele geredet hatte.

»Trotzdem«, sagte er und schüttelte die Rührseligkeit ab. »Sie sind der lebende Beweis dafür, dass ich noch einmal anfangen kann. Sie haben es hier unten auch getan.«

»Machen wir uns nichts vor«, schnaubte sie. »Das hier ist nicht London. Nichts gibt einem so einen Thrill wie die Arbeit in einer überregionalen Redaktion.«

Er sah seine Chance, wieder auf den Oktober 1968 zu sprechen zu kommen. »Wie war das damals, als Frau in einer Redaktion? Stimmt es, dass die Kollegen fanden, Sie seien nur zum Teekochen da und um sich an den Hintern grabschen zu lassen?«

Sandy lachte. »Es stimmt, mit emsigen Pfoten musste man jederzeit rechnen«, sagte sie, und ihre Finger kniffen in imaginäres Fleisch. »Aber ehrlich gesagt, eine Frau zu sein war nur in der Redaktion ein Nachteil. Bei der Arbeit war ich den Jungs gegenüber sogar im Vorteil. Die Leute öffneten sich auf eine Weise, wie sie es gegenüber einem alten Knacker im braunen Anzug niemals getan hätten. Ich habe Interviews gekriegt, die sonst niemand gekriegt hat.«

»Man hat Sie offenbar für gut gehalten«, sagte Luke. »Wenn man Sie nach Brighton geschickt hat, um zu berichten.«

»Ich hab mich für Jobs in Sussex gemeldet, wenn ich Lust hatte, mal nach Hause zu fahren. Eigentlich wollte ich nur auf Spesen nach Hause fahren. Ich wünschte, ich hätte es nie getan. Ich wäre lieber eine Ewigkeit nicht wieder nach Brighton gekommen, als den verfluchten Joss Grand wiederzusehen.«

Sie sprach den Namen aus, ohne dass er sie dazu gedrängt hatte, und Luke war so erschrocken, dass er rot wurde, als hätte sie ihn bei einer Lüge ertappt. Er hatte, ohne es zu wollen, etwas von sich preisgegeben, damit Sandy es auch tat. So sehr war er in das Gespräch vertieft gewesen, dass er den Grund dafür fast vergessen hatte, und jetzt sah er sich plötzlich auf seine ursprünglichen Absichten zurückgeworfen.

»Tja«, sagte er, und als er sein Glück versuchte, war ihm klar, dass die Grenze zwischen Journalist und Vertrauensperson zu verschwimmen begann. »An dem Abend …«

Sandys Augen wurden schmal. »Sie sind ziemlich scharf darauf für jemanden, der beschlossen hat, nicht darüber zu schreiben.«

»Sie wissen doch, wie das ist«, sagte er. »Die beste Methode, eine Story fallen zu lassen, besteht darin, dass man rausfindet, wie sie endet.«

EINUNDDREISSIG

»Ich hab Enoch Powell begleitet«, sagte Sandy. »Glückspilz, was? Ich hatte über seine ›Ströme von Blut‹-Rede in Birmingham geschrieben, und seine Reise hierher fiel zufällig damit zusammen, dass meine Schwester eine Tochter bekam.« Der Gin lockerte Sandys Zunge, und zwar buchstäblich: Die ersten Lall- und Zischlaute schlichen sich in ihre Worte. Ihre Körpersprache verriet, dass die Wahrheit näher an die Oberfläche kam. Ihre Arme hingen schlaff herunter, und ihr Blick wanderte nach rechts, wo die Erinnerung wohnt, nicht die Fiktion. »Ich hatte ja nur ein Foto gesehen. Ich hab's immer noch.«

Sie ging zu dem Walnussholzsekretär, den sie ihr Museum nannte, und aus einer Schublade nahm sie das abgegriffene Schwarzweißfoto einer jungen Frau, die ein Baby mit einer Strickmütze auf dem Arm hielt. »Das ist Janet, und das Baby ist Jill. Sie sind jetzt in Kanada, und wir haben uns seit Jahren nicht gesehen.« Wehmütig betrachtete sie das Foto, und Luke sah, dass sie ihre Deckung fallen ließ, als lege sie einen Schleier ab. »Tja, wenn Sie so viele alte Ausgaben des *Argus* gelesen haben, wie Sie behaupten, dann wissen Sie, wie die Veranstaltung lief. Powell wurde vom Podium gebuht. Er musste unter Polizeischutz abfahren. Und ich hab ihnen auch zu einem besseren Bild verholfen. Ich war mit einem Fotografen zusammengespannt worden, mit Mark Hempel, der selbst für die Verhältnisse der Sechziger ein richtiges Chauvischwein war. Auf der ganzen Fahrt meckerte er rum, weil er mit 'nem Weib zusammenarbeiten musste. Man musste immer mit seinem Fotografen zusammenbleiben; wenn man sich verlor, war die Hölle los. Deshalb war ich auch nicht gerade darüber entzückt. An dem Tag wendeten wir einen kleinen Trick an, um an unsere Bilder zu kommen. Die Schokoladenseite des Chauvinismus ist die Ritterlichkeit. Wenn es also gelegentlich ein Gedränge gab, benutzte ich meine Ellenbogen, um nach vorn zu kommen, und die Kerle traten einen Schritt zurück, damit sie mich nicht erdrückten. Und dann duckte ich mich, sodass Mark über meinen Kopf hinweg fotografieren konnte. Auf dem Bild, das wir an diesem Tag kriegten, wich Enoch einem Ei aus, das jemand geworfen hatte. Ich gab meinen Bericht telefonisch durch, und Mark schickte einen Jungen mit dem Film im Acht-Uhr-Zug nach London. Der letzte Zug ging erst nach Mitternacht, und wir Übrigen dachten, wir genießen die paar Stunden und trinken einen an der Strandpromenade. Ich wollte dann zu meiner Mum, und die anderen wollten mit dem letzten Zug zurück nach London. Wir landeten in The Cricketers. Kennen Sie den Pub? In den Lanes, ungefähr auf halbem Weg zwischen den beiden Piers.«

Luke nickte. Jetzt war es an der Zeit, sein Schweigen einzusetzen und für ihn arbeiten zu lassen. Das hatte er als Volontär gelernt, beim Transkribieren der Bänder eines älteren Feature-Journalisten, der immer die besten Exklusivstorys bekam. Dort, wo sein Teil des Gesprächs hätte sein müssen, waren oft so lange Schweigepassagen gewesen, dass Luke sich manchmal gefragt hatte, ob er seine eigenen Worte gelöscht hatte. Aber nein: Sein Schweigen war der Strick, an dem seine Interviewpartner sich schließlich erhängten.

»Mark erzählte überall herum, was für eine Beleidung es sei, dass ein Fotograf mit seiner Erfahrung mit jemandem wie mir zusammenarbeiten sollte. Am liebsten hätte ich geheult, Luke. Wenn ich ein bisschen älter gewesen wäre, hätte ich ihm gesagt, er solle sich verpissen, und wahrscheinlich hätte ich dafür noch Applaus gekriegt. Aber ich war erst siebzehn und dachte, ich zeig's ihm, ich schlage die Jungs in ihrem eigenen Spiel und trinke sie alle unter den Tisch. Ha! Versteht sich von selbst, dass ich nach einer Stunde in Schwierigkeiten war. Ich hatte vier Gin vor mir stehen, und ich dachte, wenn ich noch einen Schluck davon trinke, wird mir schlecht. Also sagte ich, ich müsste mal für kleine Mädchen. Ich ging raus und spazierte zum Pier runter, um ein bisschen Seeluft zu schnappen und wieder nüchtern zu werden. Es war so windig, dass ich nicht mal mein Kopftuch binden konnte, und ich weiß noch, dass ich dachte, wie katastrophal meine Haare aussehen würden. Aber ich hatte die Wahl: Ich konnte zerzaust aussehen oder meinen neuen Mantel vollkotzen, und der war von Pierre Cardin.«

Luke warf einen verstohlenen Blick auf die Flasche Pink Gin. Sie war halb leer, und dazu hatte er nicht viel beigetragen. Plötzlich war Sandy wieder in der Gegenwart und schaute Luke in die Augen.

»Wissen Sie, was ich mir immer gewünscht habe?«

»Was denn?«

»Dass ich Kameras in den Augen hätte. Wäre das nicht ein Geschenk für jeden Reporter? Irgendeine Science-Fiction-Zauberei, ein … Implantat oder so was. Ein Lidschlag wäre der Auslöser, und ich hätte ein Foto von dem, was ich vor mir sah. Dann könnte ich mit meinen Erinnerungen in die Drogerie gehen und sie entwickeln lassen. Ihre Generation hat so etwas, oder? Ich meine, Sie haben nicht buchstäblich

Kameras in den Augen, aber Sie alle haben ständig Smartphones bei sich. Heutzutage hätte ich filmen können, was ich da sah, ich hätte es verkaufen können, und innerhalb einer halben Stunde wäre meine Story in den verdammten *Sky News* erschienen.« Sie sprach mit dem übertriebenen Nachdruck der Betrunkenen.

»Sandy«, flüsterte Luke. Er hatte keine Ahnung, worauf er hier gestoßen war, aber es war etwas Großes. Seine Haut brannte vor Aufregung. »Sandy, was haben Sie gesehen?«

»Es war ein richtiger Sturm, typisch für Brighton. Ich musste mich regelrecht gegen den Wind stemmen, um voranzukommen. Aber wenn es richtig windig ist, gibt es keinen besseren Ort als einen Pier, um einen klaren Kopf zu kriegen. Es war spät. Die Saison war vorbei und der West Pier geschlossen, aber wer in Brighton aufgewachsen war, wusste, wie man über die Drehkreuze kam. Eigentlich war niemand da, der mich sehen konnte, nur ein Kerl in einem schwarzen Bentley, der oben auf der Promenade parkte, aber der sah nicht aus, als ob er irgendwohin wollte. Ich dachte, ich hätte den Pier für mich.«

Es gab nur eine mögliche Erklärung für ihre Angst und ihre Abwehrhaltung. Sandy wollte sich eine Zigarette anzünden, die verkehrt herum in ihrem Mund steckte. Luke drehte sie behutsam um und hielt ihr ein Streichholz hin.

»Auf halbem Weg ging es mir schon besser, und mir wurde klar, dass es für ein Mädchen allein ein verdammt blöder Ort war. Und es war unheimlich. Die Lichter waren fast alle aus, und die Clownsgesichter an den Wänden von Laughter Land sahen aus, als ob sie lebendig wären …« Sie schüttelte heftig den Kopf.

Schweigen trat ein und füllte das Zimmer aus. Alles stand auf Messers Schneide. In diesem Augenblick würde die falsche Frage die Wahrheit für alle Zeit begraben. Und das richtige Stichwort würde sie ans Licht bringen.

»Sandy, dieser neue Mantel. Welche Farbe hatte er?«

Ihr Blick kam endlich zur Ruhe und verriet ihm, dass sie die Bedeutung dieser Frage und ihrer Antwort kannte.

»Rot.«

ZWEIUNDDREISSIG

Luke nahm ihre zitternde Hand und hoffte, sie würde den rasenden Puls in seiner Handfläche nicht fühlen.

»Aber Sandy … das ist … die Polizei hat *Sie* jahrelang gesucht. Warum haben Sie niemandem etwas gesagt?«

»Ich hatte meine Gründe.« Sie riss die Hand weg und verschränkte die Arme. Luke geriet in Panik, als er die ersten Anzeichen von betrunkener Feindseligkeit wahrnahm. Selbst schuld, dass er sie gereizt hatte. Man urteilte niemals über seinen Interviewpartner.

»Hat Nye noch gelebt, als Sie sie sahen?«

»Ja«, sagte sie. Luke wagte wieder zu atmen.

»Zuerst haben sie sich nur angeschrien, aber ich konnte nicht hören, was sie sagten, denn der Wind trug die Worte weg von mir. Ich wusste, wer sie waren. Jeder hier kannte einen, der mal verdroschen worden war, weil er sich in einem ihrer Clubs danebenbenommen hatte. Sie gingen auf und ab und waren abwechselnd im Hellen und im Dunkeln. Nur die Laternen am Rand brannten, und deshalb war der Boardwalk stellenweise beleuchtet, aber davon abgesehen war es überall dunkel. Dann sagte Nye etwas, ich weiß nicht, was, und es wurde handgreiflich, so schnell.« Sie schnippte mit den Fingern. »Es ist komisch, was einem so durch den Kopf geht. Sie hatten beide so schöne Kamelhaarmäntel an, und mein erster Gedanke war, hoffentlich haben sie die imprägnieren lassen, denn wenn da Blut auf diesen Wollstoff kommt, geht das sonst verdammt schwer wieder raus.

Ich hatte schon mal zwei Männer auf Leben und Tod miteinander kämpfen sehen, in einer Straßenschlägerei, als ich klein war, und jetzt war es genauso. Sie hatten sich völlig vergessen. Ich weiß nicht, wie ich es sonst beschreiben soll. Es war wie … wissen Sie, wenn Sie mit einem Kerl im Bett sind, Sie sind so richtig dabei, und die Luftschutzsirene könnte losgehen, ohne dass Sie es hören. So war das, nur mit Fäusten. Jacky riss Joss die Brille von der Nase und hatte sie noch in der Hand, als er auf ihn einschlug. Die Gläser zerschnitten ihm die Hand, er ließ sie fallen und starrte den Schnitt an, und im selben Moment packte Joss ihn bei der Kehle. Ich drückte mich unter ein Vordach, und als ich wieder hinschaute, lag Jacky auf dem Boden, und seine Augen waren glasig. Ich wusste, er war hinüber. Ich sage Ihnen, noch nie im Leben war ich so schnell nüchtern.«

Hoffentlich würde das jetzt nicht auch passieren. Sie war in Fahrt. »Das Verrückte ist, obwohl ich wahnsinnige Angst hatte, stenographierte ein Teil meiner selbst im Geiste alles mit und dachte, wenn ich hier heil rauskomme, habe ich die Story des Monats, den Scoop des Jahres. Ich nahm alles in mich auf und versuchte, mir jede Einzelheit ins Gedächtnis einzuprägen.« Luke ging es jetzt genauso. Zum Teufel mit vierundneunzigprozentiger Erinnerung. Er wusste, er würde jedes Wort im Kopf behalten, jeden Atemzug und jeden Schluckauf, jede Nuance und jede Veränderung des Tonfalls, und zwar nicht nur so lange, bis er es transkribiert hätte, sondern für den Rest seines Lebens. »Joss ging dann zurück zum Eingang. Ich dachte, er würde den Toten einfach da liegen lassen, aber er schrie zu dem Kerl im Bentley hinauf. Er schrie, sage ich, aber eigentlich brüllte er, brüllte wie ein Löwe. Ich hörte seine Stimme, auch wenn ich nichts verstand, und der Fahrer hörte sie auch, denn er kam angerannt. Joss deutete auf seine Augen und schrie etwas. Im nächsten Moment war der Fahrer wieder da und brachte ihm eine neue Brille.«

Das war ein interessantes Detail, aber mehr auch nicht. Der Schlüssel lag nicht in der Beschaffung einer neuen Brille, sondern im Schicksal der alten. »Was ist aus der kaputten geworden?«

Sandys Glas war leer, und sie hielt es Luke entgegen. Er war darauf bedacht, ihren Alkoholpegel auf dem jetzigen Stand zu halten, und goss einen kleinen Schuss aus größerer Höhe ein, was die Illusion einer größeren Menge hervorrief. Diesen Trick hatte er in seiner zweiten Karriere als Barkeeper gelernt. Sie kippte den Drink hinunter und schmatzte.

»Der kam gerade richtig, danke.« Aber ein paar Sekunden später drang glänzender Schweiß durch ihr Make-up. Sie presste die Lippen zusammen, taumelte ans Spülbecken und übergab sich geräuschvoll. Auf den ersten Schwall folgte eine Welle von Würgekrämpfen, und dann rauschte der Wasserhahn. *Scheiße*. Er sah die Ginflasche an. Sie war zu zwei Dritteln leer. Er hatte sich verschätzt, und zwar übel.

Aus einer Minute wurden zwei und dann drei, und schließlich kam Luke zu dem Schluss, dass ihre Sicherheit wichtiger war als ihre Würde. »Sandy, ist alles in Ordnung?«, rief er. Keine Antwort. Er fand sie in der Küche auf dem Boden, die Beine fast zum Spagat gespreizt, die High Heels abgestreift daneben. Er brachte sie in eine sitzende Position, aber die Beine rutschten unter ihr weg wie bei einem Rehkitz auf Glatteis.

Oh Gott!, dachte Luke. »Wachen Sie auf, Sandy!« Er schob die Hände unter ihre Achseln und zog sie hoch. Auch als totes Gewicht fühlte sie sich leicht an. Er stand ein paar Augenblicke lang da und hielt sie fest, bevor ihm klar wurde, dass er nicht wusste, wie es weiterging. Ihm fiel ein, dass man sie in die stabile Seitenlage bringen musste, damit sie nicht an ihrem eigenen Erbrochenen erstickte, aber wie sah die stabile Seitenlage aus? Eigentlich sollte er es wissen. Er hatte einen Erste-Hilfe-Kurs absolvieren müssen, als er in der Galerie gearbeitet hatte, aber weil er vorher die ganze Nacht durchgeschrieben hatte, war er so erschöpft gewesen, dass er nichts davon behalten hatte.

Er trug sie zum Sofa und legte sie auf die Seite. Sollte er einen Krankenwagen rufen? Bei Viggo oder Charlene hätte er nicht so panisch reagiert, aber Sandy war einundsechzig. Er erinnerte sich undeutlich, dass er einmal gelesen hatte, alte Leute verstoffwechselten Alkohol anders als junge, aber er wusste nicht mehr, ob sie ihn deshalb mehr oder weniger gut vertrugen. Er hielt die Hand dicht vor ihren schlaff geöffneten Mund und spürte dankbar den warmen Atem an seiner Handfläche.

Nach einer Ewigkeit von zwanzig Minuten flatterten Sandys Augenlider, und sie kam zu sich. Sie wirkte überrascht, als sie Lukes Gesicht über sich sah, und einen Moment lang glaubte Luke so etwas wie Reue in ihrem Blick zu erkennen. Aber die Gewissensbisse, die er empfand, weil er eine alte Frau drangsaliert hatte, bis sie ihm ihr Geheimnis verriet, wichen Erleichterung darüber, dass er sie nicht umgebracht hatte.

»Möchten Sie einen Schluck Wasser?«, fragte er.

»Kaffee«, sagte sie, als hänge ihr Leben davon ab. Als er wieder hereinkam, saß sie aufrecht und in eine Decke gehüllt auf dem Sofa. Er wartete darauf, dass sie ihn aus dem Haus warf, aber stattdessen wischte sie sich mit dem Ärmel über die Nase wie ein Kind und nippte vorsichtig an ihrem Kaffee.

»So«, sagte sie, und es klang, als sei alle Luft aus ihr entwichen. »Jetzt wissen Sie es. Wenn das Sie nicht davon abbringt, Joss Grand zu interviewen, dann weiß ich auch nicht.« Sie rutschte so dicht an ihn heran, dass ihr heißer, saurer Atem ihn am Ohr kitzelte. »Versprechen Sie mir, dass Sie es dabei belassen, Luke«, sagte sie mit schwerer Zunge. »Zu Ihrer eigenen Sicherheit. Es hat einen Grund, dass dieses Buch nie geschrieben wurde.«

»Ich hab Ihnen mein Wort gegeben, oder?« Anscheinend war er nicht der abgebrühte Lügner, für den er sich gehalten hatte. Die Unwahrheit hatte einen überraschenden und unwillkommenen bitteren Beigeschmack. Er griff nach seinem Glas, aber stellte fest, dass nicht einmal der Alkohol diesen Geschmack hinunterspülen konnte.

»Sorry, Schätzchen, Sie haben ja recht. Es ist nur … ich kann nicht fassen, was ich … Gerade verbringe ich noch einen ruhigen Abend zu Hause, und im nächsten Moment schütte ich einem Bengel, den ich gerade fünf Minuten kenne, mein Herz aus.« Sie lachte missmutig. »Ich meine, ich habe immer befürchtet, es könnte eines Tages herauskommen, aber ich dachte immer, es würde jemand sein, den ich kenne.«

Luke war verblüfft. »Ich bin doch sicher nicht der Erste, dem Sie es erzählt haben? Sie haben es bestimmt Ihrer Schwester erzählt? Oder Ihrem Mann?«

Sandy machte große Augen. »Nein! Die waren die Letzten, denen ich es hätte erzählen können. Je mehr ich jemanden geliebt habe, desto schlimmer wäre es gewesen, wenn er es herausgefunden hätte.«

»Versteh ich nicht.«

Sie murmelte etwas vor sich hin.

»Sandy?«

»Es war das, was er dann getan hat«, sagte sie mit dünner Stimme.

Luke spulte ihre Erzählung bis zum Augenblick der Unterbrechung zurück. Was war das Letzte, das sie gesagt hatte, bevor ihr schlecht geworden war? Als es ihm wieder einfiel, prickelte es in seinen Fingerspitzen. Es fühlte sich an wie Nadelstiche.

»Sie wollten mir erzählen, was aus der Brille geworden ist«, sagte er, und ihre Antwort entsprach buchstabengetreu dem, was er erwartet hatte. Er ärgerte sich über sich selbst, weil die Enttäuschung trotzdem schwer wie ein Stein in seinen Magen plumpste.

»Der Fahrer hat sie ins Wasser geworfen.« Sie ahmte einen lockeren Überarmwurf nach. »Und dann kippten sie Jacky hinterher. Dazu mussten sie beide mit anfassen. Und deshalb wurde er so schnell gefunden. Auf dem Wasser bricht sich das Licht und bewegt sich, und alles, was schwimmt, fällt wirklich auf. Ich sah, wie er mit dem Gesicht nach unten herumdümpelte, und mir war klar, dass es nicht lange dauern würde, bis jemand ihn fand. Wohlgemerkt, ich war nicht im Wasser, und sie haben mich natürlich gesehen.«

»Sie haben Sie gesehen?« Er hatte Mühe, das zu glauben. Wie kam es, dass sie noch lebte? »Verdammt noch mal, Sandy.«

Sie knetete den Saum der Wolldecke zwischen den Fingern. »Bis dahin hatten sie mich nur deshalb nicht bemerkt, weil sie sich noch nicht umgedreht hatten. Ich hab mich ja nicht richtig versteckt, ich hab mich nur unter ein Vordach von diesen Buden gekauert. Aber übersehen konnte man mich nicht, in meinem roten Mantel. Er fragte mich, wer ich bin, und nannte mich Darling, aber es klang wie ein Schimpfwort. Ich konnte mich kaum an meinen Namen erinnern, geschweige denn ihn aussprechen.«

Der Kaffee hatte die Wirkung des Alkohols nur etwas abgemildert. Frustrierenderweise verband sich jetzt Klarheit mit Undeutlichkeit. Sandy klang zwar präzise, aber ihre Worte waren ein Kuddelmuddel, sie zerflossen und verhakten sich ineinander.

»Er packte mein Handgelenk … er hatte knochige kleine Finger, aber sie fühlten sich an wie Metall, so stark war sein Griff. Es tat so weh, dass es mir den Atem verschlug. Ich hatte wochenlang blaue Flecke. Meine Handtasche hing noch an meinem Arm, und er hielt mich noch fester, als er sie durchwühlte. Er nahm mein Portemonnaie heraus. In einem Fensterfach steckte mein Presseausweis und das Bild von Janet und Jill im anderen. Damit hatte er meinen Namen, meinen Job und meine Familie in der Hand. Alles, was mir wichtig war. Er nannte mich eine dumme kleine Schlampe, und das Schlimmste war, ich gab ihm recht, ich kam mir sehr dumm und sehr jung vor. ›Janet und Jill‹, äffte er. ›Was für hübsche Namen. Auch hübsche Gesichter. Wäre schade, wenn einer von ihnen was passieren würde. Ein Wort, Cassandra Cameron, ein einziges gedrucktes oder laut gesprochenes Wort zu irgendjemandem, und wir nehmen uns die beiden vor. Ich weiß, wie man Leute findet. Ich werde dich im Auge behalten. Wenn du je heiratest, wenn du je selber Kinder kriegst, werde ich es wissen. Ich glaube, ich muss dir nicht vorbuchstabieren, wozu ich fähig bin.‹ Er schaute über meine Schulter hinweg auf das Wasser, als bräuchte ich eine Erinnerung an das, was ich eben gesehen hatte! Als ob ich nicht für den Rest meines Lebens Alpträume haben würde! ›Hast du mich verstanden?‹, fragte er und drückte mein

Handgelenk immer fester, bis ich das Wort ›ja‹ hervorbrachte. Mein Scoop interessierte mich überhaupt nicht mehr, ich wollte nur noch lebendig da rauskommen. Ich wartete, bis er abgefahren war, und dann ging ich auch. Ich hatte die Straße kaum überquert, als oben auf der Promenade jemand schrie, und ich wusste, jetzt würde die Polizei kommen.« Sie neigte sich zur anderen Seite, und Luke hielt sich bereit, um sie aufzufangen, wenn sie wieder besinnungslos werden sollte, aber sie richtete sich wieder auf, und nur die Kaffeetasse fiel auf den Boden und verspritzte den Rest Kaffee auf eine zerschnittene *Vogue*-Ausgabe. Luke hob sie auf und stellte sie auf den Tisch.

»Möchten Sie noch einen?«

Sie schüttelte den Kopf. »Nein danke, Schätzchen. Der hier stößt mir schon oft genug auf. Na, ich bin dann zurück in den Pub und hab Mark gesucht, aber der war nicht mehr da, und während ich noch nach ihm fragte, kamen die Sirenen, und die gesamte Presse rannte aus dem Pub und die Straße hinauf zum West Pier. Ich blieb sitzen, ich weiß nicht, wie lange, vielleicht fünf Minuten, bis Mark zurückkam. Ich zog meinen Ärmel bis über die Hand herunter, damit er die Blutergüsse nicht sah und mich fragte, was passiert sei, aber er war so wütend, dass er es nicht mal bemerkt hätte, wenn ich zwei blaue Augen gehabt hätte. Er tobte. Er habe irgendeine Frau aufs Damenklo geschickt, sagte er, damit sie nachsah, ob es mir gut ginge, und als ich nicht da gewesen sei, habe er die Lanes abgesucht, bis er sich verlaufen habe. Er sei sicher gewesen, jemand habe sich an mir vergangen. Erst als er die halb leeren Gläser sah, begriff er, dass die anderen weg waren. Sie wissen ja so gut wie ich, dass es nur einen Grund gibt, weshalb Reporter ein halbes Glas Bier stehen lassen, und das ist eine Story. Ich musste mir etwas einfallen lassen, bevor die Barfrau oder sonst jemand ihm sagte, wo sie waren. Ich meine, ich konnte ja nicht an den Tatort zurückkehren, oder? Also behauptete ich, auf dem Palace Pier sei irgendwas los. Ich führte ihn durch all die kleinen Gassen, um Zeit zu schinden, und schob es auf die Trinkerei, aber ewig konnte ich es nicht hinauszögern, und als wir am Palace ankamen, erkannte er, dass genau in der anderen Richtung etwas im Gange war. Ich dachte, er würde mich schlagen, und es war mir egal. Als wir zum West Pier kamen, hatte die Polizei ihn komplett abgesperrt. Die gesamte Pressemeute war der Polizei die hundert Meter bis zum Le Pigalle gefolgt, sie hatten ihre Fotos von Joss, wie er auf der Straße mit den Polizisten sprach, und waren alle schon auf dem Weg nach London, um noch vor dem Andruck da zu sein. Alle außer uns. Wir hätten den Bericht telefonisch durchgeben können, aber ohne Foto keine Titelseite.«

Sandys Schlucken klang seltsam; anscheinend kämpfte sie mit den Tränen oder musste sich erbrechen. Instinktiv rutschte Luke ein Stückchen zurück.

»Sie müssen gewusst haben, dass das den beruflichen Selbstmord bedeutete.«

»Die Frage war, Selbstmord oder Mord, nicht wahr? Ich oder meine Familie. Ich hatte soeben gesehen, wozu Joss Grand fähig war. Ich hatte nicht vor, es darauf ankommen zu lassen.«

»Was hat Ihr Chefredakteur denn gesagt?«

»Ich habe nie wieder mit ihm gesprochen.« Sie hatte Tränen in den Augen. »Ich musste draußen vor der Telefonzelle warten, als Mark in der Redaktion anrief. Ich denke, ich kann seinen Standpunkt inzwischen verstehen. Bei einem solchen Fehler stand wahrscheinlich auch sein Job auf Messers Schneide. Ich hätte mich wohl genauso verhalten, wenn irgendein Grünschnabel von Fotograf mir meine Story versaut hätte. Ich wusste, dass ich erledigt war. Man kriegte damals keine zweite Chance, schon gar nicht als Frau. Also kam ich zurück nach Brighton und zum Lokalblättchen. Nirgendwo sonst wollte man mich haben.«

In ihrer Stimme lag ein tiefer Schmerz.

»Nach allem, was ich gelesen habe, ist Grand praktisch untergetaucht, nachdem er ohne Anklage freigelassen worden war«, sagte Luke. »Aber Sie haben ihn wiedergesehen. Zumindest haben Sie über ihn geschrieben.«

»Ach, das haben Sie gesehen, ja? Tja, nach der Beerdigung hat Grand, wie Sie wissen, alle schrägen Sachen abgewickelt und ist ins Immobiliengeschäft gegangen. Ausnahmsweise sah es so aus, als ob er alles genau nach Recht und Gesetz betrieb. Ich wurde als Reporterin zur Eröffnung seiner Penisverlängerung geschickt, dieses Hochhauses bei der Marina.« Sie gackerte kurz und trocken. »Er kam geradewegs auf mich zu und achtete darauf, dass niemand sonst ihn hören konnte, als er sagte: ›Der Familie geht's hoffentlich gut.‹ Ich schrieb den Artikel so, wie er es wollte. Ich musste dann noch ein Dutzend PR-Artikel für ihn schreiben, und von Mal zu Mal fühlte ich mich schlechter.«

»Haben Sie je daran gedacht … ich frage jetzt nur als *Advocatus Diaboli*«, sagte Luke, »vielleicht hat er sich ja verändert. Ich meine, diese ganze Charityarbeit. Er hat Millionen verschenkt und noch mehr aufgebracht. Das tut man doch nicht, wenn man durch und durch böse ist, oder? Und wie viel Schaden kann er noch anrichten, realistisch gesehen? Als ich ihn gesehen habe – okay, sein Ego ist immer noch mächtig, aber sind Sie sicher, dass er noch gefährlich ist? Er kann ja nicht mal allein aufstehen.«

»Ach Luke, seien Sie nicht so naiv«, antwortete sie in

scharfem Ton. »Der Kerl, der ihn durch die Gegend fährt, Vaughan Parfitt, das ist nicht jemand, dem Sie in einer dunklen Gasse begegnen möchten. Solange jemand Geld hat, hat er auch Macht.«

So hatte Luke es noch nicht gesehen. Wenn der Reichtum eines Mannes als Maßstab für seine Macht galt, dann war Grand heute mächtiger als damals.

DREIUNDDREISSIG

Auf dem Heimweg war Luke so tief in seine Gedanken versunken, dass er zweimal beinahe überfahren worden wäre – einmal, als er bei Rot den Kingsway überquerte, und dann von einem Radfahrer, dem er in die Quere kam. Wenn er die unbeantworteten Fragen beiseiteließ – wenn Kathleen Duffy nicht das Mädchen im roten Mantel war, wer war sie dann? –, war die Sache besser gelaufen, als er hatte hoffen können. Er hatte einen Bericht aus erster Hand über den Mord an Nye und die Bestätigung dafür, dass er mit seiner Theorie über den Mörder ins Schwarze getroffen hatte. Er hatte eine *lebende* Zeugin. Er war näher an die Story herangekommen als irgendeiner der Mousepad-Rechercheure, sie war fast zum Greifen nah. Sandys betrunkene Offenbarung würde seinem auf Fakten beruhenden Roman einen Erzählstoff liefern, wie er ihn kraftvoller nicht hätte erfinden können.

Zu Hause in Temperance Place schrieb er alles auf, was er im Gedächtnis behalten hatte. Seine Erinnerung war schärfer als ihre. Würde Sandy noch wissen, was sie ihm erzählt hatte? Dass sie es überhaupt erzählt hatte? Als er gegangen war, hatte sie voll bekleidet auf dem Bett gelegen, mit einem Eimer neben sich auf dem Boden, und er stellte sich den nächsten Morgen vor – auf den Knien im Bad, wo sie einen Arm um die Toilette schlang und Reue mit Wacholdergeschmack in die Schüssel erbrach.

Er rechtfertigte die Art, wie er sie behandelt hatte, damit, dass er es *für* Sandy tat, wenn er mit Bedacht vorging. Sie wurde ihm allmählich sympathisch, diese Frau mit ihrem verzweifelten Festhalten an altem Glamour, mit dem chaotischen Archiv, mit ihrem demoralisierten Ehrgeiz. Wenn er Grands Geschichte erzählte und ihn nicht nur als Mörder entlarvte, sondern auch als Sandys Erpresser, wäre das eine Art Vergeltung für das, was er ihr angetan hatte. Grand hatte einer jungen Frau die Karriere gestohlen. Da war es völlig angemessen, dass Luke ihn dazu benutzte, seine eigene in Gang zu bringen. Aber er hatte Sandy abermals versprochen, die Story fallen zu lassen.

Sein Ziel, das sah er jetzt, musste es sein, Sandys Geschichte aus dem Mund des Mörders noch einmal zu hören. Das Geständnis musste aus erster Hand stammen. Er musste sich Grand offiziell und professionell nähern, ohne auch nur anzudeuten, dass er bereits wusste, was sich auf dem West Pier abgespielt hatte. Luke nahm seine Verantwortung gegenüber Sandy und ihrem Geheimnis ernst. Er hatte sie lange genug ausgenutzt und kompromittiert.

Als er die letzten Worte ihrer Erzählung zu Papier brachte, sickerte plötzlich eine Frage, die er nicht gestellt hatte, zwischen den Zeilen hindurch, und er schlug fluchend mit der Faust auf den Tisch. Warum hatte er Sandy nicht nach Jasper Patten gefragt? Zweimal hatte er die Gelegenheit verpasst, den Namen des Autors ins Spiel zu bringen, und jetzt war es zu spät. Er musste darauf vertrauen, dass Marcus McRae mit seinen dunklen und kostspieligen Künsten sein Schicksal ans Licht brachte. Er stellte sich den Privatdetektiv vor wie einen altmodischen Schnüffler in Gabardine und Filzhut, dessen Name in eine Milchglasscheibe geätzt war. Der Gedanke an

McRaes Kompetenz verschärfte Lukes Bewusstsein seiner eigenen Grenzen.

Er sicherte das Dokument nicht auf seiner Festplatte, sondern online in einem Dropbox-Verzeichnis, das auch seine bisherigen Interviews mit Joss Grand enthielt. Dieses Verzeichnis war seine Versicherung, ein Backup für den Fall, dass mit seinem Laptop etwas passieren sollte. Oder ihm selbst, dachte er, als er den Inhalt noch einmal überprüfte. Aber noch immer fühlte er sich unverwundbar, und Informationen, die in der Cloud gespeichert waren, nutzten wenig, wenn sonst niemand von ihrer Existenz wusste.

Er wollte den Computer herunterfahren, aber die Müdigkeit machte ihn fahrig, und versehentlich öffnete er ein Verzeichnis mit Bildern. Es war der Inhalt von Jems Kameraspeicherkarte. Luke hatte die Bilder nicht gesehen, seit er sie zu Anfang des Sommers heruntergeladen hatte. Die ersten Fotos zeigten sie zu Beginn ihrer Beziehung. Die meisten waren Selfies, die Jem gemacht hatte, weil sie so selten mit anderen Leuten unterwegs gewesen waren. Sie waren zu Hause, saßen im Biergarten des Pubs oder spazierten am Ufer des Aire entlang. Ein paar stammten von einem Sommerwochenende in Northumbria; sie waren braun von der Sonne und lachten. Das war weniger als ein Jahr her, aber sie sahen beide so viel jünger aus. Wo mochte Jem jetzt sein? Wie ging es ihm, und wurde er wieder gesund? Es wunderte ihn, dass er von Serena nichts mehr gehört hatte, seit Jem in die Klinik gegangen war. Deutete dieses Schweigen auf seine Genesung hin oder auf einen Rückfall? Plötzlich hatte Luke das Bedürfnis, Jem anzurufen. Er zündete sich eine Zigarette an und wartete darauf, dass das Gefühl nachließ.

Er klickte sich durch die Bilder. Auf den restlichen war meist nur er selbst: beim Arbeiten, Lesen, Schlafen, Duschen. Ja, Jem hatte die Gewohnheit gehabt, Bilder von ihm zu machen, wenn er nicht damit rechnete. Eins davon kannte er noch gar nicht. Es zeigte ihn im Schlafzimmer, als er seinen Anzug anzog. Jem musste es an dem Abend gemacht haben, als sie zum Essen nach Ilkley gefahren waren. Die Erinnerung an diesen Abend vermieste ihm alle anderen Bilder. Luke verschob den ganzen Ordner in den Papierkorb, zusammen mit den ungelesenen Mails.

Drei Tage vergingen, bevor Luke Belindas Auto wieder in Temperance Place sah. Als er anklopfte, war sie dabei, den Rock eines Tudorkleides mit Perlen zu besticken. Auf ihren Zeigefingern steckten Fingerhüte, und sie fing sofort an, ihm die verschiedenen Arten von Reifröcken zu beschreiben. Luke brauchte eine Stunde, um das Gespräch in seine Richtung zu steuern. Er ärgerte sich über sich selbst, weil er das Beweismaterial so zurechtgeformt hatte, dass es zu seiner Theorie passte, und wollte feststellen, an welchem Punkt er in die Irre gegangen war.

»Du erinnerst dich an Mrs Duffys Mantel, von dem du eine Kopie gemacht hast?«

Belinda lächelte schmal, als habe sie mit dieser Frage gerechnet. »Ja?«

»Welche Farbe hatte er?«

»Braun. Alle ihre Sachen waren braun oder schwarz. Wahrscheinlich fand sie, Rot sei eine Farbe für Huren.«

»Aber du hast gesagt, es sei eine exakte Kopie des Mantels, den Mrs Duffy dir geliehen hatte.«

»Hab ich das? Dann meinte ich damit das Schnittmuster und die Techniken, die ich verwandt habe. Die Kundin wollte aber etwas Farbigeres.«

»Aber eine rote Kopie eines braunen Mantels ist keine

exakte Kopie.« Er war über sich selbst verärgert, aber woher sollte Belinda das wissen? Zu spät erkannte er, dass sie nicht mehr amüsiert, sondern gereizt aussah.

»Rot, braun, was interessiert dich das? Luke, was soll das alles?«

»Nichts«, sagte er. »Gar nichts, ist nicht wichtig. Ist ja nur ein blöder Mantel.«

VIERUNDDREISSIG

Luke fühlte sich stark unter Druck gesetzt, weil er nun über Jacky Nyes Ermordung Bescheid wusste. Er hatte große Angst davor, mit irgendeinem nervösen Versprecher zu verraten, was Sandy ihm erzählt hatte. So gern er sich auf die Ereignisse jener Nacht gestürzt hätte, er musste vorher noch Grands restliche Jugend durcharbeiten.

Bei diesem Kapitel zeigte sein Interviewpartner neue Widerspenstigkeit. So ausführlich er von seinen Kinderstreichen und den Bagatelldelikten seiner Jugend erzählte – jetzt, da sie sich den handfesten, geahndeten gewalttätigen Vergehen des jungen Erwachsenen näherten, wurde Grand einsilbig. Sein Bericht über die Misshandlung Mario Zammits beispielsweise bestand hauptsächlich aus einer Serie von Ja- und Nein-Antworten auf Lukes gezielte Fragen. Das machte Luke nervös. Wenn es so schwer war, ihn über ein aktenkundiges Verbrechen zum Reden zu bringen, wie viel schwerer würde es dann sein, ihm das Geständnis einer Tat zu entlocken, die sein größtes Geheimnis sein musste?

Lukes Schreibdrang war seinen Fortschritten weit voraus. Er wusste, wenn er in diesem Stadium schon anfing, das Buch zu entwickeln, forderte er das Schicksal heraus, an das er erst seit kurzem glaubte, und wie bei allen wiedergeborenen Gläubigen war sein Aberglaube stark ausgeprägt.

Aber er konnte nicht anders. Er breitete die Zeitungsausschnitte, das Transkript des Interviews und die wenigen auffindbaren Fotografien vor sich auf dem Tisch aus und starrte die Bilder an wie eine Kristallkugel. In seiner Phantasie verwandelte er die Schwarzweißfotos in Farbbilder und fing an zu schreiben.

Erst in der Mitte der fünfziger Jahre erhob Brighton sich allmählich aus dem Schutt und der Asche des Krieges. Neue Gebäude schossen wie Unkraut in die Höhe, aber es war das geduckte Viertel der Lanes, dieses alte, verschlungene Netz von Schänken und Cottages, in dem man die wirklich interessante neue Szene fand. Hier entstanden Coffeebars und Jugendclubs, die den aufsprießenden Teenagermarkt bedienten, und dorthin zog es Grand und seinen Gefolgsmann Nye. Aber sie kamen nicht wegen der Mädchen oder der Musik, nicht um den neumodischen Milchschaumkaffee zu trinken oder um Pingpong zu spielen. Sie sahen, dass hier Geld gemacht wurde, und sie wollten ihren Anteil.

Die Jungen, inzwischen Mitte zwanzig, hatten an Ehrgeiz und Statur gewonnen. Sie hängten ihre Boxhandschuhe an den Nagel und traten der Unterwelt von Brighton mit blanken Fäusten kühn entgegen.

Joss Grand behauptet heute, sein Genie habe darin bestanden, Intelligenz mit Brutalität zu vereinen, und es stimmt, er hatte offenbar ein Händchen für Human Resources. Angefangen bei Jacky Nye als seiner rechten Hand, gelang es ihm zuverlässig, diejenigen aufzustöbern, die sich in der Dämmerzone zwischen Legalität und Illegalität bewegten. Er und seine Handlanger machten sich den Umstand zunutze, dass ein Gauner nicht zur Polizei gehen kann wie ein ehrlicher Geschäftsmann, und nahmen sich die unabhängigen Buchmacher vor, die Bars, die geschmuggelten Alkohol verkauften, und die Clubs, deren Animierdamen die Kunden mit nach oben nahmen, wo sie sich amüsieren konnten, wenn sie wussten, wie man danach fragte.

Sie wussten genau, wen sie in diesen zweifelhaften Unternehmen aufs Korn nehmen mussten. Die Bosse anzugreifen wäre Selbstmord gewesen. Gauner haben ihre Lieferketten, genau wie ehrbare Geschäftsleute. Ein Dieb kann nicht isoliert arbeiten, und Grand und Nye nahmen nicht an, sie könnten sich mit Brightons Untergrund-Gewerkschaft anlegen und gewinnen. Stattdessen begaben sie sich geradewegs an die vorderste Front, und die Ersten, denen sie ihren Schutz anboten, waren die Wanderarbeiter, die reisenden Rausschmeißer und andere an den Rändern des Business. Aus den Polizeiberichten aus jener Zeit geht hervor, dass Nye jeweils den Mann festhielt, während Grand seine Forderungen vortrug und brutal unterstrich. Die aufgeschlitzten Wangen und die mit Säure verätzten Gesichter der Fußsoldaten dienten ihren Herren als Warnung vor den Konsequenzen, wenn man ihren Schutz ablehnte. Grand und Nye arbeiteten schnell und nahmen sich manchmal ein Dutzend Geschäfte an einem einzigen Tag vor. Als die Bosse ihre Notizen verglichen, hatten die jungen Männer die Stadt bereits im Würgegriff. Nicht einmal unter vier Augen wagte irgendjemand anzudeuten, der Kaiser könnte nackt sein.

Außer Mario Zammit.

Niemand weiß genau, ob es Arroganz oder Naivität war, was Zammit bewog, die Jungen auf eine denkbar erniedrigende Art und Weise herauszufordern. Wenn nicht gerade im rechten Augenblick eine Polizeirazzia stattge-

funden hätte, dann hätte er dafür vielleicht mit dem Leben bezahlt.

Mario Zammit führte einen Coffeeshop in den Lanes und arbeitete an den Grenzen der kriminellen Bruderschaft Brightons. Fotos zeigen einen Mann mit einer breiten Nase und dichtem schwarzem Haar, das die Brillantine nur teilweise bändigen kann. Er hob seine maltesische Herkunft zu stark hervor und übertrieb seinen Akzent, um die Gangster in seiner Umgebung einzuschüchtern. 1957 galt jemand von dieser Insel in Verbrecherkreisen immer noch automatisch als gefährlich, denn die Legende der Messina-Brüder, dieser skrupellosen Gangster, die Soho jahrzehntelang beherrscht hatten, war immer noch sehr lebendig.

Der Name »Milk Bar« täuschte über den wahren Zweck des Etablissements hinweg. Das Lokal an sich sah durchaus ordentlich aus: eine lange verchromte Bar, Resopaltische und rote Bänke, die wie echtes Leder aussahen und sich auch so anfühlten, und eine Musicbox, voll mit Elvis, Petula Clark und Harry Belafonte. Aber wenn man durch einen Fransenvorhang aus Plastik ging und eine schmale Treppe hinaufstieg, kam man in ein privates Kino, wo nicht nur der Boden, sondern auch die Wände und die Decke mit Teppichen verkleidet waren, um den unverkennbaren Soundtrack der vom Kontinent herübergeschmuggelten Hardcore-Pornofilme zu dämpfen.

Als Grand und Nye zu Zammit kamen und ihm ihren Schutz anboten, lachte er sie aus. Vor wem, fragte er, wollten sie ihn denn beschützen? Die unbedeutenden Banden, die mehrheitlich an den Geschäften der Umgebung beteiligt waren, hatten immer einen weiten Bogen um den Mann aus Malta gemacht. Dass er sie auf diese Tatsache hinwies, war unangenehm. Dass er ihnen ins Gesicht lachte, war unverzeihlich.

Am nächsten Abend kehrten Grand und Nye zur Milk Bar zurück. Die Hüte tief ins Gesicht gezogen, kauften sie Eintrittskarten für einen holländischen Film, dessen Inhalt die Sprachbarriere mühelos überwand. Als der Film zu Ende war und die anderen Kunden in die Dunkelheit hinausschlurften, die ihnen auch zuvor, als sie gekommen waren, Schutz geboten hatte, blieben die beiden Freunde sitzen. Erst als Zammit aus dem Vorführraum kam, standen sie auf.

Nye war während der Folter kaum anwesend. Er überließ Grand das Schneiden und das Stechen, das Drohen und die Versprechen, während er den Vorführraum ausräumte. Er stapelte die Filmdosen aufeinander und schleppte sie wie einen silberfarbenen Totempfahl die paar hundert Meter zum Haus seiner Kindheit in der Redemption Row.

Zu Grands Pech war dies der Tag, an dem das örtliche Polizeirevier, das schon seit langem von Zammits Geschäften im ersten Stock wusste, eine Razzia in der Milk Bar durchführte. Der leitende Officer, John Rochester, damals noch Constable, begegnete Joss Grand auf der Treppe.

Ein Polizeiwagen brachte Grand auf das Revier, und ein zweiter wurde losgeschickt, um Nye festzunehmen, da Rochester es für sinnlos hielt, Grand einzusperren, während Nye auf freiem Fuß blieb. Der starke Mann war dumm, aber gehorsam, und Grand würde ihn steuern wie einen Roboter, selbst wenn er im Gefängnis säße.

Ganz so, wie es der Chicagoer Justiz der dreißiger Jahre bekanntermaßen gelang, Al Capone wegen Steuerhinter-

ziehung zu verurteilen, beschloss das Brightoner Polizeirevier von 1957, Nye wegen Diebstahls und des Besitzes unsittlicher Abbildungen vor Gericht zu bringen. Der Nachteil dabei war, dass Zammit jetzt nur noch einen einzigen Film besaß, und dafür konnten sie ihn nicht lange einsperren. Aber selbst die paar Monate im Gefängnis hatten die gewünschte Wirkung. Nach seiner Haftentlassung kehrte er nach Malta zurück und setzte nie wieder einen Fuß auf britischen Boden.

Rochester wurde für seinen dreifachen Erfolg belobigt. Aber die Tatsache, dass keine rivalisierende Bande das Vakuum ausfüllte, das Grand und Nye hinterlassen hatten, ließ darauf schließen, dass er sie ein bisschen zu früh verhaftet hatte. Grand und Nye hatten noch nicht annähernd die Macht, die sie irgendwann haben würden, und als sie aus dem Verkehr gezogen wurden, war das Vakuum nicht so groß, dass jemand es bemerken, geschweige denn ausfüllen konnte. Wie es scheint, sah eigentlich niemand voraus, was aus ihnen noch werden würde. Hätte man sie stoppen können, wenn man es geahnt hätte? Wenn Rochester sie ein paar Jahre später festgenommen hätte, wäre es ihm vielleicht gelungen, genug Anklagepunkte zusammenzubringen, um sie lebenslänglich hinter Gitter zu bringen.

Die Milk Bar ist heute eine Edel-Sauna, und dort, wo einmal das Schmuddelkino war, befinden sich heute mehrere Massageräume, mit Kiefernholz getäfelt und mit Orchideenduft parfümiert. Der weiche Boden ist geheizt. Die Eigentümer wollten die ursprünglichen Holzböden wieder herrichten, aber Mario Zammits Blut war durch den Teppich und in die Dielen gesickert. Manche Flecken lassen sich anscheinend niemals wegschrubben.

Luke sicherte das neue Dokument zusammen mit Sandys Geständnis in einem Verzeichnis namens *Grand*. Er hatte jetzt fast fünftausend Wörter, und jedes einzelne war ein Schritt zurück zu seinem wahren Ich. Der Autor in ihm, den er für tot gehalten hatte, sammelte neue Kräfte.

FÜNFUNDDREISSIG

Wie alle wirklich guten Traditionen wurden Lukes Besuche am Disraeli Square ohne förmliche Verabredung zu einer regelmäßigen Einrichtung. Ihre gemeinsamen Drinks nannten sie »Sundowner«, aber tatsächlich öffneten sie die Flasche erst, wenn es längst dunkel war, denn für sie begann der Abend, wenn die meisten anderen Leute schlafen gingen. Nach ein paar Tagen war es unausgesprochen klar, dass sie anfing, sich Sorgen zu machen, wenn er nicht gegen neun aufkreuzte, und sich fragte, wo er blieb.

Als er das erste Mal zurückkam, war er nicht sicher, dass sie ihn überhaupt hereinlassen würde. Sandy ließ ihn warten, bevor sie ihm aufmachte.

»Ich wollte mich nur entschuldigen für die Wirkung, die meine letzte Entschuldigung auf Sie hatte«, sagte er. Sie war verlegen, wie er es vorausgesehen hatte, und die Scham drang ihr aus allen Poren wie der Gin des vergangenen Abends. Sie vermied jeden Blickkontakt, aber als sie dachte, Luke schaue nicht her, starrte sie ihn an wie ein Buch, das sie lieber nicht lesen sollte. Eins war klar: Wenn sie Freunde werden wollten – und beim Kaffee begriff er, dass er ihre Gesellschaft auch dann gesucht hätte, wenn er nicht ihre Unterstützung gebraucht hätte –, müsste dieses Problem sich einen Platz in den Regalen und Aktenschränken in ihrem Wohnzimmer suchen, und sie würden auf Zehenspitzen darum herumschleichen.

Sandy erklärte immer, das erste Glas des Tages schmecke besonders gut, wenn man ordentlich gearbeitet habe. Oft behauptete sie, sie sei »völlig platt«, und ihr Telefon lasse sie nicht einen Moment lang in Frieden, aber als Luke einmal heimlich die Rückruftaste an ihrem Telefon drückte, sagte ihm die elektronische Stimme, der letzte Anruf sei vor einer Woche eingegangen. Das Faxgerät summte im Stand-by-Modus, aber die Papierrolle war verstaubt. Wo waren all die Journalisten und Romanautoren, die Biographen und Historiker, die ihre Dienste in Anspruch nahmen? Nur die Tatsache, dass Sandy für den Zugang zu ihrem Archiv – ihrem *Hort* – Geld verlangen konnte, unterschied sie von den entgleisten Personen in den TV-Dokus, bis zum Hals im Müll und außerstande, irgendetwas wegzuwerfen.

Allmählich fragte er sich, ob er der Einzige war, der sie je besuchte. Und er bezahlte sie nicht. Womit verdiente sie ihr Geld? Wovon lebte sie? Sie war gerade alt genug für eine Staatsrente, aber er hatte keine Ahnung, wie hoch die war, und er dachte nicht im Traum daran, sie zu fragen. Er konnte sich vorstellen, wie sie auf das Wort »Rentnerin« reagieren würde, und eine schöne Vorstellung war es nicht. Sollte er am Ende doch noch mit ihr zusammenarbeiten, wäre er vielleicht der einzige Kunde, den sie im ganzen Jahr gehabt hatte. Eigentlich gefiel ihm dieser Gedanke ganz gut, weil er dann nicht das Gefühl hatte, sie auszunutzen, sondern ihr ein dringend benötigtes Geschäft ermöglichte.

An den meisten Abenden tranken sie ein paar Gin – zu einer Wiederholung ihres ersten Besäufnisses kam es nie mehr –, und dann spazierte Luke westwärts durch die Lanes oder am Meer entlang, wenn das Wetter mild war. Mittwochs, wenn er geradewegs von seinem Interview mit Grand kam, verspürte er manchmal leise Gewissensbisse, aber das hielt nie lange an. Es wurde immer leichter, die verschiedenen Stränge seines Lebens und seiner Arbeit voneinander zu trennen.

Wenn er wieder zu Hause war, arbeitete er meist bis in die frühen Morgenstunden. Um sich mit Joss Grands Welt vertraut zu machen, tauchte er immer tiefer in das alte Brighton ein, las die historischen Bücher immer wieder und starrte die Schwarzweißfotos an wie eine Kriegswitwe, die weinend ihre Hochzeitsbilder betrachtet. Er trieb ein gebrauchtes Exemplar von Jasper Pattens Buch über die Hell's Angels auf und las, bis er einschlief. *Hell on the Rocks* war der Stoff, aus dem für die meisten Leute die Alpträume sind, aber Lukes Unterbewusstsein war mit anderen Dingen beschäftigt. Wenn ihm die Augen zufielen, sah er die ärmlichen Seitenstraßen von Brighton und zwei kleine Jungen aus den Slums, von denen nur einer ein alter Mann geworden war.

Das Klingeln des Telefons holte Luke aus dem Schlaf, wie man einen Toten aus den Wellen des Meeres birgt. Es war noch nicht richtig hell, und die Nummer des Anrufers war unterdrückt. Verschwommen sah er Serena vor sich, wie sie ihn von einem unbekannten Münztelefon anrief, an einem Ort, wo Handys nicht erlaubt waren. Eine Intensivstation? Ein Leichenschauhaus? Er meldete sich, bevor er einen klaren Gedanken gefasst hatte.

»Luke? Marcus McRae hier. Es gibt was Neues.«

Sofort war er hellwach.

»Ihr Mann lebt noch. Er hat ein aktives Bankkonto, auf das Honorare und irgendwelche Versorgungsleistungen gezahlt und von dem auch Bargeldbeträge abgebucht werden. Ich kann Ihnen sogar sagen, wo das für ihn zuständige Sozialamt ist. In der London Road in Brighton.«

»Er ist in Brighton?«, quiekte Luke.

»Yep. Aber passen Sie auf. Mit seiner Adresse stimmt was nicht. Die Adresse in dem System, auf das ich zugreifen kann, ist nicht die richtige. Und er ist verdammt oft umgezogen. Ich muss mir die Sozialwohnungsdaten ansehen, bevor ich Klarheit habe, aber da ist der Server abgestürzt.«

Lukes romantische Vorstellung von Marcus McRae schrumpfte zusammen auf das, was er tief im Inneren schon die ganze Zeit gewusst hatte. Der Mann war ein Hacker.

»Ausgezeichnet«, sagte er. »Und Sie melden sich, sobald Sie eine Adresse für mich haben?«

»Sobald es Ihr Schmalspurtarif gestattet«, sagte McRae und legte auf. Wahrscheinlich rechnete er sekundenweise ab, und insofern war Luke diese Schroffheit ganz recht.

Er tappte die Treppe hinunter und trank aus dem Hahn in der Küche, während er darauf wartete, dass das Wasser kochte. London Road war eine heruntergekommene Gegend, nur eine oder zwei Meilen weit entfernt. Er könnte in zwanzig Minuten da sein.

Bei der Nachricht, dass Jasper Patten noch lebte und ganz in der Nähe war, hätte er am liebsten gesungen. Selbst wenn der Mann dem Alkohol zum Opfer gefallen war, konnte es in seinem Gehirn immer noch ein paar konservierte Erinnerungen geben. Erst jetzt wurde Luke klar, wie groß seine Angst gewesen war, Grand könnte den Letzten, der Nachforschungen über ihn angestellt hatte, umgebracht haben. Aber was immer der Alte jetzt trieb, er lief nicht herum und schlitzte Journalisten die Kehle auf. An den Grausamkeiten, die er als junger Mann verübt hatte, änderte das nichts, und es machte auch den Mord an seinem besten Freund nicht ungeschehen, aber Pattens Existenz bewies, dass Grand ein anderer geworden war. Eine Hürde war genommen, und Luke konnte den nächsten Schritt tun.

SECHSUNDDREISSIG

Es war das erste Wochenende im Oktober. Da Luke und Sandy beide freiberuflich arbeiteten, bedeuteten ihnen die Wochentage vorgeblich nichts, aber an diesem Abend wehte die Stimmung eines Samstagabends von der Stadt herüber und durch die Fensterritzen ins Haus. Die Cocktails waren seine Idee, das Tanzen hatte sie vorgeschlagen.

»Lass uns ausgehen«, sagte sie.

»Ich weiß nicht recht, Sandy.« Er wollte am nächsten Morgen schreiben und hatte schon jetzt den ganzen Tag einen Kater.

»Doch. Du bist viel zu jung, um jeden Abend mit mir zu Hause zu sitzen. Ist das Revenge noch offen? Ich bin schon seit Jahren nicht mehr in den Clubs unterwegs gewesen.« Das Revenge war ein großer Schwulenclub in einer umgebauten Stadtvilla in der Nähe des Piers. Er kannte ihn noch nicht, aber er wusste, dass die Samstagabende berüchtigt waren. »Bring mich dahin, wo die armen Jungs tanzen.«

Luke kannte das Zitat, konnte es aber nicht unterbringen. »Auden?«, fragte er.

Sandy lachte so sehr, dass sie buchstäblich zum Sekretär kriechen musste, um die CD zu holen. »Lulu«, sagte sie und zeigte ihm die Tracklist.

Innerhalb von Sekunden hatte sie sich umgezogen und trug jetzt ein schwarzes Spitzenkleid, das gerade so über den Hintern reichte. Luke sagte nichts, aber sie hatte immer noch die Beine einer jungen Frau. Sie fuhren mit dem Taxi zum Club, und Sandy stieg wie ein Starlet aus dem Wagen. Sie schwenkte die Beine aus der hinteren Tür, als komme sie zur Ladys' Night ins Le Pigalle.

Die Tanzfläche war erfüllt von Lärm und Gedränge. Unter den Scheinwerfern, wo die Bässe in seinen Ohren wummerten und ein Cocktail aus Amyl, Schweiß und Eau de Cologne in seine Nase drang, erwachte Luke wie aus einem Koma. Er war so lange in die Arbeit an seinem Buch vertieft gewesen, dass er vergessen hatte, in seinem Körper zu leben – ja, er hatte fast vergessen, dass er einen Körper hatte. Er spürte Blicke auf seiner Haut, und er nahm sich vor, nicht allein nach Hause zu gehen, und dabei dachte er nicht an Sandy. Ein Laser fiel auf das Profil eines schönen Jungen, der ihm Seitenblicke zuwarf, ein schmaler Emo-Typ mit dichtem rabenschwarzem Haar, der Jem nicht unähnlicher hätte sein können.

Sandy nahm Lukes Hand und hob sie hoch, um sich unter seinem Arm hindurchzudrehen wie Ginger Rogers, und für einen Augenblick war ihre Freundschaft in ihrer ganzen Absurdität für jedermann sichtbar. In den Lichtblitzen, zerschnitten von der Dunkelheit, versuchte Luke, den Gesichtsausdruck des Jungen zu deuten. Sagte er: *Ich will dich?*, oder: *Du gefällst mir, aber ich weiß nicht, ob ich mit jemandem zusammen sein möchte, der mit seiner Mum auf die Piste geht.* Ein gleichaltriger Freund hätte sich instinktiv zurückgezogen, um Luke Spielraum zu geben, aber mit Sandy war es anders. Er fühlte sich für sie verantwortlich, obwohl sie es gewesen war, die ihn hierhergebracht hatte. Aber er begriff, dass seine Sorge um sie zumindest dieses Mal fehl am Platze war, als sie plötzlich seine Hand losließ, »Lorraine!« kreischte und zur Bar stürzte, um einer turmhohen Dragqueen um den Hals zu fallen. Der dunkelhaarige Junge tänzelte heran und nahm ihren Platz ein.

»Ist das deine Mum?«, fragte er beeindruckt und ungläubig. Sandy zwinkerte übertrieben auffällig von der Bar herüber.

»Nein.« Luke war auf einmal stolz auf sie. »Meine Freundin.«

Die Jugend und die Schlankheit des Jungen waren ein Spiegelbild seiner eigenen Erscheinung und nach Jems stämmiger Gestalt von narzisstischem Reiz.

»Lass uns woanders hingehen«, sagte der Junge. »Musst du ihr Bescheid sagen?«

Sandy kam zu ihnen und hatte Lorraine im Schlepptau. »Kümmere dich nicht um mich«, schrie sie ihm ins Ohr. »Nach diesem Glas setze ich mich in ein Taxi. Geh nur los und amüsier dich.«

Draußen in der Nachtluft dampfte ihre Haut. In stillschweigender Übereinkunft gingen sie hinunter zur Strandmauer. Die Macht der Gewohnheit ließ Luke den Kopf heben, als wolle er sich von Jem küssen lassen, aber der Junge war so groß wie er und drückte ihn an die Mauer. Luke spürte die klammen rauen Steine im Rücken. Der Wind trieb eine Welle an die Mauer, und kaltes Wasser durchnässte ihre Beine. Luke war froh, einen Grund zum Weitergehen zu haben.

»Komm mit zu mir«, sagte er.

Die Dringlichkeit flaute ab und wurde zu freudiger Erwartung, als sie losgingen. Ab und zu blieben sie stehen, um sich zu küssen oder eine Zigarette anzuzünden. Im Licht der perlenförmigen Lampen an der Esplanade hatte Luke Zeit, seinen Partner für diese Nacht genauer anzuschauen. Eine tätowierte Schlange kroch unter seiner Jacke hervor und um seinen Hals, und zwischen dem Saum seines T-Shirts und dem Gürtel kringelte sie sich wieder heraus. Die Hosenbeine seiner tiefsitzenden Jeans steckten in verschrammten Arbeitsstiefeln, die genauso aussahen wie Lukes eigene.

Als sie in Temperance Place einbogen, war der Junge dicht hinter ihm, und seine Lippen berühren Lukes Nacken. Luke zog den JGP-Schlüsselring aus der Tasche und klimperte damit.

»Es ist ein bisschen altertümlich«, warnte er ihn vor, als er die Tür öffnete. Ineinander verschlungen, stolperten sie ins Haus. Der Junge schaute über Lukes Schulter und erstarrte. Zu spät erinnerte Luke sich an seine Joss-Grand-Tapete – der Junge würde ihn für einen Irren halten –, aber gleich darauf wurde ihm klar, dass dies das geringste seiner Probleme war.

Jem saß am Küchentisch. Seine Augen waren schwarze Löcher, seine Wangen hohl. Lukes Laptop stand aufgeklappt vor ihm, und die Notizbücher lagen auf dem Tisch verstreut. In der Hand hielt er die Zeichnung eines Mannes, der nach der Joss-Grand-Methode gefesselt war. Er hatte sie von der Wand gerissen.

»Hast ja nicht lange gebraucht, was?«, sagte er, und sein kühler Ton war furchterregender als jeder Wutausbruch. »Wer ist der Hänfling? Ich glaube, wir kennen uns noch nicht.« Jem streckte die Hand aus, als wollte er Lukes neuen Bekannten begrüßen. Am Handgelenk war noch die Narbe von seinem Hilfeschrei zu erkennen, und aus einem frischen Schnitt zwischen Daumen und Zeigefinger tropfte Blut auf die Notizen. Wenn das in die Tastatur kommt, dachte Luke, dann bringe ich ihn um, verdammt. »Ich bin Jeremy, Lukes Partner. Und du bist …?« Er war aufgestanden, bevor Luke und der Junge sich vollständig voneinander gelöst hatten. Er stürzte sich auf den Jungen, und sein Stuhl kippte laut klappernd um. Nebenan hörte Luke unruhige Stimmen. »Ich habe gefragt, wer du bist und was zum Geier du mit Luke zu tun hast!«

»Ho, ho. In euren Familienkrach misch ich mich nicht ein«, sagte der Junge. Er ging rückwärts hinaus in die Nacht, sah Luke mit betrübtem Kopfschütteln an und war verschwunden.

»Wie bist du …«, fing Luke an, aber es war offensichtlich. Eine rote Spur führte von der Hintertür hier herein, aber verschmierte blutige Daumenabdrücke neben dem eingeschlagenen Küchenfenster ließen erkennen, dass Jem zuerst versucht hatte, durch die zerbrochene Scheibe den Riegel zu erreichen. Als ihm das nicht gelang, hatte er offenbar mit ganzer Kraft die dünne Tür eingetreten. Früher wäre Luke nicht überrascht gewesen, aber der Jem, der jetzt vor ihm saß, war um etliche Kilo leichter als der, den er gekannt hatte. Vielleicht war verkorkste Leidenschaft ein Ersatz für brutale Gewalt.

»Wie hast du mich gefunden? Hast du jemanden beauftragt, mich zu suchen? Und wie?«

Jem riss trotzig die Augen auf. Luke konnte sich an dieses neue Gesicht nicht gewöhnen. Die Magerkeit ließ die vertrauten Züge fremd erscheinen.

»Ich brauchte am Ende gar nichts zu bezahlen«, sagte Jem und schob Lukes Unterlagen zurecht. »Ein kleines Vögelchen hat es mir erzählt.«

»Was soll das heißen, ein kleines Vögelchen?«

Jem ignorierte die Frage. »Darling, worauf hast du dich hier eingelassen? Das sieht sehr riskant aus. Schlimmer noch als dein letzter Versuch, die Unterwelt zu infiltrieren. Mord? Sieh dir das an! ›Abwägung der Risiken für mich einerseits und für Charlene/Sandy andererseits.‹ Und: ›Ist sein Bentley noch derselbe wie der in der Mordnacht?‹ Oder: ›Pornographiegesetze aus den Sechzigern nachschlagen.‹ Wer sind diese Leute? Das alles kommt mir sehr … billig vor. Ich mache mir Sorgen um dich, Luke. Du traust dir wieder zu viel zu. Und was ist *das*?« Er hielt die Zeichnung hoch. »Fährst du jetzt auf diesen schrägen Scheiß ab? Hast du das vielleicht die ganze Zeit gewollt? Bist du deshalb weggegangen?«

»Sei nicht albern.« Luke wurde wütend. Wenn Jem so etwas annahm, hatte er sie wirklich nicht mehr alle. Wenn es eine Ebene gegeben hatte, auf der sie einander wirklich durch und durch gekannt hatten, dann war es im Bett gewesen, zumindest am Anfang. Er riss Jem das Blatt aus der Hand. »Meine Arbeit ist privat. Dies ist *mein* Haus. Du hast kein Recht, hier zu sein. Fuck, du bist hier eingebrochen. Ich will, dass du sofort verschwindest.«

»Wo soll ich denn hin?« Jem fiel auf die Knie und umschlang Lukes Schenkel. »Bitte, Luke, ich kann nicht ohne dich leben. Ich werde mich ändern, du kannst dich treffen, mit wem du willst, du kannst jeden Abend ausgehen, wenn du möchtest, aber bitte, du fehlst mir so sehr. Du kannst schreiben, was du willst, ich werde mich nicht einmischen, ich unterstütze dich in jeder Hinsicht. Wir können sofort mit dem Taxi zurück nach Leeds fahren. Mir egal, was es kostet. Nimm deine Sachen mit. Du kannst dich mit anderen Leuten treffen, dein neuer Freund kann uns auch besuchen.«

»Welcher neue Freund? Ich hab ihn vor einer Stunde zum ersten Mal gesehen! Und dank dir werde ich ihn auch nie wiedersehen. Zu deiner Information, er war der Erste seit … hey, warum versuche ich, mich vor dir zu rechtfertigen? Mit wem ich schlafe, was ich schreibe … das alles hat nichts mehr mit dir zu tun.« Er bemühte sich, leise zu sprechen, obwohl er am liebsten geschrien hätte. Es schien zu funktionieren, Jem senkte jetzt auch die Stimme.

»Ich bin deinetwegen krankgeschrieben. Ich habe jetzt eine verdammte Psychiatrie-Akte!«

»Nein, nicht meinetwegen.« Luke empfand plötzlich wieder verzweifeltes Mitleid mit Jem. Er fing an, seine Papiere einzusammeln. »Du bist krankgeschrieben, weil *du* ein Problem hast. Du hättest die Klinik gar nicht verlassen dürfen. Du brauchst professionelle Hilfe.«

Sofort war das Monster wieder da. »Du herablassendes kleines Stück Scheiße«, kreischte Jem, und als er sich diesmal auf Luke stürzte, erwischte er ihn auch und landete drei Faustschläge auf Kiefer, Wangenknochen und Schläfe. Es war das erste Mal, dass Luke geschlagen wurde, seit er sich als Teenager mit seinen Brüdern geprügelt hatte. Er taumelte rückwärts, und nur das Sofa bewahrte ihn davor, hart auf den Boden zu fallen. Das Gelenk zwischen Unterkiefer und Ohr glühte heiß vor Schmerz, und Blut lief ihm über die Wange, wo Jems Ring die Haut aufgerissen hatte. Er blieb zusammengesunken auf dem Sofa sitzen. In Kinoprügeleien steckten die Leute einen Schlag ein und schlugen sofort zurück. Aber wie? Luke hatte das Gefühl, es würde Minuten dauern, bis er auch nur aufstehen könnte. Hilflos sah er zu, wie Jem sein Recherchematerial von der Wand riss. Ein Klopfen an der Tür klang wie das Echo des Hämmerns in seinem Kopf.

»Luke? Belinda hier. Alles okay bei dir? Wir haben die Polizei gerufen.«

Bevor die Polizei eintraf, lief Jem hinaus, um Belinda zu drohen und Caleb erfolgreich einen Haken zu verpassen. Dann stürmte er wieder herein und warf alle freistehenden Möbel im Wohnzimmer um, wobei er eine Blutspur hinterließ. Als er einen der Stonewall-Preise packte und über den Kopf hob, schlossen Luke und seine Nachbarn die Haustür und warteten draußen.

Jem weinte, als die Polizisten ihn abführten und die drei anderen aufforderten, so bald wie möglich zum Revier zu kommen und ihre Aussage zu Protokoll zu geben.

»Worauf Sie sich verlassen können«, sagte Caleb und rieb sich das Kinn. Luke sah dem Streifenwagen nach, als er um die Ecke verschwand, und betrat sein Cottage. Als Belinda ihm folgte, raffte er panisch seine Aufzeichnungen zusammen. Jetzt war er dankbar, dass seine Galerie von der Wand gerissen worden war. Seine Nachbarn starrten das Loch an, wo einmal die Hintertür gewesen war.

»Du kannst hier nicht bleiben«, sagte Belinda.

»Ich kann das zumachen, Mann«, sagte Caleb, und seine Wut verwandelte sich in Tatkraft. »Ich hab noch ein paar Spanplatten, die ich für die Nacht vor die Tür nageln kann.«

»Was denn, jetzt?«, fragte Belinda.

»Ich kann doch jetzt nicht gleich wieder schlafen gehen, oder? Das dauert keine zwei Minuten, und mir ist wohler, wenn ich weiß, das Haus ist gesichert.«

»Du kannst in unserem freien Zimmer pennen«, sagte Belinda und legte Luke die Hand auf den Arm. »Ich bestehe darauf.«

Aber Luke konnte nicht in Temperance Place bleiben, nicht einmal im Nachbarhaus und nicht mit der Gewissheit, dass Jem in Haft war.

Er sah auf die Uhr. Es war erst halb drei. Er würde Sandy anrufen. Vielleicht war sie noch wach, und wenn nicht, würde sie dafür doch sicher aufstehen? »Danke, das ist sehr lieb. Aber ich möchte vorher jemanden anrufen. Ich glaube, ich wäre gern ein bisschen weiter weg.«

Das Sprechen tat weh. Noch nie hatte er solche Schmerzen gehabt. Es war eine bittere Ironie des Schicksals, dass seine erste Bekanntschaft mit Gewalttätigkeit nichts mit dem gefährlichen Zündstoff zu tun hatte, von dem sein Buch handelte, sondern mit der trügerischen Sicherheit der Liebe.

SIEBENUNDDREISSIG

Immer noch kamen ein paar Nachtschwärmer aus den Clubs an der Promenade. Luke fragte sich, ob der Junge ins Revenge zurückgekehrt war. Vielleicht war er immer noch drin, und irgendein anderer Glückspilz durfte ernten, was Luke gesät hatte. Leute torkelten paarweise zurück zu ihren Wohnungen, Häusern oder Hotels. Unten am Strand bewegte sich ein weißer Hintern pumpend zwischen zwei braunen Beinen auf und ab. Die wenigen Leute, die zu Luke herüberschauten, rissen für einen kurzen Moment erschrocken die Augen auf, bevor sie sich abwandten. Zwei wichen auf die andere Straßenseite aus.

Er hatte Sandy am Telefon in groben Zügen berichtet, was passiert war. Offenbar hatte sie an der Tür auf ihn gewartet, denn die öffnete sich, als er noch auf dem Gehweg stand. Ihr langes Haar hing offen auf die Schultern wie bei einer Hexe, und sie trug einen taubenblauen Frisiermantel, der sich im Wind blähte, sodass die Ärmel aussahen wie die Flügel eines Wesens aus einem Horrorfilm. Halb rechnete er damit, dass sie ihm entgegenglitt wie auf Rollen.

»Ach Schätzchen, was hat er mit dir gemacht?« Sie zog ihn an sich und umarmte ihn, und dann hielt sie ihn auf Armlänge von sich weg. »Müssen wir dich in die Notaufnahme bringen?«

»Das ist nur eine Schramme«, sagte Luke. Ihr sauber geschrubbtes Gesicht war mit irgendeiner Fettcreme eingeschmiert, die aber kaum dazu beitrug, die Sorgenfalten auf ihrer Stirn zu mildern.

»Setz dich hin«, befahl sie und schwebte in die Küche. Er hörte Schranktüren, die auf- und zugingen, und das Klirren von Metall und Glas. Machte sie etwas zu trinken? Er hatte schon zu viel getrunken, weil er den Schmerz betäuben wollte. Aber als sie zurückkam, standen keine Gläser auf dem Silbertablett, sondern ein Erste-Hilfe-Sortiment: ein Glas Wasser, Wattebäusche, eine Tube Savlon-Desinfektionssalbe und eine altmodische braune Medizinflasche mit weißem Verschluss. Der scharfe Geruch der antiseptischen Flüssigkeit erinnerte ihn an die aufgeschlagenen Knie aus seiner Schulzeit. »Jetzt wird das saubergemacht. Ich lasse nicht zu, dass sich jemand in meinem Haus eine Blutvergiftung holt.«

Sie reichte ihm einen nassen Tupfer. Er hielt ihn an die Schläfe und sog die Luft zischend zwischen den Zähnen ein, so sehr brannte es. An der Watte war sehr viel mehr Blut, als er gedacht hatte.

»Ich soll morgen früh aufs Revier kommen und eine Aussage machen. Ich glaube, sie erwarten, dass ich ihn anzeige.«

Sandy drückte einen Streifen Salbe auf ihre Fingerspitze. »Bist du verrückt? Natürlich musst du ihn anzeigen.«

»Er ist ja nicht bösartig oder so was, es geht ihm nur nicht gut. Er hatte eine Art Nervenzusammenbruch, und sie haben ihn krankgeschrieben. Das hier könnte ihm den Rest geben. Dass ich nicht mehr mit ihm zusammen sein möchte, bedeutet ja nicht, dass ich sein ganzes Leben ruinieren will.«

Sie strich ihm die Salbe auf das Gesicht und zuckte mitfühlend zusammen, wenn er es tat.

»Luke. Ich möchte dir keine Angst einjagen, aber was ist, wenn er zurückkommt und etwas Schlimmeres tut? Du weißt so gut wie ich, wie wichtig es ist, solche Dinge aktenkundig zu machen. Deine eigene Sicherheit steht an erster Stelle. Sag aus. Mach es offiziell, sieh zu, dass die Polizei eine Akte anlegt. Führe ein Tagebuch.«

»Was! Damit er, wenn er mitten in der Nacht zurückkommt und mich umbringt, wenigstens eine schriftliche Bilanz hat?«

»Kannst du mal für fünf Minuten aufhören mit deinem Sarkasmus?«, sagte Sandy. »Ich hab zu viele Opfer von häuslicher Gewalt im Leichenschauhaus gesehen, um das witzig zu finden. Ich werde dafür sorgen, dass du Anzeige erstattest, und wenn ich dich persönlich zum Revier begleiten muss.«

»Es geht ja nicht mehr um häusliche Gewalt. Ich lebe nicht mehr mit ihm zusammen.«

»Es ist trotzdem … hör zu, wir reden morgen früh darüber. Nimm dir aus der Küche, was du brauchst. Ich hab dir ein Bett gemacht. Bleib so lange, wie du willst.«

»Danke, Sandy.« Er nahm ihre Hand und legte sie für einen Moment an seine Wange. »Aber lange schlafen kann ich nicht. Ich muss früh raus, um das alles zu erledigen. Und ich muss Charlene anrufen und ihr von der Tür erzählen, bevor ich zur Polizei gehe.«

Ein steifes Gefühl in seinem Kiefer weckte ihn am nächsten Morgen um neun. Er lag in einem schmalen Bett, umgeben von planlos gestapelten Aktenkartons und schwankenden Türmen aus vergilbten Zeitungen. Er blieb so lange liegen, wie er konnte, aber dann suchte er in Sandys Badezimmerschrank nach Schmerztabletten und schluckte sie trocken hinunter. Er ließ sich wieder ins Bett fallen und schlief noch ein paar Stunden, bis der Duft von schwarzem Kaffee ihn aufweckte.

»Morgen«, sagte Sandy. »Tag, sollte ich sagen.« Sie hatte

ihr Haar zurückgebunden, war aber noch nicht geschminkt. Sie sah aus wie ein verblasstes Foto ihrer selbst. »Wie geht's dir, Schätzchen?«

»Es tut weh«, sagte Luke. »Und ich bin wütend.«

»Gib mir ein bisschen Zeit, damit ich wach werden und mich anziehen kann, und dann komme ich mit zu dir, wenn das hilft. Vielleicht kann ich dir beim Aufräumen zur Hand gehen?«

Luke stellte sich das Cottage vor, die umgestürzten Möbel und die blutbeschmierten Wände. Es wäre zu schön, wenn er sich nicht allein darum kümmern müsste, aber es gab da auch belastendes Material. Die Galerie der Gangster mochte heruntergerissen worden sein, aber seine Notizen, die Papierspur seiner Recherchen, würden ihn verraten. Sandy würde auf den ersten Blick genau wissen, was er trieb.

»Nein!«, sagte er. »Das muss ich allein machen.«

»Wie du willst«, sagte sie in einem munteren Ton, dem man fast nicht anhörte, wie gekränkt sie war.

Nachdem er gefrühstückt und mit Charlene gesprochen hatte, ging er nach Hause, zog sich um und verstaute seine verstreuten Notizen in seiner Aktentasche. Es war jetzt fast vier Uhr nachmittags. Bis er auf dem Revier war, war es halb fünf. Der diensthabende Sergeant teilte ihm mit, dass Caleb bereits ausgesagt habe und dass Jem nach der Mittagspause dem Richter vorgeführt worden sei.

»So schnell?«, fragte Luke.

»War ja hübsch einfach. Rein und raus innerhalb von fünfzehn Minuten«, sagte der Sergeant. »Er hat sich in allen Punkten schuldig bekannt: Einbruch, Vandalismus und zweifache Körperverletzung. Gab ein Bußgeld und eine Bewährungsstrafe.«

»Und wie geht's jetzt weiter?«, fragte Luke. »Er könnte geradewegs wieder zu mir nach Hause gehen. Er könnte in diesem Augenblick dort auf mich warten.«

»Darüber würde ich mir keine Sorgen machen. Anscheinend ist er wieder rauf in den Norden.« Er musterte Luke, langsam und von Kopf bis Fuß, und sagte dann sichtbar genüsslich: »Seine Frau hat ihn abgeholt.«

»Seine Frau?«, wiederholte Luke. Aber er hätte sich denken können, dass sie bei der ersten Gelegenheit herkommen würde.

Der Ton des Polizisten wurde gehässig. »Wussten Sie nicht, dass er verheiratet ist?«

Luke widerstand dem Drang, ihm zu sagen, wohin er sich seinen Schlagstock schieben könne, und ging hinaus.

Vor dem Revier zündete er sich eine Zigarette an, damit er wieder durchatmen konnte. Hoffentlich würden Serenas Einfluss, eine Nacht in der Zelle und eine Verurteilung genügen, um Jem für immer von Brighton fernzuhalten.

Wieder fragte er sich, wie Jem ihn gefunden hatte. *Ein kleines Vögelchen hat es mir erzählt.* Das würde man nicht sagen, wenn man einen Privatdetektiv bezahlt hätte, um jemanden aufzuspüren. Was für ein kleines Vögelchen? Wer hatte ihn verraten?

ACHTUNDDREISSIG

Natürlich wusste Charlene, wer in Wirklichkeit in das Haus eingedrungen war, aber in der offiziellen Version handelte es sich um einen verpatzten Einbruch. Die Versicherung hatte eine Fallnummer von der Polizei. Sie musste nie erfahren, dass es Lukes ehemaliger Partner war, der den Schaden angerichtet hatte, und Joss Grand brauchte es erst recht nicht zu wissen.

Die Wartungsabteilung von JGP hatte alles repariert, und die Leute hatten gute Arbeit geleistet. Innerhalb von vierundzwanzig Stunden hatten sie die zerbrochene Scheibe durch eine neue ersetzt, neben der die übrigen dreckig aussahen, und anstelle der alten Holztür hatten sie eine neue aus PVC eingehängt. Im Inneren des Hauses hatten sie nicht viel zu tun gehabt. Nur die umgeworfenen Möbel mussten wieder aufgestellt werden. Der Schaden war überraschend gering. In seinem Anfall von Vandalismus hatte Jem eigentlich nur ein Möbelstück zertrümmert: einen zweckmäßigen Esszimmerstuhl, der in tausend Stücke gegangen war. Mit seinem Blut hatte er jedoch eine schmierige Signatur auf dem Boden und an den Wänden hinterlassen, und obwohl Luke das meiste abwaschen konnte, fand er hier und da immer wieder Spritzer – kleine rote Stoppschilder, die inzwischen den dunklen Rubinton von Grands Autopolstern angenommen hatten.

Luke brachte seine Unterlagen wieder in eine brauchbare

Ordnung. Bei dem leisesten Geräusch zuckte er zusammen. Das Haus, das mit seinen jahrzehntealten Geheimnissen ein Quell der Faszination gewesen war, vibrierte plötzlich von einer unmittelbaren, intimen Bedrohung. Seiner seltsamen Erzählung hatte Luke ein eigenes Kapitel hinzugefügt, und jetzt hatte er Mühe, die nötige Distanz aufzubringen, um weiter hier zu wohnen. Neben seinem Bett lag nicht mehr nur der Holzknüppel, sondern auch das längste Messer, das er in der Küchenschublade gefunden hatte.

Er befolgte Sandys Rat und schrieb auf, wie seine Beziehung zu Jem langsam außer Kontrolle geraten und in ein Misshandlungsverhältnis gemündet war. Nach einem kurzen Abriss seiner jetzigen Situation beließ er es bei den Fakten und notierte Daten, Zeiten und Orte, soweit er sie noch wusste, und schrieb die Namen und Dienstnummern der Polizisten auf, mit denen er zu tun gehabt hatte. Eine unbehagliche Lektüre. Er datierte und unterschrieb sein Werk, schob es in einen Umschlag und klebte ihn zu, aber was sollte er auf den Umschlag schreiben? Denn niemand würde je lesen, was er geschrieben hatte, wenn Jem nicht etwas wirklich Dummes täte. Sein Stift schwebte zögernd über dem braunen Papier. Die naheliegenden Worte lauteten: IM FALL MEINES TODES ZU ÖFFNEN. Aber ihm graute vor so viel Melodramatik. Als er den Umschlag am Disraeli Square ablieferte, stand immer noch nichts darauf.

»Das hast du richtig gemacht«, sagte Sandy. »Ich werde nicht wieder davon anfangen, und ich bete zum Himmel, dass ich diesen Brief niemals öffnen muss, aber mir ist doch wohler, wenn ich weiß, dass alles schwarz auf weiß festgehalten ist. Nichts ist wahr, solange es nicht gedruckt wird. Ich leg's oben im Büro ab, bei den übrigen Unterlagen.«

Luke war sicher, dass der Brief nie wieder auftauchen

würde. Sie ordnete zwar ständig irgendwelche Papiere in ihre Akten ein, aber anscheinend holte sie niemals etwas heraus. Trotzdem beruhigte es seine Nerven, ihr die Niederschrift anzuvertrauen, und er war so zuversichtlich, dass er nein sagte, als sie ihm noch einmal ein Bett für die Nacht anbot. Wenn er sich seinen Ängsten nicht stellte, würde er keine einzige Nacht in Temperance Place mehr bewältigen können, bald ginge es ihm dann am Tage genauso, und schließlich hätte er Angst, sich dem Cottage überhaupt noch zu nähern. Er musste dortbleiben, weil die Verbindung des Hauses mit Joss Grand der Schlüssel zu seiner Geschichte war, und außerdem gab es in ganz Brighton keine billigere Wohnung. Die Interviews fanden auch dort statt, und Kathleens Geist wohnte immer noch in dem Haus.

Serena rief an. *Selbstmord* war Lukes reflexhafter Gedanke. Jetzt hat er es wirklich getan. Aber sie klang nicht hysterisch, sondern erschöpft wie eine junge Mutter. Luke hatte das surreale Gefühl, er und Serena seien ein Ehepaar, das sich scheiden ließ und angespannte Diskussionen über das Problemkind führte.

»Er ist in die Reha-Klinik zurückgegangen«, berichtete sie. »Es ist uns gelungen, die Zwangseinweisung in die Psychiatrie noch einmal zu vermeiden.«

»Ich weiß ehrlich gesagt nicht, ob es in diesem Stadium wirklich so schlimm wäre«, sagte Luke. »Anscheinend geht es ihm ja schlechter, nicht besser.«

»Nein.« Serena klang entschlossen. »Ich bin ziemlich sicher, das war der Tiefpunkt. Sogar er selbst ist geschockt von diesem letzten … Vorfall.«

Diese schöne Umschreibung und ihr beharrliches Leugnen der Realität ärgerten ihn. »Das war kein Vorfall, Serena.

Er ist in mein Haus eingebrochen und hat mich zusammengeschlagen.« Er musste ihr die Frage stellen, die ihm seit dieser Attacke keine Ruhe mehr ließ. Noch einmal ließ er sie sich durch den Kopf gehen, bevor er sie ausspuckte.

»Als Sie verheiratet waren, hat er Sie je … hat er sich jemals Ihnen gegenüber so verhalten?«

»Nein«, sagte sie leise. »Er war immer sehr beherrscht, aber niemals beherrschend. Offensichtlich habe ich nie solche Leidenschaft in ihm geweckt. Das ist das Schlimmste dabei.« Sie schnappte nach Luft, als ihr klar wurde, was sie gesagt hatte. »Oh Gott, Luke, was ist bloß los mit mir? Er bringt Sie halb um, und ich glaube, ich bin eifersüchtig.«

NEUNUNDDREISSIG

Beide Parkplätze in Temperance Place waren besetzt, und Vaughan musste Grand zur Haustür bringen und ihn bei Luke lassen, während er woanders einen Platz für den Bentley suchte. Luke bot Grand seinen Arm an, aber der stützte sich auf seinen Gehstocks und ging unsicher durch die Küche, um die neue Hintertür zu begutachten. Er versetzte ihr einen Tritt, mit dem er nicht einmal eine Katzenklappe geöffnet hätte, und befand die Reparatur für gut.

Ein Dreitagebart verdeckte die Schwellungen in Lukes Gesicht nur unzureichend, aber wenn Grand sie bemerkte, kommentierte er sie nicht.

Luke goss kochendes Wasser auf zwei Teebeutel. Während der Tee zog, hantierte er mit seinen Notizen, schaltete die Aufnahmefunktion seines Telefons ein und legte es neben den Teller mit den Haferkeksen.

»Kathleen hatte immer diese kleinen rosa Waffeln für mich«, sagte Grand. Seine Stimme war heute schwächer als sonst, kaum mehr als ein Flüstern. Luke nahm sich vor, beim nächsten Mal im Supermarkt rosa Waffeln zu kaufen. Optimistisch stattete er sie in seiner Phantasie mit der entwaffnenden Kraft Proust'scher Madeleines aus.

»Es muss merkwürdig sein, herzukommen und mich zu sehen und nicht sie«, sagte er vorsichtig.

»Ich gewöhne mich dran. Als Sie jetzt die Tür aufgemacht haben, war es zum ersten Mal kein Schock. Mehr als vierzig Jahre lang war ich jeden Mittwoch hier, um mit ihr Tee zu trinken. Hab keinen einzigen ausgelassen, außer sie war in Urlaub.« Grand schwieg und rang nach Atem.

Luke dachte an seine kurze Begegnung mit Michael Duffy. Er hatte den Eindruck gehabt, der Sohn habe die Beziehung zwischen den beiden für liebevoll, aber förmlich gehalten. Ein ungewöhnlich gutmütiger Vermieter und seine älteste Mieterin. Daraus konnte man zweierlei schließen: Erstens, dass irgendeine Macht – Scham oder Stolz – sie veranlasst hatte, ihre Familie über die Beziehung im Dunkeln zu lassen. Zweitens, was immer Grand für sie empfunden hatte, seine Gefühle waren unerwidert geblieben, und er hatte in ihrem Leben keinen so wichtigen Platz eingenommen wie sie in seinem.

Luke wusste, dass er diese Fragen stellen musste, was nicht eben eine beruhigende Wirkung auf seine angespannten Nerven hatte. Wenn er Grand nach seiner beruflichen Vergangenheit fragte, hatte er das Gefühl, an verhärtetem Narbengewebe zu kratzen, und wenn Kathleens Name erwähnt wurde, war es, als bohre er in einer offenen Wunde herum. Er vergaß immer wieder, welche Macht sie gehabt hatte und immer noch hatte. Schließlich war sie nicht nur der Grund dafür, dass Luke und Grand einander begegnet waren, sondern auch dafür, dass Grand sich bereitgefunden hatte, mit ihm zu sprechen.

»Wie haben Sie Kathleen eigentlich kennengelernt?« Ob Grand merkte, wie er innerlich zitterte?

»Alles zu seiner Zeit, mein Junge. Ich dachte, wir gehen hier chronologisch vor.«

»Aber warum sollten wir uns stur daran halten? Je mehr ich ein Gefühl dafür bekomme, wer Sie heute sind, desto mehr hilft es mir, die richtigen Fragen zu stellen.«

»Sie sind manchmal ein richtiger kleiner Klugscheißer, was?«, sagte Grand, aber sein Grinsen machte diesen Satz zu einem Kompliment.

»Also, *darf* ich Sie jetzt nach Kathleen fragen?«

»Sie dürfen fragen, was Sie wollen, mein Junge. Aber ich muss nicht antworten, oder? Und wie ich sie kennengelernt habe, das hebe ich mir für einen anderen Tag auf.«

Schon wieder fing ein Tauziehen an, wer die Oberhand bei diesem Gespräch hatte, und Luke spürte, dass ihm das Tau durch die Hände glitt.

»Wie Sie wollen.« Er lächelte gezwungen. »Okay, wie sieht es mit ihrer Familie aus? Die kannten Sie nicht, oder? Sonst hätten Sie ja erfahren, dass sie verstorben ist, und wären bei der Beerdigung gewesen.« Ohne Vorwarnung fiel Grands Gesicht in sich zusammen. Luke befürchtete, dass er es verpatzt hatte, bevor er die erste echte Antwort bekommen hatte. Er stellte Tassen auf den Tisch, setzte sich hin und sprach mit leiser Stimme, um die Wucht der nächsten Frage abzufedern.

»Warum wollte sie nicht, dass die Familie von der Beziehung zu Ihnen wusste?«, fragte er so zart fühlend er konnte. »Was ich in Ihrem Haus erwähnt habe … dass sie Witwe war. Lag ich da falsch? Haben Sie …« Er räusperte sich und wusste, er hätte sich nicht getraut, diese Frage zu stellen, wenn Vaughan im Zimmer gewesen wäre. »Haben Sie sie schon gekannt, bevor ihr Mann starb?«

Grands Blick kam wie ein Laserstrahl durch die Brillengläser. »Es passt mir nicht, was Sie da andeuten.«

»Entschuldigen Sie. Ehrlich, ich will gar nichts andeuten. Es ist ja offensichtlich, dass sie Ihnen viel bedeutet hat.«

Grand pfiff durch die Zähne. Luke wusste nicht, ob er es mit Absicht tat. Umständlich nahm er den Teebeutel heraus und legte ihn auf die Untertasse. »Sie machen einen beschissenen Tee, verglichen mit ihrem.« Sein Ton machte klar, dass das Thema beendet war, aber Luke nahm seinen Mut zusammen und hielt Grands Blick stand.

»Sie haben sie geliebt, nicht wahr?«, fragte er. Der alte Mann deutete ein Nicken an, aber da klopfte Vaughan an die Tür, zwei dumpfe Schläge, bei denen die Scheiben im Rahmen klirrten. Luke schaute Grand noch ein paar Sekunden in die Augen, doch der flüchtige intime Augenblick war vorbei.

Vaughan brachte einen der silberfarbenen Behälter mit, die der Krankenpfleger vor der Villa in der Dyke Road in den Wagen geladen hatte. Lange durchsichtige Schläuche ragten daraus hervor, und aus der Nähe sah Luke den Aufdruck O_2 für »Sauerstoff«. Grands Augen wurden schmal, als er den Behälter sah, aber Vaughan warf ihm einen scharfen Blick zu, und er ließ es lammfromm über sich ergehen, dass Vaughan ihm einen Schlauch um den Kopf schlang und das Ende in die Nase schob. Grand atmete den Sauerstoff tief ein, und seine Züge entspannten sich in sichtbarer Erleichterung. Das war mehr als nur Asthma.

»Machen wir da weiter, wo wir beim letzten Mal aufgehört haben, ja?«, sagte Grand mit veränderter Stimme, die tief aus seinem Körper drang. Sie hatte den gebieterischen Klang lebenslanger Macht, verankert in den Muskeln des anderen Mannes. Mit Vaughan an seiner Seite und Luft in seiner Lunge war Grand wieder ein Schurke. »Haben Sie Ihr Tonbanddings eingeschaltet?«

Luke tippte auf das Display und zeigte es ihm. »Ah, wir waren gerade bei Ihrer Zeit in Parkhurst«, sagte er.

»Ach, mein Inselurlaub«, sagte Grand. »Parkhurst war nicht so übel, wissen Sie. In mancher Hinsicht hat es mir gefallen. Aber ich war immer neidisch auf Jacky, der bloß ein Stück die Straße hoch in Lewes saß. Meine Mum konnte da schon nicht mehr gut reisen, und sie hat immer ihn besucht und nicht mich. Ich war ganz aus dem Häuschen, als sie mich für die letzten paar Monate verlegt haben. Das wurde auch Zeit. Jacky brauchte mich.«

»Inwiefern?«

»Er hatte keine Disziplin, wenn ich nicht dabei war, und ist ohne mich nicht so gut zurechtgekommen. Herrgott, ich hatte alle Hände voll zu tun, als ich dort ankam. Eine richtige Sauerei. Als Erstes brachte ich ihn dazu, wieder zu arbeiten. Das war das Problem mit Jacky: Wenn er nicht arbeitete, geriet er außer Kontrolle.« Grand machte ein betrübtes Gesicht. »Er wäre nie so geworden, wenn sie uns von Anfang an zusammen eingebuchtet hätten.«

»Wenn Sie sagen, arbeiten …«

»Wir hatten ein kleines Wettsyndikat aufgebaut. Hauptsächlich Pferderennen im Fernsehen, aber auch andere Sachen, zum Beispiel Knastturniere, Fußball, Basketballspiele. Alle da drin hatten solche Langeweile, dass nicht viel Muskel nötig war, um uns durchzusetzen.«

»Das heißt, Sie haben im Gefängnis Geld gemacht?«

»Nicht Cash. Die Währung war Tabak, und deshalb haben wir beide aufgehört zu rauchen, solange wir saßen. Das gab uns mehr Macht, denn wir beherrschten die Währung und wurden nicht von ihr beherrscht. Verstehen Sie, was ich meine? Mit Tabak konnten wir uns Kredit bei den anderen Knackis kaufen, das Geld, das man bei der Arbeit in der Kantine oder anderswo verdiente, und sie konnten ihren Familien draußen mehr schicken, als der Tabak wert war. Also waren alle glücklich – und auf die Tour standen auch die Familien hinter uns, und wir wussten, das würde eine Menge wert sein, wenn sie rauskämen.«

»Wussten die Schließer Bescheid?«

»Es *gefiel* ihnen sogar. So waren alle glücklich und brav. Wir nahmen ihnen die Arbeit ab. Ich hab's nur bedauert, dass ich keine Möglichkeit fand, dafür einen Prozentsatz von ihrem Gehalt zu kassieren.«

»Und in Lewes haben Sie Dave Rosslyn kennengelernt.«

Grand nickte. »Der war im letzten Monat mit Jacky in einer Zelle. Er saß wegen räuberischer Erpressung. Fuck, ich hab nie wieder jemanden getroffen, der sich selbst so gern reden hörte wie Dave Rosslyn. Die Älteren wollten nichts von ihm wissen, sie spazierten davon, wenn er beim Abendessen auf ihren Tisch zukam. Sie blieben lieber hungrig, als in Grund und Boden gequatscht zu werden. Aber Jacky und ich kriegten einfach nicht genug von ihm.«

»Warum nicht?«

»Wir waren wie zwei Schwämme und saugten alles auf, was er zu erzählen hatte. Dave hatte eine Konzession für Spielautomaten, die sich quasi zu einem kleinen Schutzgeldgeschäft entwickelt hatte. Er erzählte uns, wie die Apparate funktionierten. Ich meine nicht den mechanischen Teil, ich meine Pfund, Shilling und Pence. Dass sie Sixpence für ein Spiel nahmen, aber in der Woche hundert Pfund mit so 'nem Ding verdienen konnten. Das wäre für mich und Jacky Grund genug gewesen, auch ein Stück von diesem Kuchen haben zu wollen, aber was uns wirklich überzeugte, war was anderes: Mit so einem Ding kam man in die Clubs, und man hatte eine Beziehung zu den Eigentümern. Man kontrollierte nicht gerade die Tür, aber wenn du einen Namen hattest, wurden sie nach und nach abhängig von deinem Schutz. Er suchte sich die falschen Leute aus, um das alles zu erzählen. Ich meine, unsere Augen müssen gekreiselt haben wie die Scheiben in diesen Spielautomaten.« Grand lachte keuchend. »Von da an warteten wir nur noch darauf, dass wir rauskamen. Wir hatten begriffen: Wenn wir vorwärtskommen wollten, brauchten wir eine legale Fassade für unsere Geschäfte, und die Gewalt musste sich hinter der Fassade des Geschäfts abspielen. Nicht umgekehrt.«

Das war eine der längsten Reden, die Luke von Grand je gehört hatte. Trotz des Sauerstoffs rang der Alte nach Atem.

»Ich glaube, unsere Sitzung ist zu Ende«, sagte Vaughan. »Ich muss Mr Grand jetzt nach Hause fahren.«

»Aber wir haben gerade erst angefangen ...«

»Sie haben Ihre kleine Story mit den Spielautomaten. Damit haben Sie sicher genug Hausaufgaben bis zum nächsten Mal.« Diese unerwartete Kenntnis seiner Methoden fand Luke beunruhigend.

Vaughans Roboterstimme nahm einen menschlichen Klang an, als er sich an seinen Boss wandte. »Sir, ich hab den Wagen um die Ecke geparkt. Warten Sie ein paar Minuten.«

Mit eingezogenem Kopf zwängte er sich durch die schmale Haustür und ließ Luke und Grand allein.

»Vaughan scheint sehr genau zu wissen, was Sie brauchen. Sie haben Glück, dass Sie ihn haben.«

»Er ist ein guter Junge«, sagte Grand zustimmend.

»Wie lange arbeitet er schon für Sie?«

»Seit er Mitte zwanzig ist. Er war in einen bewaffneten Raubüberfall verwickelt. Saß im Lieferwagen wie ein Trottel, während die richtigen Schurken die Arbeit machten. Er kam dann zu uns und suchte einen Job, und aus seiner Vorstrafe hat er kein Geheimnis gemacht. Dafür hatte er meinen Respekt. Dass er Wohnungen vermietet, konnte ich mir nicht vorstellen. Ich meine, man könnte ja keine alleinstehende Frau mit ihm in ein Apartment schicken. Sie würde sich zu Tode fürchten! Aber zumindest wusste ich, er konnte Auto fahren, nicht wahr?« Grands perfekte falsche Zähne blitzten auf, als er kurz grinste. »Er erinnerte mich an jemanden. Ich glaube, ich wollte wiedergutmachen, dass ich … ich meine, wenn jemand so etwas für uns getan hätte, als wir aus dem Knast kamen, wären wir vielleicht schon sehr viel früher ehrlich geworden. Inzwischen ist er mein dienstältester Mitarbeiter. Eigentlich eher so was wie ein Verwandter.«

»Na, es ist schön, dass Sie jemanden haben, dem …« Luke bremste sich in letzter Sekunde und sagte nicht »dem Sie alles hinterlassen können«, sondern »mit dem Sie das alles teilen können.« Aber Grand war sein Stocken nicht entgangen.

»Vaughan hat es nicht auf Geld abgesehen«, fauchte er. »Soweit er weiß, kommt er in meinem Testament gar nicht vor.«

»Soweit er weiß?« Luke witterte etwas.

»Oh, er wird versorgt sein, sogar sehr gut«, sagte Grand. »Aber das wird er nicht von Ihnen erfahren.«

Das war ein Befehl. Grands körperliche Autorität mochte schrumpfen, wenn Vaughan nicht da war, aber womit er Luke in Schach hielt, war schrecklicher als Folter. Eine falsche Bewegung, eine Frechheit zu viel, und er würde womöglich seine Kooperation beenden. Damit wäre das noch völlig unausgereifte Buchprojekt gescheitert.

»Selbstverständlich nicht«, sagte Luke. »Aber warum so geheim?«

»Das Letzte, was ein reicher Mann braucht, sind Leute in seiner Umgebung, die von seinem Tod profitieren. Welchen Anreiz gäbe es für sie, mich am Leben zu erhalten? Viel besser ist es, wenn Vaughan über sein Erbe im Dunkeln gelassen wird. So weiß ich, dass er aus echter Loyalität bei mir ist. Aus einer Loyalität, die ich mir verdient habe.«

Der Bentley setzte vor dem Fenster zurück und kam geschmeidig zum Stehen.

»Lassen Sie mich die Tür aufmachen«, sagte Luke und stürzte hinaus, um den Fahrer abzufangen. »Was fehlt ihm? Hat er Lungenkrebs?«

Vaughan tat, als habe er nichts gehört.

»Ich sage nichts«, drängte Luke.

»Ganz recht, so ist es. Es geht dich einen Scheißdreck an.« Vaughan zog ein Fensterleder aus der Tasche und polierte rasch den silbernen Türgriff. Sein Spiegelbild im Lack starrte Luke an. »Er wird nicht sterben, wenn ich dabei bin. Nicht wenn ich es verhindern kann.« Die Entschlossenheit verwandelte sein Gesicht in eine steinharte Maske. Plötzlich hatte Luke solches Mitleid mit ihm, dass er ihm beinahe von dem Trostpreis erzählt hätte, der nach Grands Hinscheiden auf ihn wartete, aber er biss sich auf die Lippe.

Maggie reagierte zurückhaltend begeistert, als Luke sie anrief.

»Hört sich faszinierend an«, sagte sie. »Aber was mich stutzig macht: Wenn das eine so gute Story ist, warum gibt es das Buch dann nicht schon?«

»Ich bin nicht der erste Autor, der es versucht«, gestand Luke. »Es hat mit dem Tod der alten Frau zu tun, dass er jetzt bereit ist zu reden. Und es geht ihm nicht gut. Er kann nicht allein atmen. Wenn es kein Krebs ist, hat er etwas anderes ziemlich Fieses. Er ist jetzt einundachtzig, und wenn es so weitergeht, würde es mich wundern, wenn er zweiundachtzig wird. Jetzt oder nie – vielleicht weiß er das.«

»Okaaaay.« Sie klang immer noch nicht überzeugt. »Wann kannst du mir etwas schicken? Ein erstes Kapitel und ein paar Leseproben von weiter hinten, das wäre perfekt.«

Bis jetzt hatte Luke nur Sandys Geständnis und einen Entwurf von der Zammit-Episode, aber auch Notizen zu

Grands Kindheit, und eine Einleitung zu schreiben würde nicht lange dauern. Die Vorstellung, ein paar Tage vor dem Computer zu verbringen, gefiel ihm gut.

»Ich kann dir in den nächsten paar Tagen ein richtiges Exposé schicken«, versprach er. »Spätestens zum Wochenende.«

»Prima, ich freu mich drauf. Und sieh zu, dass er dir diesmal nicht wegläuft.«

Luke verzog das Gesicht bei dieser Erinnerung. »Keine Sorge. Grand ist himmelweit entfernt von Len Earnshaw. Er will seine Geschichte mitteilen, aus Eitelkeit und Schuldbewusstsein. Geld interessiert ihn kein bisschen. Falls er mich verarscht, dann wenigstens nicht, um mit der Story bei jemand anders hausieren zu gehen, der ihm mehr bietet.«

»Das hör ich gern«, sagte sie, und dann schlich sich ein besorgter Unterton in ihre Stimme. »Luke? Ich weiß, du bist ein großer Junge und weißt, was du tust. Aber du bist vorsichtig, ja?«

VIERZIG

Die Wellen des Ärmelkanals waren zinngrau, und der Regen verdunkelte das Cremeweiß, Braun und Grau der Kieselsteine am Strand zu einem gleichförmigen Schieferton. Das Fortune of War hatte sich verändert, nachdem der Sommer aus Brighton fortgeweht worden war. Die Terrassenmöbel am Strand waren verschwunden, und Luke, Charlene und Viggo saßen unter der Gewölbedecke des engen Lokals und tranken. Regen peitschte gegen die Fenster. Einen Steinwurf weit entfernt in der West Street war Aminah beim Soundcheck in einem leeren Club, den sie an diesem Abend füllen sollte. Der einsame Barmann las den *Argus*. An dem Schlüsselbund an seinem Gürtel glänzte das goldene JGP-Logo. Charlene sah es und streckte ihm die Zunge heraus.

Als sie noch beim *Coming Up* gearbeitet hatten, war es Routine gewesen, tagsüber zu trinken. Jetzt waren sie aus der Übung, sowohl mit dem Nachmittagsbier als auch im Umgang miteinander, wie es schien. Die Befangenheit zwischen ihnen war jedenfalls neu. Luke wagte nicht, den Mund aufzumachen, weil er nicht aus Versehen über seine Arbeit mit Grand plaudern wollte. Hoffentlich waren seine Freunde so sehr in ihre eigene Welt vertieft, dass sie nicht merkten, wie er sich zurückzog. Wenn sie es doch wahrnehmen sollten, würde er es auf Jem schieben. Aber es war anstrengend, seinen Freunden die Wahrheit vorzuenthalten: Eine Lüge führte zur nächsten. Alle dreißig Sekunden warf Viggo einen bangen Blick auf sein Telefon, um zu sehen, ob Aminah nach ihm verlangte, und Charlene behielt ihres im Auge für den Fall, dass die neue Krankenschwester – die zweite innerhalb von zwei Wochen – nicht zurechtkam. Sie war dünner denn je und hatte blassviolette Ringe um die Augen. Sie weigerte sich, über ihren Vater zu sprechen, der zusehends abbaute, und behauptete, sie wolle sich lieber ablenken lassen und etwas über Viggos Buch hören.

»Sie ist ein Alptraum«, vertraute er ihnen an. »Sie will, dass ich ständig abrufbereit bin, und wenn sie mich braucht, muss ich alles fallen lassen.«

»Aber denk doch an das Geld«, sagte Char.

»Glaub mir, das tu ich. Nein, ehrlich, die eigentliche Arbeit finde ich super. Es schreibt sich von selbst, manches von dem, was sie durchgemacht hat. Allenfalls muss ich es ein bisschen abmildern, damit es glaubhaft bleibt. Ich hab mich übrigens eingehend mit deiner Welt befasst«, sagte er zu Luke. »Wir haben beschlossen, eine der Figuren in der Story zur unehelichen Tochter eines alten Gangsters aus den Sechzigern zu machen. Also habe ich Sachen über die Krays und so weiter gelesen. Na ja, hauptsächlich hab ich mir Filme angesehen. Alles ein bisschen düster, nicht? Was daran so faszinierend sein soll, verstehe ich nicht.«

»Luke hat das alles hinter sich gelassen«, sagte Charlene. Ihr Vertrauen bereitete ihm Magenkrämpfe.

»Ja, ich bin noch auf der Suche nach einem neuen Thema«, sagte er und schaute hinauf zum Fenster, um jeden Blickkontakt zu meiden. »Ach, seht doch, es regnet nicht mehr. Wer geht mit, eine rauchen?«

»Ich nicht«, sagte Viggo.

Luke starrte ihn an. Viggo hatte schon bei sehr viel ungemütlicherem Wetter draußen geraucht, sogar bei Schneesturm. »Ich hab damit aufgehört.« Er zog seinen Blazer aus und zeigte ihnen ein Nikotinpflaster auf seinem Bizeps, so eins hatte Luke auch wegen Jem tragen müssen. Der Gedanke hatte sich eingestellt, bevor Luke es verhindern konnte. *Ein kleines Vögelchen hat es mir erzählt.* Reiß dich zusammen, dachte er. Was war los mit ihm? Das kam von der Heimlichtuerei. Das machte einen verrückt, und man glaubte schließlich, dass alle etwas verheimlichten.

Der Regen hatte aufgehört, aber die Luft war immer noch klamm. Er hatte bereits entschieden, dass die Zigarette sich nicht lohnte, als er sein Telefon in der Bar klingeln hörte. Er lief hinein und sah, wie Charlene es nahm.

»Lukes Telefon.« Luke erstarrte und war irrationalerweise davon überzeugt, dass Sandy am anderen Ende war – oder, schlimmer noch, Vaughan. »Wer spricht? Hallo, Fremde. Wo arbeitest du inzwischen? Hör auf, nie im Leben! Das ist sagenhaft. Gratuliere.«

Sie legte die Hand auf das Telefon und sagte: »Das ist Alexa. Sie ruft aus der Feature-Redaktion der *Times* an.«

Luke zog eine Schnute und nahm ihr das Telefon aus der Hand.

»Die *Times?*«, fragte er. »Wieso haben die dich reingelassen?«

»Ich weiß! Ist das nicht phantastisch?«, sagte Alexa. »Ich wusste letzte Woche schon von dem Job, aber ich konnte noch nichts sagen. Hör zu, die Redaktion möchte, dass ich neues Talent mitbringe, und ich hab mich gefragt, ob du die Recherche übernehmen möchtest, die bei mir ansteht. Es geht um einen Gemeinderat, South London, also nicht zu weit weg von dir – ein großer Parkscheinbetrug. Die suchen Polizeihelfer, und wir möchten dort jemanden undercover unterbringen. Du wärst perfekt geeignet.«

Viggo und Charlene saßen aufrecht und mit großen Augen vor ihren Gläsern.

»Oh, okay«, sagte Luke. Jederzeit in den letzten paar Jahren, ja, jederzeit bis vor wenigen Wochen wäre dies sein Traumjob gewesen. Aber er hatte an solchen Storys schon gearbeitet und wusste, sie würde sein ganzes Leben in den nächsten Monaten ausfüllen, damit wäre das Grand-Projekt zum Scheitern verurteilt.

»Vielen Dank, dass du an mich gedacht hast, aber ich kann … im Moment bin ich an so etwas nicht interessiert.«

»Ist das dein Ernst?«, fragte Alexa. »Hier spricht die *Times*, Herrgott noch mal.« Luke roch den Schwefelgestank einer brennenden Brücke und begriff zu spät, dass er die Standardantwort hätte geben sollen: Er sei zu beschäftigt, er würde den Auftrag zu gern übernehmen, habe aber gerade ein anderes Projekt laufen – die einzige akzeptable Antwort für einen freien Journalisten und in diesem Fall sogar die Wahrheit. Seine Augen waren schwer wie Murmeln, als er aufblickte und seine Freunde anschaute.

»Hast du gerade einen Job für die *Times* abgelehnt?«, fragte Viggo. »Was ist los mit dir?«

»Ruf sie zurück und sag ja.« Charlene nahm sein Telefon in die Hand. »Verdammt, wenn du es nicht tust, tu ich es.«

»Lass das.« Luke entriss ihr das Telefon, warf es auf den Tisch und legte die Hand darauf.

»Aber du hast doch buchstäblich einen Scheißdreck zu tun«, drängte Viggo. »Du hast selbst gesagt, du hast seit drei Monaten keinen Auftrag mehr. Was könnte denn irgendwie wichtiger sein als …«

»Oh, du kleines Stück Scheiße«, sagte Charlene plötzlich. »Das tust du nicht. Das würdest du niemals tun.«

Luke war immer noch durcheinander wegen des Gesprächs mit Alexa und schaffte es nicht mehr rechtzeitig, ein unschuldiges Gesicht aufzusetzen.

»Was würde er niemals tun?«, fragte Viggo und lächelte nervös.

»Du selbstsüchtiges Arschloch«, sagte sie. »Du hast versprochen, es bleiben zu lassen.«

»Im Ernst, was ist los?«, fragte Viggo.

»Es geht um eine Story – eine absolute Nullnummer – über meinen Chef. Liegt Jahre zurück. Luke hat versprochen, nicht darin rumzuwühlen. Und nun recherchiert er hinter meinem Rücken. Du undankbarer … du selbstsüchtiger kleiner Pisser.«

»Nein, Char, hör zu … es ist alles in Ordnung, er weiß, dass ich es nicht mit deinem Einverständnis mache. Ich hab dafür gesorgt, dass dir absolut nichts passieren kann.«

Das machte die Sache anscheinend nur noch schlimmer. Sie fing an, so laut zu schreien, dass der Barmann zu ihnen herüberschaute. »Du hast mit Mr Grand über mich gesprochen? Es ist schlimm genug, dass du mich angelogen hast, aber *das* …« Sie knallte ihr Glas auf den Tisch. »Irgendwas stimmt nicht mit dir. Andere Leute haben ein Leben, und sie haben Gefühle, weißt du? Sie sind nicht nur Figuren für irgendein Buch, das du diese Woche schreiben möchtest. Du verdienst es nicht, Freunde zu haben, Luke.« Sie nahm ihre Jacke und marschierte hinaus.

Verblüfft starrte Viggo zwischen Luke und dem Ausgang hin und her, dann stand er auf und lief Charlene nach. Zwei Minuten später war er wieder da. Sie war ihm entwischt; wahrscheinlich war sie in einem der Tunnel verschwunden, die vom Strand in die Stadt führten und die den Touristen anscheinend nie auffielen.

»Ich weiß nicht, wo sie ist. Ich hab ihr eine Nachricht auf

die Voicemail gesprochen. Sie soll sich in einer halben Stunde mit mir im Club treffen. Worum ging's denn gerade?«

Luke seufzte. »Kein Grund zur Beunruhigung. Chars Chef war in den sechziger Jahren in einen unaufgeklärten Mordfall verwickelt, und ich habe nur diskret ein bisschen rumgefragt, um herauszufinden, ob das Stoff für ein Buch sein könnte. Anscheinend glaubt sie, das gefährde ihren Job, aber wenn überhaupt jemand ein Risiko eingeht, dann bin ich das. Ich habe mich exponiert.«

»Ach Luke, nicht noch mal so etwas«, sagte Viggo. »Hast du aus der Sache mit diesem Len Earnshaw denn nichts gelernt? Warum musst du dich immer wieder mit solchen Leuten einlassen?«

Genau so hatte Jem es auch formuliert. Luke dachte plötzlich an den Abend im Charmers, wo Viggo sich als Erster an Jem herangemacht und dann, nach einer ungewohnten sexuellen Niederlage, die Tür beim Verlassen des Penthouseapartments hinter sich zugeknallt hatte. Am Ende bekam Viggo seinen Mann *immer*. Schockiert sah Luke ein entsetzlich plausibles Bild vor sich: wie die beiden sich zufällig in Leeds begegneten, zusammen etwas tranken und schließlich miteinander im Bett landeten.

»Davor hast du das nie gesagt.« Er bemühte sich um einen gleichmütigen Ton.

»Was heißt davor?«

Luke schob Viggos Ärmel hoch und drückte fest auf das Nikotinpflaster.

»Glaub ja nicht, ich wüsste nicht, was dahintersteckt.«

»Autsch!« Viggo schlug seine Hand zur Seite. »Bloß weil du das Qualmen nicht lassen kannst, brauchst du dich mir gegenüber nicht wie ein Arsch zu benehmen, weil ich es versuche. Aminah ist entschieden gegen das Rauchen.«

»Ja, genau. *Aminah* mag es nicht.« Luke trommelte mit den Fingern auf dem Tisch, so lange und laut, dass der Barmann wieder von seiner Zeitung aufblickte. »Antworte mir ehrlich. Triffst du dich mit Jem?«

»Ich hab doch gesagt, ich hab ihn in der Szene getroffen, aber nicht, seit er hier bei dir aufgekreuzt ist.«

»Nein, ich meine, triffst du dich mit ihm?« Jetzt war er es, der sich anhörte wie Jem. Er war entsetzt über sich selbst, aber er konnte es nicht auf sich beruhen lassen.

Viggo lachte voller Unbehagen. »Meine Güte, Luke, das glaubst du doch nicht wirklich?«

»Was ist das? Erträgst du es nicht, dass jemand zur Abwechslung einmal mich vorzieht?«

»Wie kommst du darauf?«

»Weil nun mal nicht viele Leute meine Adresse hier kennen und ihm hätten sagen können, wo er mich findet. Du, Char, Maggie und meine Mum. Und nur einer hatte Kontakt mit Jem.«

Viggo sah ehrlich gekränkt aus, aber Luke wusste, dass die Menschen nie so überzeugend unschuldig aussahen, wie wenn sie sich schuldig fühlten. Und bei aller Empörung hatte Viggo den Vorwurf nicht zurückgewiesen.

»Du könntest es wenigstens abstreiten«, drängte Luke.

»Das hab ich nicht nötig!«, antwortete Viggo. »Ich muss gar nicht hier sitzen und mir so was anhören.« Er zog seinen Blazer an und schlang sich den Schal um den Hals. »Hör zu, ich suche jetzt Charlene, um zu sehen, ob alles okay ist, und dann muss ich wieder in den Club. Ich glaube, du kommst lieber nicht mit.«

»Ist mir recht. Das Letzte, worauf ich Lust habe, ist ein beschissener Club, in dem ich dieser beschissenen Sängerin zusehe, wie sie zu ihren beschissenen Songs die Lippen bewegt.«

Viggo fluchte auf Schwedisch und wandte sich ab. Draußen regnete es wieder.

Luke blieb allein im Pub zurück, auf sich selbst genauso wütend wie auf Viggo. Hätte er es anders angefangen, hätte er ein Geständnis bekommen, aus dem ein Streit geworden wäre, und inzwischen hätten sie sich schon halbwegs wieder vertragen. Er stellte sich Jem und Viggo zusammen vor, wie man einen abklingenden Bluterguss betastet, um zu sehen, ob es wehtut. Das Gefühl war unangenehm, aber nicht weil er Jem mit einem anderen vor sich sah. Nein, was schmerzte, war die Erkenntnis, dass sich sein bester Freund auf so durchsichtige und bösartige Weise rächte. Einen betrunkenen One-Night-Stand könnte er nach einer Weile noch verzeihen, aber der zweite Verrat, die Herausgabe seiner Adresse, war ein Tiefschlag. Jem hatte Viggo immer kühl behandelt, aber in seinem jetzigen derangierten Zustand würde es Luke nicht überraschen, wenn er den schrägen Versuch unternehmen würde, Viggo zu benutzen, um näher an ihn heranzukommen.

Luke hatte keine Lust mehr, sein Glas auszutrinken. Er schlug seinen Kragen hoch, streckte das Gesicht hinaus in den beißenden salzigen Regen und machte sich auf den Weg nach Temperance Place, wo es warm war und Arbeit auf ihn wartete.

EINUNDVIERZIG

Bei seinem nächsten Besuch hatte Grand den Sauerstoffschlauch von Anfang an in der Nase, und alle taten, als bemerkten sie es nicht. Vaughan schien in Lukes Augen weniger Platz einzunehmen, als habe das privilegierte Wissen um sein geheimes Erbe seine Statur verringert. Luke wagte es sogar noch einmal, ihn anzulächeln, und als das Lächeln diesmal von Vaughans Gesicht abprallte, fuhr er mit dem Interview fort, ungerührt und ohne aus dem Takt zu geraten.

»Sie wurden 1960 aus dem Gefängnis entlassen«, sagte er. »Hatte Brighton sich verändert, während Sie weg waren?«

Grand knackte mit den Fingerknöcheln. »Äußerlich ja. Sie hatten Redemption Row abgerissen, während wir im Knast saßen. Meine Mum und meinen Dad hatten sie in eine nagelneue Wohnung drüben in Whitehawk gesteckt. Ich war froh, dass sie gut versorgt waren. Keine Ahnung, weshalb wir uns Sorgen gemacht hatten. Eigentlich war es ein Witz, dass sie fließendes Wasser und eine Innentoilette inzwischen für selbstverständlich hielten, während wir im Knast morgens immer noch unseren Eimer ausschütten mussten.

Jacky war als Erster draußen und kam mich mit dem Auto abholen. Das gefiel mir, man soll so anfangen, wie man weitermachen will. Er fuhr mit mir nach Whitehawk, und als ich mich gewaschen und gegessen hatte, gingen wir auf den West Pier.« Er lächelte, als er daran dachte. »Dort hatte es uns schon als Jungs gefallen, und wir wussten, wir würden da ein bisschen Platz haben, denn mit den Menschenmassen war es vorbei. Der Pier war schon auf dem absteigenden Ast und sah verdammt altmodisch aus. Damals wurde viktorianische Architektur nicht geschützt, sondern abgerissen. Raus mit dem alten Kram und so weiter. Die Kundschaft hatte sich von den blitzenden Lichtern oben am Palace verführen lassen. Aber am Ende des Boardwalks zu stehen, das war das Gegenteil von Knast. Nachdem wir uns den Mief aus der Lunge hatten blasen lassen, gingen wir auf Tour durch die Bars, um ein paar alten Bekannten hallo zu sagen. Nach dem Aufenthalt im Knast genossen wir ganz neuen Respekt. Aber wir mussten einiges nachholen, und zwar flott. Die Lage hatte sich ein bisschen verändert.«

»Inwiefern?«

»Zum Beispiel war das neue Glücksspielgesetz in Kraft. Die windigen Buchmacher führten jetzt ein legales Dasein, waren aber immer noch krumme Hunde. Nur dienten sie jetzt als Fassade für alles Mögliche.«

»Also standen bereits überall die Spielautomaten.«

»Überall.« Grand nickte. »Während wir tranken, stellten wir fest, wer was hatte. Und am nächsten Tag orderten wir unsere eigenen, mit der letzten Kohle, die meine Mum für uns aufbewahrt hatte. Wir gründeten eine saubere Firma: Chicago Slots. Das klang schön amerikanisch. Ich wusste, wir konnten unterbieten, was immer sie zahlten, auch wenn sie nicht mal Geld verdienten. In der Businesssprache von heute nennt man das Lockvogelangebot. Vielleicht war der Ausdruck noch nicht erfunden. Aber alle benutzten immer noch Dave Rosslyns Geräte. Sein Sohn Tony hatte das Geschäft mit Mühe und Not unter Kontrolle halten können. Wir mussten ein paar Leute in die Mangel nehmen, um ihnen zu zeigen, was passieren würde, wenn sie bei Rosslyns

Geräten blieben, statt unsere aufzustellen, und Tony war einer von ihnen. Tatsächlich haben wir ihn in einem vollen Pub vermöbelt, sodass alle sehen konnten, wozu wir fähig waren.«

Grand schnalzte mit der Zunge und schüttelte den Kopf, als ob er zum ersten Mal von den Verbrechen eines anderen Mannes hörte. »Danach ging es ab wie eine Rakete. Ja, wenn die Automaten uns nichts einbrachten und wir kamen, um sie abzuholen, flehten die Clubbesitzer uns an, sie doch dazulassen. Denn, wissen Sie, es sprach sich rum, dass es einer von *unseren* Pubs war.« Der Stolz ließ ihn auf seinem Stuhl größer werden. »Wir haben ein bisschen nachgeholfen, das gebe ich zu. Mehr als einmal haben wir ein paar Jungs bezahlt, damit sie eine Schlägerei anfingen, und dann konnten wir reinstürmen und für Ruhe sorgen.«

»Und was wurde aus Tony Rosslyn?«

»Als er wieder aus dem Krankenhaus kam, fing er bei uns an. Aber hören Sie«, rechtfertigte er sich. Vor Anstrengung rasselte seine Stimme. »Wir haben ja nichts weiter getan, als einen Service, den er anbot, zu übernehmen und zu verbessern. Niemals, nicht ein einziges Mal, haben wir jemanden aus dem Geschäft gedrängt, ohne ihm einen Job in unserer Firma anzubieten. Sogar Dave kam auf unsere Gehaltsliste, als er wieder draußen war. Wir haben ihn nicht im Stich gelassen.«

»Als was haben Sie ihn eingestellt?«

»Als meinen Fahrer. Ich hab nie gern selbst am Steuer gesessen, und Jacky war immer zu besoffen dazu. Daran erkennen Sie einen Mann: dass er sein Auto nicht selbst fahren muss. Und manchmal brauchten wir …« Einen Moment lang sah er fast verlegen aus. »Manchmal braucht man einen dritten Mann, der jemanden im Krankenhaus abliefert, wenn etwas zu weit gegangen ist.«

Luke musste wieder an die Ledersitze denken, die praktischerweise sowieso die Farbe von getrocknetem Blut hatten, und ihn fröstelte.

»Haben Sie damals auch den Bentley gekauft?«

»Sofort. Cash, im Laden in London.« Grand nickte. Noch nach fünfzig Jahren konnte er seinen Stolz nicht verhehlen. »Nicht schlecht für das erste Auto, was?«

»Wirklich nicht schlecht«, sagte Luke. »Noch dazu in dem Alter.«

Grand schnurrte fast, als sein Ego so gestreichelt wurde. »Es war ein naheliegender Schritt, dass wir dann unsere eigene Saufbude einrichteten, damit die Männer irgendwohin gehen konnten, wenn die Pubs zumachten. Wir hatten viele Razzien wegen Ausschanks nach der Sperrstunde, aber die Schankgesetze wurden damals ziemlich nachlässig gehandhabt. Man brauchte nur ein paar Häuser weiterzuziehen, dem Laden einen neuen Namen zu geben und wieder von vorn anzufangen. Ich lernte bald, so etwas einzukalkulieren und sogar Rücklagen für Bußgelder zu bilden, schon als wir nur hundert Pfund die Woche verdienten. Aber wir waren ehrgeizig. Wir wollten in die Casinos, wo das richtige Geld verdient wurde.«

»Das Alhambra?«, fragte Luke. Grand nickte.

»Ich hab Ihnen erzählt, dass wir nie das allgemeine Publikum bedient haben, und das stimmt auch. Aber das Alhambra öffnete uns die Augen für eine ganz neue Gesellschaftsschicht: gierige Scheißkerle, die ein bisschen was von dem Glamour abkriegen wollten. Wir luden die großen Fische aus London ein und ließen sie Riesenschulden machen, für die sie ihre Häuser oder was weiß ich als Sicherheit einsetzten. Was wir da alles kriegten! Autos, Pelze, Schmuck ...« Ohne es zu merken, zog Grand seine goldenen Manschettenknöpfe zurecht, und Luke fragte sich, ob es Erbstücke waren, die in einer Adelsfamilie über die Generationen hinweg weitergegeben worden waren, bevor er sie als Spielschulden einkassiert hatte. »Sie fühlten sich angezogen von der Verkommenheit. Es waren entweder richtig feine Pinkel, die nichts anderes kannten als die anständige Welt und sich langweilten, oder Selfmademen, die hofften, dass ein wenig von unserem Glamour auf sie abfärbte. Sie waren an sich keine Gauner, aber sie kamen zu uns, also wollten sie es nicht anders. Wir schwammen im Geld. Tausende waren das in manchen Wochen. Wir haben dann alles im Le Pigalle versenkt.«

Grand rutschte unbehaglich auf seinem Stuhl hin und her.

»Alles okay?«, fragte Luke.

Eine leichte Röte überzog Grands graue Wangen. »Der Tee ist glatt durchgelaufen«, sagte er. »Ich muss pissen.« Er warf einen Blick auf die steile Treppe. »Haben Sie das Gartenklo in Schuss gehalten?«

Luke war nur einmal drin gewesen – an dem Abend, als er auf den Sitz geklettert war und unter der Decke herumgefummelt hatte, als er Caleb kennengelernt hatte, mit einem Kranz aus Spinnweben um den Kopf. Es musste ziemlich grausig aussehen, und wahrscheinlich waren seine Fußspuren auf dem staubig verschmutzten Sitz zu sehen.

»Ich benutze es nicht. Oben ist es viel sauberer.«

»Ich schaffe aber die Treppe nicht. Vaughan?«

Vaughan stützte Grand mit einem Arm, nahm den Sauerstoffzylinder mit der anderen Hand und führte ihn durch die kleine Küche hinaus in den Garten. An der Hintertür, die sein Boss mühelos passierte, zog er den Kopf ein. Durch das Küchenfenster sah es aus, als ob eine Mutter ihr Kind am Arm führte. Die Logistik dessen, was sie da vorhatten, lenkte Luke für einen Augenblick vom Interview ab. Musste Vaughan das Ding halten, wenn Grand …? Mein Gott. Wie groß das geheime Erbe auch immer sein mochte, Luke wünschte Vaughan alles Gute. Er hatte jeden Penny verdient, umso mehr, da er noch gar nicht wusste, dass er etwas bekommen würde.

Im Garten rauschte Wasser, und die Tür öffnete sich knarrend. Schlurfende Schritte näherten sich, und Luke war mit seinen Gedanken nicht mehr allein.

»Wissen Sie, ich hatte nur ein einziges Mal wirklich Krach mit Kathleen, und das war, als ich darauf bestand, ihr eine Innentoilette einbauen zu lassen.« Grand ließ sich schwer wieder auf den Stuhl fallen. »Ich hab das hintere Schlafzimmer umgebaut, als ihr jüngster Sohn von zu Hause wegging, aber sie war nicht glücklich. Sie fand, eine Toilette im Haus zu haben, wo gewaschen und gekocht wurde, wäre scheußlich, wirklich ekelhaft. Ich glaube, sie hat bis zum Ende das Gartenklo benutzt. Jedenfalls hat sie es sauberer gehalten als Sie. Und ihre Blumen sind alle verwelkt. Vermutlich jäten Sie kein Unkraut in dem Garten?«

»Ich habe eigentlich eher keinen grünen Daumen«, gestand Luke. Er blätterte in den Notizen auf seinem Schoß, bis er das Bild gefunden hatte, auf dem Grand und Nye mit Champagner spritzten.

»Lassen Sie mal sehen«, sagte Grand. Als er sich vorbeugte, rutschte ihm der Sauerstoffschlauch aus der Nase, und für einen Augenblick war es vorbei mit seiner Würde und dem Interview, bis Vaughan den Schlauch wieder hineingeschoben hatte.

Grands Hand zitterte, als er das Foto betrachtete. »Gott, ist ein paar Jahre her, dass ich das gesehen hab. Dieser Scheißladen. Er sollte das Juwel in unserer Krone sein, aber dann wurde er der Nagel zu unserem Sarg. Sehen Sie sich Jacky an. Da war er in seinem Element. Er liebte den Glamour und die prominenten Leute. Aber wissen Sie, was der wahre Schlüssel zu unserem Erfolg war?«

»Sagen Sie's mir.« Luke lehnte sich zurück und machte sich auf einen weiteren Vortrag über geschäftlichen Scharfsinn gefasst.

»Frauen«, sagte Grand genüsslich. »Die Männer wollten etwas haben, wo sie mit ihren Freundinnen hingehen konnten, wo es glanzvoll, aber anständig zuging. Sagen Sie über das Alhambra, was Sie wollen, aber es war immer noch ein Club für Jungs. Wir ließen es aufmöbeln, sodass es den Mädels gefiel. Haben ein Vermögen für Wandbilder in den Nischen ausgegeben. Pariser Szenen, Can-Can-Tänzerinnen, alles Art nouveau. Die Frauen fanden es toll, dass sie etwas hatten, wofür sie sich auftakeln konnten, und die Männer bestellten zweimal so viele Drinks, Cocktails, das ganze Zeug mit 'ner Riesengewinnspanne.«

Luke sah die Gelegenheit zu einer Fangfrage. »Waren Sie je mit Kathleen dort?« Innerlich schaltete er auf Alarmstufe eins. Ein Ja würde Grands Behauptung, sie hätten einander erst im Oktober 1968 kennengelernt, als Lüge entlarven. Le Pigalle war nach Jackys Tod nicht wieder geöffnet worden. Plötzlich wurde Grand von einem Krampf geschüttelt. Sein ganzer Körper bebte. Luke schaute panisch zu Vaughan hinüber. Er hatte noch nie gesehen, wie jemand einen solchen Anfall bekam, aber Vaughans Untätigkeit verriet ihm, dass es sich nicht um einen medizinischen Notfall handelte, und allmählich erkannte Luke, dass der Alte lachte.

»Was ist daran komisch?« Er war ratlos.

»Oh Gott, Kathleen hätte nicht mal ihren kleinen Zeh in einen Laden wie das Le Pigalle gesetzt.« Grand schob seine Brille hoch und wischte sich eine Träne aus dem Auge.

Ohne das Brillenglas sah es zweimal so groß aus. »Meine kleine irische Witwe in einem Nightclub. Die bloße Vorstellung. Nein, Junge.«

»Es ist nur …« Luke konnte fast hören, wie das dünne Eis unter seinen Schuhen knackte, aber Grand hatte es herausgefordert. »Sie haben gesagt – ich hab's mitgehört –, sie war die Einzige, die Bescheid wusste, und vermutlich habe ich deshalb angenommen, sie war die Einzige, die sich an Ihre … äh … glanzvolle Zeit erinnerte. Ich verurteile Sie nicht. Dass Sie sich vom Verbrechen abgewandt haben, bedeutet ja noch lange nicht, dass Sie nicht manchmal in Erinnerungen schwelgen. Ich sehe durchaus den Reiz, den es haben kann, mit jemandem zusammen zu sein, der Ihr altes Ich kannte.«

»Nein!« Grands Gesicht wurde dunkel vor Zorn, und in seiner Lunge rasselte es. Scheiße – jetzt war er zu weit gegangen. Erschrocken sah er, wie Vaughan über ihm aufragte, aber Grand fasste sich wieder und ließ die Hände beschwichtigend sinken. Mit dem Gehorsam einer Marionette ließ der Fahrer sich wieder auf seinen Stuhl fallen.

»Wie können Sie das annehmen, wenn Sie wissen, wie Kathleen war? Weiter danebenliegen können Sie wirklich nicht. Ich habe Kathleen nicht geliebt, weil sie wusste, dass ich schlecht war. Ich habe sie geliebt, weil sie als Einzige wusste, dass ich *gut* war.«

ZWEIUNDVIERZIG

»Kathleen war so unschuldsvoll, dass es an Ignoranz grenzte«, sagte Grand in Lukes ratloses Schweigen hinein. »Sie muss einer der wenigen Menschen in Brighton gewesen sein, die nie von Joss und Jacky gehört hatten. Sie war nicht hier aufgewachsen, das dürfen Sie nicht vergessen. Sie hatte keine Ahnung, wer ich war. Ich meine, sie kannte meinen Ruf nicht. Aber sie kannte *mich*. Wenn ich sage, sie war die Einzige, die Bescheid wusste, dann meine ich, sie war die Einzige, die mich wirklich kannte. Sie war der erste Mensch, den ich kennenlernte, ohne dass mein Name durch seinen vergiftet war.«

»Moment, Moment«, sagte Luke. »Jetzt mal langsam. *Sein* Name hat *Ihren* vergiftet?«

»Hören Sie, ich hab 'ne Menge Sachen erlebt, auf die ich nicht stolz bin, und ich bestreite nicht, dass ich ein habgieriger kleiner Drecksack war. Aber ich bin nie außer Kontrolle geraten. Ich gebe zu, ich war wegen dem Geld dabei, aber Jacky … Jacky ging es um den Kick.«

»Um was genau?«

»Gewalt, Junge. Schlägereien, Prügel, Folter, was Sie wollen. Ich habe so was als notwendiges Übel betrachtet, zumindest in den Anfangstagen. Aber er hätte nie einen Grund gebraucht.«

Das war eine ganz neue Ebene der Wahrheitsverweigerung. Luke bemühte sich, sich seine Frustration nicht anmerken zu lassen, um besser zu verstehen, worauf Grand hinauswollte.

»Jacky hat nie begriffen, dass wir unsere Spielregeln ändern mussten, als wir bei dem Spiel in Führung lagen. Wenn du über ein bestimmtes Level der Macht hinaus bist, musst du auf Gewalt verzichten. Oder du musst sie wenigstens den Fußsoldaten überlassen. Genau die Aktionen, die dir am Anfang Respekt einbringen, untergraben ihn, wenn du es geschafft hast. Du kannst dich nicht von einem Kerl im Bentley durch die Stadt kutschieren lassen und immer noch die Kids in den Clubs verprügeln. Aber Jacky konnte damit nicht aufhören.«

Luke holte tief Luft. »Bei allem Respekt … aber das ist ein totaler Widerspruch …«

»Ja?«, sagte Grand herausfordernd.

»Das widerspricht allem, was Sie bisher gesagt haben, und allem, was ich über Sie gelesen habe.«

»Widerspricht es nicht vielleicht dem, wie Sie mich sehen?«

»Das läuft auf dasselbe hinaus«, sagte Luke. »Alles, was ich über Sie weiß, habe ich aus unseren Interviews und aus den Recherchen, die ich angestellt habe.«

»Aus dem Scheiß, den Sie im Internet lesen.«

»Aus Berichten, die ich in den Archiven gefunden habe.«

Waren sie in einer Pattsituation? Luke schaute verzweifelt zu Vaughan hinüber, der jedoch wie immer ungerührt blieb.

»Ian Foxlee, Bill Bennett, Robert Wilding«, sagte Grand.

Luke verstand kein Wort. »Was? Wer?«

»Schreiben Sie sich die Namen auf.« Grand wartete, während Luke eine neue Seite aufschlug, und buchstabierte ihm die Namen. »Okay, und jetzt gehen Sie in Ihre tollen Archive und schlagen Sie sie nach. Die haben alle gesessen – Körperverletzung, Störung der öffentlichen Ordnung, räuberische Erpressung. Alles Leute, die im Knast waren für Dinge, die Jacky getan hatte. Das war ein eigenes Gewerbe: Geld für Straftaten zu kassieren, die er begangen hatte. Sie verdienten mehr Geld damit, dass sie die Verantwortung für seine Taten übernahmen, als wir ihnen je gezahlt hätten, wenn sie es tatsächlich selbst getan hätten.«

Grand wirkte beinahe überzeugend, als er Luke anstarrte wie ein Hypnotiseur.

»Aber diese Fesselungsmethode, die Sie bei mehreren Leuten angewandt haben. Sie geben selbst zu, dass Sie die erfunden haben. Das haben Sie der Polizei gesagt.«

Grand sackte auf seinem Stuhl zusammen, und eine Woge der Beschämung wusch seine Gesichtszüge rein.

»Diese verschissene Fessel ... die wird mir ewig nachhängen, wirklich. Wohlgemerkt, ich hab sie mir wirklich ausgedacht, aber das hab ich getan, um ihn zu stoppen. Na ja, zu bremsen eher. Deshalb war ich so stinkig, als sie es Folter nannten.«

»Aber ...« Luke hatte Mühe zu sagen, was er dachte, ohne tollkühn zu wirken. »Aber wenn jemand stundenlang in derselben Position verharren muss, während man ihn befragt, das würde ich schon als eine Art Folter bezeichnen.«

»Nein, nein. In Wirklichkeit konnte man die Gewalttätigkeit damit sogar reduzieren.« Grand atmete ein paar Mal tief durch. »Auf die Psychologie kam es an. Es war eine Ankündigung, eine Drohung. Der Tropfen Säure, der ein Loch in den Boden ätzt. Das Rasiermesser, das im Licht funkelt. Das zeigte man ihnen, wenn sie schon gefesselt waren, und sie waren mit unseren Bedingungen einverstanden, oder sie sagten uns, was wir wissen wollten, und ich brauchte Jacky nicht auf sie loszulassen. Nicht dass es ihn immer gehindert hätte.«

Ein Gedanke ging Luke durch den Kopf. »Aber was ist mit Zammit? Das waren Sie doch allein.«

»Oh, natürlich nicht«, sagte Grand. »Jacky ging auf ihn los, nicht wahr? Deshalb musste ich ihn mit den Filmdosen nach Hause schicken. Damit er mir nicht im Weg war. So wie man bei einem Baby mit dem Autoschlüssel klimpert, damit es aufhört zu schreien. Jacky hätte ihn sonst umgebracht. Ich wollte dem Mann das Leben retten. Ich war dann bloß derjenige, den sie geschnappt haben, das war alles.«

»Aber ich verstehe nicht – wenn er das Prügeln übernommen hat, warum haben Sie dann die Schuld auf sich genommen?«

Noch während er sprach, regte sich die Erinnerung an seine alte Theorie. Für einen Geliebten opferte man sich eher als für einen Freund, nicht wahr?

»Weil ich nicht dachte, dass sie ihn auch einbuchten würden, verdammt. Was hatte es für einen Sinn, wenn wir beide einfuhren?« Grand wurde ungeduldig, als hätte er das schon ein paar Mal erklärt. Und es klang überzeugend. Luke verwarf seine Theorie wieder. »Und übrigens, wenn Sie mir nicht glauben, Sie werden den Beweis schon irgendwo haben. Er ist bestimmt da in Ihren Unterlagen, direkt vor Ihrer Nase. Wundert mich ehrlich gesagt, dass Sie danach nicht als Erstes gefragt haben.«

»Wie bitte?«

»Sehen Sie sich unsere Zeit im Gefängnis an«, sagte Grand mit Entschiedenheit.

»Ja, nur … ich hätte gedacht, Ihre Verurteilung wegen Folter gegenüber seiner wegen Diebstahls würde meine Auffassung bestätigen, nicht Ihre.«

Grand schüttelte den Kopf. »Ignorieren Sie die Urteile. Schauen Sie sich an, wie lange wir gesessen haben.«

Luke blätterte in seinen Notizen, bis er das Spreadsheet fand, das er angefertigt hatte. Eine Timeline verglich den Lebenslauf der beiden Männer von Geburt an. Sie waren im selben Monat eingesperrt worden, im Mai 1957, und genauso, wie sie zur Welt gekommen waren, nämlich im Abstand von einer Woche, hatte man sie im April 1960 wieder freigelassen. Na und? Sie hatten alles zusammen gemacht. Das war doch nichts Neues.

»Ich hab drei Jahre von meiner sechsjährigen Strafe abgesessen. Ich hab mich bedeckt gehalten, meine Strafe verbüßt, bin vorzeitig entlassen worden. Ein vorbildlicher Gefangener. Jacky war seine vollen drei Jahre im Kahn, auf den Tag genau. Wer macht das schon? Wer sitzt seine ganze Strafe ab, ohne vorzeitige Entlassung?«

Luke ging ein ganzer Kronleuchter auf. Grand hatte recht. Er hatte diese Daten immer und immer wieder aufgeschrieben, ohne sich je zu fragen, was sie ihm sagten, weil er nur nach Dingen suchte, die ihm bestätigten, was er wusste. Was er zu wissen glaubte. Die Psychologie nannte so etwas »Bestätigungsfehler«, und darüber stolperten auch die besten Reporter.

»Jemand, der drinnen Ärger bekommt«, sagte er.

Erleichterung und Triumph spiegelten sich in Grands Gesicht. »Er hat einen Streit nach dem anderen vom Zaun gebrochen«, sagte er. »Hat die Wärter angegriffen, hat Meutereien organisiert und Schnaps gebrannt. Jeden Mist, den man im Knast machen kann, hat er gemacht. Sie hätten ihn länger festgehalten, wenn sie ihn nicht nach Lewes verlegt hätten, damit er Ruhe gab. Ich weiß nicht, ob Sie Einblick in die Gefängnisakten nehmen können, aber die würden deutlich machen, dass er für seine Straftaten länger einsaß, weil er sich im Knast einiges hatte zuschulden kommen lassen. Was ist los? Wollen Sie Fliegen fangen?«

Luke klappte den Mund wieder zu.

»Sie sind kurz davor, mir zu glauben«, sagte Grand. »Lassen wir es für heute dabei. Ich sag Ihnen was: Schlagen Sie diese Namen nach. Ich rede wieder mit Ihnen, wenn Sie wirklich überzeugt sind.«

DREIUNDVIERZIG

Luke half Sandy dabei, Prominenteninterviews aus Illustrierten auszuschneiden. Dabei hatten sie nicht einmal die richtigen Illustrierten aus dem Zeitungsladen, sondern nur die Farbbeilagen der Wochenendausgaben, die inzwischen allesamt online zur Verfügung standen. Luke fragte sich, ob sie das überhaupt wusste. Sorgfältig schnitt er durch den Mittelfalz eines Interviews mit Keith Richards, und sein Papiermesser glitt an den Heftklammern entlang. Er legte das Blatt zur Seite.

»Ich war so enttäuscht, dass er nicht zu mir kam, als er seine Autobiographie schrieb«, sagte Sandy. »Ich habe sicher genug Material, um ein paar seiner Erinnerungslücken zu füllen.« Luke kaschierte sein Lachen mit einem Hustenanfall, als ihm klar wurde, dass sie es ernst meinte. Es war eine Weile her, dass er sie hatte arbeiten sehen, und er hatte nicht mehr daran gedacht, dass sie ihren Humor verlor, wenn sie so konzentriert war. Sandy tat einen Moment lang gekränkt, kam dann aber anscheinend zu dem Schluss, dass der Husten echt war, und arbeitete weiter. Sie hatte einen Witwenbuckel, als sie sich über die Seiten beugte. Konzentriert nagte sie an der Unterlippe, während sie die Ränder der bunten Blätter mit einer Papier-Guillotine trimmte, bevor sie sie in einen braunen Umschlag schob. Sie strich die Umschlagklappe glatt und nickte lächelnd.

So machten sie weiter, bis die Illustrierten zu zerfetzten

Skeletten geworden waren, die an ihren gehefteten Rücken hingen. Die ausgeschnittenen Artikel verschwanden in den namenlosen Gräbern der Aktenschränke.

Im Rest des Hauses war es eiskalt, aber Sandy hatte eine Speicherheizung ins Wohnzimmer gerollt, und die Luft war dick von Qualm. Als sie fertig waren, dämpfte die schwere graue Luft ihren Appetit auf eine Belohnungszigarette. Sie rissen das Vorderfenster auf und lehnten sich hinaus, um einen Blick auf das Meer zu werfen. Der Verkehr floss zäh den Kingsway entlang, und der Horizont war eine Linie aus schwarzem Flitter.

»Wir haben November«, sagte Sandy. »Bald werden sie die Weihnachtsbeleuchtung aufhängen. Als ich klein war, hing sie das ganze Jahr über. Da auf der Bushaltestelle waren große Neonstachel. Abscheulich. Im Vergleich dazu hatte die Beleuchtung in Blackpool echt Klasse, und das will was heißen. Und es war eine Gefahr für den Straßenverkehr. Die Autofahrer waren so stark abgelenkt, dass es dauernd krachte. Ich hab drüber geschrieben.«

»Ah«, sagte Luke abwesend.

Sie wedelte mit der Hand vor seinen Augen hin und her. »Woran denkst du?«

»Was? Oh. An nichts weiter. Mein Kopf ist leer«, antwortete er, aber in Wahrheit hatte die kalte Luft seinen Geist saubergefegt, und seine Gedanken waren in ihre üblichen Bahnen zurückgekehrt. Morgen früh würde das History Centre wieder öffnen, und er hatte vor, ausnahmsweise zeitig aufzustehen und die Namen zu überprüfen, die Grand ihm gegeben hatte. Das Bild, das er von dem Mann hatte, wirbelte nach der Schleuderbremsung des letzten Interviews immer noch durch seinen Kopf, und es würde erst wieder zum Stillstand kommen, wenn er harte Beweise hätte: die

Kopien aus dieser Recherche. Sandy konnte er davon natürlich nichts erzählen.

»Du denkst an ihn, nicht wahr?«, drängte Sandy. Schuldgefühle, die unter der Oberfläche schlummerten, überkamen ihn, und seine Wangen wurden rot.

»An wen?«

»Den Liebeskranken aus Leeds.«

»Ach so.« Erleichtert ließ Luke die Schultern sinken. »Ja.«

»Gibt's was Neues?«

»Er macht immer noch diese teure Therapie. Ich wünschte, seine Exfrau würde ihn einweisen lassen. Dann würde ich besser schlafen.«

Sie legte ihre Hand auf seine. Die langen lackierten Fingernägel waren riefig. »Na, den Tagebuchbericht, den du mir gegeben hast, habe ich jedenfalls noch. Und den Brief, den er geschrieben hat, hast du hoffentlich aufbewahrt.«

»Der ist irgendwo da drin«, sagte Luke und deutete auf seine Aktentasche. Tatsächlich wusste er genau, wo er war. Er steckte säuberlich zusammengefaltet in dem kleinen Reißverschlussfach, das für Wertsachen gedacht war. Bei dem bloßen Gedanken daran wurde ihm unbehaglich. Eine abergläubische Angst vor dem Brief ergriff ihn, es würde ihn eine Menge Überwindung kosten, ihn noch einmal zu öffnen.

Sie drückte ihre Zigarette auf dem Fenstersims aus. »Hast du deinen Freund gefragt, ob er ihm deine Adresse gegeben hat?«

Luke blies eine Rauchwolke in den Abend hinaus, bevor er antwortete. »Er hat es abgestritten. Ich habe schlaflose Nächte verbracht und überlegt, was Viggo entlasten könnte, aber er muss es gewesen sein. Und warum sollte er so einfach die Seiten wechseln, wenn sie nichts miteinander haben? Ich kann nachvollziehen, dass sie einander attraktiv finden, auch wenn sie sich kaum gut verstanden haben. Aber andererseits ... Viggo weiß doch, was Jem mir zugemutet hat, und würde nicht riskieren, sich auf so jemanden einzulassen. Ich weiß nicht – vielleicht haben sie nur ein einziges Mal miteinander gevögelt, und Jem hat ihn mit irgendeinem Trick dazu gebracht, ihm zu sagen, wo ich bin. Absichtlich würde er es niemals tun. Und jetzt schämt er sich so sehr, dass er es nicht fertigbringt, sich zu entschuldigen.«

»Vielleicht gibt es noch eine andere Erklärung«, meinte Sandy, aber überzeugt klang sie nicht, und eine plausible Theorie hatte sie auch nicht zu bieten.

Draußen schoben sich die Autos auf der Marine Parade entlang. Selbst spätabends kam der Verkehr auf diesem Abschnitt nur langsam voran und hielt alle hundert Meter an den Fußgängerübergängen an. Wer brauchte eine Weihnachtsbeleuchtung, wenn man das rote, grüne, gelbe und weiße Licht des Straßenverkehrs hatte? Im Westen blinkte vulgär der Brighton Pier das ganze Jahr über, das Riesenrad sah aus wie eine gigantische Schneeflocke, und die Lichterkette an der Promenade reichte ins Endlose, fast bis Temperance Place. Aber Luke hatte nicht recht gehabt. Sie sahen nicht aus wie echte Perlen, wenn sie leuchteten, sondern erschienen selbst von hier aus wie billige Plastikperlenketten einer Spielhalle.

VIERUNDVIERZIG

Luke breitete die Dokumente, die er im History Centre gefunden hatte, vor Grand auf dem Tisch aus. Er hatte sie vergrößert und ausgedruckt, und durch die Vergrößerung wirkten die winzigen Wörter verschwommen und schnörkelig. Die Gesichter der Ganoven waren in diesem Maßstab ebenfalls unscharf und sahen gespenstisch und konturlos aus. Selbst Vaughan reckte den Hals, um die drei Strohmänner zu sehen, die Jacky Nyes Gewalttaten auf sich genommen hatten. Grands alter Partner hatte den Deckmantel der jovialen Inkompetenz abgelegt, und darunter war ein bösartiges Monstrum zum Vorschein gekommen.

»Sie hatten recht«, sagte Luke. »Es passt alles zusammen. Ian Foxlee, Bill Bennett, Robert Wilding.« Alle drei waren wegen nahezu identischer Fälle von Körperverletzung, begangen unter nahezu identischen Umständen, verknackt worden. Bei den Opfern handelte es sich um Lizenzinhaber, die in ihrem eigenen Lokal misshandelt worden waren. Allen dreien hatte man das Gesicht von einem Ohr zum anderen aufgeschlitzt, und jedes Mal war ein anderer Täter auf das Polizeirevier spaziert und hatte sich gestellt, bevor die Polizisten Gelegenheit hatten, jemanden festzunehmen. »Ich habe nach Fällen von Körperverletzung mit diesem Tatmuster gesucht und festgestellt, dass sie etwa um die Zeit aufhörten, als Jacky starb.« Er nahm den Bericht über Bill Bennett in die Hand. »Das hier war der letzte Vorfall, Juni ’68. Die

Details ähneln sich dermaßen, dass ich nicht begreife, wieso die Polizei es nicht gemerkt hat.«

Grand grunzte. »Sie würden sich wundern, wie faul die Bullen sein können, wenn einer sich stellt. John Rochester war der Einzige, der vielleicht nach einem Muster gesucht hätte, und der war inzwischen befördert worden und befasste sich nicht mehr mit gewöhnlicher Feld-, Wald- und Wiesen-Körperverletzung. Ehrlich gesagt, wir konnten auch nicht fassen, dass wir damit durchkamen. Wir haben immer drauf gewartet, dass es klopfte. Gott, wenn ich diese Jungs jetzt so vor mir sehe und mir vorstelle, wie lange sie für uns gesessen haben. Für *ihn.«* Er sah enttäuscht und ratlos aus wie einer, der in den Nachrichten eine Meldung über eine in einem fernen Land begangene Grausamkeit sieht.

Luke drehte die Blätter um und legte sie zur Seite. Heute war ein Tag für große Fragen, und er konnte nur hoffen, dass er die richtigen stellen würde, und zwar in der richtigen Reihenfolge. Er straffte die Schultern und sah sein Gegenüber an.

»Als ich Sie das erste Mal ansprach, haben Sie gesagt, schon andere hätten versucht, Ihre Geschichte zu schreiben, und seien gescheitert. Haben Sie anderen Journalisten jemals offiziell Interviews gegeben?«

»Nein. Das hätte ich doch wohl kaum getan, solange Kathleen noch lebte, oder?« Er sprach diese erst vor kurzem ans Licht gekommene Wahrheit beiläufig aus, als habe sie schon immer auf der Hand gelegen.

»Haben Sie je mit einem Autor namens Jasper Patten geredet? Das dürfte ungefähr zehn Jahre zurückliegen. Er hat eine Zeitlang über Sie recherchiert, aber anscheinend ist irgendetwas passiert, das ihn veranlasst hat, die Arbeit einzustellen.«

Grands Blick huschte nach rechts, aber vergebens. Fast konnte Luke hören, wie sein Gehirn knarrte bei dem angestrengten Versuch, sich zu erinnern.

»Er hat uns angesprochen, Sir«, sagte Vaughan aus seiner finsteren Ecke. »Die Saufnase mit dem Schnurrbart. Der mit John Rochester gesprochen hatte.«

»Ach der«, sagte Grand. »Den haben wir weggeschickt, oder?«

Vaughan nickte.

»Wenn Sie sagen, Sie haben ihn weggeschickt«, begann Luke vorsichtig und drehte sich halb um, damit er auch Vaughan sehen konnte, »ist das ein Euphemismus für etwas anderes? Wie wenn Sie von ›Muskel‹ sprechen?« Sein aufmerksamer Blick sprang zwischen Grand und seinem Fahrer hin und her. Wenn sie einander auch nur eine Sekunde lang verschwörerisch ansahen, wollte er es mitbekommen. Aber Grand starrte Luke voller Empörung an.

»Heilandssack, Junge, hören Sie denn gar nicht zu? Ich sagte doch, es ist fünfzig Jahre her, dass ich jemandem ein Haar gekrümmt habe. Und das schließt auch ein, dass andere Leute es in meinem Namen tun. Ich hab ihm nur gesagt, ich würde bei seinem Buch nicht mitarbeiten. Ich war noch nicht so weit. Der Gedanke, Kathleen könnte auf diesem Wege von meiner Vergangenheit erfahren, war mir unerträglich. Wenn er zu dem Zeitpunkt zu mir gekommen wäre, als Sie es getan haben, hätte ich vielleicht mitgemacht. Sie waren einfach zur richtigen Zeit am richtigen Ort.«

Luke beschloss, das Thema Jasper Patten ein für alle Mal fallen zu lassen. Er war jetzt fast vollständig von Grands Läuterung, ja, von seiner ursprünglichen Anständigkeit überzeugt. Dem letzten haarfeinen Zweifel nachzugehen lohnte sich nicht, wenn es bedeutete, Grands Entgegenkommen zu verspielen. Schon gar nicht, wenn McRae ihn sowieso jeden Moment mit Patten zusammenbringen würde.

»Tja, dann sollte ich wohl besser weitermachen, bevor Sie es sich anders überlegen, was?« Luke fühlte sich ermutigt, als Grand lächelte und erkennen ließ, dass er Lukes Versuch, seine Nervosität mit Humor zu überspielen, guthieß. »Reden wir über 1968. Die Situation hatte schon ein Jahr vorher angefangen sich zu ändern, nicht wahr? Als die Richardsons wegen Folter verurteilt wurden. Und in London begann das Verfahren gegen die Zwillinge. Fing es in dem Augenblick auch an, zwischen Ihnen und Jacky schiefzulaufen?«

Grand nickte. »Alles, was in London passierte, kam früher oder später hier an. Diese neuen Bullen, die sich von unten hochgedient hatten, erklärten, sie seien gegen Unsittlichkeit und Korruption, und sie meinten es verdammt ernst. Schon nach wenigen Jahren war Soho nicht mehr wiederzuerkennen. Ich sah, woher der Wind wehte, und überlegte, ob es nicht an der Zeit wäre, einen Teil unseres Geldes in Immobilien zu stecken, in ein hundertprozentig legales Geschäft. Aber Jacky war entschieden dagegen. Ich erinnere mich noch so genau an das, was er sagte, als ob er jetzt hier stünde. Er sagte: ›Wo bleibt der Glamour bei Steinen und Mörtel, Joss? Was ist daran aufregend?‹« Grand lachte bitter und atemlos. »Ehrlich gesagt, ich hatte seine Vorstellung von Glamour bis obenhin satt. Ich hatte es satt, wie wir arbeiteten, satt, darauf zu warten, dass Jacky wieder mal blutbeschmiert zurückkam, satt, die Ärzte zu bezahlen, damit sie ein Auge zudrückten. Jacky spielte zu gern den Gastgeber und holte berühmte Leute in unsere Clubs. Er sah nicht, was ich sah: dass diese Leute nur so taten, als wären sie mit uns befreundet. Was er für Respekt und gesellschaftlichen Status hielt, basierte nur auf Angst. Aber Jacky kapierte das nicht. Er hielt das alles für echt. Und er war nicht bereit, es aufzugeben.«

»Das heißt im Grunde, Sie wollten ehrlich werden und er nicht.«

»Ja. Obwohl, mein Gott, so hab ich es ihm nicht vermittelt. Ich war ja nicht blöd. Das war mein langfristiges Ziel, aber mir war klar, dass es keinen sauberen Schnitt geben konnte. Ich dachte mir, entweder verkaufen wir das Casino und investieren ein bisschen Geld, und wenn die Erträge gut sind, lässt Jacky sich vielleicht überzeugen …«

»Oder?«

Grand seufzte. »Oder ich lege es langfristig und langsam auf eine Trennung an, bei der er sich am Ende um die Clubs kümmert und ich Wohnungsvermieter werde.«

»Und wie hat Jacky das aufgenommen?«

»Er wollte nicht. Sie dürfen nicht vergessen, wir waren Partner, und alles, was wir hatten, machte uns voneinander abhängig. Schon damals war es leichter, sich scheiden zu lassen, als ein Unternehmen wie unseres aufzulösen. Er wehrte sich monatelang gegen jeden einzelnen Schritt. Und dann kommt er eines Tages in den Club und sagt: ›Du hast recht, Joss, lass es uns mit dieser Immobiliennummer probieren.‹ Ich fragte ihn, was ihn dazu gebracht hätte, es sich anders zu überlegen. Er sagte, er hätte sich mit Freunden in London unterhalten, und es gäbe da eine ganz neue Methode, mit Immobilien schnelles Geld zu machen, und man könnte klein anfangen, solange man nur clever war. Ich konnte es nicht erwarten zu hören, worum es ging. Ich war ganz aus dem Häuschen, ich kann's Ihnen sagen. Ich sah eine Zukunft, in der wir endlich auf respektable Weise Geld verdienen würden, ein ganz neues Leben, das sich durch einen einzigen Deal vor uns auftat.

Dave musste uns zu einer Adresse am Strand unten in Hove fahren. Wir mussten aussteigen und das letzte Stück zu Fuß gehen, während Dave den Wagen parkte, und schließlich standen wir vor diesen kleinen Reihenhäusern, vielleicht drei-, vierhundert Meter von der Gegend entfernt, wo früher Redemption Row gewesen war. Ich konnte es nicht glauben. Ich dachte, da wäre alles wegsaniert worden, aber da war sie, diese kleine Straße, wenn man es so nennen kann, nur noch zwei kleine Cottages zwischen all den großen Häusern – ist das Ding hier leer, Vaughan?«

Der tiefe Atemzug, der folgte, wirkte panisch. Vaughan stand auf, warf einen Blick auf die Anzeige und schüttelte den Kopf. Grand ließ sich auf seinen Stuhl zurückfallen und sog den Sauerstoff gierig in die Lunge, bis er wieder in seinem normalen Rhythmus atmete.

»Sie standen vor diesem Haus«, drängte Luke.

»Ja, ja, schon gut. ›Was ist so Besonderes an diesen Dingern?‹, fragte ich ihn, und er sagte: ›Das linke da ist zu verkaufen. Es wird morgen versteigert, und wir werden es kaufen.‹ Das Mindestgebot lag bei elfhundert Pfund, ein Scheißdreck sogar für die Verhältnisse von 1968.«

Elfhundert Pfund. Das war weniger als die Monatsmiete für eine anständige Dreizimmerwohnung in Brighton heutzutage. Luke fragte sich, was Caleb und Belinda für ihr Cottage bezahlt hatten. Eine Viertelmillion? Mehr?

»Während wir noch dastanden, ging die Tür auf, und ein riesiger abgewetzter alter Kinderwagen zwängte sich hindurch. Ein winziger Spatz von einem Mädchen schob ihn vor sich her. Sie war so klein, dass ich dachte, das Baby, das sie spazieren fährt, ist ihr Bruder oder ihre Schwester, aber als sie um die Ecke fuhr, sah ich, sie war schon älter, und sie war schon wieder in anderen Umständen. Sie ging geradewegs an uns vorbei – langes dunkles Haar und Wimpern, süß wie diese irischen Mädchen, wenn sie jung sind. ›Das ist sie‹, sagte Jacky. ›Kathleen Duffy, die Witwe der Gemeinde hier‹, und sein Gesicht wurde …« Grand ließ den Satz in der Schwebe.

Vaughan ließ seine Fingerknöchel knacken, eine nicht näher ausgeführte Warnung.

»Was heißt das, sein Gesicht wurde …?«, fragte Luke schließlich.

»Er wurde … wie kann ich es erklären? Es war, als ob seine Augen die Farbe wechselten. Diesen Gesichtsausdruck bekam er, wenn er jemandem eine Lektion erteilen wollte oder ein neues Opfer entdeckt hatte. Mir wurde übel. Und er sagte: ›Ja, Witwe, das ist das Tolle daran. Man macht Folgendes, man kauft ein Objekt, in dem Altmieter sitzen. Dann ist es spottbillig. Dann macht man denen das Leben zur Hölle, sodass ihnen irgendwann nichts anderes übrig bleibt, als auszuziehen, und dann kann man das Objekt mit einem sagenhaften Gewinn verkaufen.‹ Er grinste breit und blöde. Das war sie, die grandiose Idee, die er von seinen Freunden in London hatte.«

»Moment«, warf Luke ein. »Hat man das Mietrecht in den Sechzigern nicht verschärft? Da war doch dieser krumme Vermieter in Notting Hill, oder? Der verurteilt wurde, weil er Massen von Einwanderern in Slums untergebracht hatte? Und deshalb wurden die Gesetze geändert.«

»Peter Rachman.« Grand nickte. »Der war genau von der miesen Sorte, zu der ich nicht mehr gehören wollte. Das habe ich Jacky auch gesagt.«

»Und wie hat er es aufgenommen?«

»Was glauben Sie wohl?«, sagte Grand. »Er meinte, das Gesetz wäre ein Schwachsinn, und es würde nur funktionieren, wenn die Mieter über ihre Rechte Bescheid wüssten. Die Kleine da, diese Kathleen Duffy, schätzte er, war ohne Familie aus Cork rübergekommen, nur mit ihrem Ehemann, der bei einem Unfall auf einer Baustelle ums Leben gekommen war.«

Grands Stimme klang so fest, wie seine Kurzatmigkeit es gestattete. Dass er aufgewühlt war, sah man nur daran, wie er den goldenen Manschettenknopf an seinem linken Handgelenk drehte. Die knotigen Finger seiner Rechten bewegten sich mit einer unerwartet jugendlichen Geschicklichkeit, und die gleichförmige Bewegung wirkte hypnotisch. »Während wir noch redeten, kam sie wieder um die Ecke. Sie fuhr das Baby nur um den Block, um es zu beruhigen, aber jetzt schrie es noch lauter als zuvor. Man hätte das Kind noch auf der anderen Seite des Kanals hören können. ›Siehst du, was ich meine?‹, fragte Jacky. Er bemühte sich nicht mal zu flüstern. ›Perfekt. Leicht einzuschüchtern und niemand da, der ihr hilft. Das blöde kleine Luder hat keine Chance. Sie verpisst sich in irgendeine Sozialwohnung in Peacehaven, und wir haben ein hübsches kleines Haus, das wir für das Doppelte des Kaufpreises verscheuern können. Blödes kleines Luder.‹ Wie kann man über jemanden wie sie so reden? Ich dachte, jetzt bist du zu weit gegangen, das war's, es ist aus.

Das Komische ist, ich war beinahe erleichtert, dass er die Entscheidung herbeigezwungen hatte. Aber er schien es nicht mal zu merken. Er meinte, es gäbe noch Dutzende, wo sie herkäme, und wenn man die Todesanzeigen in den Lokalzeitungen durchginge, könnte man verwundbare Mieter rausfiltern, Familien, deren Ernährer ein böses Ende genommen hätte. Leute, die aus Irland zum Arbeiten hergekommen wären, ohne Papiere, und die sich bar auf die Kralle bezahlen ließen. Heutzutage reden die Leute wie verrückt über

Gesundheit und Sicherheit, vielleicht ein bisschen zu viel, aber wer sich noch erinnert, wie es damals war, sollte klug genug sein, sich nicht zu beklagen. Diese jungen Männer, ungelernt, arbeiteten für ein paar Pennys ohne Schutzhelm fünfzehn Meter hoch auf dem Gerüst, und ständig fielen sie von den Stahlträgern runter oder wurden vom Kran plattgequetscht. Und an die Frauen, die sie zurückließen, wollte Jacky ran. Er sagte, nach oben gäbe es keine Grenze. Ich hatte ihn schon miese Sachen machen sehen, aber das …«

Grand ließ den Kopf in die Hände sinken. Eine einzelne von Brillantine glänzende Haarsträhne löste sich, fiel nach vorn und schwang vor seiner Brille hin und her wie ein Scheibenwischer. So verharrte er. Sekunden vergingen, und Luke schaute zu Vaughan hinüber, ob auch er kurz davor war, Grand den Puls zu fühlen.

»Ich kam mir vor wie ein Idiot, weil ich angenommen hatte, er könnte jemals sein Dasein legalisieren«, murmelte Grand. Luke schob sein Telefon ein Stück näher heran. »Jacky sah diese arme kleine Maus an, diese Mum, und hatte nur Pfund-Zeichen vor Augen. Das waren reale Menschen, sie gehörten nicht in unsere Welt. Sie waren keine Gauner, sie waren nicht habgierig, sie forderten nichts. Wie sollte denn eine Witwe mit ihrem kleinen Baby irgendetwas fordern? Ich sagte: ›Kommt nicht in Frage, Jacky. Wir arbeiten hier sauber, oder wir machen es gar nicht.‹ Komisch, wir hoben weder die Stimmen noch die Fäuste, aber es war die größte Meinungsverschiedenheit, die wir je hatten. Und er sagte, wenn wir es nicht täten, würde es jemand anders tun, und ich wäre ein Trottel, wenn ich es mir entgehen ließe.«

»Hätte er es nicht einfach ohne Sie machen können?«, fragte Luke.

»Das hat er mir angedroht. Elfhundert Pfund schleppten

wir nicht bar in der Tasche mit uns rum, aber ich wusste, wir hatten ungefähr so viel im Tresor im Club. Es gab nur einen Schlüssel, und den hatte ich. Ich sagte ihm, wenn ich für achtundvierzig Stunden verschwinden müsste, um zu verhindern, dass er das Cottage kauft, würde ich das verdammt noch mal tun. Ich hätte alles getan, damit er es nicht in die Finger bekam.«

FÜNFUNDVIERZIG

Das kleine Zimmer war plötzlich erfüllt von der gedämpften, weihevollen Atmosphäre eines Beichtstuhls, in dem Luke der Priester und Grand der Sünder war. Vaughan war eine Statue, die man vergaß, wenn man nicht hinschaute.

»Jacky hatte in Lewes eine Menge Zellengenossen gehabt, und einer von denen war ein Safeknacker gewesen. Als ich am nächsten Abend im Le Pigalle vorbeikam, hatte er das verdammte Ding aufgesprengt und unser ganzes Bargeld rausgenommen. Nicht nur den Betrag für Kathleens Haus, sondern jeden einzelnen Schein, der im Tresor gewesen war. Ich wusste nicht, was er getan hatte, aber ich kriegte aus niemandem einen Piep heraus. Den Rest des Tages ließ ich mich von Dave in der Stadt herumfahren und suchte nach ihm. In Brighton herrschte an dem Tag eine komische Stimmung, wenn ich mich recht erinnere. Irgendeine große Demonstration war im Gange, und überall waren Studenten, Polizisten und Reporter.«

»Enoch Powell«, sagte Luke. »Er hat eine Rede in der Town Hall gehalten.«

»Genau. Überall war dicker Verkehr, und Demonstrationsmärsche blockierten sämtliche Straßen. Wir suchten überall nach Jacky, aber er war in keinem seiner Stammlokale. Ich dachte, vielleicht ist das ja gut, vielleicht hat er das Bargeld genommen und sich irgendwo volllaufen lassen, oder er ist rauf nach London zu irgendeinem Flittchen und kommt nicht mehr rechtzeitig zur Versteigerung zurück. Aber bevor ich aufgab, ließ ich Dave noch ein letztes Ziel anfahren.« Er keuchte, denn das Sprechen strengte ihn an.

»Zum West Pier«, sagte Luke wie zu sich selbst.

»Jacky war da und schaute raus auf das Wasser. Schon vom Auto aus konnte ich sehen, dass er es war. Dave blieb am Steuer sitzen und ließ den Motor laufen, wie ich es gern hatte – es tat dem Wagen gut und zeigte, dass man nicht aufs Geld zu schauen brauchte. Es war sehr windig, und die Hälfte der Lampen auf dem Pier brannte nicht.«

Luke warf einen Blick auf sein Telefon und vergewisserte sich, dass es das Gespräch noch aufzeichnete.

»Sind Sie hingegangen, um ihn umzubringen?«, fragte er.

Das Telefon nahm zwanzig Sekunden lang mühevolles Atmen auf.

»Ich bin hingegangen, um die Partnerschaft zu beenden«, sagte Grand schließlich bedächtig. »Schon mit der Hälfte meiner Beteiligungen hatte ich genug, um mich nach Spanien oder Marokko zu verpissen und aus dem Leben mit ihm rauszukommen. Ich wusste, ich konnte ihn nicht von seinem Vorhaben abbringen, aber ich konnte zumindest dafür sorgen, dass an meinen Händen kein Blut mehr klebte. Er machte sich nicht mehr die Mühe vorzugeben, wir stünden noch auf derselben Seite, und sagte, wenn ich weg wäre, könnte er tun, was er wollte. Ich schätze, die Typen, die meinen Platz einnehmen wollten, standen schon Schlange bei ihm.«

»Und dann ging er auf Sie los?«, fragte Luke.

»Komischerweise war *ich* es, dem der Kragen platzte.«

»Wie kam das?«

»Ich machte noch einen letzten Versuch und appellierte an das Gute in ihm.« Grand lachte verbittert. »Ich fragte ihn, welcher Mann sich an einer einsamen Frau vergreift. Und er sagte: ›Sie kann am Hafen immer noch ein paar Shilling verdienen.‹ Ich erinnerte ihn daran, dass sie schwanger war, und er …« Bei der Erinnerung runzelte er die Stirn, und seine Stimme klang plötzlich kraftvoller als je zuvor. »Er sagte: ›Dann kann sie sogar einen Extrapreis berechnen. Ich kenne ein paar schräge Typen, die bei so was das Doppelte zahlen.‹ Ich war niemals wieder so wütend wie in diesem Moment. Geprügelt hatte ich mich schon oft, aber ich hätte Ihnen nachher immer erzählen können, wie es gelaufen war: wer bei wem auf welchem Körperteil Treffer gelandet hatte und in welcher Reihenfolge. Sie wissen schon – ich hab ihm einen Kinnhaken verpasst, und da hat er mich in die Rippen geschlagen, und so weiter. Aber diesmal sah ich den roten Nebel, von dem Jacky immer sprach, und ließ alle Hemmungen fahren. Er schlug mir die Brille vom Gesicht, aber nicht mal das änderte irgendwas. So haben wir uns geprügelt, und im nächsten Moment lag er vor mir. Ich kann mich nicht mal erinnern, dass ich die Hände an seiner Kehle hatte.«

Er sackte auf seinem Stuhl nach hinten, schlaff vor Erleichterung nach diesem Geständnis – oder vor Reue? Es war nicht zu erkennen. Luke hatte das starke Bedürfnis, zu jauchzen und zu jubeln und eine Siegesrunde durch sein winziges Wohnzimmer zu drehen, aber er zwang sich, absolut still sitzen zu bleiben. Grand ritt auf einer Welle der Ehrlichkeit, und was er mit Jacky Nye gemacht hatte, war nur die Hälfte der Geschichte, die Luke brauchte. Behutsam gab er ihm ein Stichwort.

»Wussten Sie, dass Sie ihn umgebracht hatten?« Er brauchte die exakten Worte in seiner Tonaufzeichnung.

»Hätten Sie mich an Ort und Stelle gefragt, hätte ich wohl

nein gesagt, aber im Rückblick glaube ich, ja. Ich glaube, ich wusste es.«

Das war's. Er hatte es. Aber anstelle des erwarteten Triumphgefühls spürte Luke, wie die schützende Blase, die ihn umgab und die immer dünner geworden war, endgültig zerplatzte. Er war so auf Grands mutmaßliches Motiv fixiert gewesen, jetzt zu reden – da Kathleen nicht mehr da war, interessierte ihn sein Ruf nicht mehr –, dass er dabei den Rest des Bildes aus den Augen verloren hatte. Indem er den Mord an Jacky gestand, hatte Grand ihm im Grunde ein Paar Handschellen gereicht und seine Handgelenke ausgestreckt. Aber was, wenn sie die ganze Zeit nur mit ihm gespielt hatten? Wenn Grand es sich anders überlegte? Vielleicht sollte Luke aussteigen, solange er vorn lag, das Interview beenden und die Audiodatei auf seine verschlüsselte Dropbox hochladen. Aber Grand machte nicht den Eindruck, dass er Spielchen spielte oder bereute, was er gesagt hatte. Er war jetzt in Fahrt, und Luke brachte es nicht über sich, ihn zu stoppen.

»Aber ich hatte keine Zeit, darüber nachzudenken. Ich rief Dave, er sollte kommen und mir meine Ersatzbrille aus dem Handschuhfach bringen – ich habe immer eine dabei, auch jetzt. Ohne Brille bin ich halb blind.«

Das entsprach exakt dem, was Sandy ihm erzählt hatte. Luke war überrascht, als ein kleiner Quell der Erleichterung in seiner Brust zu sprudeln begann. Wochenlang hatte er unbewusst befürchtet, Sandys Geschichte sei nur eine der kleinen Wahnvorstellungen und Realitätsverweigerungen, mit denen sie durch den Tag kam.

»Und als Sie wieder sehen konnten?«

»Sah ich Jackys Gesicht.« Grand rang nach Luft. »Glotzäugig, mit offenem Maul, und seine dicke weiße Zunge hing raus. Himmel. Eins muss ich Dave lassen, er wusste, wo es jetzt langging. Er hat mir ohne Murren geholfen, Jacky ins Meer zu werfen. Wir hätten einen dritten Mann brauchen können, um ihn über das Geländer zu hieven, aber so wussten wenigstens nur zwei Leute etwas davon. Bei der Wahl meines Partners war ich vielleicht nicht so klug gewesen, aber einen loyalen Fahrer hatte ich immer.«

»Wie fühlten Sie sich in diesem Moment?« Erst als er sprach, wurde Luke bewusst, wie therapeutisch die Frage klang. Er wartete auf eine verächtliche Bemerkung über diesen Psychojargon, aber Grand antwortete geradeheraus.

»Ruhig.« Er zuckte mit den Schultern. »Ich hab mich nie so ruhig gefühlt. Klingt seltsam, ich weiß. Ich hatte soeben einen Mann umgebracht. Nicht irgendeinen Mann. Meinen besten Freund, meinen Bruder. Selbst Jacky hatte so was nie getan, auch wenn das eher Glückssache war und nicht auf einer Entscheidung beruhte. Aber ich wusste, wenn ich nie wieder jemanden verletzte, würde meine größte Gewalttat auch für alle Zeit meine letzte sein.«

»Ruhig also? Nicht schuldig?«

»Da nicht, obwohl ich darauf wartete, dass die Schuldgefühle einsetzten. Ich hatte das Recht auf meiner Seite, oder? Ich hatte es getan, um Kathleen zu retten – und fuck, wer weiß, wie viele andere wie sie. Die Schuldgefühle kamen später, als ich sie kennenlernte und mich mit ihren Augen sah. Da hab ich meine Stiftung gegründet; wenn sie es jemals herausfinden sollte, würde sie wissen ...« Er ließ den Satz unvollendet. Luke widerstand der Versuchung, mit den Fingern zu schnipsen und Grand in die Gegenwart zurückzuholen.

»Und Ihre Brille?«, fragte er. »Was ist aus ihr geworden?«

Grand berührte seine Nasenwurzel. »Dave fand sie auf dem Boardwalk und warf sie ins Wasser. Ohne sie abzuwischen. Ich habe gesagt, er war loyal, aber dass er besonders helle war, kann man nicht behaupten. Es war reines Glück, dass sie nie aufgetaucht ist.«

Luke kämpfte so angestrengt gegen ein Lächeln, dass seine Lippen zitterten. Grand hatte sein Geständnis wie ein Geschenk mit Atmosphäre umwickelt und Methode und Motiv als rote Schleife herumgebunden. *Das* war der Kracher, den Maggie haben wollte, die Grundlage des Buches. Er brauchte nur noch die Szene mit Sandy aufzuzeichnen, und der Rest wäre Ausschmückung. Luke hatte jeden paranoiden Gedanken an einen Rückzieher abgeschüttelt und konnte es kaum erwarten, was jetzt kommen musste.

»Aber jemand hat Sie gesehen.« Er konnte die Erleichterung schon spüren, und seine Muskeln spannten sich an.

Grand schüttelte den Kopf.

»Nein«, sagte er. »Da war niemand außer uns.«

Lukes Herz, das hoch oben in seiner Brust herumgeflattert war, stürzte in seinen Bauch hinunter. Seine Überraschung war nur von kurzer Dauer. Warum war Grand dann mit Sandy so umgegangen? Das passte nicht zusammen. Er hatte seinen Freund umgebracht, um das Monster zu stoppen und eine junge Frau zu retten, aber zugleich hatte er eine andere in Angst und Schrecken versetzt – und ihr Leben ruiniert. Diese letzte Barriere einzureißen würde natürlich besonders schwer werden, denn schon der Versuch berührte seine Wiedergeburt im Kern. Luke zitterte innerlich, aber er blieb hartnäckig.

»Sie waren ganz sicher allein auf dem Pier? Weil …«

»Ich sagte doch, es gab keine Zeugen«, zischte Grand.

Vaughan beugte sich vor. Er stand vor dem Fenster und verdunkelte das Zimmer. Luke hatte ihn fast vergessen, und er fragte sich, ob Vaughan das Hindernis war – ob das Detail ein Geheimnis war und selbst Vaughan nichts von Sandy wusste. Er zermarterte sich das Hirn und suchte nach einer Möglichkeit, den Fahrer wenigstens für eine Minute loszuwerden.

»Also«, sagte Grand so schnell, wie seine Atemnot es gestattete, »ich hab's vielleicht nicht bedauert, Jacky los zu sein, aber das bedeutet nicht, dass ich dafür einfahren wollte. Wir stiegen in den Wagen und fuhren geradewegs zurück zum Club. Ich zählte das Bargeld, das ich aus seiner Innentasche genommen hatte. Es waren fünfzehnhundert Pfund in Zwanzigern. Genug für das Mindestgebot auf dieses Cottage hier, und ein paar hundert als Reserve, falls der Preis steigen sollte.«

Luke brummte der Schädel, als er versuchte, Grand zuzuhören, und gleichzeitig überlegte, wie er wieder auf den Pier und die Minuten nach Jackys Tod zu sprechen kommen sollte. Aber Grand war schon weiter; so schnell hatte Luke ihn noch nie reden hören. Er jagte vom Verbrechen zum Nachspiel wie ein Mann in einem Fluchtauto.

»Als ich im Le Pigalle war, beschloss ich, mir ein Alibi zu beschaffen. Ich trommelte ein paar maßgebliche Jungs zusammen und erklärte ihnen, ich sei den ganzen Abend im Club gewesen, sie alle hätten mit mir getrunken, und bei dieser Geschichte müssten sie bleiben, ganz gleich, was als Nächstes passierte. Ich hatte nicht vor, mich auf ihre Loyalität zu verlassen, und versprach ihnen Geld – großes Geld, Geld für ein anderes Leben –, wenn sie den Schnabel hielten.«

»Deshalb konnte niemand Ihr Alibi knacken«, sagte Luke, aber Grand ignorierte ihn und sprach weiter.

»Als die Polizei anrollte, hatte ich einen Club voller Leute, die Stein und Bein schworen, sie hätten seit dem frühen

Abend die ganze Zeit mit mir getrunken. Die Polizei nahm mich an diesem Abend zur Befragung mit aufs Revier, aber sie verhafteten mich nicht, wahrscheinlich weil Rochester ganz sicher war, dass er bald etwas gegen mich in der Hand haben würde. Es war das Dümmste, was er je getan hat, denn dadurch hatte ich genug Zeit, alle wissen zu lassen, was sie als Belohnung für ihr Schweigen erwarten konnten.

Am Morgen nach Jackys Tod musste er mich laufenlassen – er sagte, wir würden uns bald wiedersehen –, und so war ich am Nachmittag auf freiem Fuß, und Dave konnte mich rechtzeitig zum Auktionshaus fahren. Am Ende bekam ich dieses Haus hier in Temperance Place für neunhundert Kröten. Geld hab ich nie damit verdient, aber um Profit ging es auch nicht. Kathleen in diesem Haus zu sehen … zu wissen, dass sie ein sicheres Heim hatte, wo sie ihre Jungs großziehen konnte … es gab mehr als eine Methode, Geld zu waschen, stellte ich fest. Nachdem ich meine Betriebe verkauft und alle ausbezahlt hatte, blieb mir genug Geld, um mehr Häuser zu kaufen, und nach ein paar Jahren hatte ich nur noch sauberes Geld.«

Noch vor wenigen Minuten wären diese Worte Musik in Lukes Ohren gewesen, aber jetzt klangen sie flach und hohl. Der erste süße Triumph angesichts des Geständnisses war verflogen, weil es nur die halbe Wahrheit war. Stritt er weiter alles ab, würde Luke die Story schreiben, mit Sandy und allem Drum und Dran, ob es Grand gefiel oder nicht.

Eine Windbö fegte draußen vorbei, und Grand fröstelte. »Vaughan, gehen Sie raus zum Wagen und machen Sie die Heizung an«, befahl er.

»Sir«, sagte Vaughan.

Luke wartete, bis er hörte, dass die Autotür zuschlug, bevor er Grand eine letzte Chance gab.

»Wissen Sie, als ich es das erste Mal mitbekam, haben Sie gesagt, Kathleen sei die Einzige gewesen, die Bescheid gewusst habe, und ich war sicher, Sie hätten endlich die verschwundene Zeugin benannt, von der damals die Rede war. Das Mädchen im roten Mantel.«

Das einzige Geräusch, das zu hören war, kam von draußen, als Vaughan den Motor startete. Luke beobachtete durch das Fenster, wie die Scheiben des Wagens beschlugen und dann klar wurden, als die trockene Wärme das Wageninnere erfüllte. Schließlich antwortete Grand, und seine Stimme klang verächtlich.

»Das war ein alter Penner, der sich wichtigmachen wollte. Er war vollkommen unglaubwürdig. Es gab ganz sicher keine Zeugen.«

Dreimal wirst du mich verleugnet haben … Die Enttäuschung schlummerte zusammengeballt unter Lukes Wut. Er hatte ehrlich geglaubt, dass Grands Beschreibung von Jackys Charakter zutraf und dass er wirklich zu einem Philanthropen geworden war. Es war bitter, dass ein Mann sein ganzes Leben dafür brauchte, seine Seele zu erretten, und dann, während er seine Geschichte erzählte, vom Heil zur Verdammnis zurückkehrte.

SECHSUNDVIERZIG

Der Pub in Kemp Town füllte sich mit dem Abendpublikum, jungen Leuten in ihrer Herbstuniform aus Kunstpelz und schlaffen Beanies. Luke saß allein an einem Tisch, der groß genug für sechs war. Ein Mädchen mit einer klappernden Handtasche blieb bei ihm stehen und kippte den Inhalt der Tasche auf den Tisch. Unter den Habseligkeiten, die herausfielen, als sie nach ihrem Telefon griff, war ein Schlüsselanhänger mit dem JGP-Logo. Er unterdrückte das Bedürfnis, ihn quer durch das Lokal zu werfen. Zaghaft lächelnd schauten Leute zu ihm herüber und drängten sich dann lieber an den Tresen, statt den Tisch mit ihm zu teilen. Mit seinem feuchten Glas machte er Ringe auf das Kiefernholz und zerfetzte einen Bierdeckel. Er hatte Grands Halbwahrheit sehr persönlich genommen, und ganz Brighton sollte wissen, dass er schlechte Laune hatte.

Zum ersten Mal, seit er Jem verlassen hatte, spürte er, wie ihn Einsamkeit überkam. Noch mehr Alkohol war das Letzte, was er brauchen konnte, und das Einzige, was er wollte. Er hätte in Kemp Town bleiben sollen, aber er trank sich weiter nach Westen, weg von den Regenbogenfahnen, durch die Studentenkneipen und die Singlebars, und jedes Glas war deprimierender als das vorige.

Er hätte sich am nächsten Tag weiter in seiner miesen Laune gewälzt, wenn Maggie nicht morgens zu unchristlicher Stunde angerufen hätte.

»Luke! Ich hab dich doch nicht geweckt, oder?«

»Nein«, sagte Luke, der schon seit einer Ewigkeit auf dasselbe abblätternde Tapetenviereck starrte. Er schwang die Beine aus dem Bett und stolperte die Treppe hinunter. Ihre Stimme flutete sein Ohr mit Begeisterung. »Ich weiß, es ist früh am Tag, aber ich bin gestern bei einem Drinks-Dings mit zwei Lektoren ins Plaudern gekommen, und sie sind beide daran interessiert, so viel Material wie möglich zu sehen. Ich rufe also nur an, um meinen ursprünglichen Rat zu revidieren und dich stattdessen zu nerven: Lass dir keine Zeit, sondern liefere etwas, so schnell du kannst. Wie läuft's mit den Interviews? Hat er schon geredet?«

»Es geht langsam, aber sicher voran.« Luke öffnete einen Schrank in der Küche und überlegte, ob ein lösliches Aspirin sich mit schwarzem Kaffee vertragen würde. »Ich muss noch mit einer weiteren Quelle reden.«

Streng genommen war Jasper Patten keine Quelle, sondern Mittel zum Zweck, wenn auch noch nicht erprobt, aber das brauchte Maggie ja nicht zu wissen.

»Na, lass mich nicht zu lange warten. Man soll das Eisen schmieden, solange es heiß ist.«

Sie tratschten noch eine Weile über die Branche. Maggie hatte gerüchtweise gehört, dass Len Earnshaw immer noch darauf bestand, jedes Wort seiner Memoiren selbst zu schreiben, und er trieb damit seinen Agenten und seinen Lektor an den Rand eines Nervenzusammenbruchs. Diese freudige Neuigkeit ließ Lukes Kater davonwehen wie Pusteblumensamen.

»Ach, und bevor ich auflege – du hast mir nie gesagt, ob du das Päckchen bekommen hast oder nicht«, sagte Maggie, als das Gespräch dem Ende zuging.

»Welches Päckchen?«

»Ich bin sicher, ich hab's in meiner letzten E-Mail erwähnt. Zwei Tage nachdem du nach Brighton gegangen bist, hat jemand von einer PR-Firma wegen einer DVD angerufen, über die du schreiben solltest. Er wollte wissen, wohin er sie schicken sollte.«

Luke hörte Jems kleines Vögelchen auf seiner Schulter zwitschern. »Warum hast du nicht gesagt, er soll sie an dich schicken? Ich hab dich gebeten, meine Adresse nicht herauszugeben.«

»Ja, sorry«, sagte Maggie, »aber ich hab den Anruf nicht selbst angenommen. Ich hatte in der Woche eine neue Praktikantin, und ich hab vergessen, es ihr zu sagen. Ist es denn angekommen?«

Es hatte keinen Sinn, ihr zu sagen, sie solle so etwas nicht noch einmal tun – nicht solange er in Temperance Place wohnte. Der Schaden war bereits angerichtet. Plötzlich wollte er sie nur noch loswerden.

»Äh, ja, ist angekommen, danke. Ich muss jetzt Schluss machen, Maggie. Muss mich auf ein Interview vorbereiten.«

»Das hör ich gerne. Wir sprechen uns baldigst.«

Luke kippte den Rest einer alten Coke-Dose hinunter und schaltete den Wasserkocher ein. Obwohl er erleichtert und erfreut war, dass Viggo ihn nun doch nicht verraten hatte, zweifelte er plötzlich an seiner Fähigkeit, andere einzuschätzen. Neben seinem Gedächtnis und einem Talent zum Schreiben war seine Menschenkenntnis eins der Dinge, auf die er sich etwas zugutehielt. Sie war Teil seiner Persönlichkeit. Das erste Mal hatte sie ihn im Stich gelassen, als er sich in Jem verliebt hatte. Mit diesem Fehlurteil hatte sich etwas verändert, und sein Talent neu zu kalibrieren war ihm bisher nicht gelungen. Man musste sich nur ansehen, wie er Joss Grand seine Geschichte abgekauft hatte.

Er hatte ihm geglaubt, bis die letzte Lüge schließlich alles untergraben hatte.

Er wusste, dass er kleine Brötchen backen musste, um den sauren Geschmack des Selbsthasses loszuwerden, und so rief er Viggo an. Das Telefon klingelte eine Ewigkeit, wie ihm schien, und er war kurz davor, den Mut zu verlieren, als er ein kühles »Hallo« hörte. Lange Vorreden waren sinnlos.

»Es tut mir leid, Viggo«, sagte er.

»Warte mal.« Laute Musik dröhnte im Hintergrund. Eine Tür schlug zu, und die Musik klang nur noch gedämpft. Luke sah Viggo vor seinem geistigen Auge auf der eiskalten Feuertreppe eines Fernsehstudios sitzen.

»Es tut mir so leid«, wiederholte er. »Ich weiß, du hast Jem nicht gesagt, wo ich bin. Es tut mir leid, dass ich es angenommen habe.«

»Na endlich«, sagte Viggo. »Es ist schon gut. Aber warum bist du überhaupt auf den Gedanken gekommen? Erstens würde ich dir das nicht antun, und zweitens kann er Gedanken lesen.«

»Weil ich eine paranoide Zicke bin.«

»Na, ich bin froh, dass wir das geklärt haben. Und was hat dich zur Vernunft gebracht? Hat Jem dir erzählt, wie er es in Wirklichkeit rausgefunden hat?«

»Nein, das war Maggie. Er hat jemanden in ihrem Büro ausgetrickst, um die Adresse zu bekommen. Wie hätte Jem es mir erzählen sollen? Ich glaube nicht, dass sie ihm dort, wo er ist, Kontakt zur Außenwelt erlauben.«

Viggo holte tief Luft. »Ach, dann weißt du es nicht. Er ist draußen.«

Luke stützte sich auf der Arbeitsplatte ab. »Er ist mir neulich im Victoria Quarter über den Weg gelaufen«, fuhr Viggo fort. »Er war mit Serena unterwegs. Ich hab was getrunken mit ihnen … Das macht dir hoffentlich nichts aus? Es war nur informationshalber. Ich wollte ein Gefühl dafür bekommen, ob er es immer noch auf dich abgesehen hat.«

»Und, hat er?«

»Weißt du was? Ich glaube nicht. Dass Serena ihm auf Schritt und Tritt folgt wie Gollum, hat den Vorteil, dass sie ihn anscheinend auch von den Rasierklingen fernhält. Und er geht immer noch an den meisten Tagen in seine Reha-Klinik; folglich ist er an Leeds gebunden. Ehrlich, wenn ich mir Sorgen machen würde, hätte ich dich schon früher angerufen, ob ich nun schmolle oder nicht.«

»Ich weiß. Danke, Vig.« Er schüttete das kochende Wasser auf das Kaffeegranulat und atmete den Dampf ein. »Äh, du hast wohl nicht mit Char gesprochen, oder?«

»Doch, natürlich. Aber ich glaube nicht, dass sie dir so schnell verzeiht wie ich. Wie läuft's mit deinem Buch? Ist es den Verlust der Freundschaft wert?«

Das tat weh. Aber Luke wusste, er hatte es verdient.

»Wenn es fertig ist, wird sie es verstehen«, sagte er. »Sie braucht sich keine Sorgen zu machen. Ich habe sie von Anfang an geschützt.«

Er hatte Charlene geschützt, soweit er es konnte, ja. Er wünschte nur, er könnte das Gleiche über Sandy sagen.

SIEBENUNDVIERZIG

»Ich habe die Adresse von Jasper Patten«, teilte Marcus McRae in seinem »Zeit ist Geld«-Ton mit. »Diesmal besteht kein Zweifel. Ich habe eben angerufen, um mir bestätigen zu lassen, dass er dort wohnhaft ist. Es ist ein Wohnheim. London Road, in derselben Straße, wo das für ihn zuständige Sozialamt ist.«

Luke notierte sich die Adresse. »Danach wollte ich beim letzten Mal schon fragen: Was bezieht er vom Sozialamt?«

»Ein paar Pfund Wohngeld, mit denen er sein beschissenes Einkommen aufbessert«, sagte McRae. »Jetzt sind Sie am Ball. Ich schicke Ihnen meine Rechnung heute Abend per E-Mail, zahlbar innerhalb von zehn Tagen.«

Der viktorianische Viadukt, der hoch über die London Road aufragte, blickte auf Ein-Pfund-Läden, Burger-Bars und Discount-Supermärkte herab. Dazwischen lag das Wohnheim, ein viergeschossiges Haus, wo Bettlaken als Vorhänge an die Fenster gepinnt waren. Dies war die unterste Sprosse der Sozialwohnungsleiter. Einem Zettel an der Tür entnahm er, dass Besucher nur zwischen sechs und acht Uhr abends Zutritt hatten. Jetzt war es halb sechs.

In einem Pub in der Nähe nippte Luke an einer Limonade und zählte die Minuten. Alle anderen Gäste waren Männer, die allein ihr Bier tranken, und mit ihren feuchten Augen und fleckigen Kleidern sahen sie aus, als gehörten sie in das Wohnheim. War einer von ihnen Jasper Patten? Er rief sich das Bild auf dem Schutzumschlag von *Hell on the Rocks* in Erinnerung: das aschblonde Haar und den Schnurrbart, die teigige Haut. Die meisten Gesichter hier waren nachlässig rasiert, violett und aufgedunsen vom Alkohol, und ihr Alter war nicht zu schätzen. Luke suchte in seinen Taschen nach Bargeld. Er wollte alles Material kaufen, das Patten vielleicht hatte.

Um eine Minute nach sechs stand er von seinem Tisch auf, und diesmal fand er die Tür des Wohnheims offen. An einer Korktafel an der Wand im Eingangsflur hing ein Registrierungsbogen mit den Namen der Bewohner, und daneben baumelte ein Bleistift an einer Schnur. Jasper Patten bewohnte Zimmer Nr. 12, und an einem Häkchen erkannte Luke, dass er zu Hause war.

Einen Wegweiser zu den Zimmern gab es nicht. Luke spazierte in ein leeres Fernsehzimmer. Auf dem stummen Bildschirm lief eine Nachrichtensendung. Im Spielraum stand ein Billardtisch mit einem Zickzackriss im Filzbezug. Was für eine Vorstellung, all diese Bücher geschrieben zu haben und dann in so einer Bude zu enden.

Schließlich fand Luke Zimmer zwölf im zweiten Stock, am Ende eines Korridors mit einem schmuddeligen PVC-Boden. Sein Herz schlug doppelt so schnell wie sonst. Er hatte wochenlang gewartet und würde eine Menge Geld für diesen Augenblick bezahlen, und er hatte nicht die leiseste Ahnung, was bei diesem Treffen herauskommen würde – falls es überhaupt ein Ergebnis gab. Er klopfte zweimal, und seine Hand lag schon auf dem Türknauf.

»Jasper Patten?«

»Kommen Sie rein.« Die Stimme entwaffnete Luke für einen Moment: dunkel und kraftvoll. Und was war das für ein Akzent, verdammt? Kein britischer. War Jasper Patten im

Ausland aufgewachsen? Cecil hatte nichts davon erwähnt, und die biographische Notiz in *Hell on the Rocks* ließ auch nichts darüber verlauten. Lukes Überraschung verwandelte sich in Schock, als er ins Zimmer trat und erkannte, dass der Mann, der da im Jogginganzug mit einem Buch auf dem Bett saß, nicht der Mann vom Foto war. Zunächst einmal war er schwarz.

»Ich hab dich noch nicht gesehen. Bist du neu?«, fragte der Mann, und jetzt erkannte Luke, dass der Mann einen starken afrikanischen Akzent hatte. »Arbeitest du hier?«

Luke versuchte, sich seine Enttäuschung und seine Wut nicht anmerken zu lassen. Marcus McRae, dieses Arschloch. Wie konnte er es wagen, so viel Geld zuverlangen, ohne auch nur die Nationalität des Mannes zu überprüfen?

»Es tut mir sehr leid«, sagte er. »Ich glaube, ich habe den richtigen Namen, aber den falschen Mann.«

Bei diesen Worten weiteten die Augen des Mannes sich, als gerate er in Panik, und als er antwortete: »Dann guten Abend«, klang seine Stimme um eine Oktave höher.

Luke ging rückwärts aus dem Zimmer, solange er sich noch unter Kontrolle hatte. Draußen im Korridor trat er so heftig gegen die Wand, dass er befürchtete, er habe sich einen Fußknochen gebrochen. Wenn McRae sich einbildete, Luke werde seine Rechnung bezahlen, dann sollte er lieber noch mal nachdenken. Alexa hatte behauptet, er sei der Beste in dieser Branche, aber der Mann hatte einen Schuljungenfehler begangen, und Luke hatte einen Nachmittag verplempert und sich zum Narren gemacht.

Er blieb ganz plötzlich stehen, als ihm als freier Journalist schlagartig eine Idee kam. Einer der ersten Artikel, die er nach der Insolvenz seiner Zeitschrift geschrieben hatte, war eine Story für das *Leeds Echo* über Immigrationsbetrügerei in der Stadt gewesen: Illegale Ausländer nahmen die Identität verstorbener Briten an, und afghanische und somalische Frauen, die kein Wort Englisch sprachen, kassierten Sozialhilfe unter Namen wie Mary Black und Fiona McTavish und hatten Geburtsurkunden, die scheinbar bewiesen, dass sie in Großbritannien geboren waren. Die Straftat an sich war nicht neu, wohl aber die Effizienz und das Ausmaß der Organisation, und sie hatte nicht nur in Leeds Schlagzeilen gemacht, sondern überall im Land. Luke machte auf dem Absatz kehrt, bevor er es sich anders überlegen konnte, und diesmal trat er ins Zimmer, ohne zu klopfen. Der Mann war sichtlich verstört; er stand mitten im Raum, als sei er auf und ab gegangen. Als Luke sein entsetztes Gesicht sah, hätte er beinahe den Mut verloren.

»Fangen wir noch mal von vorn an«, sagte er und gab seiner Stimme widerstrebend einen harten Ton. Er verabscheute es, andere zu schikanieren oder zu erpressen, aber in diesem Fall war es der schnellste und möglicherweise der einzige Weg zur Wahrheit. »Ich weiß Bescheid über Sie. Ich weiß, Sie sind nicht der echte Jasper Patten.«

Der Mann schaute aus dem Fenster, als überlege er, ob er hinausspringen sollte. »Sind Sie vom Sozialamt?«

»Ich bin Journalist.« Der Hochstapler wusste offensichtlich nicht, ob er erleichtert oder erschrocken sein sollte. Luke schlug einen etwas versöhnlicheren Tonfall an. »Hören Sie, keine Angst, ich komme nicht mit der Einwanderungsbehörde oder so was. Was mich interessiert, ist der echte Jasper Patten, nicht Sie. Aber wenn Sie seine Identität annehmen und seine Versicherungsnummer benutzen, müssen Sie ja wissen, dass er nicht zurückkommt. Wenn er offiziell tot wäre, wüsste ich das.« Er hatte McRae beauftragt, jede Möglichkeit auszuschöpfen und nach einem Totenschein zu suchen, bevor er anfing, nach dem lebenden Mann zu forschen. Er konnte sich nicht vorstellen, dass McRae so inkompetent war. Der Gedanke versetzte ihm einen Stich, und er schob ihn beiseite. »Was ist aus ihm geworden?«

Der Mann schnappte nach Luft wie ein Fisch auf dem Trockenen.

»Glauben Sie mir«, sagte Luke, »ich interessiere mich nicht für Sie. Ich will nur wissen, was mit Jasper Patten passiert ist. Unbedingt.« Irgendwie schien seine Verzweiflung den Mann zu beeindrucken, denn er räusperte sich, setzte sich wieder auf das Bett und zeigte auf den einzigen Stuhl. Luke erblickte die Reflektorweste eines Straßenkehrers, die an der Tür hing.

»Sie haben sich wahrscheinlich schon gedacht, dass ich nicht hier geboren bin.« Sein Englisch klang bedächtig, er wählte seine Worte sorgfältig.

»Und woher kommen Sie?« Luke lächelte unverbindlich.

»Das müssten Sie schon aus mir herausprügeln. Sagen wir einfach, ich kann wirklich nicht dorthin zurück.«

Im Geiste sah Luke TV-Monitore mit Nachrichtenbildern aus der kriegsgeplagten Subsahara-Region vor sich – Kindersoldaten und Vergewaltigungen als Waffe im Konflikt. Wie schlimm musste das sein, was dieser Mann gesehen und getan hatte, wenn er dieses einsame kleine Leben vorzog?

»Sind Sie Asylbewerber?« Er versuchte, jeden wertenden Unterton zu vermeiden, aber das Gesicht des Mannes verhärtete sich.

»Ich habe Asyl beantragt, als mein Studentenvisum auslief, aber …« Er spreizte die Hände und zuckte ausdrucksvoll die Achseln.

»Sie wurden abgelehnt?«

»Ich hab ihnen keine Gelegenheit gegeben.« Er seufzte tief

und resigniert. »Ich habe mich sehr feige benommen. Während ich auf das Ergebnis meines Antrags wartete, lernte ich Jasper Patten kennen.«

»Wann war das?«

»Vor zehn Jahren. Das war in einem anderen Haus, in dem lauter Sozialfälle, Aussteiger, Junkies wohnten ... und ich. Jasper hatte das Nachbarzimmer. Er war ein netter Kerl. Ein bisschen gestört. Er trank, wissen Sie. Nichts ist unzuverlässiger als ein Trinker oder ein Junkie. Die leben alle in ihrer Phantasie. Jasper behauptete, er wäre Schriftsteller. Hier drin ist jeder irgendwas. Der Mann gegenüber glaubt, er war mal Drummer bei den Grateful Dead.«

»Aber er war tatsächlich Schriftsteller.« Instinktiv sprang Luke dem Mann zur Seite, den er auf eine seltsame Weise als Kollegen betrachtete. »Er hatte sechs Bücher veröffentlicht und arbeitete an einem siebten. Und mich interessiert das, woran er arbeitete, als Sie ihn kennengelernt haben.«

»Mein Gott.« Der Mann schob die Unterlippe vor und pustete. »Der Mann – ein Schriftsteller, dessen Bücher veröffentlicht wurden. Ich bin erstaunt. Aber wissen Sie ... wenn ich es mir jetzt überlege ... das ergibt schon Sinn.«

»Inwiefern?«

»Er hat mir erzählt, er hätte etwas rausgefunden, und es gäbe einen Durchbruch bei dem Buch, an dem er arbeitete, etwas, das bisher niemand entdeckt hätte. Als ich ihn das letzte Mal gesehen hab, sagte er, er müsste jetzt los, jemanden interviewen.«

»Aber er hat nicht gesagt, worum es ging? Ich weiß, es ist lange her, aber versuchen Sie sich zu erinnern. Es ist wichtig.«

»Tut mir leid«, sagte der Mann sanft und aufrichtig. »Ich hab's nicht weiter ernst genommen. Wie alle seine Geschichten. Ich dachte, er geht auf eine Sauftour.«

»Als Sie ihn das letzte Mal gesehen haben? Das heißt, er ist von diesem Interview nie zurückgekommen?«

Der Mann schaute auf seinen Schoß. »Es war nicht ungewöhnlich, dass Jasper tagelang verschwand. Es ist auch nicht ungewöhnlich, dass Leute das Wohnheim verlassen und nie zurückkommen. Wenn einer wie er abhaute, konnte man nicht viel tun. Das Ding war eine Bruchbude, aber eine begehrte Bruchbude. Wenn du fünf Tage nicht in deinem Bett geschlafen hattest, räumten sie deine Sachen raus und gaben das Zimmer jemand anders. Als ich Jasper vier Tage nicht gesehen hatte, wusste ich, er kommt nicht mehr. Ich hatte schon genug Männer verschwinden sehen, um einen sechsten Sinn für so was zu entwickeln. Und ich dachte, was ist, wenn das Innenministerium nein sagt? Warum soll ich mich an die Vorschriften halten und die Abschiebung riskieren, wenn ich hier ein Leben vor mir habe und nur zugreifen muss? Mit der Identität, mit dem Leben dieses Mannes könnte ich mehr anfangen, als er je zustande gebracht hat.« Er sah Luke trotzig an, der sich keine Mühe gab, seine Bewunderung zu verbergen. »In sein Zimmer zu kommen war leicht. Ich rührte seine Kleider und anderen Sachen nicht an, aber ich nahm seine Papiere. Alle, sogar seinen Pass. Ich kannte Leute, die Leute kannten, die Wunder vollbrachten. Sie konnten den Pass eines Weißen so zurechtdoktern, dass er mein Gesicht zeigte. Alles, was ich brauchte, nahm ich mir.«

Luke konnte McRae keinen Vorwurf mehr machen. Die Identitätsfälschung war makellos und nicht erkennbar.

»Das war das Ende von Jasper Patten«, sagte er wie zu sich selbst.

»Ich übernahm nicht einfach sofort sein Leben. Monatelang behielt ich sein Bankkonto im Auge, um zu sehen, ob er versucht hatte, darauf zuzugreifen oder es zu schließen. Ich hatte seinen Pass, aber ich nehme an, seine Girokarte hatte er bei sich, denn in seinem Zimmer war sie nicht. Auf seinem Bankkonto waren hundert Pfund, als ich es übernahm, und es wurde jede Woche mehr. So viel Geld hätte er niemals einfach liegenlassen. Er hätte eine Menge Alkohol dafür kaufen können. Jetzt war mir klar, dass er wirklich nicht zurückkommen würde. Ich hätte alles kassieren können, aber ich meldete ihn bei der Sozialhilfe ab und ließ ihn arbeiten – zwei, drei Jobs gleichzeitig, wenn es sein musste.« Er beäugte Luke. Feine Äderchen durchzogen das Weiße seiner Augen. »Was werden Sie jetzt tun?«

Er hatte den armen Kerl genug gepeinigt. »Keine Sorge. Ich werde Sie nicht wieder behelligen. Um ehrlich zu sein, ich wünsche Ihnen viel Glück.« Unwillkürlich sah er sich im Zimmer nach Spuren von Pattens Recherche um, nach einem herausgerissenen Blatt aus einem Notizbuch vielleicht, aber er wusste, es war hoffnungslos. Der Tisch hatte keine Schubladen, und dieser Flüchtling war kein Sammelwütiger wie Sandy. Die Frage war sinnlos, aber er stellte sie trotzdem. »Seine Aufzeichnungen haben Sie wohl nicht behalten?«

Der Afrikaner schüttelte den Kopf. »Nur die Papiere, die ich brauchte, um arbeiten zu können. Geburtsurkunde, Versicherungskarte. Diese Notizbücher waren ja nicht das Papier wert, aus dem sie gemacht waren. Kennen Sie das, wie die Wörter auf der Seite nach oben kriechen, wenn Sie betrunken sind und zu lesen versuchen? So sah seine Schrift aus. Ich konnte sie nicht lesen. Hab alles in einem Park in den Papierkorb geworfen.«

ACHTUNDVIERZIG

Luke wollte jetzt nichts als Platz und Stille um sich haben, aber die Straßen bei dem Wohnheim wimmelten von Menschen, die ihm allesamt entgegenkamen. Unter Einsatz seiner Ellenbogen drängte er sich verzweifelt durch den Berufsverkehr in Richtung Strand. Das Wasser zog ihn an, und er hoffte verzweifelt darauf, dass die neuen und furchterregenden Rätsel, die jetzt in seinem Kopf herumwirbelten, zur Ruhe kommen und sich in eine schlichte Ordnung fügen würden, zu etwas, das er verstehen konnte wie die Linie zwischen Meer und Himmel.

Bei seinem Entschluss, Joss Grand direkt anzusprechen, war er davon ausgegangen, dass Patten noch irgendwo zu finden war. Diese Annahme – nein, diese *Gewissheit* – hatte jede seiner Entscheidungen seitdem geprägt. Als Grand bestritten hatte, mit Patten gesprochen zu haben, hatte Luke ihm geglaubt. Doch dann hatte er so getan, als wüsste er nichts von Sandy, und sich als Lügner erwiesen. Eine neue, bedrohliche Möglichkeit war jetzt unabweisbar. Er hatte gelogen, was Patten betraf, weil er ihn ermordet oder seine Ermordung befohlen hatte. Kein Wunder, dass er so freimütig geredet und sich dabei hatte aufnehmen lassen. Er spielte mit Luke wie eine Katze mit einer Maus, bevor sie sie tötet.

Es herrschte Flut, und der Strand war zu einem schmalen Kiesstreifen zwischen Esplanade und Meer geschrumpft, aber Luke wollte nicht an der Promenade bleiben, weil er

Angst hatte, der Bentley könnte plötzlich am Randstein herangekrochen kommen und ihn verschlingen. Er wanderte am dunkler werdenden Strand entlang zurück nach Hove. Er stolperte über Kieselsteine und verhedderte sich fast, und seine Schienbeine stießen gegen das vergammelte Holz, als er über die Buhnen sprang.

Im Cottage fühlte er sich nicht sicher. Panisch warf er ein paar Kleidungsstücke in den Rucksack und stopfte seinen Laptop und all seine Notizen in die Aktentasche. Dann stellte er beides an die Hintertür, sodass er, sollte jemand vor der Haustür auftauchen, hinten über die Mauer in Calebs und Belindas Garten flüchten konnte.

In der Küche ließ er Wasser in einen Becher laufen und blickte durch das schwarz spiegelnde Küchenfenster hinaus in den kleinen Garten im matten Licht der Sicherheitslampe am Nachbarhaus. In dem Hochbeet hinten an der Mauer wuchsen immer noch ein paar grüne Stiele, und eine oder zwei standhafte Geranien hatten ihre rosaroten Blütenblätter behalten. Luke erstarrte, und sein Becher floss über, als er daran dachte, wie Grand gefragt hatte, ob er in diesem Garten das Unkraut jätete. Oh Gott. Das konnte nicht sein. Hier, die ganze Zeit? Das Beet hatte er sich bei seiner ersten Durchsuchung von Haus und Garten nicht vorgenommen.

An der Außentoilette lehnte ein schräg zugeschnittenes Reststück von der Hartfaserplatte, mit der Caleb die Hintertür verschlossen hatte, nachdem Jem hier eingedrungen war. Es gab einen perfekten Spatenersatz ab. Luke fing an zu graben; er enthauptete die halb verwelkten Blumen und zerschnitt ihre Stiele, und er grub mit solcher Kraft, dass das Spanplattenstück schließlich entzweibrach und er mit den Händen weiterwühlen musste. Die Erde war anscheinend endlos tief, und seine Finger rissen an weißen Wurzeln, die leuchteten wie Gebeine, aber weich wie Gummi waren.

»Komm schon, Jasper«, keuchte Luke. »Komm, Kollege. Wenn du nicht hier drin bist, weiß ich nicht, was er mit dir gemacht hat.« Er steckte jetzt bis zu den Ellenbogen in der Erde und grub immer weiter, bis er das Hochbeet beinahe leergebuddelt hatte. Auf dem Grund fand er nichts als gegossenen Beton, wie er auch den Rest des Gartens bedeckte. Luke krümmte die Finger und unternahm einen letzten Versuch, wobei er sich an der rauen Fläche einen Knöchel aufschürfte. Der Schmerz ließ ihn aufschreien wie ein Kind. Er hörte, wie Calebs und Belindas Terrassentür aufglitt, und zog sich ungesehen in die Küche zurück.

»Fuck«, sagte er und hielt die Hand unter den Wasserhahn. Blut floss mit der Erde in den Abfluss. Er wusch sich die Hände, aber die schwarze Erde steckte unter seinen Fingernägeln. Als er sich Spülmittel auf die flache Hand spritzte, brannte die Schürfwunde wie Feuer. Er schaute in die Spüle, und ein Schwindelgefühl überkam ihn, so stark, dass er den Rand des Beckens mit beiden Händen umklammerte. Vielleicht lag es am Anblick des aufgerissenen Fingerknöchels, vielleicht auch daran, dass er seit Stunden nichts mehr gegessen hatte. Im ganzen Haus war nichts als ein gelblicher Rest Milch in einer Flasche. Noch einmal schwindelte ihn, er musste unbedingt etwas essen. Seine größeren Probleme würde es nicht lösen, aber es würde ihn zumindest befähigen, sie zu sortieren und zu analysieren.

Er blätterte in einem Stapel Speisekarten auf der Arbeitsfläche und bedeckte sie mit dunkelroten Fingerabdrücken. Himmel, das fehlte gerade noch in diesem Haus: noch mehr Blut, das weggewischt werden musste. Er fand immer noch Spuren von Jem, wo er nicht damit rechnete.

Luke war dabei, die Nummer der Pizzeria einzutippen, als das Telefon in seiner Hand klingelte. Es war Sandys Festnetznummer. In diesem Zustand konnte er unmöglich mit ihr sprechen. Er würde bestimmt mit irgendeinem Unsinn herausplatzen. Also würde er sich jetzt hinsetzen, etwas zu essen kommen lassen, sich waschen und essen, bevor er sie zurückrief. Als das Telefon verstummte, folgte nicht der übliche Wechsel zur Voicemail, sondern es fing sofort wieder an zu klingeln. Beim dritten Mal konnte er den Anruf nicht mehr ignorieren.

»Sandy?« Wider besseres Wissen hoffte er, dass es um etwas ging, das sich auf später verschieben ließe.

»Gott sei Dank, dass du dich meldest«, sagte sie mit zitternder Stimme. »Luke, ich habe eben gesehen, wie Joss Grands Wagen vor meinem Haus angehalten hat.«

Der Bentley war nirgends auf dem Platz zu sehen, obwohl es reichlich freie Parkplätze gab. Sandys Haustür stand offen, und Holzsplitter am Türrahmen verrieten, dass sie aufgebrochen worden war. Luke stieß mit der Fußspitze dagegen, und der Wind tat den Rest und wehte in den Hausflur hinein – eine Umkehrung des Bildes vom »Ausräuchern«. Der Wind hob einen Stapel von losen Zeitungsausschnitten auf dem Schrank hoch und verstreute ihn. Er fuhr durch die wirbelnden Blätter ins Wohnzimmer. Eine Tasse Kaffee auf dem Tisch war lauwarm.

Luke stürmte die Treppe hinauf und rief nach ihr. Die Stahltüren waren allesamt unverschlossen, und die Schlüssel steckten wie immer in den Schlössern. Er riss die Schränke in ihrem Schlafzimmer auf, denn das taten die Leute im Fernsehen auch immer. Wenn sie nicht voller Kleider waren, waren sie mit Papier vollgestopft.

Hatte er das Richtige getan, als er die Tür hinter sich geschlossen hatte? Er konnte sich nicht vorstellen, dass Sandy ihre Schlösser und Riegel geöffnet hatte, um Joss Grand in ihr Haus zu lassen. Ebenso wenig konnte er sich vorstellen, dass sie freiwillig mit ihm fortging. Allerdings konnte er sich ein Dutzend grausige Alternativen vorstellen, und jedes Mal war er selbst schuld. Im Geiste hörte er ihre Stimme am Telefon – verängstigt, alt. Ihm war übel vor Sorge und Schuldgefühlen. Charlene hatte recht: Er verdiente keine Freunde. Er schwor sich, neu anzufangen, wenn Sandy nichts passiert wäre. Er würde reinen Tisch machen und nie wieder jemanden benutzen.

Er versuchte, das Worst-Case-Szenario durch optimistische Mutmaßungen zu vertreiben. Am Telefon hatte sie gesagt, der Bentley habe draußen angehalten, aber durch Grand war Vaughan gezwungen, langsam zu machen, und so dürfte sie reichlich Zeit gehabt haben, ihnen zu entkommen. Vielleicht hatte sie das Haus über die Feuertreppe verlassen.

Luke blieb im Flur stehen und wusste nicht weiter. Sein Blick wanderte über das Durcheinander in der verzweifelten Hoffnung, irgendwo Rat und Hilfe zu finden. So viele Wörter in diesem Haus, und nicht eins, das ihm weiterhalf. Sein Blick blieb an der einen Tür im Haus hängen, die er noch nie offen gesehen hatte, unter der Treppe, so vertraut, dass sie fast unsichtbar war. Sandy hatte gesagt, der Keller sei feucht und schimmelig. Gab es ein besseres Versteck für sie? Er legte die Hand auf den glatten runden Türknauf und drückte.

Der Gestank von Feuchtigkeit drang ihm in die Nase, und sein leerer Magen zog sich zusammen. Er tastete an der Wand entlang nach einem Lichtschalter, und eine Glühbirne erwachte mit widerstrebendem Brutzeln zum Leben, wie nach einem langen Winterschlaf. Ein kurzer Absatz führte zu einer schrägen Holztreppe, fast so steil wie eine Leiter. Ein Halteseil war mit Eisenringen an der schmutzigen, verschimmelten Wand befestigt. Sonst gab es nicht viel zu sehen. Es war ein riesiger, aber fensterloser Raum, dessen rau verputzte Wände schwarz vom Schimmel waren. In einer dunklen Ecke stand eine alte Waschmaschine mit zwei Trommeln, und daneben sah er zwei fleckige Matratzen, Eimer und ein paar hart gewordene Zementsäcke. Der Boden bestand zum größten Teil aus Zement. Der feuchte Mief umgab ihn wie Sumpfgas und zwang ihn, mit offenem Mund zu atmen.

Ein leises Surren, zwei Fingerbreit links neben seinem Ohr, kam von einem Gaszähler. Die rotierende Silberscheibe sah aus wie eine Schallplatte in einer Mini-Musicbox. Darunter bewegten sich langsam die Ziffern eines Stromzählers. Luke wollte die Kellertür eben wieder schließen, als sein Blick auf etwas fiel, das ebenfalls an der Wand befestigt war. Es hatte die Form und die Größe einer Postkarte und war aus Metall, schwarz angelaufen und vernachlässigt, aber die Schrift war noch lesbar und unterschied sich von der in seinem Haus nur durch eine Ziffer:

Eine Jocelyn-Grand-Immobilie
Vermietungen und Hausverwaltungen
Telefon Brighton 62 54 45

Eine Sekunde lang fragte er sich verwirrt, ob er sich vielleicht in ein Nachbarhaus verirrt hatte und gar nicht in Sandys Haus war, aber sofort überschattete eine neue quälende Verwirrung alles andere. Was hatte das zu bedeuten? Das Haus musste früher in Grands Besitz gewesen sein, und Sandy und Ted hatten es seiner Firma abgekauft. Aber nein, Charlene hatte gesagt, Grand sammele Immobilien und habe seit der Gründung seines Unternehmens kein einziges Objekt verkauft, und so hatte er es auch gelesen. Lukes Gedanken kreiselten wie die kleine Silberscheibe im Zähler, immer schneller und verschwommener.

Dass jemand hinter ihm war, spürte er eine Sekunde zu spät. Der Schlag traf ihn am Hinterkopf. Ein weißglühender Schmerz schoss durch seinen Körper, aber er fühlte ihn nur kurz, und dann war alles dunkel.

NEUNUNDVIERZIG

Als er zum zweiten – oder zum dritten? – Mal zu sich kam, wurde der faulig feuchte Geruch überlagert vom süßen Dunst seines eigenen Urins, der seine Jeans durchdrang und ihn auskühlen ließ und seinen inneren Thermostaten von »kalt« auf »eisig« stellte. Er hatte Durst, ja, mehr als das, er konnte an nichts anderes denken. Das Tuch, das in seinem Mund steckte, war aufgequollen, es scheuerte an seiner Zunge und reizte seinen Würgereflex. Er wusste nicht mehr, wo er sich befand und was geschehen war. Das Gehirn lag lose in seinem Schädel und drohte, durch den Riss in seinem Hinterkopf herauszufallen. Die Fesseln an Hand- und Fußgelenken brannten wie Säure.

Denk nach. Erinnere dich. *Versuch's.*

Der Schmerz zerschnitt Fakten, Vorstellungen und Erinnerungen in kleine Einzelteile und warf sie durcheinander wie die bunten Glassplitter in einem Kaleidoskop. Sein Gedächtnis blitzte unregelmäßig auf. Eine dunkle fremdländische Stimme, die ihm sagte, Jasper Patten sei tot. Ein Beet, das er aufgrub. Der Strand, an dem er entlanglief. In welche Richtung, von wo nach wo?

Denk nach. Erinnere dich. *Versuch's.*

Sandy. Er war von Temperance Place zum Disraeli Square gelaufen, aber warum?

Gib dir Mühe.

Die knalligen Farben einer Pizzeria-Speisekarte. Ein klingelndes Telefon. Sandy, die weinte. Grands Auto vor ihrem Haus. Seine losen Erinnerungen begannen sich zusammenzufügen, aber er hatte das Gefühl zu träumen und traute ihnen nicht recht. Es war, als sehe er jemand anders dabei zu, wie er in die Schränke schaute, an den Türen rüttelte, die Treppe hinunterpolterte und …

Er wusste genau, wo er war. Die Gewissheit ließ Adrenalin durch seine Adern rauschen, und er richtete sich auf, soweit seine Fesseln es erlaubten. Aber diese Erkenntnis befriedigte ihn nicht, sondern beunruhigte ihn nur noch mehr. Da saß noch etwas anderes in seinem Gedächtnis, tiefer eingegraben, das er nicht zu fassen bekam. Warum dachte er ständig an Metall, an Bronze und Messing, an eine kleine rotierende Silberscheibe? Er war erschöpft von der Anstrengung zu denken, sein Hirn war ramponiert. Wenn der Schmerz das Erinnern erschwerte, so waren Überlegungen und Theorien vollends unmöglich.

Irgendwo über ihm knarrte eine Tür, dann noch eine. Ein Schalter klickte, und Licht leuchtete durch die Kapuze und färbte die Innenseite seiner Augenlider rot. Luke erstarrte und wagte nicht einmal zu zittern. Erst die unsicheren Schritte erinnerten ihn an die wacklige Treppe und das Halteseil an der Wand. Dann zerrten Hände an der Kapuze, und als der Teil, der seine Brille bedeckte, sich löste, erkannte er, dass es sich in Wirklichkeit um einen Stoffstreifen handelte, der in seinen Mund gestopft und dann um seinen Kopf gewickelt worden war wie bei einer Mumie. Unvermittelt starrte er die Glühbirne an und war geblendet. Er presste die Augenlider zusammen, aber vorher brannte sich noch ein violetter birnenförmiger Klecks in seine Netzhaut und fing an, hin und her zu schweben.

Er konnte nicht sehen, wer ihn gerettet hatte, aber ihren Duft würde er überall erkennen: eine brennbare Mischung aus Elnett-Haarspray und Zigaretten. Er empfand abwechselnd Erleichterung, weil Sandy nichts passiert war, Dankbarkeit, dass sie zurückgekommen war, um ihm zu helfen, und Ärger, weil sie sich damit in Gefahr gebracht hatte. Sie fummelte weiter an dem Schal herum, als suche sie das Ende. Als sie es gefunden hatte, zog sie es mit einem Ruck herunter. Der Stoff, der in seinem Mund steckte, wurde herausgerissen und scheuerte die Innenseite seiner Wangen und seine Zunge auf.

»Sandy, Gott sei Dank, dir ist nichts passiert«, sagte er – das heißt, er wollte es sagen, aber die Worte waren ein langgezogenes trockenes Krächzen, das in der Kehle kratzte und seine Lippen aufspringen ließ. Durch das Blut, das salzig und metallisch schmeckte, floss Speichel in seinen Mund, und er fand seine Sprache wieder. Er versuchte es noch einmal. »Wir müssen weg hier, uns in Sicherheit bringen. Hilf mir.«

Er riskierte es, die Augen wieder zu öffnen. Eine Klecksparade aus Glühlampen marschierte quer durch sein Gesichtsfeld. Lange Fingernägel schoben seine verrutschte Brille nach oben, und eine Hand, weich wie Papier, schmiegte sich an seine Wange.

»Ach Luke«, sagte sie mit ruhiger Stimme, was ihn völlig durcheinanderbrachte. Dies war nicht der Augenblick, ihn zu trösten. Er musste raus aus diesem Loch, und sie mussten weglaufen, selbst wenn sie sich nur auf den Platz retten konnten, wo sie ungeschützt waren.

»Binde mich los«, sagte er. »Die werden gleich zurück sein.« Er schaute nach unten und bereute es sofort. Seine nach hinten gekrümmten Beine sahen aus, als endeten sie bei den Knien. Es war nur eine optische Täuschung, aber ihm wurde trotzdem übel.

»Hab ich dir nicht gesagt, wenn du dich mit Joss Grand einlässt, kommst du in die Bredouille?«

Sie wusste also Bescheid. Die beiden Säulen, die er so mühsam auseinandergehalten hatte, waren ineinandergestürzt. Wenn Sandy wusste, dass er mit Grand gesprochen hatte, hieß das, dass Grand auch über die Reichweite seiner Beziehung zu Sandy im Bilde war?

»Ich weiß nicht, was er dir erzählt hat, aber es wird alles gut, wenn wir jetzt von hier verschwinden. Ich hab die ganze Sache aufgezeichnet. Na ja, nicht das, was dich betrifft, aber ich hab ihn dazu gebracht, den Mord an Nye zu gestehen. Es ist alles auf meinem … oh.« Sein Magen krampfte sich zusammen, als ihm klar wurde, dass sie sein Telefon hatten.

»Warum konntest du es nicht einfach auf sich beruhen lassen, du dummer Junge?« Er konnte es ihr nicht verdenken, dass sie wütend war. Es passte ihm nicht, dass sie es auf diese Weise erfahren hatte, viel zu früh und noch dazu von Grand. Gut. Okay. Schön. Es war nicht das Ende der Welt, weil er ja das Geständnis bekommen hatte. Jetzt musste sie ihn nur noch rechtzeitig hier rausbringen. Es gab viel zu besprechen, und später würde er sich den Kopf über eine passende Entschuldigung zerbrechen. Aber nicht jetzt, verdammt!

»Hör zu, wir reden später darüber. Sandy, kannst du die Fesseln aufbinden oder durchschneiden? Wir müssen weg. Die werden wiederkommen.«

Sie nahm die Hand von seiner Wange und hockte sich hin. Warum half sie ihm nicht?

»Luke, es tut mir leid. Du bist zu weit gegangen. Ich kann nicht. Ich habe versucht, dich zu warnen.«

»Herrgott, Sandy«, sagte Luke. »Jeder würde denken, du willst mich nicht hier rausbringen.« Das hatte er scherzhaft gemeint, und er schaute ihr ins Gesicht und wartete darauf, dass sie lachte oder es abstritt, aber das geschah nicht. Entsetzen befiel ihn, und er musste es niederkämpfen. »Bitte sag nicht, dass du mich hierhergebracht hast.« Er unterdrückte ein irres Lachen bei der albernen Vorstellung, wie Sandy ihn auf der Schulter die Treppe heruntertrug. Sonst hätte sie ihn nur hinunter in den Keller werfen können, und sosehr seine Glieder auch schmerzten, er glaubte nicht, dass er sich etwas gebrochen hatte, wie es bei einem Sturz aus zweieinhalb Metern Höhe auf den Zementboden unvermeidlich wäre. Etwas raschelte und scharrte hinter der Ziegelwand.

»Na los, Sandy, sag mir, dass ich paranoid bin.« Seine Stimme klang selbst in seinen Ohren nicht überzeugend. »Sandy?«

Sie antwortete nicht, sondern warf einen Blick auf die Uhr und spähte die Treppe hinauf, als warte sie auf jemanden. Luke folgte ihrem Blick. Die Tür war ein perfektes Rechteck aus weißem Licht. Sein Blick blieb an einer blanken Oberfläche neben der Tür hängen. Die Silberscheibe, die in seinem Kopf rotierte, entsprach der Scheibe im Zähler an der Wand, und jetzt erinnerte er sich glasklar an die kleine Plakette, die darüberhing. Er sprach, bevor er Zeit für Vermutungen hatte, und seine Stimme brach bei jedem Wort.

»Sandy, dieses Haus gehört Joss Grand.«

Noch immer kam das Dementi nicht, das er hören wollte. Sandy wandte den Blick nicht von der Tür. Eine neue ungeheuerliche Idee überrannte Luke wie ein rasender Güterzug. Sandy war nicht ohne Grands Wissen hier, sondern mit seiner Erlaubnis, seinem Segen. Statt die Kluft zwischen den alten Feinden zu verbreitern, hatte er sie durch sein Doppelspiel irgendwie geeint. Warum, konnte er nicht sagen, aber es ergab Sinn. Es erklärte, dass Sandy zögerte, und es erklärte, wie er hierhergekommen war. Sie hätte ihn nicht so fesseln können, aber Grand wusste, wie es ging, und er hatte jemanden bei sich, der Luke k.o. schlagen und ihn die Treppe heruntertragen konnte wie ein Kind.

FÜNFZIG

Der Schmerz beim Sprechen machte die Worte so kostbar wie Wasser, das man mit der Hand schöpft: jedes Wort ein Tropfen, den er nicht verschütten durfte.

»Sandy, wartest du auf Grand?«

»Ach Luke, sei doch vernünftig«, sagte sie knapp, ohne sich zu ihm umzudrehen. »Ich habe seit über zehn Jahren nicht mehr mit Joss Grand gesprochen. Er weiß nicht, dass du hier bist. Er wird in diesem Augenblick in Pantoffeln oben in der Dyke Road hocken. Mein Gott, er ist der Letzte, dem ich sagen würde, dass du hier bist.«

Lukes neue Theorie löste sich in Luft auf und hinterließ eine noch größere Verwirrung, die ihm den Atem raubte.

»Aber er ist … ist er dein Vermieter?«

»Das könnte man sagen.«

»Was heißt das?«

»Ich zahle keine Miete für das Haus. Joss und ich haben eine Übereinkunft. Er lässt mich hier wohnen, und dafür schweige ich weiter.«

Fünf Sekunden vergingen, bevor ihn die Erkenntnis wie ein Schlag in den Magen traf.

»Du erpresst ihn?«

Sie zog einen Schmollmund wie ein Kind. »Erpressung würde implizieren, dass ich es nicht verdiene. Aber du kannst nicht behaupten, dass er mir nichts schuldet.«

Das war alles zu viel. Ein kleiner schwacher Teil seiner

selbst sehnte sich danach, der Erschöpfung nachzugeben, die ihn bedrängte.

»Aber … Sandy, wie konntest du ihn denn erpressen?«, fragte er mir rauer Stimme. »Er hat deine Familie bedroht. Er hat dich in Angst und Schrecken versetzt. Und selbst wenn nicht, hätte dein Wort gegen seins gestanden.«

»Nicht ganz.« Ihre Kniegelenke knackten, als sie aufstand. Sie ging im Keller auf und ab, wobei ihre Absätze auf dem Zementboden wie ein Metronom klickten, das ihrer Plauderstimme einen lyrischen Rhythmus verlieh. »Weißt du, normalerweise trinke ich ziemlich gemäßigt. Ich weiß, ich trinke zu viel, aber ich gerate nicht außer Kontrolle wie die jungen Mädchen heute. Ich kann an zwei Fingern abzählen, wie oft mir vom Trinken übel war.«

Ihre Fußknöchel waren auf seiner Augenhöhe, und von dem rhythmischen Hin und Her wurde ihm schwindlig. »Das erste Mal war es an dem Abend auf dem Pier. Das zweite Mal, als du mit deiner Flasche aufgekreuzt bist. So besoffen war ich nicht mehr, seit ich ein junges Mädchen war, und mir wurde genau im richtigen Moment schlecht. Ich glaube fast, es war mein Unterbewusstsein, das mich vor mir selbst gerettet hat.«

»Sandy, hör auf, in Rätseln zu sprechen.«

Klick. Klick. Klick. »Ich war so dicht davor, dir zu erzählen, was mit der Brille passiert ist. So dicht.« Sie hielt Daumen und Zeigefinger zwei Zentimeter weit auseinander und blieb vor Luke stehen. Ein paar Herzschläge lang schwieg sie und schien über etwas nachzudenken. Als sie wieder sprach, klang ihre Stimme so unbekümmert, dass es ihm eiskalt über den Rücken lief. »Na, ich nehme an, jetzt schadet es nichts mehr, wenn du es weißt. Jetzt kann ich sagen, was ich will.«

Lukes Haut glänzte von Schweiß, als ihm klar wurde, warum sie so ungehemmt redete. Diesmal geschah es nicht aus Freundschaft, weil sie Vertrauen hatte oder betrunken war. Sie redete drauflos wie jemand, der wusste, dass sein Zuhörer bald für immer schweigen würde. Aber das würde sie nicht tun. Das konnte sie nicht tun. Nicht mit ihm. Nicht mit einem Freund. Eine eiskalte Woge der Panik wich sofort einem warmen Gefühl des Einverständnisses – nein, der Kapitulation –, und ein gefährliches Behagen machte sich unmerklich in ihm breit.

»Als ich dir von jenem Abend auf dem West Pier erzählt habe, habe ich dir nicht alles verraten. Du erinnerst dich, dass ich gesagt habe, der Fahrer habe die Brille ins Meer geworfen?«

Er versuchte zu nicken.

»Tja, das stimmt auch, aber es ging so schnell, dass er nicht gesehen hat, was ich gesehen habe. Eins der Brillengläser rutschte über den Boden und blieb unter meiner Schuhspitze stecken. Als sie Jackys Leiche anstarrten, bückte ich mich und hob es auf. Ich wickelte es in mein Kopftuch und steckte es ein. Und ich habe es noch heute. Ich bin der einzige Mensch, der beweisen kann, dass Grand am Tatort war. Sein Brillenglas – für ihn angefertigt und wahrscheinlich auch mit seinen Fingerabdrücken – entsprach der Brille in Jacky Nyes Hand und war mit seinem Blut beschmiert. Du hast es buchstäblich angefasst. Mir schlug das Herz bis zum Hals.«

Sie hatte sich warmgeredet und konnte nicht mehr verhehlen, mit welcher Freude sie ihre letzte Trumpfkarte ausspielte.

»Es ist Teil meines Museums. In ein Seidentuch gewickelt in einer kleinen Schublade. Du hast das Tuch befingert, als wolltest du es herausziehen, dann wäre das Glas verunreinigt gewesen. Ich war drauf und dran, deine Hand wegzureißen. Ich bin um zehn Jahre gealtert, und dann hast du dich stattdessen mit der Telefonmembran beschäftigt.«

Luke versuchte, sich zu entsinnen und im Rückblick noch irgendein Kribbeln zu fühlen, das ihm hätte sagen müssen, dass er ganz nah dran war, aber er konnte sich nicht einmal an ein Seidentuch erinnern. War das wieder eine von Sandys Wahnvorstellungen? Inzwischen war alles durch Täuschungen und Lügen getrübt, und er wusste nicht mehr, ob Absicht dahintersteckte oder nicht.

Der Zweifel bewirkte, dass er krächzte wie ein Frosch. »Sandy, ich weiß nicht mal mehr, ob ich dir noch glauben soll.«

»In diesem Fall lüge ich nicht!«

Empört verzog sie das Gesicht. Sie drehte sich um und stieg die Treppe hinauf, unsicher erst, ihre Absätze blieben an den Stufen hängen. Sie war seine Gefängniswärterin, nicht mehr seine Freundin, und vielleicht würde sie noch zu seiner Mörderin werden, aber er rief trotzdem: »Lass mich nicht allein!«

Ihm war, als zögere sie kurz, bevor sie die Tür hinter sich schloss.

Allein im eiskalten Keller, bemühte Luke sich, nicht das Bewusstsein zu verlieren, indem er eine Bestandsaufnahme all dessen machte, was er sehen konnte. Das war anstrengend; trotz seiner Brille sah er alles nur verschwommen, seltsam wellig verwaschen, nicht so wie normalerweise, wenn die Gläser verschmiert waren. Eine Wolldecke lag zusammengefaltet vor einer bröckeligen Wand. Wahrscheinlich war sie verschimmelt wie alles hier, aber er sehnte sich trotzdem nach der Wärme, die sie ihm spenden würde. Ein Rattenskelett kauerte davor. Rauchfreier Brennstoff und ein Sack

Gips, der vermutlich für die notdürftige Reparatur der Wand gegenüber benutzt worden war. Alles war von Feuchtigkeit durchdrungen. Luke sah zu, wie die Schimmelflecken an der weiß gestrichenen Wand Figuren und Gesichter bildeten, die sich wieder auflösten. Als er aufwachte, war sie wieder da, und zwei Finger näherten sich seinem Hals, als wollte sie nach seinem Puls tasten. Die Erleichterung in ihrem Gesicht war so deutlich zu erkennen wie wohl die Überraschung in seinem.

»Hast mir einen Schrecken eingejagt«, sagte sie zärtlich. Ein Spalt tat sich in der Rüstung ihres Wahnsinns auf, und er griff nach dem rettenden Strohhalm.

»Sandy, das bist nicht du. Bitte, kannst du mir wenigstens die Hände losbinden? Ich bin verzweifelt.«

Sie ließ nicht erkennen, dass sie ihn gehört hatte, sondern kniete sich neben ihn und faltete ein mit einem geometrischen Muster in grellen Farben bedrucktes Tuch auseinander. Es fiel neben dem groben Baumwollstreifen zu Boden, der um seinen Kopf gewickelt gewesen war. Sie umfasste eine Ecke des Tuchs und hielt ein trüb verschmiertes Stück Glas hoch. Staunend starrte sie es an, als wäre es ein Rohdiamant. Die feinen schwarzen Linien, die es bedeckten, mussten getrocknetes Blut sein, jahrzehntealt. Jacky Nyes Blut. Luke erschauerte ehrfürchtig.

»Das Wunder ist, je länger ich es habe, desto größer wird seine Macht«, sagte Sandy. »Ich meine, 1968 hätte sie auf der augenärztlichen Verordnung für Joss und Jackys Blutgruppe und ein paar Fingerabdrücken beruht. Ein anständiger Anwalt hätte sich da rauswinden können. Aber gegen Ende der Achtziger gab es die genetischen Fingerabdrücke … und die Macht war größer denn je und die Sache wasserdicht.«

»Aber selbst …« Die klappernden Zähne zerhackten Lukes

Worte. »Selbst damit wusste er doch immer noch, wo deine Schwester war. Wie hast du den Mut aufgebracht, ihm entgegenzutreten?«

»Ich sagte ja, ich bin nicht sofort zu ihm gegangen. Vorher musste einiges passieren. Die Hauptsache war, dass ich mich abhärtete. Jedes Mal, wenn ich eine von diesen verdammten Lobhudeleien schrieb, härtete ich mich ein bisschen mehr ab. Du darfst nicht vergessen, dass ich neben dem Zeug, das ich für ihn schreiben musste, einen Beruf als normale Reporterin ausgeübt hab. Ich war täglich im Gericht und stellte gleichzeitig meinen Ausschnittdienst auf die Beine.«

Luke stöhnte. Krämpfe isolierten einzelne Muskelgruppen trennscharf wie auf einer medizinischen Abbildung. Jetzt brannte sein Oberschenkelmuskel, jetzt sein Quadrizeps. Sandy redete einfach weiter. Lediglich ihre Stimme war lauter geworden, das einzige Zeichen dafür, dass sie ihn gehört hatte.

»Aber dann passierten zwei Dinge.« Sie klang plötzlich abwesend und entfernte sich immer mehr von ihm. »Janet heiratete wieder, zog nach Kanada und nahm einen neuen Familiennamen an. Nicht mal Joss Grand würde sie jetzt noch finden können, dachte ich. Und das andere war, dass ich ein bisschen Pech hatte. Als Ted starb, stand ich im Regen. Er hatte keine Lebensversicherung und keine Pension, und ich stand auf einmal allein da und konnte mir die Miete für ein Haus nicht mehr leisten, das zu groß für mich war. Wie gesagt, ich hatte mein Archiv schon gegründet, aber es war noch in der Anfangsphase, in der ich mehr investieren musste, als ich damit verdiente. Ich kam nicht über die Runden. Wir Frauen hatten es zwar weit gebracht, aber ich verdiente immer noch die Hälfte von dem, was man einem Mann für den gleichen Job gezahlt hätte. Man rechnete ja nicht damit, dass ich mich selbst würde ernähren müssen, denn ich hatte Ted. Und dann hatte ich ihn plötzlich nicht mehr.«

Luke konnte sie nicht zum Weiterreden drängen, aber das war auch nicht nötig. Die Worte flossen von allein. Wenn doch nur alle Interviewten glauben könnten, der Interviewer werde bald sterben, dachte er, dann wäre sein Job wirklich easy.

»Ich wartete, bis er mich das nächste Mal kommen ließ. Es kam ungefähr zweimal im Jahr vor, dass irgendein großes Ding lief, mit dem er angeben wollte, und ich behielt die Nerven, obwohl mein Geld knapp wurde. Was ich an dem Abend auf dem Pier gefühlt hatte, war nichts im Vergleich zu dem Gefühl, als ich an seine Tür klopfte, auch wenn ich dachte, ich sei vorbereitet, denn ich hatte ein Foto von dem Brillenglas bei mir. Ich wusste, was ich haben wollte: eine Wohnung und einen Beitrag zu meinem Lebensunterhalt. Er konnte es sich leisten. Er war bereits einer der reichsten Männer in Sussex.«

Luke keuchte jetzt vor Schmerzen.

»Wir saßen in seinem Büro, er in seinem großen Drehsessel, und ich verzog während des ganzen Interviews keine Miene. Ich gab meinen Text per Telefon durch, und er hörte zu, und als ich aufgelegt hatte, zeigte ich ihm das Foto. Ich sagte, ich hätte das Glas irgendwo in einem Tresor, zusammen mit einer schriftlichen Erklärung, was es sei – nur für den Fall, dass er gewalttätig werden sollte. Weißt du noch, wie ich gesagt habe, ich wünschte, ich hätte eine Kamera im Auge? Ich hätte alles dafür gegeben, seinen Gesichtsausdruck festzuhalten, als er begriff, was ich gegen ihn in der Hand hatte. Das ganze Kräfteverhältnis zwischen uns kippte, und ich hatte das Gefühl zu schweben wie auf einer Kinderwippe, wenn es nach oben geht.«

Sie fächelte sich Luft zu, obwohl es so kalt war, dass man ihren Atem sah. Luke verstand jetzt endgültig das Ausmaß ihres Wahnsinns und wusste, dass er dagegen machtlos war.

»Dave fuhr uns in die Firma in der West Street. Es war halb sieben, und die Angestellten waren schon gegangen. Joss brauchte ungefähr eine halbe Stunde, um dieses Haus aus den Büchern verschwinden zu lassen. Und er ließ es wirklich verschwinden: Er zerriss sämtliche Unterlagen und nahm die Besitzurkunden mit, sodass die Mitarbeiter nichts vermissen würden. Dann fuhr er mich hierher und gab mir die Schlüssel. ›Dave wird dir monatlich dein Geld durch den Briefschlitz werfen‹, sagte er. Er war so förmlich, dass ich mich fast wunderte, dass er keinen Vertrag aufsetzte.

Und so stand ich vor diesem Haus mit dem Schlüssel in der Hand und wagte eine ganze Weile nicht, die Tür zu öffnen. Ich weinte ein bisschen – vor Erleichterung, nehme ich an. Ich weiß noch, dass so ein alter Knabe aus dem Haus gegenüber kam und fragte, ob alles in Ordnung wäre, und, Luke, am liebsten hätte ich mit ihm getanzt und ihm gesagt, es sei mir niemals besser gegangen. Dieses … dieses Joch, das ich auf meinen Schultern getragen hatte, seit ich ein junges Mädchen war – es war weg, und dafür hatte ich selbst gesorgt! Ich hatte für Gerechtigkeit gesorgt!« Ihre Augen, groß und trotzig, waren auf Luke gerichtet, aber sie starrte durch ihn hindurch in ihre eigene Vergangenheit.«

Ich habe mir eingebildet, genau das für dich zu tun, dachte Luke. Das Unrecht, das dir angetan wurde, in deinem Namen zu beseitigen.

»Danach wurde Grand wirklich zum Einsiedler, weißt du«, fuhr Sandy fort. »Die Geschichten in den Zeitungen hörten auf, und er fing an, nur noch hinter den Kulissen zu wirken. Nicht nur weil ich nicht mehr für ihn schrieb, sondern weil er sich nicht länger beim Publikum einschmeicheln wollte. Ich hatte unter seiner Knute gestanden, und jetzt war ich der einzige Mensch auf der Welt, der ihn einsperren lassen konnte.« Ihre Wehmut verwandelte sich plötzlich in Wut. »Und jetzt gehst du hin und ruinierst das alles. Denn wenn du dieses beschissene Buch schreibst, nimmst du mir meinen Lebensunterhalt und alles, wofür ich je gearbeitet habe. Meine erste Karriere wurde mir gestohlen, Luke, und das lasse ich nicht noch einmal zu!«

Luke wagte es nicht, die hässliche Wahrheit auszusprechen, dass es sich hier nicht um eine Karriere handelte, dass ihre Sammelwut eine Krankheit war, keine Profession. Tränen brannten in seinen Augen und schnürten ihm die Kehle zu. Er dachte daran, wie sie voller Angst vor Joss Grand auf der Türschwelle gestanden hatte. Aber es war nicht der alte Mann, vor dem sie Angst hatte. Dazu hatte sie seit Jahren keinen Grund mehr. Es war Luke selbst, den sie fürchtete – besser gesagt, die Gefahr für ihr Archiv, die er verkörperte. Etwas, das von ihm in Bewegung gesetzt worden war, hatte eine ganz eigene unvorhersehbare Dynamik entwickelt.

Von oben kam ein Geräusch, das nicht von einer Ratte stammte. Sandy hatte es auch gehört. Die Schritte waren unüberhörbar und schwer, nicht stockend wie die eines kranken alten Mannes. Als schlage ein riesiger Hammer auf einen riesigen Nagel, und irgendetwas wurde über den Boden geschleift.

Sandy klackerte zum Fuß der Treppe und rief ins Haus hinauf. »Bist du das?« Ihre Worte hallten unheilvoll im Keller wider.

»Moment«, antwortete eine Stimme, die Luke kannte. »Ich komme jetzt runter.«

EINUNDFÜNFZIG

Das Bedrohlichste an Vaughan war ausnahmsweise nicht seine Größe. Es waren die Handschuhe, die er trug – dünne weiße Vinylhandschuhe, wie Ärzte sie bei Untersuchungen benutzten –, und die zusammengerollte Plastikplane unter seinem Arm. Beides zusammen kündete von vergossenem Blut und Beweisspuren und einer letzten Reise im Kofferraum eines Autos. Seine riesigen Füße knirschten auf den Kügelchen von getrocknetem Rattenkot auf dem Boden des Kellers. Ohne Luke in die Augen zu sehen, untersuchte er ihn kurz und zog an dem Strick, mit dem seine Handgelenke zusammengebunden waren, um sich zu vergewissern, dass das Paket gut verschnürt war. An den Fleece-Aufschlägen der Ärmel seiner Bomberjacke hingen Holzsplitter. War die aufgebrochene Haustür auch nur Täuschung gewesen?

Vaughan beugte sich über Luke und betrachtete sein Gesicht. Dann ließ er seine Handgelenke los. Warme Flüssigkeit lief über Lukes rechte Hand, als die Haut aufriss. Er wollte schreien, aber er brachte nur ein Wimmern zustande.

»Ist er immer noch nicht hier?«, fragte Sandy ungeduldig, und Vaughan schüttelte den Kopf. »Wirklich nicht? Keine Spur von ihm?«

Sie sah wieder auf die Uhr. Luke fragte sich, wie spät es sein mochte oder welcher Tag es war. Es kam ihm vor, als sei es Tage her, dass er zuletzt gegessen, und Wochen, seit er etwas getrunken hatte. Wen, wenn nicht Grand, mochten sie erwarten? Auch wenn sie unterschiedliche und gegensätzliche Beweggründe hatten, war er das Verbindungsglied zwischen ihnen, der Grund dafür, dass sie hier waren.

»Keine Spur von wem?«, röchelte Luke. »Und wie kommt es, dass du und Vaughan … Ich wusste nicht, dass ihr euch überhaupt kennt.«

»Na selbstverständlich kennen wir uns«, sagte Sandy. »Ich hab dir erzählt, dass Dave mir jeden Monat mein Geld durch den Briefschlitz geworfen hat. Als er gegen Ende der Neunziger in Rente ging, hat Vaughan diesen kleinen Job übernommen.«

»Ich dachte, wir hätten vereinbart, dass der Knebel drinbleibt?«, knurrte Vaughan. »Was redest du überhaupt mit ihm? Was hast du ihm erzählt?«

»Ich dachte, es kommt nicht darauf an«, sagte sie nervös. »Nicht angesichts …«

»Darum geht es nicht. Wir hatten einen Plan. Herrgott, dein Mundwerk.«

Vaughan warf die Plane auf den Boden und postierte sich am Fuße der Treppe. Mit der Konzentration eines Raubtiers lauerte er auf ihren nächsten Gast. Luke glaubte zu sehen, dass seine Ohren zuckten.

»Weißt du, in all den Jahren, in denen Dave mir das Geld gebracht hat, ist er nie auf eine Tasse Tee hereingekommen«, erzählte Sandy. »Aber Vaughan hat sofort ja gesagt, als ich ihn das erste Mal fragte. Dave war ein Schoßhündchen, wirklich. Er hat nichts getan, was Joss ihm nicht ausdrücklich erlaubt hat. Aber Vaughan ist sein eigener Herr. Nicht wahr?«

»Ich warne dich«, sagte Vaughan.

»Ach, was kann das jetzt noch schaden?«, sagte Sandy, aber

sie blinzelte heftig und schluckte, und als sie weitersprach, hatte der Versuch der Rebellion an Kraft eingebüßt.

»Anfangs sprachen wir über alles Mögliche, nur nicht über das Geld. Es zeigte sich, dass wir viel miteinander gemeinsam hatten. Ich war nicht die Einzige, die von Grand beschissen worden war. Er ließ Vaughan für einen Bruchteil dessen arbeiten, was ihm eigentlich zugestanden hätte. Wegen seiner Vorstrafe wäre es für Vaughan natürlich nicht so einfach gewesen, einen anderen Job zu finden, und so bekam er das Gehalt eines Fahrers, obwohl er in Wirklichkeit auch als persönlicher Assistent und Bodyguard arbeitete. Er hatte drei Jobs, nicht wahr? Was Grand ihm dafür bezahlte, war okay, aber nichts, verglichen mit dem, was er sich zu bezahlen hätte leisten können, und nicht genug, um gut davon zu leben. Vaughan hat fast dreißig Jahre lang für Grand gearbeitet und nie einen freundlichen Treuebonus bekommen, nur ein paar Fünfziger in einem Umschlag zu Weihnachten. Wenn man sich überlegt, wie reich dieser Mann ist und was er seinen Leuten zahlen könnte … und wenn man daran denkt, was Vaughan für Grand getan hat – Dinge, die weit über seine Pflicht hinausgingen. Welche Risiken er eingegangen ist. Aber er könnte keinen anderen Job mehr bekommen. Wer sich darauf eingelassen hat, für jemanden wie Grand zu arbeiten, hat sich aus dem normalen Arbeitsmarkt praktisch ausgeklinkt. Wenn das nicht eine kleine Gefahrenzulage wert ist, dann weiß ich nicht, was es ist.«

Die Kenntnis von Vaughans wahrem Erbe brannte Luke in der Kehle, aber sie würden ihm niemals glauben. Selbst in seinen Ohren würde es klingen, als habe er es soeben erfunden – eine verzweifelte Lügengeschichte, die ihm aus der Patsche helfen sollte.

»Mein Geschäft war schon mau, als ich Vaughan kennenlernte«, erzählte Sandy weiter. Ihre Finger zuckten und kreisten in der Luft, und er verstand, was sie sagten: *Ohne eine Zigarette halte ich das nicht aus.* »Aber ich wusste nicht, dass es am Ende war. Ich glaubte leider, das Internet wäre nur ein Strohfeuer. Rückblickend denke ich, ich hätte die ganze Sache damals schon aufgeben sollen, aber weißt du, ich dachte, je mehr Geld ich in meine Sammlung steckte, desto mehr Kunden würde ich anlocken, und dann würde ich schon wieder auf die Beine kommen. In manchen Wochen hatte ich kaum genug zu essen, weil ich so viele Zeitungen kaufen musste. Und dann bin ich eines Tages einfach zusammengeklappt und habe Vaughan davon erzählt. Ich weiß, man würde es nicht glauben, wenn man ihn so sieht, aber er kann sehr gut zuhören.«

Luke fragte sich, ob sie nicht jemanden, der kaum jemals ein Wort sprach, mit einem aufmerksamen Zuhörer verwechselte.

»Er hat kein Urteil gefällt oder so etwas, und als ich fertig war, kam er mit seiner Idee.«

»Einer Idee?«, wiederholte Luke. Das alles klang mehr und mehr wie eine von Sandys Phantasien.

»Er sagte, ich würde mich zu billig verkaufen. Tatsächlich weiß ich noch genau, was er sagte. ›Du könntest ihm das Zwei- oder Dreifache dessen abnehmen, was er dir zahlt, und er würde es nicht merken. Es würde einfach so durchlaufen. Fuck, er ist stinkreich.‹ Er werde die ganze Sache für mich aushandeln, sagte er, und die Hälfte von dem kassieren, was Joss zu bieten hätte. Anfangs war ich wirklich skeptisch. Was wäre, wenn er es darauf ankommen ließe, dass ich meine Drohung mit dem Brillenglas wahr machte? Aber Vaughan sagte, ich solle ihm vertrauen, und dann ging er zu Grand und unterbreitete ihm den neuen Vorschlag. Wir konnten ihn auf tausend im Monat hochhandeln. Fünfhundert für jeden!«, sagte sie triumphierend.

Luke zwang sein ramponiertes Hirn auszurechnen, wie viel Geld sie machten, und überprüfte die Summe mehrmals, weil ihm das Ergebnis so mager erschien. Aber die Zahlen waren jedes Mal die gleichen. Das alles für bloß zwölftausend im Jahr?

»Ehrlich gesagt, Luke, meine Arbeit wäre ohne dieses zusätzliche Einkommen schon vor Jahren am Ende gewesen. Ich habe das nicht aus Habgier getan, sondern wegen meines Archivs.«

Draußen wurde laut eine Autotür zugeschlagen.

»Sei still!«, sagte Vaughan zu Sandy. Sie hielten den Atem an. Aber es klingelte nicht, niemand klopfte, und Zeit verging, bis klar war, dass der Autofahrer woanders hinwollte. Sandy und Vaughan schauten auf die Uhr und sahen einander fragend an.

»Hast du versucht, ihn einfach anzurufen?«, fragte Sandy.

»Sei nicht albern«, antwortete Vaughan. »Wie soll das gehen?«

»Ach ja, natürlich.« Sie schnalzte mit der Zunge und tadelte sich leise selbst, als sei ihr soeben klar geworden, dass sie ausgegangen war, ohne das Bügeleisen abzuschalten.

»Er hat gesagt, er kommt, oder? Dann wird er auch jeden Augenblick da sein.«

Sandys Stimmung änderte sich erneut, als dämmere ihr jetzt, wie ernst die Situation war. »Gut, denn ich weiß nicht, wie lange der da noch durchhält.« Sie faltete das Tuch zusammen und strich damit über Lukes Stirn. Als sie es hochhielt, war es schweißnass. »Wir müssen ihm etwas geben, um ihm über die Runden zu helfen. Er nützt uns nichts, wenn er …«

Luke wusste nicht, dass er das Bewusstsein verloren hatte, bis er wieder zu sich kam. Als er die Augen öffnete, stand Sandy mit einer Flasche Mineralwasser über ihm. Sie beugte sich herunter und hielt ihm die Flasche an die Lippen. Ihr zurückgekämmtes Haar fiel nach vorn wie eine Kapuze. Er ließ das Wasser auf seine Zunge fließen. Die ersten Tropfen schluckte er nicht, denn sie wurden von seiner Mundhöhle absorbiert wie von einem trockenen Schwamm, aber dann trank er so vorsichtig, wie er konnte. Er fühlte, wie das Wasser durch ihn hindurchfloss, durch verzweigte Bahnen seine Glieder erreichte, in den ausgedörrten Hohlraum zwischen Gehirn und Schädel wirbelte und ihm Sprache und Verstand zurückgab. Gern hätte er in großen Schlucken getrunken, aber Sandy hielt die Flasche in einem Winkel, sodass er genau die richtige Menge abbekam, und der sanfte Druck an seinen Lippen erinnerte ihn daran, wie behutsam sie seine Wunden gesäubert hatte. Er appellierte an die letzten Reste ihres Mitgefühls.

»Sandy, bitte«, flehte er. Mit frisch befeuchtetem Mund fiel das Sprechen leichter. »Du musst das doch nicht tun. Ich dachte, du bist meine Freundin.«

»Wag es ja nicht, hier von Freundschaft zu reden«, knurrte sie und entblößte ihr grau werdendes Zahnfleisch. »Du hast mich zuerst belogen. Hast so getan, als ob du den Fall zu den Akten gelegt hättest. Hast mich behandelt wie ein dummes altes Weib.«

»Nein«, widersprach Luke. »Nein, das akzeptiere ich nicht. Ich habe gern Zeit mit dir verbracht. Fuck, Sandy, ich hab das alles für dich getan! Ich wollte die Story schreiben, um dich von ihm zu befreien.«

»Ach Luke, du dummer Junge, das war das Letzte, was ich wollte. Warum musstest du dich einmischen?« Ihm war, als sehe er echtes Bedauern in ihrem Blick, aber was hatte das schon zu bedeuten? Seine Urteilskraft, auf die er einmal so stolz gewesen war, hatte sich auf verhängnisvolle Weise als mangelhaft erwiesen.

ZWEIUNDFÜNFZIG

Luke verlagerte sein Gewicht auf der Matratze, damit die Spannung an seinen Handgelenken nachließ, aber stattdessen zerrte der Strick an seinen Füßen. Er presste die rissigen Lippen zusammen, um nicht vor Zorn und Schmerz aufzuschreien. Wie konnten sie es wagen, ihm so etwas anzutun? Aber dies war nicht der Augenblick, um aus der Haut zu fahren. Lieber atmete er so gleichmäßig, wie die Qualen und die Wut es erlaubten, und als er sich das Sprechen wieder zutraute, versuchte er, seine Strategie zu ändern.

»Ich werde das Buch nicht schreiben, wenn es das ist, was du willst. Du kannst bei mir zu Hause den Computer zertrümmern, meine Notizen verbrennen. Es ist alles zusammen in einer Tasche an der Hintertür. Wenn du diese Tasche vernichtest, existiert das Buch nicht mehr. Ich habe keine Sicherheitskopien. Ich kann meine Agentin anrufen und ihr sagen, ich gebe das Projekt auf. Du kannst mithören. Wir können es sofort tun, wenn du mir mein Telefon bringst. Ich verlasse Brighton, und du wirst nie wieder etwas von mir hören. Ich gehe zurück nach Australien, mit dem ersten Flug, den ich bekommen kann. Aber bitte, Sandy, bitte, lass mich gehen.«

»Darum geht es nicht«, sagte Sandy. »Du wüsstest Bescheid.«

Wieder eine Niete. Er zog die einzige Karte, die er noch übrig hatte.

»Ich bin kein Mensch, der einfach so verschwinden kann. Die Leute würden sich Sorgen machen, weil ich ihnen etwas bedeute. Sie werden nicht lange brauchen, um mich zu finden. Marcelle und Cecil im History Centre wissen beide, dass ich dich hier besucht habe, Sandy. Wenn ich vermisst werde, kommen sie zu dir. Ich meine, überleg doch. Überall im Haus müssen Spuren von mir sein. Meine Fingerabdrücke an deinen Möbeln. Mein Blut auf deinem Fußboden, Herrgott noch mal.«

Vaughan ging um Luke herum, sank in die Hocke und untersuchte ihn mit der unbeteiligten Gründlichkeit eines Pathologen. »Eigentlich ist das Blut nur auf der Matratze, und die ist leicht zu beseitigen. Ein bisschen Paraffin drauf, und ab geht's.« Seine fleischigen Hände imitierten eine Explosion. Luke sah im Geiste die brennende Matratze und darauf seine brennende Leiche. Tränen traten ihm in die Augen. »Aber du wirst sowieso nicht hier gefunden werden. Wir machen eine Spazierfahrt mit dir.«

Sandy schnappte nach Luft, aber der Blick, den sie Luke zuwarf, verriet ihm, dass sie nicht geschockt war, weil sie etwas Neues erfahren, sondern weil Vaughan es so einfach ausgeplaudert hatte.

»Was denn?«, sagte Vaughan. »Du hast doch angefangen. Er kann es ruhig wissen. Die Küste von Sussex ist viele Meilen lang. Da gibt es eine Menge Steilfelsen.« Es machte ihm Spaß, diesem Scheißkerl. Er hatte Sandy gemaßregelt, weil sie ihm das Was und Warum verraten hatte, aber als es um das Wie ging, schwatzte er genüsslich.

»Du musst verstehen, dass wir es nicht einfach weiterlaufen lassen können«, sagte Sandy. Ungeduld kämpfte gegen Sorge und gewann. In Vaughans Tonfall klang kein solcher Konflikt durch, keine Bitte um Entschuldigung.

»Wir hätten dich schon vor Wochen gestoppt, wenn wir gekonnt hätten«, sagte er. »Aber es hat eine Weile gedauert, bis wir die nötigen Maßnahmen getroffen hatten, um dich … zum Schweigen zu bringen.« Er bemühte sich, ein Lächeln zu unterdrücken, und Luke glaubte zu wissen, warum. Vaughan war stolz auf seine Arbeit. Nicht auf seinen Job als Grands Laufbursche, sondern auf seine private, seine *eigentliche* Arbeit. Darin ist er wirklich gut, dachte er. Er tut sie mit der gleichen Begeisterung, mit der ich eine Story entwickle, und der Verlockung, sich damit zu brüsten, kann er nicht widerstehen. Vaughan bekam sein Grinsen in den Griff und redete weiter. »Wir mussten dafür sorgen, dass wir jemanden fanden, dem wir die Sache in die Schuhe schieben konnten. Jemanden, der als gewalttätig und instabil in Erscheinung getreten ist und der einen Grund hätte, dich zu beseitigen.«

Ein Lachen brach sich Bahn durch die Tränen, und Verachtung verdrängte seine Angst. Vaughan war also doch nicht das kriminelle Superhirn, für das Sandy ihn hielt. »Niemand wird jemals glauben, Joss Grand könnte so etwas mit mir machen! Er kann ja ohne Hilfe nicht mal ein Gespräch führen.«

»Nein, kann er nicht«, sagte Vaughan zustimmend. »Aber Jeremy Gilchrist kann es.«

Das Lachen brach so abrupt ab, wie es angefangen hatte.

»Jem?« Er sah Sandy an und wartete auf eine Bestätigung, und er bekam sie, als sie wegschaute. »Aber der würde doch nicht …«

»Nicht?«, sagte Vaughan. »Aber er ist im Zusammenhang mit dir schon aufgefallen. Die Polizei in Sussex weiß von ihm. Du hast seine Telefonnummer sperren lassen, und er hat sich in einem Verfahren wegen Körperverletzung gegen dich schuldig bekannt. Das haben wir alles schriftlich.«

Luke schnappte nach Luft, als er daran dachte, wie vertrauensvoll er Sandy alles erzählt und wie er ihr den verschlossenen Umschlag gegeben hatte, in dem er Jems Drohungen aufgelistet hatte. Sie war es, die ihn dazu gedrängt hatte, es zu verfassen, und zwar in der Nacht, als er zu ihr gegangen war, nachdem Jem bei ihm eingedrungen war. Er war in dem Augenblick gerührt gewesen, weil sie sich so sehr um ihn sorgte. Aber es war eigennützige Hinterlist. Wusste sie von der Absprache mit Grand? Hatte Vaughan ihr davon erzählt? War er schon an dem Abend, als er mit ihr in den Club gegangen war, ein toter Mann gewesen? Hatte sie sich, als sie seine Wunden versorgte, schon überlegt, wie sie ihn aus dem Weg räumen könnte? Dass der Verrat schon so lange dauerte, machte alles nur noch schlimmer, und Luke empfand Ekel. Die Unverhältnismäßigkeit gegenüber seiner eigenen, in bester Absicht verübten Täuschung war grotesk und abscheulich.

»Was habt ihr mit ihm gemacht?«

»Wir haben gar nichts gemacht. Du hast ihm gestern gemailt und ihm ein Angebot gemacht, das er nicht ablehnen kann.« Vaughan tippte mit einem behandschuhten Finger auf das Display. Das Vinyl quietschte auf dem Glas und blieb kleben, und er musste den Handschuh ausziehen, um das kleine Umschlag-Icon zu berühren. Er hielt Luke das Telefon so dicht vor das Gesicht, dass er es fast mit der Nase berührte. Die Buchstaben wirbelten ein paar Sekunden lang wie Stare durcheinander, bevor sie sich zu Sätzen fügten.

Darling Jem, du fehlst mir. Ich war im Unrecht, und es tut mir sehr, sehr leid.
Serena hat mir gesagt, wo du warst. Du musst durch die

Hölle gegangen sein. Bitte lass mich alles wiedergutmachen.
Komm zu mir. Ich habe jetzt eine neue Adresse:
33 Disraeli Square. Es ist schön hier.
Lass es uns noch einmal versuchen.
Alles Liebe, immer. Luke

Das Telefon wurde weggerissen, bevor er Gelegenheit hatte, die Absendezeit zu sehen oder den Text noch einmal zu lesen, aber er kannte ihn sowieso schon auswendig. Gott, es klang genau wie das, was er vielleicht vor einem Jahr noch geschrieben hätte. Die Grenzüberschreitung hätte nicht größer sein können. Er hatte Sandy – oder sonst jemandem – niemals erzählt, wie er und Jem miteinander sprachen. Folglich mussten sie die alten SMS-Nachrichten gelesen haben. Unzählige Male hatte er sein Telefon bei ihr herumliegen lassen, wenn er in die Küche gegangen war, um Drinks zu machen, oder wenn er rasch Zigaretten geholt hatte. Nicht im Traum hatte er daran gedacht, dass die selbst ernannte Technophobikerin es auch nur in die Hand nehmen würde. Aber sie musste es getan und Jems und Lukes Privatsprache studiert haben, bis sie sie selbst fließend beherrschte, und dann hatte sie eine Nachricht an den einzigen anderen Muttersprachler geschickt. Sie gab sich selbst keine guten Noten als Schreiberin, aber sie hatte seinen Ton perfekt getroffen.

»Seine Antwort lese ich nicht vor, denn sie ist ein bisschen zu …« Vaughan machte eine schlenkernde Handbewegung. »Aber er wollte heute Morgen um zehn losfahren und müsste jeden Augenblick hier sein.« Mit einem schnappenden Geräusch zog er den Handschuh wieder an und wischte mit dem Saum seines Sweatshirts das Telefondisplay ab.

Da Luke nicht wusste, wie spät es war, hatte er keinen Anhaltspunkt, wann Jem hier wäre. Überprüfte er in einer Raststätte sein Spiegelbild? Kaufte er in einer Weinhandlung eine teure Flasche? Fuhr er im Schritttempo durch den dichten Brightoner Verkehr? Umkreiste er, von falschen Hoffnungen erfüllt, den Square auf der Suche nach einem Parkplatz? Hoffentlich war irgendetwas schiefgegangen. Vielleicht hatte Jem, abgelenkt und aufgeregt, irgendwo am Stadtrand ein anderes Auto gerammt und sich ein Schleudertrauma oder einen Rippenbruch zugezogen und lag im Krankenhaus. Dann würden die beiden Luke das Schlimmste antun, ohne auch Jem ins Verderben zu stürzen. Alles Unrecht, das Jem ihm je angetan hatte, löste sich in Luft auf.

»Sandy, Vaughan, das ist doch maßlos überzogen. Wie könnt ihr so grausam gegenüber Jem sein? Das hat er ebenso wenig verdient wie ich.«

»Ich habe keine Wahl.« Sandy war trotzig wie eine Tigermutter, die ihr Junges beschützt. »Du hast mich dazu getrieben.«

Er ging im Kopf all die Verbrechen durch, echte oder fiktionale, von denen er gelesen oder über die er etwas im Fernsehen gesehen hatte. »Hör zu, das kann nicht funktionieren. Hört mir zu, alle beide. Angenommen, ihr zieht diesen lächerlichen Plan durch, angenommen, ihr ...« Er musste sich zwingen, diese Worte, die aus einem Krimi hätten stammen können, wirklich auszusprechen. »Angenommen, ihr bringt mich um und versucht, Jem die Tat in die Schuhe zu schieben. Man wird herausfinden, dass die Schürfwunden an meinen Handgelenken früher entstanden sind, Stunden vor meinem Tod. Jem wird beweisen, dass er woanders war, als mir diese Verletzungen zugefügt worden sind. Er wird bestimmt auf dem Überwachungsvideo einer Tankstelle zu sehen sein oder seine Kreditkarte irgendwo benutzen. Sobald die Polizei mit ihm redet, wird sie wissen, dass es eine abgekartete Sache ist.«

Er war sich nicht sicher, ob er recht hatte, aber zu seiner Genugtuung sah er, wie Sandy ihrem Komplizen einen Blick zuwarf, in dem Zögern oder auch Panik lag.

»Das Seewasser wird das alles erledigen, wenn wir dich weit genug wegbringen und dafür sorgen, dass du lange genug drinliegst.« Vaughan schnaufte. Luke konnte nicht erkennen, ob er ebenfalls bluffte. »Und außerdem wird die Polizei gar nicht mit Jem sprechen. Wir haben praktisch ein unterschriebenes Geständnis. Was steht da noch drin, Sandy?«

Ein unterschriebenes Geständnis? Luke war verwirrt.

»Ehrlich, mir bleibt nichts anderes übrig, als es so zu beenden«, antwortete Sandy. Bei diesen schrecklich vertrauten Worten drehte sich ihm der Magen um. »Hoffentlich verstehst du das und bist dir auch über deine Verantwortung im Klaren ... Ich hoffe, so kann ich dich mit meiner Einsamkeit umschließen, für immer ... bla, bla, bla ...«

Luke stieß ein langgezogenes, leises Stöhnen aus. Er erinnerte sich, wie er Sandy den Brief gezeigt hatte. Er hatte es getan, um an sie heranzukommen, um ihr etwas von sich zu geben, damit sie sich ihm öffnete, und sich so ihre Freundschaft zu sichern. Angesichts der Ironie des Ganzen kam ihm die Galle hoch. Tagelang, ja, wochenlang hatte er nicht nachgesehen, ob der Brief wohlbehalten im Geheimfach seiner Aktentasche lag. Ohne Zweifel würde er nicht mehr unter den Papieren sein, die er in die Tasche gestopft hatte.

»Siehst du?«, sagte Vaughan. »Es funktioniert, wenn er dich mitnimmt, oder? Gut, dass er einen Hang zum Drama hat. Und sehr rücksichtsvoll von ihm, kein Datum draufzuschreiben.«

Angst und Wut trieben ihn über die Schmerzbarriere, und

er schrie um sein Leben, bis seine Lunge leer war, so laut, dass er sicher den ganzen Platz aufweckte.

»Sei still«, sagte Sandy. »Sei still, halt's Maul!« Sie drückte ihm die Hand auf den Mund. Er schmeckte Schweiß. Seine Stimme stieß wie eine Faust gegen ihre Hand, und er versuchte, sie zu beißen, aber sie umklammerte seinen Kiefer. Sie tastete hinter sich nach dem Schal, mit dem sie ihm den Kopf umwickelt hatten, und stopfte ihn tiefer in seine Kehle als beim ersten Mal.

Plötzlich spürte Luke, wie der Speichel sich in seinem Mund sammelte, aber es war schon zu spät, und er musste sich übergeben. Das Wasser, das er so gierig getrunken hatte, schoss mit Magensäure versetzt durch seine Speiseröhre herauf. Es konnte nirgends hin, und er musste sich entscheiden, ob er es schlucken oder daran ersticken wollte. Er zwang es wieder hinunter und fühlte sich so grenzenlos elend, dass ihm ein Moment lang alles egal war und er sterben wollte. Wenn es jetzt zu Ende wäre, könnten sie Jem vielleicht nicht mit hineinziehen. Fast wäre es das wert, um Vaughan und Sandy ihre Genugtuung zu vereiteln.

Er schloss die Augen und machte sich bereit loszulassen. Das Licht auszublenden war eine wunderbare Erleichterung, und er zwang die roten Wogen hinter seinen Lidern zu verblassen, sodass alles schwarz wurde. Aber das Leben saß fest in ihm und widerstand seinem Versuch, alles gehen zu lassen. Ein geräuschvolles Tasten über ihnen holte ihn in die Welt zurück, ein ferner dumpfer Schlag – und dann, lauter, das träge Kreischen der Haustür, die aufging. Er öffnete seine Lider wieder, und das Licht stach wie ein heißer Dorn in seine Augäpfel.

»Bitte sehr«, sagte Vaughan. »Er ist gekommen. Ist Liebe nicht was Großartiges?«

»Hol ihn herunter«, sagte Sandy.

Vaughan knackte in den Gummihandschuhen mit den Fingerknöcheln. Mit einem Fuß verharrte er auf der untersten Stufe und lauschte den Schritten über ihnen. Sie klangen leicht, zögernd und ungleichmäßig, die stockenden Schritte eines Menschen, der zum ersten Mal durch einen Raum geht. Luke spitzte die Ohren und wartete darauf, dass Jem seinen Namen rief, aber sein eigener mühevoller Atem rauschte in seinen Ohren. Er wollte durch seinen nassen Knebel einen Warnruf nach oben schicken, aber er konnte froh sein, wenn er überhaupt Luft bekam.

Luke war so sicher gewesen, die Gestalt von Jem in der Kellertür zu erblicken, dass es einen Moment dauerte, bis das projizierte Bild seine wahre Form annahm. Es schrumpfte und krümmte sich, und aus dem großen schlanken Mann wurde eine schmächtige, gebeugte Gestalt, die einen Sauerstoffzylinder unter dem Arm trug.

Joss Grand betrachtete die Szene, die sich unter ihm darbot: Vaughan, der an der Treppe stand, Luke am Boden liegend, gefesselt nach seiner berüchtigten Methode, und Sandy vor ihm kniend wie Maria Magdalena.

»Was zum Teufel«, sagte er, »geht hier vor?«

DREIUNDFÜNFZIG

Die aufflackernde Hoffnung, Grand sei gekommen, um ihn zu retten, erlosch wieder, als Luke die Verwirrung im Gesicht des alten Mannes sah. Grand schaute auf Sandy herab, strahlte aber keine Autorität aus. Das Machtverhältnis war zum ersten Mal in fünfzig Jahren nicht mehr klar. Soeben hatte sie die Beziehung zwischen ihnen mit dem Bild einer Kinderwippe beschrieben, und Luke hatte den Eindruck, mit einem Mal balancierten sie auf dem Drehpunkt, und keiner von beiden wusste, sollte er sich herabsenken oder vom Boden abstoßen.

»Vaughan? Ich hab den Wagen draußen gesehen. Was machen Sie hier? Sie sollten erst nächste Woche herkommen.« Er spähte in den Keller hinunter. »Fuck, Vaughan, was hat der Junge getan?«

Er glaubte also immer noch, dass Vaughan auf seiner Seite stand. Es würde wehtun, wenn er die Wahrheit hörte: der König, verraten von seinem Kronprinzen.

»Was machen Sie hier, Sir?«, fragte Vaughan, und trotz der förmlichen Anrede tat er es ohne die gewohnte Ehrerbietigkeit. Grand verstand immer weniger, und seine Stimme wurde lauter.

»*Ich* frage Sie. Sie haben gesagt, Sie wollten ins Fitness-Studio. Kommen Sie, Vaughan, keine albernen Spielchen.«

Sandy rang tatsächlich die Hände. Vaughan hatte sich besser in der Gewalt; nur ein Zucken an seiner rechten Wange verriet seine Panik, bis er antwortete.

»Ich … ich …« Ausnahmsweise hatte er sich auf dem falschen Fuß erwischen lassen. Ihr Plan war aus dem Ruder gelaufen. Was stand jetzt für die beiden auf dem Spiel? Ihr ganzes Arrangement hing davon ab, dass Grand am Leben blieb und nichts ahnte. Jetzt galt nur noch eins von beidem. Nach dieser Geschichte würde Vaughan wohl kaum seinen Job behalten, geschweige denn Sandy weiter in diesem Haus leben können, und das ließ vermuten, dass das Leben des reichen Mannes genauso wenig wert war wie Lukes. Würden sie sie jetzt beide umbringen? Wer würde der Erste sein, und wer würde zusehen müssen? Wie würden sie es tun? Und was bedeutete das für Jem, der jeden Augenblick eintraf? Würde er sie womöglich retten, oder wäre er das nächste Opfer, das die Treppe herunterkäme? Luke wusste es nicht. Und seinen Kidnappern schien es genauso zu gehen.

Er versuchte, Grand zu warnen, aber er wusste, wie vergeblich sein erstickter Schrei war. Selbst wenn er dem Alten verständlich machen könnte, dass Vaughan der Letzte war, dem er vertrauen konnte, der seine Fragen beantworten würde, hätte Grand doch weder die Zeit noch die Kraft wegzulaufen.

Alle Blicke richteten sich auf Vaughan. Er geriet zusehends aus der Fassung, und sein Gesicht glänzte von Schweiß.

»Vaughan?«, sagte Sandy leise. »Was sollen wir jetzt tun?«

Vaughan mochte ein meisterhafter Planer sein, aber jetzt handelte er ohne Vorbedacht. Er sprang zur Treppe, langte nach oben und schlang seinen massigen Arm um Grands Beine, sodass der alte Mann einknickte. Er zog ihn an den Fußknöcheln herunter und ließ ihn auf dem letzten Stück einfach fallen. Alte Knochen prallten auf nackten Zement.

Etwas knackte, und Grand flatterte wie ein abgeschossener Vogel. Die Sauerstoffflasche rollte in eine dunkle Ecke.

Sandy näherte sich ihm auf Zehenspitzen, und als Grand zuckte, sprang sie nervös zurück, als habe sie eine Maus gesehen. Luke seufzte innerlich vor Erleichterung, als sie die noch halb volle Wasserflasche nur um eine Handbreit verfehlte. Speichel befeuchtete seinen scheußlichen Knebel, und mit seiner pelzigen Zunge schob er den Baumwollstoff ein kleines Stück weiter aus dem Mund.

Die beiden stiegen die Treppe hinauf. Vaughan nahm die Stufen mit einem Riesensatz, Sandy trippelte hinterher wie ein Eichhörnchen. Von der Tür aus betrachteten sie ihre Gefangenen. Ihre Autorität lag jetzt nur noch darin, dass sie körperlich im Vorteil waren.

»Hast du noch mehr von dem Strick?«, fragte Sandy in diesem unnützen Flüsterton. »Solltest du ihn nicht fesseln? Während wir auf den anderen Kerl warten und überlegen, was wir tun sollen?«

»Ich hab nur noch genug, um einen zu fesseln«, sagte Vaughan. »Du hast gesagt, der andere ist groß. Aber keine Sorge, er kann ohne meine Hilfe nicht mal pissen gehen. Nie im Leben kommt er allein diese Treppe hoch. Wir schließen sie nur für ein Weilchen ein.«

»Vaughan?«, sagte Grand, und seine Stimme war plötzlich die eines hilflosen alten Mannes. Der Name auf seinen Lippen war ein Pfeil, der Lukes Herz durchbohrte, aber von Vaughan prallte er ab wie an einem Panzer. Er schaute hinunter auf die hilflosen Gestalten auf dem Boden und drückte wortlos die Tür zu. Der Schlüssel drehte sich im Schloss, und ihre gedämpften Stimmen verhallten.

In wie vielen schimmelig feuchten Kellern mochte Grand im Laufe seines Lebens schon gewesen sein? Anscheinend fühlte er sich hier ganz wie zu Hause, buchstäblich in der Unterwelt, matt beleuchtet von der nackten Glühlampe und umgeben von dunklen Ecken und düsteren Schatten. Abgesehen davon, dass er am Boden lag, verrieten nur ein schwarzer Fleck an seinem Mantel und eine verrutschte Krawattennadel, dass er nicht freiwillig hier gelandet war.

Grand setzte sich abrupt in drei Etappen auf, jede begleitet von einem schmerzhaft langen flachen Atemzug. Trotzdem kam Luke nicht umhin, immer noch den alten Boxer zu bewundern, der sich von der Matte erhebt, um den Handschuh zu küssen, obwohl er weiß, dass sein Gegner ihn gleich wieder zu Boden schlagen wird.

Endlich hatte Luke den Knebel ausgespuckt. Der Schal hing feucht und eklig um seinen Hals.

»Mr Grand, ist alles in Ordnung?«

»Lassen Sie mir einen Augenblick Zeit, damit ich wieder Luft kriege.« Er kroch hinüber zu seiner Sauerstoffflasche.

»Passen Sie auf die …«, fing Luke an, aber es war zu spät. Als Grands Hand sich um den Hals des Zylinders schloss, stieß er mit dem linken Fuß die Mineralwasserflasche um. Der locker aufgeschraubte Verschluss drehte sich auf dem Boden wie eine Münze, und der restliche Viertelliter Wasser floss heraus. Eine kleine Pfütze breitete sich aus. So dreckig der Boden auch war, wenn sie in seiner Nähe gewesen wäre, hätte Luke das Wasser aufgeleckt. Verzweifelt sah er zu, wie Schmutz und Staub es aufsaugten.

»Gott, Junge, wie sehen Sie denn aus?«, keuchte Grand, als er wieder mit seinem Rettungsschlauch verbunden war. »Ich kann immer noch erkennen, wann einer ins Krankenhaus gehört. Was haben Sie getan, um das zu verdienen? Und wieso ist er mit ihr abgehauen?«

Verdammt, wo sollte er anfangen? Bei der Arbeit an seinem Buch hatte er genug Halbwahrheiten erzählt – und wohin hatte es sie alle gebracht? Luke beschloss, ihm alles zu offenbaren. Hoffentlich würde Grands Herz durchhalten. Er versuchte, nicht viele Worte zu machen, und redigierte sie im Kopf, bevor er sie aussprach.

»Er steckt mit drin. Bei der Erpressung.« Grand fuhr hoch. Ob er erschrak, weil Luke von der Erpressung wusste, oder ob er fassungslos war, weil Vaughan daran beteiligt war, konnte Luke nicht sagen. »Sie haben das Geld jahrelang miteinander geteilt. Deshalb wollten sie mich beseitigen. Wenn ich die Wahrheit bekannt mache, verlieren sie ihr Geld.«

Grand ging sofort in die Defensive. »Das würde er nicht tun. Nicht Vaughan.« Luke fühlte sich mieser als damals, als er ihm die Nachricht von Kathleens Tod überbracht hatte. Trotzdem brauchte er einen Hammer, um den Nagel vollends einzuschlagen. Liebe und Vertrauen brachten sie jetzt beide in Gefahr.

»Es tut mir leid, aber es stimmt. Überlegen Sie doch. In all den Jahren, in denen Dave ihr das Geld brachte, hat sie nie mehr Geld verlangt. Und ein paar Monate nachdem Vaughan den Job übernommen hat, stellt sie plötzlich neue Forderungen?«

Grands Gesicht fiel schlaff in sich zusammen, als der letzte Fels in seiner Welt zu Staub zerfiel.

»Ich habe ihn behandelt wie einen …« Grand brach ab und keuchte, und Luke fragte sich, welches Wort ihm auf der Zunge gelegen hatte. Bruder? Sohn? Sandy und Vaughan sind oben im Wohnzimmer, dachte Luke. Sie gingen nicht mehr umher, sondern stritten miteinander, eine Stimme tief, die andere schrill.

»Das ist alles meine Schuld«, sagte Grand.

»Was!?«

Noch während er es akzeptierte, verschloss Grand die Augen vor der Realität. »Wenn ich offen zu ihm gewesen wäre, wenn er gewusst hätte, dass er mich beerben würde, dann hätte er so was nicht nötig gehabt, oder? Meine Schuld, dass ich Psychospielchen gespielt habe.«

»Mr Grand, der Mann ist ein Monster. Sehen Sie sich doch an, was er getan hat, nur für ein bisschen Taschengeld! Wenn er gewusst hätte, dass er richtiges Geld zu erwarten hat, hätten Sie keine fünf Minuten mehr zu leben gehabt, nachdem die Tinte auf Ihrem Testament getrocknet war.«

»Taschengeld kann man das ja wohl kaum nennen«, sagte Grand und verzog den Mund. Luke war erstaunt: Der Millionär zählte immer noch jeden Penny. »Mann, wenn ich hier heil rauskomme, rufe ich meinen Anwalt an, bevor Sie enterbt sagen können.«

Wenn sie lebend hier herauskämen. Das war das größte Wenn in Lukes Leben. Plötzlich wurde ihm klar: Wenn Grand ihm von vornherein die Wahrheit über Sandy gesagt hätte, wären sie jetzt beide nicht hier. Offenheit war ansteckend. Luke legte los.

»Ich wünschte, Sie hätten es mir erzählt, verdammt«, sagte er, und die Worte brannten ihm in der Kehle. »Ich hab Sie geradeheraus nach dem Mädchen im roten Mantel gefragt, und Sie haben es bestritten. Wenn Sie mir gesagt hätten, dass sie Sie erpresst hat, wäre ich nie wieder hergekommen.«

»Hören Sie, ich hab Ihnen gegeben, was Sie haben wollten«, erwiderte Grand. »Sie haben ein Mordgeständnis bekommen. Darauf hatten Sie es doch abgesehen, oder? Ich fand nicht, dass es wichtig war – nicht nachdem Sie Ihren Knüller hatten.« Er vollführte wieder seinen alten Trick und sprach beim Ein- und beim Ausatmen. Luke hatte sich an das Geräusch so sehr gewöhnt, dass er es gar nicht mehr bemerkt hatte, aber Grand hörte sich an wie ein Ungeheuer.

»Sie hielten es für okay, den Mord an Ihrem besten Freund zu gestehen, aber nicht, dass Sie eine Frau bedroht haben?«

Luke hatte die Frage sarkastisch gemeint, aber offensichtlich berührte sie Grands willkürlichen Kavalierskodex.

»Ganz recht«, sagte er. »Es war keine Sternstunde meines Lebens, als ich sie bedroht habe, und ich bin ganz sicher nicht stolz darauf, dass ich einem Flittchen vom lokalen Käseblatt erlaubt habe, mir ein kleines Vermögen aus dem Kreuz zu leiern. Das ist ein Grund, weshalb ich Ihnen erzählt habe, was ich mit Jacky gemacht hab. Um aus diesem Arrangement rauszukommen.«

»Wie meinen Sie das?«

»Darum bin ich heute Abend hier. Um ihr zu sagen, dass ihr kleines Spielchen zu Ende ist.« Grand rang nach Atem. Also wäre Sandys Spiel so oder so aus gewesen. Luke entspannte sich, als er spürte, wie ein Teil der Verantwortung für ihre gegenwärtige Lage sich auf Grands Schultern verlagerte.

»Ich wollte ihr sagen, dass sie hier ausziehen soll ...« Während Grand wieder langgezogen röchelnd einatmete, begriff Luke, dass er sein Leben mit großer Sicherheit Grand verdankte, weil er heute Abend Sandy seine Entscheidung hatte mitteilen wollen. »... und dass es mir egal ist, was sie mit ihrem verschissenen Beweisstück macht.«

»Sie hat mir das Brillenglas gezeigt, bevor Sie hergekommen sind«, sagte er. »Es war nie in einem Tresor. Sie hatte es die ganze Zeit hier. Und jetzt ist es in ihrer Tasche.«

Grand stieß ein bitteres Lachen aus. »Dieses gerissene Luder«, sagte er, und sein ärgerlicher Ton war nicht frei von Bewunderung. »Noch ein Grund, die Sache zu beenden. Sie hat mir wirklich 'ne Menge Geld abgeknöpft.«

Sein Geiz meldete sich wieder. »Bei allem Respekt, aber es wundert mich, dass es Ihnen überhaupt aufgefallen ist.«

Grand plusterte sich auf, so gut er konnte. »Natürlich fallen mir zwölf Riesen im Monat nicht auf.« Er schien seinen Fehler nicht zu bemerken. »Aber es gibt viele, denen es anders gehen würde. Ich habe an meine Sozialprojekte zu denken. Wofür gibt sie es denn eigentlich aus? Für ihren verdammten Haushalt jedenfalls nicht, das kann ich Ihnen sagen. Rattenscheiße überall.«

»Zwölf Riesen im Jahr, meinen Sie«, korrigierte Luke ihn.

»Im *Monat.*« Die Ungeduld machte ihn noch kurzatmiger. »Vaughan bringt Cassandra zwölftausend Pfund Cash, jeden Monat. Morgens früh, am ersten Montag des Monats, wenn ich in der Firma bin.«

Mit einem Schlag erkannte Luke das ganze Ausmaß von Vaughans Betrug. Um zu begreifen, was sie getan hatten, musste er laut denken, auch wenn er dabei auf Grands verletzten Gefühlen herumtrampelte.

»Mein Gott, er hat sie auch beklaut. Wenn Sie ihm monatlich zwölftausend geben, dann behält er … Verdammt noch mal, er behält elfeinhalb davon! Sie kriegt nur fünfhundert. Er hat Sie beide verarscht.« Die letzten Puzzlesteinchen fügten sich ineinander, und sie passten schrecklich genau. »Es hat mich gewundert, dass sie finden, mein Tod sei eine so mickrige Summe wert. Na ja, nicht sie – sie ist verrückt, wenn es um die Unterlagen hier geht, denn sie sind alles, was sie hat. Aber *er* … Ich konnte nicht verstehen, weshalb ein Mann wie er für so wenig alles riskiert. Aber, Moment … über hunderttausend im Jahr, solange er es am Laufen hält? Das leuchtet ein. Ich meine, das ist das Doppelte von dem, was die meisten Leute im Jahr verdienen …« Seine Stimme versagte wieder, und seine Kehle zog sich zusammen. Sein Gaumen war so trocken, dass er zu reißen drohte. »Ich kann mir vorstellen, dass das ein Menschenleben wert ist. Oder zwei.«

Oder drei – je nachdem, was passierte, wenn Jem kam.

VIERUNDFÜNFZIG

Ein plötzlicher, heftiger Krampf in seinem Oberschenkel ließ Luke aufschreien. Grand schob sich an die Matratze heran. Er schleifte sein linkes Bein hinter sich her wie eine tote Last. Luke wunderte sich, dass er nicht schrie, aber das einzige Indiz, dass er Schmerzen hatte, war, dass er bei jeder Bewegung scharf nach Luft schnappte.

»Lassen Sie mich mal Ihre Handgelenke ansehen«, sagte Grand. »Können Sie sich umdrehen?«

Luke rollte sich auf den Bauch. Grand stieß einen Pfiff aus, als gäbe er eine professionelle Schadensbewertung ab, als Diagnose so ausdrucksvoll wie das Stirnrunzeln eines Arztes.

»Wie schlimm ist es?«, fragte Luke.

»Ihr Gesicht sieht daneben hübsch aus. Die haben Sie ordentlich in die Mangel genommen, was?«

»Können Sie die Fesseln lösen?« Er wagte nicht, sich die verkrümmten Finger vorzustellen, die nicht aussahen, als könnten sie einen Knopf öffnen.

»Ich brauche was, womit ich den Strick durchschneiden kann. Es muss hier doch irgendwo einen Werkzeugkasten oder etwas mit einer Klinge geben.« Grands Stimme wurde matter, und er atmete noch mühsamer, als er über den Boden rutschte. Wieder rollte eine Woge der Erschöpfung über Luke hinweg und drückte auf seine Lider. Angestrengt hielt er die Augen offen. In einer dunklen Kiste in einer Ecke fand

Grand ein altmodisches Taschenmesser mit Elfenbeingriff und einem rostigen Scharnier. Er klappte es auf und drückte die Schneide prüfend an seinen Finger. Es sah aus, als taugte es bestenfalls als Buttermesser. Er musste sägen, statt zu schneiden. Aber auch wenn das Messer noch so stumpf war, als es Lukes wundes Handgelenk berührte, schrie er in die Matratze. Sekunden später kam die Erleichterung, als die Fessel sich löste. Grand ließ das Messer fallen und hustete vor Anstrengung.

Luke stützte sich ab und rollte von der Matratze herunter auf den harten Boden. Er schmeckte Staub im Mund. Arme und Beine waren schwer wie Sandsäcke, und erst als nach und nach tausend Nadelstiche in seinen Gliedmaßen prickelten, konnte er sie wieder bewegen.

»Fuck, sie haben uns beide richtig verarscht, Junge.« Grand atmete ein und rieb sich die Hände. »Was machen die eigentlich da oben? Worauf warten sie? Warum hat er nicht die Eier in der Hose, herunterzukommen und uns zu erledigen, wenn es das ist, was er vorhat?«

»Vor einer halben Stunde hätte ich Ihnen genau sagen können, was sie vorhatten«, sagte Luke. »Sie wollten mich tot und Sie lebendig haben, und beides war gleichermaßen von Bedeutung. Sie haben meinen …«

Er holte tief Luft, um Grand von Jem und von der Rolle zu erzählen, die er in ihrem Plan spielen sollte, aber Grand hob seinen knorrigen Finger an die Lippen. Vaughan und Sandy waren wieder vor der Kellertür, aber sie schlichen und flüsterten nicht, sondern schrien. Luke rutschte auf dem Hintern bis an den Fuß der Treppe, damit er sie besser hören konnte.

»Aber wo willst du denn hin?«, schrie Sandy.

»Das würde ich dir nicht sagen, wenn ich es wüsste. Lässt du jetzt meinen Arm los?«

»Du kannst mich nicht einfach hier zurücklassen!«

»Na, verdammt, mitnehmen werde ich dich nicht, wenn du es darauf abgesehen hast.«

»Mach dich nicht lächerlich«, fauchte sie, und Luke wusste, sie war nicht wütend, weil Vaughan andeutete, sie wolle mit ihm zusammen sein, sondern weil sie womöglich ihr Haus für immer verlassen musste. Sie mochte zu allem Möglichen fähig sein, was Luke bei ihr niemals vermutet hätte, aber er wusste, ihr Haus und ihre Arbeit aufzugeben, dazu war sie nicht fähig. Sie hatte lieber morden wollen, statt ihr Archiv zu verlassen, und vielleicht würde sie es immer noch tun.

»Was ist mit ihnen?«, rief sie.

»Wenn du deine verdammten Krallen nicht von meinem Arm nimmst, schmeiße ich dich zu ihnen runter«, sagte Vaughan. »Hör zu, du kannst mit ihnen machen, was du willst. Du machst jetzt allein weiter. Du bist doch die mit dem Gehirn. Benutz es!«

»Aber wenn ich sie hier zurücklasse und sie ... Damit werde ich allein nicht fertig, Vaughan. Das kann ich gar nicht allein erledigen! Du kannst nicht alles auf mir abladen. Wenn ich sie rauslasse, hetzen sie mir die Polizei auf den Hals. Und was ist, wenn der andere gleich kommt?«

»Nicht mein Problem«, sagte Vaughan und fuhr in einem Atemzug fort: »Lass mich los, du blödes altes Dreckstück! Genau, so ist es richtig.« Man hörte das Krachen eines großen Gegenstandes, der an die Wand geworfen wurde, und dann ein Wimmern und erneutes Krachen. Etwas Schweres erbebte. Nur allzu lebhaft sah Luke vor sich, wie Sandys kleiner weicher Körper hart gegen einen Aktenschrank geschleudert wurde.

Als er hörte, wie Vaughan zuschlug, fragte er sich, wie er

je ein solcher Idiot gewesen sein konnte, Gewalt zu romantisieren. Seine Adrenalindrüsen sammelten sich zu einem letzten Einsatz und durchfluteten seinen Körper mit einer Energie, auf die er nicht mehr gehofft hatte, und sterbende Zellen fügten zerrissene Muskeln zusammen, die ihn die Treppe hinauftrugen. Der einzige Mann in Brighton, der noch schwächer war als Luke, folgte dicht hinter ihm und grunzte bei jeder Bewegung. Draußen in der Diele ging das Handgemenge weiter. Luke hatte eigentlich keine Ahnung, was sie tun sollten, wenn sie oben angekommen wären. Seine Arme und Beine fühlten sich immer noch an wie Gummi, und er kämpfte sich suchend und tastend die Treppe hinauf.

Grand blieb mit pfeifendem Atem neben ihm stehen und sank auf alle viere. Jeder Atemzug klang wie ein Todesröcheln. Die Plakette, die das Haus als sein Eigentum kennzeichnete, hing glanzlos über seinem Kopf, und die Silberscheibe surrte neben dem Ohr des Alten. Er sagte nichts über seine Schmerzen, aber sie waren in sein Gesicht gefräst, und die Falten auf Wangen und Stirn hatten sich vertieft.

Der Schlüssel steckte im Loch, und der Schlossriegel saß fest im Türrahmen. Luke drückte ein Ohr an die Kellertür. Sein ganzer Körper sackte dagegen, er würde fallen, wenn er sich nicht abstützte.

Kaum zu glauben, dass Sandy noch nicht zusammengebrochen war, aber offensichtlich gab sie nicht auf. »Herrgott, lass mich los, ja?« Abermals ein Schlag, der sie schließlich überwältigte, und sie stöhnte nur noch. »Okay!«, sagte Vaughan mit Entschiedenheit, und Luke hörte das unverkennbare Rasseln eines Autoschlüssels. Er konnte nicht ernsthaft vorhaben, den Bentley zu nehmen. Mit diesem aufsehenerregenden Wagen wäre seine Flucht ungefähr so auffällig, als hätte er einen Peilsender bei sich.

»Okay«, sagte er noch einmal, und die Wiederholung des Wortes strafte seine Entschiedenheit Lügen. Er weiß nicht weiter, dachte Luke. Er weiß nicht, was er mit uns, was er mit Sandy tun soll. Aber er hatte gesehen, wozu Vaughan imstande war, wenn er sich in die Enge getrieben fühlte, und neuerliche Angst um ihr aller Leben legte sich um sein Herz.

»Was zum Teufel …?« Vaughan klang nicht mehr wütend, sondern verblüfft.

Jem, leise, aber unverwechselbar, rief Lukes Namen, immer wieder und zunehmend schrill. Sekunden später ertönte ein Schlag, der das ganze Haus erzittern ließ. Die Haustür war gegen die Wand geflogen. Ein kalter Wind kam wie eine Messerklinge durch den Spalt der Kellertür. Jems Stimme schwoll zu einem Kreischen an, Sandy fing an zu schreien, und Vaughan fluchte. Das abscheulich dissonante Trio wurde von einer vierten Stimme zum Schweigen gebracht, die tief und gebieterisch klang, ein großes Geschütz, das ein Wort wie eine Kanonenkugel abfeuerte: »Polizei!«

Sie waren gerettet. Sie saßen in der Patsche, aber sie waren gerettet. Über sein Buch und das Brillenglas und Jems Selbstmordbrief und den übrigen Schlamassel würde er sich später den Kopf zerbrechen. Bei diesem Gedanken verstummte der Fluchtinstinkt und überließ seinen Körper wieder seinen Qualen. Ihn fröstelte, als der Schweiß seine Haut abkühlte.

»Hätte nie gedacht, dass ich mal froh bin, weil die Polizei anrollt«, brummte Grand.

»Hämmern«, sagte Luke und dachte, es sei sein letzter Atemzug.

»Was?«, fragte Grand. »Ach so, ja.« Er hämmerte matt gegen die Tür und verzog schmerzlich das Gesicht.

»Luke!« Jems Stimme war jetzt ganz nah. »Bist du da drin?«

»Um Gottes … Treten Sie zurück, Sir, wir kümmern uns darum«, knurrte jemand.

Ein Polizeifunkgerät rauschte wie in einem Fernsehkrimi, und es war die süßeste Musik, die Luke je gehört hatte. Jemand drehte den Schlüssel im Schloss und drückte von außen dagegen.

»Hat keinen Sinn, sie ist von innen verriegelt«, sagte dieselbe schroffe Stimme. Als Luke begriff, dass er sie mit seinem Körpergewicht zuhielt, wandte er seine spärlichen Kräfte auf und ließ sich nach rechts fallen. Er kippte durch die Tür und landete auf dem Boden in der Diele. Seine Brille fiel ihm von der Nase, und er prallte mit der Wange auf die Fliesen.

FÜNFUNDFÜNFZIG

Die Nacht drängte durch die offene Haustür herein, und der eiskalte Schwall hielt Luke wach, hielt ihn am Leben. Draußen konnte er einen schwarz-weißen Polizeiwagen erkennen. Ein paar schwankende Gestalten fanden sich ein, und allmählich bildete sich eine Zuschauermenge.

Vaughan war mit Handschellen an eine Wasserleitung gekettet. Sie hatten ihm den Arm in einem Halbnelson auf den Rücken gedreht. Er zerrte an seiner Fessel, und die Handschellen klirrten blechern im Einklang mit dem geschmeidigen Bassklang der Rohrleitung. Der uniformierte Polizist, der die Tür geöffnet hatte, stand nervös neben ihm. Ein zweiter Officer versuchte, Jem zu bändigen, der sich benahm wie ein Hund an der Kette und zu Luke wollte. Er war noch in Bürokleidung, und seine Krawatte hing lose um seinen Hals. Er hatte den größten Teil dessen, was er abgenommen hatte, wieder zugelegt und sah aus wie früher, aber das blanke Grauen in seinen weit aufgerissenen Augen hatte Luke noch nie bei ihm gesehen.

»Oh Gott, Luke, was haben sie dir getan?«

Luke konnte nicht antworten. Jem wollte wieder zu ihm stürzen, und der Polizist bekam gerade noch rechtzeitig seinen Ellenbogen zu fassen.

»Ich sag's zum letzten Mal, Sir. Sonst muss ich Ihnen auch Handschellen anlegen.« Jem wich zwei Schritte zurück und betrachtete Luke zwischen seinen ineinandergeflochtenen

Fingern hindurch. Der Polizist wandte sich ab und sprach in das Funkgerät, das er an der Schulter trug.

»Bitte um Verstärkung und einen Krankenwagen zum 33 Disraeli Square, und zwar sofort.« Luke spürte, dass sich etwas Leichtes an seinen Rücken presste und abrutschte. Grand kroch hinter ihm durch die Kellertür, ächzend und keuchend wie eine alte Maschine. Die Augen des Polizisten weiteten sich. »Verstärkung und zwei Krankenwagen zum 33 Disraeli Square, unverzüglich.«

Niemand hatte sich die Mühe gemacht, Sandy zu fesseln. Zitternd saß sie auf halber Höhe der Treppe und drückte einen Armvoll der Blätter, die Luke beim Hereinkommen durcheinandergewirbelt hatte, an die Brust. Der rote Abdruck von Vaughans Knöcheln auf ihrem Wangenbein war der einzige Farbfleck in ihrem Gesicht. Luke erkannte den hohlen Blick eines Menschen, dessen Pläne sich soeben zerschlagen hatten, ja, schlimmer noch – der alles auf eine Karte gesetzt und verloren hatte.

»Ich bin wirklich im Rückstand mit der Ablage hier«, sagte sie unbestimmt und hielt ein Blatt aus einem Hochglanzmagazin hoch. »Ich meine, sie ist auch nicht mehr so jung, wie sie mal war, und was ist, wenn sie stirbt? Dann muss ich bereit für die Nachrufe sein. Das Telefon wird nicht aufhören zu klingeln.« Ihre Stimme klang ruhig und entspannt. Es war das erste Mal, dass Luke sie so leidenschaftslos über ihr Archiv reden hörte, und ihre Gelassenheit war erschreckender als die zu erwartende Panik. Er sah, wie die Polizisten einen sarkastischen Blick wechselten: eine Irre. Dann verschwammen ihre Gesichter vor seinen Augen, Galle schoss in seine Kehle und klatschte auf den Boden. Grand, immer noch auf Händen und Knien, krabbelte zur Seite.

Vaughan hörte für einen Moment auf, sich zu sträuben.

Das Rohr, an dem er gezerrt hatte, dröhnte weiter und klapperte zweimal metallisch, bevor es zur Ruhe kam. Ein dunkler Klang hallte zweimal wider.

Luke konnte ein theatralisch krampfhaftes Zittern nicht unterdrücken.

»Er muss etwas überziehen«, sagte Jem. »Darf ich?« Er hob die Hände, um dem Polizisten zu zeigen, dass er nichts Böses im Schilde führte, und als der nickte, zog er seinen Mantel aus und legte ihn Luke um die Schultern. Seine Hand hielt an Lukes Wange inne. Er polierte die Brille mit dem Ende seiner Krawatte, drückte Lukes Kinn sanft nach oben und setzte ihm die Brille wieder auf. Jetzt sah er nicht mehr verschwommen, sondern wie durch einen enger werdenden Tunnel: Jem war ein weißer Kreis in der schwarzem Umgebung. In seinem Anzug sah er aus wie James Bond im Vorspann. Ein kleiner entlegener Teil seiner selbst sah die Komik, die darin lag.

»Oh Gott«, sagte Jem. »Mein Armer. Wann kommt denn dieser Krankenwagen? Er braucht sofort Hilfe.«

»Jeden Augenblick, Sir«, sagte der zweite Polizist. »Ich mach noch mal Dampf.« Er wiederholte seinen Funkspruch in dem gleichen ruhigen Ton wie beim ersten Mal.

»Ich hatte eine böse Vorahnung, als ich hier ankam und der Bentley draußen parkte«, sagte Jem. »Ich musste an die Bilder aus deinem Haus denken und an das, was ich gelesen hatte. Und dann die aufgebrochene Tür und das Geschrei, und ich dachte: Luke ist in Schwierigkeiten, ich muss die Polizei rufen.« Zögernd legte er Luke die Hand auf die Schulter. »Darling, ich wusste nicht, dass es so schlimm ist.«

Grand zog sich am Treppengeländer hoch und richtete sich zu voller Größe auf. Er schlang die Hände locker um den Geländerpfosten, fast als wolle er sich über Vaughan, der ein paar Schritte weiter an die Leitung gekettet war, lustig machen. Forschend schaute er Vaughan ins Gesicht, der jedoch durch alle hindurch auf einen unbeschrifteten Aktenschrank auf der anderen Seite des Flurs starrte.

»Die Ironie an der Sache ist, ich hätte es Ihnen geschenkt, wenn Sie darum gebeten hätten«, sagte Grand.

Halb fiel, halb setzte er sich krumm auf die unteren Treppenstufen. Er war Sandy so nah, dass er den Saum ihres Kleides hätte berühren können. Sie drückte sich rückwärts an die Wand und hielt ihren Papierstapel vor sich wie einen Schild.

»Warum trägt er keine Handschellen?«, fragte Jem und zeigte auf Grand. »Sie können nicht nur seinen Lakaien festnehmen. Ihn müssen Sie auch verhaften.«

»Okay, nehmen wir die Namen auf«, sagte der erste Polizist und wandte sich an Grand. »Sie sind?«

Grands Lunge sog laut und angestrengt Luft ein, mit der sie nichts anfangen konnte.

»Er heißt Joss Grand«, sagte Jem. Der zweite Polizist zog die Brauen hoch. Er erkannte den Namen sofort, und Luke fragte sich, welcher der beiden Grands ihm so schnell in den Sinn gekommen war, der frühere oder der heutige.

»Grand, der Wohnungsvermieter? Ich habe meine Wohnung von Ihnen gemietet. Cromwell Road, in Hove.«

»Wen interessiert Ihre verdammte Wohnung?«, schrie Jem. »Das hier ist Joss Grand, der *Gangster.* Die Liste seiner Gewalttaten ist so lang wie Ihr Arm.« Selbst wenn Jem recht gehabt hätte, hätte sein zunehmend hysterischer Ton seine Aussage untergraben.

»Okay, Sir, der Sache werden wir auf den Grund gehen.«

Der zweite Polizist sprach weiter mit Grand. »Das hier ist eins von Ihren Häusern, nicht wahr?«

»Es ist nicht seins!«, kreischte Sandy. »Es ist meins! Es ist mein Zuhause! Ich hab nirgendwo anders Platz für alles.« Sie drückte ihre Papiere wieder fest an sich und zerknickte die Ecken.

»Nach diesem Abend nicht mehr«, zischte Grand. »Es ist aus, Cassandra. Das Spiel ist zu Ende. Es interessiert mich nicht mehr, kapierst du das? Du kannst es erzählen, wem du willst. Ich habe genug.«

»Nein«, rief Sandy, »es kann nicht alles aus sein. Es kann nicht alles umsonst gewesen sein.« Sie riss die Arme hoch, und lose Zeitschriftenausschnitte wirbelten durch den Flur wie durch einen Windkanal. Wenn Zeitungsdruck ein Blizzard war, dann waren diese Seiten ein Herbststurm aus bunten Blättern, die um sie herumwirbelten, als sie auf die Beine kam und die Treppe hinaufhastete. Oben auf dem Absatz zog sie den Schlüssel aus der schweren Stahltür, ging hindurch und schloss auf der anderen Seite ab. Die Lampe an der Decke bebte, als sie durch die Jahrzehnte und Jahrhunderte ihres Archivs hinauf in den zweiten Stock rannte.

»Was macht sie denn?«, fragte der erste Polizist. Er lief die Treppe hinauf und trat mit dem Stiefel prüfend gegen die Tür. Vergeblich stemmte er sich mit der Schulter dagegen. »Verdammt, woraus ist denn diese Tür?«

»Sie kann nicht weit kommen«, meinte der zweite.

Oben fiel wieder eine Tür ins Schloss. Sandy musste jetzt auf dem Dachboden sein, in dem verstaubten Büro, in dem sie alten Technikkram hortete. Luke wusste, sie würde jetzt in der Schreibtischschublade nach dem Schlüssel suchen, der ihrer Aussage nach seit Jahren nicht benutzt worden war und die Tür in der Mitte der Wand öffnete. Ein kläglicher Fluchtversuch, der Luke trotz allem mitten ins Herz traf. Sie konnte so viele Türen hinter sich abschließen, wie sie wollte, aber sobald sie einen Fuß auf die Feuertreppe setzte, würde das Ding klappern und quietschen. Die Polizei brauchte nur um das Haus herumzugehen und sie am Fuße der Leiter in Empfang zu nehmen. Er wartete auf das Geräusch von Schritten auf der Eisentreppe, aber er hörte nur das Summen eines lärmenden Geräts, das dort oben in Gang gesetzt wurde. Was war das bloß? Ein Staubsauger? Zu schrill. Ein Mixer? Das Stimmengewirr der Zuschauer auf der Straße wurde lauter.

Von hoch oben kam ein rumpelndes Schleifen. Luke schloss die Augen, um sich zu konzentrieren. Es klang so anders als das Geräusch von Schritten auf der Eisentreppe, dass er ein paar Augenblicke brauchte, um zu erkennen, dass ein besonders schwergängiges Schiebefenster gewaltsam hochgeschoben wurde.

Der Chor draußen verstummte, als habe ein Dirigent den Taktstock geschwungen.

Mit großer Mühe drehte Luke den Kopf zur offenen Haustür. Weiße Flocken wirbelten draußen vorbei, und ein paar wehten ins Haus. Ein kleines Viereck tanzte vor seinen Augen, es war der Teil einer geschredderten Seite. Bevor er wusste, was es genau war, ertönte draußen ein Schrei. Die Gaffer auf dem Gehweg stoben im Halbkreis auseinander. Sandy war ein Schatten, der in weniger als einer Sekunde durch seine Sichtlinie flog und mit einem lauten, feuchten Klatschen auf dem unsichtbaren Pflaster aufschlug.

Der zweite Polizist eilte auf die Menge zu, und irgendwie gelang es ihm, sie in den Garten zu schleusen. Jemand schrie noch immer, und ein anderer befahl ihm oder ihr, still zu sein. Lukes Lider flatterten, und er wurde ohnmächtig.

Er erwachte in einem blau blitzenden Nebel. Der zweite Polizeiwagen war gekommen, und die beiden Krankenwagen waren auch da. Polizisten stürzten sich auf Vaughan und nahmen ihn in die Mitte, und Sanitäter kümmerten sich um Luke und Grand und stießen Jem zur Seite. Luke wurde auf einer Trage in den wartenden Krankenwagen verfrachtet. Auf der Vordertreppe geriet sein Körper in eine Schräglage, sodass er einen Blick auf die glotzende Menge werfen konnte. Das geschredderte Dokument war vom Wind zerstreut worden, aber ein paar winzige Flocken wehten noch auf dem Square herum. Eine landete auf Lukes Schulter. Aus der Nähe sah er, dass das Papier nicht weiß war, sondern blassgrün.

Die Sanitäter befahlen ihm, absolut still liegen zu bleiben, aber er konnte nicht anders, er musste den Kopf drehen. Sandys Körper war grotesk verrenkt, ihr verdrehtes rechtes Bein lag unter ihr, der Schuh war weggeflogen, und der linke Ellenbogen war neunzig Grad in die falsche Richtung abgeknickt. Sie sah aus wie eine verkehrt zusammengesetzte Schaufensterpuppe. Möwen, die auseinandergeflattert waren, als sie sich in die Tiefe gestürzt hatte, stießen krächzend herab und begutachteten die zerschmetterte Gestalt. Eine schoss wie ein Geier auf sie herab und pickte versuchsweise in ihre Haut. Das Mädchen im roten Mantel war nur noch Aas.

Mit derselben Inbrunst, mit der er eben noch um sein Leben gebetet hatte, wünschte Luke sich, er könne dieses letzte furchtbare Bild, das er von ihr hatte, aus seinem Gedächtnis löschen. Sein Gesichtsfeld schrumpfte wieder auf die Größe eines Stecknadelkopfs, und barmherzig, als gewähre er ihm eine letzte Bitte, schaltete sein Körper sich endlich ab.

SECHSUNDFÜNFZIG

Weißes Licht tat ihm in den Augen weh. Fremdartiges Piepsen, Klicken und Surren schmerzten in den Ohren. Auf einem Monitor zu seiner Linken wanderte eine grüne Bergkette auf schwarzem Hintergrund langsam von einer Seite zur anderen, und durch einen durchsichtigen Schlauch tröpfelte eine Flüssigkeit in eine Kanüle auf seinem Handrücken. Charlenes Gesicht schwebte über ihm, klein und angespannt.

»Viggo!«, schrie sie über ihre Schulter. »Er wacht auf! Komm her! Nein, hol den Arzt!«

In der Kiefernholztür hinter Charlene war in Augenhöhe ein rundes Fenster. Viggos Gesicht erschien darin für eine Millisekunde. Sein Mund formte die Worte: »Oh mein Gott!«, bevor er wieder verschwand.

»Luke, kannst du mich hören? Kannst du sprechen?«, fragte Charlene. Seine Antwort war ein Krächzen.

»Viggo holt schon die Ärzte. Ach Scheiße, ich weiß nicht, was ich dir sagen soll! Äh, du bist im Krankenhaus, wie du siehst. Deine Eltern sind unterwegs. Sie wären schon hier, aber ihre Pässe waren abgelaufen. Jetzt sind sie irgendwo über Singapore. Oh Luke!«

Er drückte ihre Hand, um ihr zu zeigen, dass er sie verstanden hatte, und ein Lächeln erstrahlte auf ihrem Gesicht. »Wir haben Mittwochmorgen«, sagte sie und nahm seine erste Frage vorweg. »Du bist seit letzten Donnerstagabend hier. Sie hatten dich vierzig Stunden in diesem Dreckloch. Man musste dich ins Koma versetzen, um dein Leben zu retten. Du hattest eine Blutvergiftung, Luke. Du wärst fast gestorben.«

Plötzlich war das Zimmer voll von Ärzten und Krankenschwestern, Apparaten und Instrumenten. Charlene und Viggo saßen zusammen auf dem Stuhl neben dem Bett, und die Ärzte leuchteten ihm in die Augen, prüften seine Reflexe, maßen seine Temperatur und stellten ihm immer wieder dieselben Fragen. Während sie Formulare ausfüllten und Tabellen abhakten, betrachtete er die verkrusteten Schwellungen an seinen Handgelenken. Es sah aus, als habe jemand mit einem Messer die Haut aufgeschnitten, aber weh tat es nicht. In dieser Infusion mussten ein paar ernst zu nehmende Drogen sein.

Eine Schwester drückte auf einen Knopf, und das Kopfteil der Matratze hob sich, sodass er sitzen konnte. Sie gab ihm durch einen Strohhalm eine Glukoselösung zu trinken. Jetzt konnte er das ganze Zimmer sehen. Es war klein, und außer seinem stand kein anderes Bett darin. Schwarzweißfotos von Paris hingen an der Wand, und durch eine offene Tür entdeckte Luke ein Badezimmer.

»Das zahlt die Kasse?«, fragte er.

»Nur die Notaufnahme«, sagte Viggo. »In den ersten drei Tagen warst du auf der Intensivstation im Royal Sussex. Aber das hier ist alles privat.«

»Ich brauche wohl nicht zu fragen, wer das bezahlt«, sagte Luke, bedrückt und beglückt zugleich. »Ist er hier?«

»Er ist im Stockwerk über uns.« Charlene deutete mit dem Kopf himmelwärts. »Hat sich das Becken gebrochen.«

Luke war überrascht. »Wann? Er sah ganz okay aus, als ich ihn zuletzt gesehen habe.«

»Dann hast du nicht richtig hingeschaut«, sagte Charlene.

»Er ist nicht okay. Ein Beckenbruch ist in seinem Alter eine größere Sache.«

»Was soll das heißen? Er ist gerade vierzig.«

Charlene sah aus, als bestätige diese Antwort sie in ihrem Verdacht, er habe einen Hirnschaden davongetragen. Aber dann ging ihr ein Licht auf, und ihre Besorgnis verflog. »Verdammt, du glaubst, ich rede von Jem. Nein, Schätzchen – Mr Grand bezahlt deine Behandlung.«

»Scheiße«, sagte Luke. »Ich muss mit ihm reden.« Eine Sekunde lang dachte er daran, Grands Zimmer zu suchen, aber er hatte nur eine verschwommene Vorstellung davon, wo er sich befand, die Apparate, an die er angeschlossen war, waren Alarmanlagen, und außerdem vertraute er seinen Beinen noch nicht.

Viggo und Charlene wechselten einen Blick.

»Das darfst du nicht, bevor die Polizei mit dir gesprochen hat«, sagte Charlene. »Der Einzige, der Kontakt mit ihnen hatte, ist Jem, und er hat strikte Anweisung, nichts zu sagen. Wir dürfen auch nicht mit dir darüber reden. Nicht dass wir irgendwas wüssten.«

»Sonst würden wir es dir sagen«, behauptete Viggo, und Charlenes Blick durchbohrte ihn wie ein Dolch. »Was denn? Na ja, *ich* würde es tun.«

Luke fiel ein, dass Charlene doch eigentlich an einem Werktag im Büro sein musste, und ihm wurde flau.

»Wieso bist du nicht auf der Arbeit? Oh Gott. Er hat dich doch nicht rausgeworfen nach alldem?« Wenn Charlene ihren Job verlieren sollte, wäre das mehr, als er ertragen könnte.

»Ich hab Sonderurlaub aus privaten Gründen.«

Das flaue Gefühl verstärkte sich. »Oh Char, nicht dein Dad!«

»Nein, ich hab deinetwegen Urlaub, du Pfosten. Na ja, zum Teil deinetwegen. Dad ist noch da, aber seine Pflegerin hat die Biege gemacht, als sie hörte, dass seine Unterstützung eingestellt wird und ihr Job nicht mehr sicher ist. Jetzt suche ich einen Ersatz.«

»Er bekommt kein Pflegegeld mehr? Char, das ist ja schrecklich.«

Char wischte sein Mitgefühl mit einer Handbewegung beiseite. »Mach dir unseretwegen keine Sorgen. Werde einfach wieder gesund. Tatsächlich sieht es aus, als könnte es noch ein Happy End geben. Das erzähle ich dir alles morgen. Jetzt musst du dich erst mal ausruhen. Ich muss mich beeilen, wenn ich noch nach Mr Grand sehen will, bevor ich nach Hause fahre.«

Die Tür schloss sich hinter ihr.

Luke strich sich über den Kopf und schrie auf, als er Stoppeln fühlte, wo seine Locken gewesen waren.

»Ach ja«, sagte Viggo. »Sie mussten dich kahlrasieren und zusammennähen und scannen und so weiter. Ich glaube, du weißt immer noch nicht, wie viel Glück du hast, dass du noch lebst. Aber eins kann ich dir sagen: Einen Spiegel willst du nicht haben.«

»So schlimm?«

»Weißt du noch, wie sie in diese rumänischen Waisenhäuser gegangen sind und da die Kinder mit den großen Augen und den kahlen Schädeln gefunden haben? So.« Er zog sich die Haut über der Stirn straff. »Und sieh mich an! Die Sorgen haben mich altern lassen. Ich sehe aus wie mindestens dreißig. Die Rechnung für mein Botox geht an dich.« Tatsächlich hatte Viggo recht. Sein fahles Gesicht hatte die gleiche strohgelbe Farbe wie sein strähniges Haar, und er hatte blassbraune Säcke unter den Augen. Seine Nägel waren abgekaut und seine Fingerspitzen fleckig von der grünen Tinte. Ein Stapel vollgekritzeltes Papier lag auf dem Beistelltisch.

»Hast du hier gearbeitet, Vig?«, fragte Luke leise.

»Hab's versucht.« Viggo lächelte gezwungen. »Hab einen ersten Entwurf bearbeitet, und ich hab deinen Laptop benutzt.«

Die Erwähnung des Computers sandte eine Schockwelle durch seinen Körper, die der Herzmonitor mit einem Doppelpiepser quittierte. Der Laptop enthielt das komplette Material, das er zusammengetragen hatte – genug für die Polizei, um Grand zu überführen. Die Notizen allein würden ihnen genügen, um den Fall noch einmal aufzurollen, und damit würde er auch sich belasten. Was würde man ihm vorwerfen? Behinderung der Justiz? Unterdrückung von Beweismaterial, Nichtanzeige einer Straftat?

»Es tut mir leid«, sagte Viggo, der Lukes Panik offensichtlich für Zorn hielt. »War nur so, dass ich vergessen hatte, meinen mitzunehmen, als ich Hals über Kopf von Leeds hierhergehetzt bin, und eine Deadline ist eine Deadline. Aber ich hab deine E-Mails oder deine Browser-Chronik nicht angeschaut, falls du das befürchtest.«

»Wo ist meine Tasche?«

»Hier.« Viggo ging quer durch das Zimmer und nahm die prallvolle Aktentasche aus dem Schrank. Sie sah aus wie eine harmlose Schultasche. Luke streckte unbeholfen die Hand aus und griff daneben. Hoffentlich waren seine geistigen Reflexe nicht so lahm wie seine körperlichen.

»Hat die Polizei reingeschaut?« Er flüsterte, obwohl sonst niemand im Zimmer war. Viggo schüttelte den Kopf.

»Ich war in Panik und hab ihnen gesagt, es ist meine. Ich wollte nicht, dass du Ärger kriegst. War das richtig?«

Luke war jetzt froh, dass er seine Arbeit nicht auf der Festplatte gespeichert hatte. Natürlich würde ein ordentlicher Technikfreak sein Dropbox-Verzeichnis mit wenigen Klicks finden können, aber nur, wenn er wusste, wonach er suchen musste.

»Du hättest nichts Besseres für mich tun können. Ich hab dich gar nicht verdient.«

»Nein, das hast du nicht. Ich hatte gute Lust, den ganzen verdammten Mist zu verbrennen, mit dem du dir diesen Schlamassel eingebrockt hast. Ich glaube, wenn die Geschichte ein Gutes hat, dann, dass du das Buch jetzt nicht mehr schreiben kannst.«

Viggos These jagte Luke einen Schreck ein, und er erkannte, dass er das Buch immer noch schreiben wollte – und würde. Fast hätte er eingewandt, er habe das alles doch nicht umsonst erlitten, aber der Pulsfühler an seinem Finger piepste wie ein Polygraph, der nur darauf wartete, sich auf all die Lügen zu stürzen, die er erzählen müsste. Es gab eine Menge zu berücksichtigen, und niemand wusste, welche Komplikationen sich ergeben würden, wenn er morgen mit der Polizei spräche. Eins stand fest: *Kaltblütig* konnte nicht mehr das Vorbild sein. Das Geniale an diesem Buch bestand in Capotes Distanz zu seinem Thema – darin, dass der Autor nur im Subtext präsent war. Diese Objektivität konnte Luke nicht beanspruchen. Er war jetzt ein Teil der Story, Katalysator und unmittelbar an der grausigen Auflösung beteiligt. Sein Buch handelte nicht mehr vom Leben eines Mannes, sondern vom Zusammenprall dreier Geschichten: Grands, Sandys und seiner eigenen.

Aber das konnte er Viggo jetzt kaum erzählen.

»Wie bist du überhaupt an die Tasche gekommen?«, fragte er.

»Ich hab bei dir gewohnt«, sagte Viggo. »Char hat mir den

Schlüssel gegeben. Eigentlich hat Jem mir sein Hotelzimmer angeboten. Er hat ein Zimmer im Metropol, aber er hat in dem Sessel da geschlafen, seit du hier bist.« Er deutete mit dem Kopf in die Ecke, wo ein Kippsessel stand, der sich anscheinend nicht sehr weit nach hinten kippen ließ. Eine zusammengefaltete Wolldecke lag auf der Rückenlehne. »Er hat dir jeden Tag vorgelesen. Ich kann dir sagen, wenn ich je noch einmal ein Gedicht von diesem verfluchten E. E. Cummings hören muss, dreh ich durch.«

»Wo ist er jetzt?«

»Er musste heute Morgen nach Leeds und ins Büro zurück, aber er kommt am Wochenende wieder her. Er hat dich gerettet, weil er Alarm geschlagen hat. Eine Stunde später, schätzen sie hier, und du hättest es nicht mehr geschafft.« Die Dankbarkeit wurde, wie immer bei Jem, durch Schuldgefühle beeinträchtigt. Luke hatte so lange gebraucht, um dahin zu kommen, dass er das Gefühl hatte, ihm nichts mehr schuldig zu sein – und jetzt schuldete er ihm sein Leben. Würde er aus dem wirren Knoten ihrer Beziehung jemals eine gerade Linie machen? Viggo sah ihn merkwürdig an.

»Luke, bist du sicher, dass du wieder zu ihm zurückwillst?«

Er brauchte einen Augenblick, um zu verstehen. »Ich hab diese Mail nicht geschrieben, verdammt noch mal! *Die* waren das, um ihn hierherzulocken. Hast du … hat die Polizei das noch nicht rausgekriegt?«

»Oh.« Viggo sah sehr erleichtert aus. »Fuck sei Dank. Ich dachte schon, du wärst komplett durchgeknallt. Was die Polizei angeht, weiß ich nicht Bescheid, aber Jem glaubt ganz sicher, die Mail kam von dir. Er hat sie mir ein halbes Dutzend mal gezeigt und wollte, dass ich sie analysiere.«

»Und was hast du gesagt?«

»Nicht viel. Ich wollte da nicht hineingezogen werden.

Und …« Viggo nahm eine Ecke der Bettdecke und zwirbelte sie zwischen den Fingern. »Ich hab zu ihm gesagt, lass uns abwarten, bis es so weit ist. Ich wollte auch das Schicksal nicht herausfordern und darüber nachdenken, was wir tun würden, wenn du wieder aufwachst. Nur für den Fall, dass du es nicht tust.«

Eine Krankenschwester in pinkfarbener OP-Kleidung und dazu passenden rosaroten Wangen kam geschäftig herein.

»Ich glaube, es wird Zeit, dass Sie Luke ein bisschen ausruhen lassen«, sagte sie freundlich zu Viggo.

»Ich hab mich eine Woche lang ausgeruht!«, protestierte Luke, aber die Erschöpfung lag schwer auf seinen Lidern, und er musste ein Gähnen unterdrücken.

Viggo ließ die Bettdecke los, raffte sein Manuskript zusammen und schob es säuberlich unter Lukes geschlossenen Laptop. Dann stellte er die Tasche wieder in den Schrank.

»Rufen Sie auf der Station an, bevor Sie morgen kommen.« Die Krankenschwester hielt ihm die Tür auf. »Wir haben die Polizei informiert, als Luke zu sich kam. Die werden morgen früh kommen.«

»Okay«, sagte Viggo. Er nahm einen Apfel aus der Obstschale und rieb ihn an seinem Pullover, bevor er hineinbiss. »Ich hole deine Mum und deinen Dad morgen Mittag in Gatwick vom Flughafen ab. Wir sind dann am Nachmittag hier, okay? Keine Sorge, Schwester Ratched, ich werde Sie vorher um Erlaubnis bitten.« Er zwinkerte der Schwester zu, beugte sich über Luke und küsste ihn auf die Stirn. »Es ist gut, dich wiederzuhaben, weißt du. Aber wenn du dich jemals wieder auf so etwas einlässt, bringe ich dich höchstpersönlich um.«

SIEBENUNDFÜNFZIG

Es war drei Uhr morgens. Die brummende Geschäftigkeit des Tages war einer sterilen Stille gewichen, und Luke war endlich allein mit seinen Gedanken. Aber sie waren keine angenehme Gesellschaft. Immer wieder sah er eine dunkle Gestalt am Rande seines Gesichtsfelds fallen und machte sich auf das Geräusch gefasst, mit dem sie auf dem Pflaster aufschlug. Unablässig dachte er an Sandy – wie sie ihn getäuscht hatte und was sie mit ihm gemacht hätte, wenn Jem nicht die Polizei gerufen hätte. Und trotzdem war die vorherrschende Erinnerung an sie das Gläserklirren und Gluckern des ersten Drinks des Tages, ihr entspanntes Lachen und die Zärtlichkeit, mit der sie seine Schrammen ausgewaschen hatte. Diese Intimität war Salz in seinen Wunden.

In ein paar Stunden würde die Polizei hier sein. Er war zufrieden eingeschlafen, denn sie wussten nichts von seinem Laptop und seinen Notizen. Wenn sie hartnäckig danach fragen sollten, würde er sich ahnungslos stellen, und sie würden hoffentlich zu dem Schluss kommen, dass Vaughan und Sandy alles vernichtet hätten. Erst jetzt fiel ihm sein Telefon ein. Soweit er wusste, war es in Vaughans Tasche gewesen, als sie ihn verhaftet hatten. Auch wenn E-Mails, die von seinem Laptop verschickt worden waren, auf seinem Telefon nicht auftauchten, würde die Mail, die sie an Jem geschickt hatten, doch komplexe Fragen aufwerfen.

Er hatte vor, seine Exklusivstory und Grands Freiheit zu

schützen, und das eine war vom anderen nicht zu trennen. Wie er das bewerkstelligen sollte, wusste er nicht. Es gab so viele Unbekannte, nicht zuletzt das, was Grand der Polizei erzählt hatte. War er immer noch so wütend auf Vaughan, dass er ihn enterbte und ihn in den Knast wandern ließ? Was würde er ihnen über Sandy sagen? Diese Fragen kreisten in seinem Kopf, während die grauen Schleier der Nacht sich allmählich in grellweißes blendendes Licht auflösten, als ein neuer Tag in der Klinik begann.

Um acht entfernten Krankenschwestern den Tropf und seinen Katheter. Sie brachten ihm Cornflakes und versprachen ihm, dass er später duschen dürfe. Er würgte noch immer die Frühstücksflocken hinunter, als die Kriminalpolizei kam, in Anzügen und mit »Costa Coffee«-Bechern.

»DI Markevelos, und das ist DC French«, sagte der ältere und grauhaarigere der beiden, und seine Dienstmarke blitzte auf. »Schön, dass Sie wieder unter den Lebenden sind.«

DC French hatte Schuppen auf den Schultern seines billigen blauen Anzugs, und er schnaufte zur Begrüßung.

»Schön, wieder hier zu sein«, sagte Luke.

»Wir gehen's heute locker an. Das ist keine formelle Vernehmung, aber wir werden Ihre Aussage zu Protokoll nehmen müssen, wenn Sie wieder fit genug sind. Aber zuerst wollen wir Sie auf den neuesten Stand bringen. Die Ermittlungen sind schnell vorangekommen. Zunächst mal, was Sandy Quicks Tod angeht, wurde eine Untersuchung eingeleitet und vertagt, aber wir sind sicher, dass das Urteil auf Selbstmord lauten wird. Ist ein klarer Fall. Das wird Sie nicht überraschen.«

»Nein«, sagte Luke. Es war merkwürdig, dass Sandys verworrenes Leben nach ihrem Tod so säuberlich abgeheftet werden konnte. Aber wenn der Hergang nicht in Frage stand – und schließlich hatte ein Haufen Zuschauer sie springen sehen –, interessierte sich das Gesetz nicht für die Motivlage. Außerdem, das musste er zugeben, empfand er eine seltsame Loyalität gegenüber Sandy. Warum hatte sie Jems Selbstmordbrief geschreddert, wenn nicht um Komplikationen zu verhindern? Es war das Letzte, was sie in ihrem Leben getan hatte, und sie hatte es für ihn getan. Daran klammerte er sich.

»Was wir untersuchen müssen, ist die Geschichte Ihres anderen Entführers, Vaughan Parfitt«, sagte Markevelos. Luke warf automatisch einen Blick zur Tür. »Keine Sorge. Er ist in Untersuchungshaft, und da bleibt er bis zum Prozess. Keine Freilassung gegen Kaution, selbst wenn er jemanden finden könnte, der sie bezahlt.«

»Was werfen Sie ihm vor?«

Markevelos brauchte nicht in sein Notizbuch zu schauen. »Misshandlung, Freiheitsberaubung, schwere Körperverletzung …« Luke wartete auf Erpressung, aber davon sagte der Polizist nichts. »Und Mord.«

Wenn Luke es richtig mitbekommen hatte, hatte der Detective das Wort »versuchter« ausgelassen.

»Mord?«, wiederholte er und setzte sich mühsam auf. »Ist Joss Grand letzte Nacht gestorben?« Er sah French an, aber der Corporal hatte offenbar die Anweisung, seinem Vorgesetzten das Reden zu überlassen, und schlürfte nur geräuschvoll seinen Kaffee.

»Nein, Mr Grand weilt noch unter uns«, sagte Markevelos und beugte sich weit vor. Luke roch einen Hauch von frischem Zigarettenrauch, und ihm wurde bewusst, dass er sicher eine Woche lang nicht geraucht hatte. Verglichen mit anderen Methoden war dies eine extreme Art, sich das Rauchen abzugewöhnen. »Nach dem Vorfall haben wir eine detaillierte Durchsuchung des Hauses am Disraeli Square durchgeführt, angefangen mit dem Kellerraum, in dem Sie gefangen gehalten wurden. Bei dieser Durchsuchung haben wir menschliche Überreste gefunden, einzementiert in die Kellerwand.«

Luke wusste sofort, wessen Überreste das waren. Die Erkenntnis bohrte sich wie eine Nadel in seine Haut. »Scheiße«, sagte er, aber er spürte, dass der Schock schnell nachließ, als habe er damit gerechnet.

»Scheußliche Arbeit und sehr plump ausgeführt.« Markevelos rümpfte verachtungsvoll die Nase, als sei die mangelhafte Amateurarbeit anstößiger als die Leiche. »Sie hätten uns die Konturen auch mit Kreide auf die Wand malen können.«

Luke sah die Stelle im Geiste vor sich: grob aufgetragener Putz auf der hinteren Wand, feuchte Flecke, die darauf explodierten wie schwarzes Feuerwerk. Er sah einen zähnefletschenden Schädel, eingehüllt von geschrumpfter Haut, nur ein paar Schritte weit entfernt von dort, wo er gelegen hatte. Bettgenossen, buchstäblich.

»Der Leichnam wurde identifiziert als ein gewisser Jasper Patten. Ein Journalist wie Sie.«

Es hatte keinen Sinn zu leugnen, dass er wusste, wer Patten war. Er hatte mit seiner Suche nach ihm im History Centre genug Wirbel gemacht, und wenn diese Kriminalpolizisten nur halbwegs kompetent waren, wussten sie, dass Luke dort gewesen war, und hatten mit Marcelle und Cecil gesprochen. Zu Hause auf seinem Nachttisch lag ein Exemplar von *Hell on the Rocks,* verdammt.

»Ich habe von ihm gehört.« Luke brachte sein Geständnis vor, bevor sie ihn fragen konnten. Hoffentlich würde das den Eindruck von Ehrlichkeit verstärken. »Er wollte vor einiger Zeit Joss Grands Biographie schreiben, aber er gab das Projekt wieder auf, bevor er besonders weit gekommen war. Keine Ahnung, warum.«

»Ja, das passt zu dem, was wir wissen. Mr Grand sagt, sie sind einander nie begegnet. Parfitt hat eine Theorie«, er betonte das Wort sarkastisch, »aber dazu kommen wir gleich.«

»Wie ist er gestorben?«

»Die genaue Todesursache kennen wir erst nach der Obduktion, aber da es höchst unwahrscheinlich ist, dass er sich selbst in die Wand zementiert hat, gehen wir nicht von einem natürlichen Tod aus. Ich wette, er wurde stranguliert. Er war mit einer Plastikschnur gefesselt, auf die gleiche Weise wie Sie. Der Täter – oder *die* Täter, das müssen wir noch klären – hatten das Opfer so an Hand- und Fußgelenken gefesselt, dass es in das Loch in der Mauer passte.« Luke zuckte zusammen, als er daran dachte, dass in irgendeinem Paralleluniversum jemand ganz ähnliche Worte benutzte, um seiner Mutter *seine* kürzlich entdeckte Leiche zu beschreiben. Das also machten Vaughan und Sandy mit Journalisten, die ihre Betrügereien zu enthüllen drohten.

»Die restliche Rolle Schnur haben wir in einer von Parfitt gemieteten Garage gefunden, und da der Tote in Cassandra Quicks Haus gefunden wurde, schließen wir daraus, dass sie Komplizen waren. Es ist höchst unwahrscheinlich, dass Parfitt die Tat ohne ihr Wissen begangen hat. Wenn sie noch am Leben wäre, würden wir sie wohl wegen gemeinschaftlich begangenen Mordes oder wegen Beihilfe vor Gericht bringen. Ohne Zweifel hat sie deswegen Selbstmord begangen.«

»Ohne Zweifel«, wiederholte Luke, als eine neue Schicht zutage trat. Er hatte bei Sandy kaum an der Oberfläche gekratzt.

»Können Sie denn von sich aus bestätigen, dass die E-Mail,

die von Ihrem Telefon an Jeremy Gilchrist geschickt wurde, tatsächlich von Ms Quick und Mr Parfitt gefälscht wurde? Er bleibt stur.«

Luke wurde rot vor Verlegenheit, obwohl er die Mail nicht selbst geschrieben hatte.

»Selbstverständlich! Ich würde meinen, das ist eine ziemlich offensichtliche Täuschung!«

Markevelos schlug mit der Faust in die Handfläche, und er und French grinsten einander an. »Ausgezeichnet. Noch ein Nagel zu Parfitts Sarg.«

»Aber Sie haben Jem … Jeremy .. nichts davon erzählt?«

»Das wäre nicht angebracht gewesen, ohne eine Bestätigung von Ihnen.«

»Muss er es denn erfahren?« Er hörte das kindische Winseln in seiner Stimme. Markevelos sah ihn an wie einen Einfaltspinsel.

»Na ja, schon. Natürlich wird das im Prozess ein Thema sein.«

Also lag es bei Luke, Jem die Wahrheit zu sagen. Aber wie eröffnete man ein solches Gespräch? Er wollte sich umdrehen und einschlafen und vergessen, dass er nicht darum herumkam.

»Luke?« Der Detective schnippte vor seinen Augen mit den Fingern.

»Sorry.«

»Die Spurensicherung hat zwar genug Material gefunden, um Parfitt für lange Zeit einzubuchten, aber wer an was die Schuld trägt – Mr Parfitt oder Ms Quick –, ist ein bisschen kompliziert. Er behauptet, dass … Moment, die Geschichte ist ein bisschen langatmig. Ich fange mal hier an.« Er zog ein gefaltetes Blatt aus seiner Innentasche, seufzte theatralisch und las mit sarkastischem Ton vor. »Er behauptet, Cassandra Quick sei im Besitz eines Beweises für Mr Grands Anwesenheit am Tatort eines lange zurückliegenden Mordes gewesen und habe ihn damit erpresst. Nach Angaben Parfitts handelte es sich dabei um ein Glas aus seiner Brille, das beweise, dass Grand 1968 bei Jacky Nyes Ermordung anwesend gewesen sei. Ich musste mir die Akte kommen lassen, und tatsächlich ist sie formal betrachtet immer noch nicht geschlossen … Aber das werden Sie ja wissen, oder?«

»Natürlich weiß ich von dem Mordfall«, sagte Luke. »Das war ja das Thema meines Buches. Aber von diesem Brillenglas weiß ich nichts.« Er sprach die Lüge aus und wartete auf geweitete Pupillen oder eine Kopfbewegung, die ihm verriet, dass seine Worte im Widerspruch zu dem standen, was sie bereits wussten. Aber da kam nichts, und er wurde kühner. »Ich wünschte, ich hätte es gewusst«, fuhr er fort. »Wenn es etwas gäbe, das Grand als Täter bei diesem Mord identifizierte, wäre mein Buch schon verkauft.«

Markevelos und French sahen einander an, aber er konnte ihren Blick nicht deuten.

»Ich neige ja zu der Ansicht, Parfitt hat sich das nur ausgedacht«, sagte Markevelos. »Nirgendwo im Haus oder an ihrer Person hat sich irgendetwas gefunden, das seiner Beschreibung entspräche.«

Luke war bemüht, sich seine Überraschung nicht anmerken zu lassen. Wo konnte sie es versteckt haben? Hatte sie es vom Dach geworfen? Aber es waren so viele Zeugen da gewesen, dass jemand sich daran erinnert hätte. Plötzlich war er wieder am Disraeli Square und sah hyperrealistisch und in allen Einzelheiten vor sich, wie bei dem Aufschlag ihre Schuhe ein paar Meter weit von dem zerschmetterten Körper weggeschleudert worden waren. Womöglich war das Brillenglas aus dem Tuch vom Gehweg in die Gosse gerollt und in einem Gully verschwunden. Er malte sich aus, wie es, abgewaschen und wieder verunreinigt von Brightoner Abwasser und vom Seewasser abgeschliffen, irgendwann, viele Jahre später, als blanker Kieselstein am Strand landete.

Er schüttelte die Tagträume ab und merkte, dass die Polizisten ihn erwartungsvoll anschauten. Um Zeit zu schinden, behauptete er: »Ich bin verwirrt.«

»Okay«, sagte Markevelos. »Des Weiteren behauptet Parfitt, Ms Quick habe mietfrei in dem Objekt am Disraeli Square gewohnt. Aber er sagt, Jasper Patten habe Wind davon bekommen – hatte was mit dem Kataster zu tun, aus dem hervorging, dass sie, anscheinend ohne Miete zu zahlen, in Grands Eigentum wohnte –, und sei zu dem Schluss gekommen, dass sie ihn erpresste. Als Patten sie darauf ansprach, habe sie ihn umgebracht und dann Parfitt gebeten, ihr bei der Beseitigung der Leiche zu helfen. Parfitt behauptet, das habe er getan, weil er seinen Arbeitgeber vor einem Skandal habe bewahren wollen. Dabei geht es um denselben Chef, den er die Treppe hinuntergeworfen und mit einer pulverisierten Hüfte hat liegen lassen. Sie können sich also vorstellen, dass es uns schwerfällt, ihm das abzunehmen. Ah …« Er blätterte in seinem Notizbuch eine neue Seite auf. »Ms Quicks Leichnam weist im Übrigen signifikante Antemortem-Verletzungen auf. Ein Hämatom im Gesicht entspricht dem Abdruck einer Hand. Das ist so gut wie ein Fingerabdruck. Es untergräbt ebenfalls Parfitts Selbstdarstellung als passives Opfer.«

»Also hat sie Mr Grand tatsächlich erpresst?«, fragte Luke. Der Teil seiner selbst, der immer noch glaubte, dass er dabei war, in eine Falle zu laufen, war entsetzt über seine eigene Frechheit.

Markevelos seufzte aus tiefstem Herzen. »Wir haben uns

die Firmenunterlagen angesehen, und es sieht tatsächlich so aus, als ob Ms Quick kostenlos dort gewohnt hätte, aber das ist kein Beweis für eine Erpressung, und sie wäre nicht die Erste, die der liebe alte Grand als Sozialfall übernommen hätte.« Er klappte sein Notizbuch zu und stellte dann die entscheidende Frage in einem übermäßig beiläufigen Tonfall, der offensichtlich den Eindruck erwecken sollte, als sei ihm dieser Gedanke gerade erst gekommen. »Sie sind sicher, dass Sie von alldem nichts gewusst haben, Luke? Denn die beiden wollten Sie ja auch umbringen, und ich frage mich, warum.«

Markevelos beugte sich vor. Luke traute sich nicht zu, überzeugend zu lügen, solange er Blickkontakt mit dem Mann hatte. Er fixierte einen Punkt über dem rechten Ohr des Polizisten.

»Vielleicht wollten sie mich stoppen, bevor ich so weit kommen konnte«, sagte er. »Tut mir leid, dass ich Ihnen weiter nichts sagen kann. Und bei dem Brillenglas kann ich Ihnen leider auch nicht weiterhelfen. Aber ich bin fasziniert und möchte es genauso gern finden wie Sie, falls Sie das tröstet.«

»Ach verdammt, ich will es gar nicht«, sagte Markevelos.

»Hä?« Luke war verblüfft und schaute ihm jetzt doch in die Augen.

»Wir haben genug, um Parfitt wegen des Mordes an Jasper Patten und der anderen Sachen einzusperren, von denen ich Ihnen erzählt habe. Aber er wird auf nicht schuldig plädieren, und es wird ein großer Fall werden. Mein Papierkram füllt ein halbes Lagerhaus in Shoreham, die Sache wird teuer. Und die Straftaten hören nicht auf, und gegen das alles kämpfe ich mit einem schrumpfenden Budget. Das Letzte, was ich mit meinem Team brauchen kann, ist ein alter Fall, den alle vergessen haben, mit einem Tattergreis als

Verdächtigen, der nicht aussieht, als ob er die nächste Woche noch überlebt, von einem Auftritt vor Gericht ganz zu schweigen.«

»Aber Charlene sagt, es geht ihm gut«, wandte Luke ein.

»Sie haben ihn offensichtlich noch nicht gesehen«, sagte Markevelos rätselhaft. »Ehrlich gesagt, wenn dieses verdammte Glas auftauchen sollte, wäre ich mächtig angepisst. Besonders, solange Joss Grand noch lebt.«

Luke hatte endlich gelernt, eine Drohung zu erkennen. Markevelos war nicht hier, weil er seine Hilfe brauchte, sondern um ihn zum Schweigen zu bringen. Ich sitze in der gleichen Falle wie Capote, dachte er, und diese Ähnlichkeit mit seinem Vorbild war ihm nicht willkommen. Ich kann mein Buch erst schreiben, wenn der Protagonist tot ist.

»So, das reicht fürs Erste«, sagte Markevelos und warf seinen leeren Kaffeebecher in den Papierkorb in der Ecke. »Kommen Sie vorbei, wenn Sie so weit sind, und machen Sie eine richtige Aussage. Wir werden noch ein Weilchen an der Sache arbeiten. Hoffen wir, dass vorläufig nichts auftaucht, was uns Sand ins Getriebe streuen könnte. Haben Sie noch eine Frage?«

»Ja. Wie haben Sie Jasper Patten identifiziert?« Er fragte nicht wegen des Toten, sondern wegen eines lebenden Hochstaplers. Wenn die Gebeine einen Namen hätten, würde das seine Enttarnung bedeuten?

»Anhand einer Girokarte in seiner Tasche und durch Zahnarztunterlagen«, sagte Markevelos. Er erwähnte nicht, ob die Suche im System irgendetwas zutage gefördert hatte, was sie zu dem Afrikaner führen könnte. Hoffentlich nicht. Luke stellte sich gern vor, dass der Mann aus Pattens Leben weiterhin etwas machen würde, und wenn es noch so bescheiden war. Die Verschwendung würde dann weniger groß erscheinen. Luke vertraute auf die unvergleichliche Inkompetenz des britischen Sozialsystems.

»Und Sandys Archiv«, sagte er. »Was wird damit?«

DC French sprach zum ersten Mal.

»Tja, das bleibt bei uns, bis wir Gelegenheit hatten, es durchzusehen, und wenn wir den Fall gerichtsfest gemacht haben, geben wir alles frei, was wir nicht brauchen. Ich glaube, Ms Quick hat ihre Sammlung einer Nichte in Kanada vermacht, die aber kein Interesse daran hat. Vielleicht übernimmt das Brighton History Centre einen Teil davon, aber wahrscheinlich wird es einfach verbrannt oder recycelt. Ist ja nur ein Haufen Altpapier, oder?«

ACHTUNDFÜNFZIG

Viggo eskortierte Jamie und Bernadette Considine schwungvoll ins Zimmer und zog sich dann wie ein Butler rückwärts und unter Verbeugungen zurück. Die Kleidung seiner Eltern war faltig, weil sie im Koffer gelegen hatte, und ihre Gesichter müde von dem langen Flug, sie hatten tiefe, sorgenvolle Furchen, die keine Sonnenbräune überdecken konnte. Luke war nervös gewesen, weil er befürchtet hatte, dass seine Mutter – und, schlimmer noch, sein Vater – womöglich in Tränen ausbrachen, aber jetzt war er es, der hemmungslos schluchzte.

»Oh, mein armer Kleiner«, sagte seine Mutter und stieg buchstäblich zu ihm ins Bett. Sie strich ihm über die weichen Haare auf seinem rasierten Schädel. »Deine schönen Haare!«

»Hör auf, Bernie, das ist der erste vernünftige Haarschnitt, seit er fünfzehn ist«, sagte sein Vater, aber seine Stimme klang spröde. Er sah sich mit tränenfeuchten Augen um und entspannte sich erst, als sein Blick auf die Fernbedienung fiel. Er nahm sie und wog sie in der Hand. »Kannst du BBC News 24 hier drin empfangen?«, fragte er. »Wir können den Ton abschalten. Aber ich hab's gern an.«

»Dieser verdammte Nachrichtensender würde noch im Bett laufen, wenn ich es ihm erlauben würde«, sagte Bernadette.

»Ich dachte, den kriegt ihr auch in Australien«, sagte Luke.

»Schon, aber das ist nicht dasselbe wie live, nicht wahr?«

Bernadette schnalzte mit der Zunge und lächelte Luke heimlich zu. Der stumm flackernde Bildschirm bildete den Hintergrund eines Gesprächs, das sich hauptsächlich um seinen Zustand und um die Frage drehte, wann er aus dem Krankenhaus entlassen werden würde. Darüber, warum er hierhergebracht worden war, hatte man sie schon informiert, aber Viggo hatte ihnen nur erzählt, er sei bei der Arbeit an einer Story zu Schaden gekommen. Sie selbst waren zu dem Schluss gekommen, eine Zeitung habe Luke beauftragt, Grand zu interviewen.

»Kriegst du Schadenersatz von dem Redakteur, der dir das eingebrockt hat?«, wollte seine Mutter wissen. Als er begriff, dass sie annahm, er hätte sich niemals freiwillig in Gefahr gebracht, meldete sich sofort sein Gewissen, das immer schon leicht zu beeinflussen gewesen war, jetzt aber stärker denn je zuvor.

»Für all das ist noch reichlich Zeit, wenn ich wieder fit genug bin«, sagte er, und damit schien sie sich vorläufig zufriedenzugeben.

Sie hatten ihm ein Sortiment von Genesungskarten mitgebracht, handgemalt von seinen Nichten und Neffen. Manche Bilder konnte er erkennen, ein Jahr zuvor waren es noch Strichmännchen-Krakeleien gewesen. Eine der Kleinen hatte ihn in einem Streckverband dargestellt, mit Verbänden um den Kopf und einem Bein in Gips. Er sehnte sich wie ein Kind danach, von seiner Familie umgeben zu sein, und als er wieder anfing zu weinen, putzte Bernadette ihm die Nase.

Der Weg zum Aufzug fiel ihm schwer. Er stützte sich auf Charlene, erstaunt über ihre Kraft. Vermutlich kam das dabei heraus, wenn man ein Jahr lang einen schweren Patienten hob und drehte.

»Er sieht nicht toll aus«, sagte sie und drückte den Knopf für »AUFWÄRTS«. »Er ist viel kränker, als irgendjemandem klar war. Idiopathische pulmonale Fibrose. Kurz IPF. Schon mal gehört?«

Luke schüttelte den Kopf. »Ist das tödlich?«

»Sein Arzt meint, er könnte es noch ein paar Jahre machen, aber ich bin da nicht so sicher. Er ist … er hat keinen Elan mehr. Du wirst gleich sehen, was ich meine.«

»Wie kommt's, dass du plötzlich so gemütlich mit dem Arzt plauderst?«

Sie warf ihm einen spitzen Blick zu.

»So viele Mitarbeiter und so viele Leute in den Sozialprojekten, und keiner hat sich einen Scheißdreck dafür interessiert, ihn im Krankenhaus zu besuchen. Ich war sowieso jeden Tag hier, um nach dir zu sehen. Da konnte ich ihn nicht ignorieren.«

»Hast du immer noch Sonderurlaub?«

»Quasi. Er hat mir einen neuen Job gegeben.« Sie nahm eine imaginäre Mütze ab. »Gestatten, die neue Firmenfahrerin.«

»Du hast jetzt Vaughans alten Job?«

Das war allzu verrückt.

»Wieso nicht?« Sie sah beleidigt aus. »Besser, als den ganzen Tag über Mieten und Kautionen zu reden. Und ich kann's nicht erwarten, den Bentley zu fahren. Ich telefoniere schon rum, um ihn für den Rollstuhltransport umbauen zu lassen. Wird noch 'ne Weile dauern, bis er wieder gehen kann. Obwohl es eine Schande ist, diese schönen Sitze rauszureißen.«

»Was ist denn die weibliche Form von Chauffeur? Chauffeuse?«

»Pass bloß auf.«

Die Aufzugtür schloss sich.

»Hast du denn auch einen Kindersitz, damit du über das Lenkrad gucken kannst?«

Sie gab ihm eine Kopfnuss. »Schnauze, Glatzkopf.«

Das Stockwerk sah genauso aus wie das, wo Lukes Zimmer lag.

»Aber Moment mal«, sagte Luke, als sie langsam durch den Korridor schlurften. »Ich dachte, du musst dich um deinen Dad kümmern?«

Charlene blickte schüchtern zu Boden. »Das ist so: Ich hab Mr Grand, als wir plauderten, davon erzählt, was mit Dads Unterstützung und so weiter passiert ist, und jetzt bezahlt er die private Pflege, damit ich weiter arbeiten kann.«

Na ja, dachte Luke, vermutlich hat er jetzt ein bisschen mehr Geld übrig, nachdem er Vaughan jetzt nicht mehr bezahlen muss. Und für so einen unbedeutenden guten Zweck hat er immer was übrig gehabt. Charlene war also die neueste – und die letzte? – der Personen, die Grand willkürlich beurteilt und für würdig befunden hatte. Als er das erste Mal gestorben war – als er ein Leben aufgegeben und ein neues begonnen hatte –, da hatte er den größten Teil seines Imperiums abgetreten. Jetzt tat er es wieder.

»Ich weiß, ich weiß«, sagte Charlene. »Ich hab das Gefühl, ich nutze einen alten Mann aus. Aber es geht um meinen Dad. Da kann ich doch nicht nein sagen. Oder?«

»Char«, sagte Luke, »das würde niemand von dir erwarten. Er kann es sich leisten. Er gibt gern, das weißt du so gut wie ich.«

Sie pumpte Desinfektionsgel aus dem Spender an der Wand und schmierte es auf Lukes und ihre Hände.

»Er will einer der Krankenschwestern eine Wohnung schenken. Wenn niemand ihn bremst, hat er die Hälfte von

Black Rock Heights verschenkt, bevor er entlassen wird. Und weißt du was? Ich werde ihn nicht bremsen. Wenn jemand eine geschenkte Wohnung verdient, dann sind das diese Schwestern. Hier ist er.« Sie stieß die Tür auf. »Okay, Sir? Luke ist hier. Ich lasse Sie beide dann allein.«

Grands Zimmer sah genauso aus wie seins, nur dass Schwarzweißfotos von Barcelona und nicht von Paris an der Wand hingen: gewundene Gaudí-Treppen, die wirkten wie Portale zu einer anderen Welt. Auch Grand sah in seinem grauweißen Pyjama monochrom aus. Er lag im Bett, und sein Gesicht hatte die Farbe einer alten Zeitung. Zum ersten Mal, seit Luke ihn kannte, war er unrasiert. Seine Bartstoppeln waren überraschend dunkel. Nur am Kinn erkannte man weiße Flecken. Luke fragte sich, welche Verletzungen sich darunter verbargen.

Er setzte sich auf den Stuhl neben dem Bett.

»Tja«, sagte er, »danke für das Zimmer. Das war sehr großzügig von Ihnen.«

»Sie können Kathleens Haus haben«, sagte Grand tonlos. »Morgen kommen die Anwälte. Ich lasse es Ihnen überschreiben.«

»Das kann ich nicht annehmen«, sagte Luke, und er meinte es ernst. Er hatte keine Lust mehr, sich wie eine Prostituierte zu fühlen. Joss Grand hatte den langen Prozess des Rückkaufs seiner Seele noch nicht zu Ende gebracht, und Luke wusste nicht, ob er einen Teil der seinen gegen das Wohlergehen des alten Mannes eintauschen wollte.

»Wie Sie wollen«, sagte Grand. »Aber ich kann es nicht mitnehmen, wenn ich gehe.«

»Reden Sie nicht so.« Luke war plötzlich wütend. »Ich war mit Ihnen in dem Keller. Ich habe gesehen … Ich habe noch nie einen solchen Kampfgeist erlebt. Sie haben das alles nicht durchgemacht, um jetzt aufzugeben. Sie haben sich nur was gebrochen, das ist alles.«

»Knochenbrüche heilen in meinem Alter nicht mehr und das andere auch nicht.« Er schlug sich kraftlos mit der Faust an die Brust, und Luke nahm nicht an, dass er seine Lunge meinte.

»Ich weiß, dass Sie enttäuscht worden sind«, sagte Luke. »Von Vaughan, von mir, von allen außer Kathleen. Aber bitte glauben Sie nicht, dass alle sich nur dafür interessieren, was sie Ihnen abnehmen können. Charlene ist ehrlich. Sie ist ein guter Mensch. Sie wird Ihnen Kathleen nicht ersetzen, aber sie wird für Sie da sein ...«

Grand schüttelte den Kopf. »Sie haben wohl recht. Aber es wird nicht mehr das Gleiche sein. Es dauert Jahre, eine richtige Freundschaft und Vertrauen aufzubauen. Es dauert ein Leben lang.« Zu Lukes Entsetzen fing die Unterlippe des alten Mannes an zu zittern wie bei einem Kind. »Tun Sie mir einen Gefallen, Junge, machen Sie einen Spaziergang mit mir. Wenn wir in den obersten Stock fahren, können wir ein Stück Himmel sehen.«

Er drückte auf einen Knopf am Bett, und ein Krankenpfleger kam herein, um ihm in einen Bademantel von der gleichen Farbe wie sein Kamelhaarmantel zu helfen und ihn aus dem Bett in den Rollstuhl zu setzen. Luke betrachtete seine dürre Gestalt unter dem Pyjama. Er wirkte halb so groß wie in seiner Uniform aus Hemd, Weste, Jackett und Mantel. Hatte sich unter der Kleidung immer schon ein ausgehungerter Kinderkörper befunden? Grand würde die Vollendung des Buches nicht mehr erleben, von seiner Veröffentlichung ganz zu schweigen. Kein Wunder, dass er so freimütig geredet hatte.

Er dirigierte Luke durch einen polierten Korridor zum

Aufzug. Das Gehen fiel leichter, weil Luke sich auf den Rollstuhl stützen konnte. Im obersten Stock kamen sie in einen kurzen Korridor, an dessen Ende ein leise summender Verkaufsautomat voll Chips und Schokolade stand. Auf der einen Seite boten bodentiefe Fenster einen Ausblick auf ein rautenförmiges Dach, auf dem nichts zu sehen war außer dem Einlass einer Trockensteigleitung und einer toten Möwe. Der Himmel, nach dem Grand sich gesehnt hatte, zeichnete sich als grauer zollbreiter Streifen über einem Gebäude gegenüber ab. Luke versuchte herauszubekommen, wo das Meer lag, aber es gelang ihm nicht. Vor den Fenstern stand eine Bank, anscheinend damit man die Aussicht besser genießen konnte. Vogelscheiße landete vor ihnen auf dem Fenster, ein grauer Klecks, der Luke zurückzucken ließ. Der Fladen rutschte langsam an der Scheibe herunter.

Grand schaute sich um, als wollte er feststellen, ob jemand sie beobachtete. »Soll ich Ihnen was zeigen?« Er wühlte in der Tasche seines Mantels, und mit der schwungvollen Bewegung eines Zauberers förderte er ein glänzendes gemustertes Tuch ans Licht. Das geraffte Seidentuch öffnete sich wie eine Rosenblüte, und ein kleines mattes Stück Glas kam zum Vorschein. In den feinen Rissen fand sich sicherlich DNA.

»Wo haben Sie das her?«, fragte Luke.

Grands kurzes Lächeln wirkte wie ein Streifen Sonnenlicht, der durch die Wolken brach. »Ich kann's immer noch, was?« Er wackelte mit den Fingern. »Siebzig Jahre, und nie erwischt worden. Fingerfertigkeit und Ablenkung, klappt jedes Mal. Ich hab's aus Sandys Tasche geholt, als alle Ihren Kumpel anstarrten, der da rumschrie. Die dämlichen Bullen haben nicht daran gedacht, meinen Mantel zu kontrollieren. Hier, können Sie haben, es gehört Ihnen.«

Das Glas lag auf seiner Handfläche, bevor er etwas fragen oder protestieren konnte. Er war so nervös, als wäre es ein Klumpen Plutonium.

»Sie wissen, dass es Sie ins Gefängnis bringen könnte.« Das war keine Drohung, sondern drückte eher sein Erstaunen aus, dass Grand das Ding nicht beseitigt hatte.

»Aber Sie auch.« Grand wusste, in welcher Klemme Luke mit seinem Buch saß. »Ich sag Ihnen was. Heben Sie es doch noch für kurze Zeit auf.« Deutlicher würde er der posthumen Veröffentlichung seinen Segen niemals geben.

»Okay«, sagte Luke. »Mach ich.« Er legte das Brillenglas wieder in das Tuch und steckte es ein. Es war überraschend leicht für etwas, das so viel Gewicht hatte.

»Sie haben nette Freunde«, sagte Grand nach einer Weile. »Passen auf Sie auf. Der mit dem grauen Haar, ist er Ihr …?« Luke hatte mit so manchem Ausdruck auf Joss Grands Gesicht gerechnet, aber Schüchternheit gehörte nicht dazu.

»Mein Exfreund«, sagte Luke und erlöste ihn von seinem erkennbaren Unbehagen. Grand nickte, als sei damit ein großes Rätsel aufgeklärt.

»Ich dachte mir, dass Sie schwul sind, als ich Sie das erste Mal sah, aber dann dachte ich, Sie sind zu abgerissen. Nichts für ungut.«

»Macht nichts«, sagte Luke. »Ehrlich gesagt, irgendwann dachte ich, Sie wären es vielleicht auch.«

»Was?« Grands Stimme hallte durch den leeren Korridor.

»Sie und Jacky. Ich dachte, vielleicht waren Sie ein Paar. Ich dachte, vielleicht hätten Sie ihn deshalb umgebracht. Weil er Schluss machen wollte, oder weil Sie es unter den Teppich kehren wollten, oder was weiß ich.«

Grand brach in ein seltsam schnaufendes Lachen aus, das zu viel Sauerstoff verbrauchte.

»Was ist daran komisch?« Luke beobachtete, wie die Nadel der Anzeige wild ausschlug.

»Ich stelle mir nur vor, was Jacky für ein Gesicht gemacht hätte, wenn er das gehört hätte. Er hätte Ihnen die Rübe eingeschlagen. Gott, wie kommen Sie bloß auf diese Idee?«

»Sie haben mal davon gesprochen, was die Ehe beinhaltet und weshalb sie für Sie und Kathleen nicht in Frage gekommen ist. Ich dachte, Sie reden von Sex.«

Das Lachen verwehte in demselben kurzen Windstoß, der es hereingetragen hatte. »Nein, nein.« Grand schüttelte den Kopf. »Zugegeben, ich wollte sie, ich war verrückt nach ihr … aber das war ja das Ding mit Kathleen: Wenn wir Mann und Frau gewesen wären, wären wir einander nahegekommen, nicht wahr? Und irgendwie wäre herausgekommen, was ich getan hatte. Du kannst nicht mit jemandem zusammenleben und ihn jeden Tag belügen – nicht wenn du ihn liebst. Es war besser, ein bisschen von ihr zu haben, als sie für kurze Zeit ganz zu bekommen und dann zu verlieren.«

Draußen flog eine Plastiktüte über das flache Dach und blieb an einem Abflussrohr hängen. Grand schnalzte mit der Zunge.

»Sehen Sie sich das an. Das ist doch kein Anblick für Leute, die genesen sollen. Man könnte einen hübschen kleinen Dachgarten da draußen anlegen. Ich werde ihnen etwas spenden, und dann sollen sie ein paar Rosenbüsche und diese kleinen Bäume da aufstellen, die man in Kübeln kriegt. Der Kathleen Duffy Memorial Garden. Mit Veilchen im Sommer. Das hätte ihr gefallen.«

NEUNUNDFÜNFZIG

Jem sollte spät am Samstagvormittag kommen. Luke hatte sein Frühstück nicht hinuntergebracht. Er hatte keine Angst mehr vor Jem, sondern *um* ihn, und wusste nicht, wie er ihm beibringen sollte, dass die Mail gefälscht war. Seine Schuldgefühle hätten nicht größer sein können, wenn er sie selbst geschrieben und jedes Wort ehrlich gemeint hätte. Was ihre Beziehung anging, so hatte er ein paar offene Probleme zu lösen, statt überall die Büchse der Pandora zu öffnen. Jem würde erfahren, dass der Mann, dem er wegen eines Liebesbriefs das Leben gerettet hatte, nun doch nicht mit ihm zusammen sein wollte.

Jedes Mal, wenn Luke sich eingeredet hatte, die einzig faire Methode bestehe darin, es ihm geradeheraus zu sagen, sah er den Sessel in der Ecke und stellte sich vor, wie Jem dort schlief, ein Buch auf dem Schoß, und bei dem leisesten unregelmäßigen Piepen des Monitors hochfuhr. Als Jem dann kam, verließ ihn sofort der Mut. Jems Wangen glühten nach dem Fußweg vom Bahnhof hierher, und er trug einen olivgrünen Kaschmirmantel mit hochgeschlagenem Kragen, der ihm sehr gut stand. Statt der Hoffnung, die Luke in seinem Blick erwartet hatte, sah er bange Erwartung, die seiner eigenen entsprach.

In den ersten paar Minuten hatten sie sich nichts zu sagen. Ihre letzten Begegnungen und Gespräche hatten einen extremen Verlauf genommen. Sie konnten einander lieben, und sie konnten miteinander streiten, aber auf ziviler, neutraler Ebene waren sie einander buchstäblich fremd.

Der Arzt hatte gesagt, sie dürften hinausgehen, und die Empfangsdame des Krankenhauses rief ihnen ein Taxi, das sie zum Pier hinunterbrachte.

Es war kalt und frisch und sonnig – Lukes Lieblingswetter. Das Meer sah aus wie unzählige zerbrochene Spiegel. Die Lichter der Spielhalle waren an die Handvoll Besucher verschwendet, und der deprimierende Pub war noch nicht offen. Auf dem Piratenschiff, vor dem die Menschenschlangen sich über den halben Pier erstreckt hatten, als Luke gegen Ende des Sommers nach Brighton gekommen war, befand sich jetzt eine dreiköpfige Besatzung, deren dünne Schreie sich im Wind verloren.

Luke fror an den Ohren und im Nacken. Ein Nahtoderlebnis war nötig gewesen, damit er begriff, welche entscheidende Rolle sein dichtes Haar dabei spielte, seinen Kopf und seinen ganzen Körper warm zu halten.

»Ich brauche eine Mütze«, sagte er, aber die einzigen Mützen, die man auf dem Pier kaufen konnte, waren riesige ausgestopfte Zylinder mit Guinness-Logo und vierblättrigem Kleeblatt, die vom letzten St. Patrick's Day übrig waren und jetzt auf den nächsten warteten. Die Vorstellung, Luke könnte für das ernste Gespräch einen komischen Hut aufsetzen, entlockte ihnen beiden ein nervöses Lachen. Das Eis war gebrochen, Jem nahm seinen Schal, und Luke schlang ihn sich um den Kopf, als wäre er Lawrence von Arabien. Als er sein Spiegelbild in einem Fenster der Spielhalle sah, entschied er, es sei besser zu frieren, als seine Würde aufzugeben, und gab Jem den Schal zurück.

»Als du geschlafen hast«, fing Jem an, »hab ich mir vorgestellt, du würdest aufwachen, und ich würde mich dafür entschuldigen, wie ich dich behandelt habe, und du würdest dich bei mir bedanken, weil ich dir das Leben gerettet habe, und dann würden wir uns um den Hals fallen, und alles wäre wieder … in Ordnung.« Oh verdammt, dachte Luke, da haben wir den Salat. »Aber das stimmt nicht, nicht wahr? Es ändert nichts daran, wie ich dich behandelt habe. Es ändert nichts daran, wie es zwischen uns zu Ende gegangen ist. Ach Scheiße, ich weiß nicht, wie ich es sagen soll. Ich habe gestern lange, sehr lange mit meinem Therapeuten gesprochen, und auf der ganzen Fahrt hierher hab ich darüber nachgedacht, und ich …« Seine Stimme brach. »Ich sag es einfach geradeheraus. Ich kann nicht, Luke. Ich kann nicht wieder mit dir zusammen sein.« Luke verschlug es die Sprache. Es kam ihm so vor, als wäre er begnadigt worden. Hoffentlich war ihm das begeisterte Glücksgefühl nicht anzumerken. »Es ist einfach … ich muss an der Beziehung mit mir selbst arbeiten, bevor ich überhaupt daran denken kann, mein Leben mit jemandem zu teilen. Und nach allem, was wir zusammen durchgemacht haben, tja, es ist einfach zu viel Wasser den Bach hinuntergeflossen, und ich bin zu weit vorangekommen, um noch einmal kehrtzumachen.« Er betrachtete Luke schräg von der Seite und hielt den Atem an. »Und jetzt trete ich dich, während du noch am Boden liegst. Ach Darling, bitte weine nicht.«

In Wirklichkeit tränten Lukes Augen, weil das Sonnenlicht auf dem Meer ihn blendete. Jetzt war es an der Zeit, Jem seine Ehrlichkeit und seine Tapferkeit zu vergelten und ihm die Wahrheit über die Mail zu sagen, aber er konnte es nicht. Er würde es später tun, in einem Brief, rückgratlos bis zum Ende. Er senkte das Kinn auf die Brust und sagte: »Ich nehme an, es ist am besten so«, und sein Seufzer sollte zeigen, dass dieses Eingeständnis wehtat. »Es ist zu sehr vermurkst. Man kann nicht zurückgehen.«

»O Gott sei Dank«, sagte Jem. »Du ahnst nicht, wie nervös ich war. Hör zu, ich werde immer für dich da sein. Wenn du irgendwas brauchst. Du weißt schon, praktische Hilfe.«

Er meinte Geld. Er konnte nicht anders.

»Danke«, sagte Luke. »Aber weißt du was? Ich glaube, ich komme zurecht.«

Luke schaute über das glitzernde Wasser hinüber zum Gerippe des West Pier, wo sich vor fünfzig Jahren zwei Männer getroffen hatten, um zu reden, und nur einer zurückgekommen war. Im unerbittlichen Licht der tiefstehenden Sonne war es nur noch ein Haufen altes Holz und Eisen, der da aus dem Wasser ragte.

Eine Fastfoodbude hinter ihnen verströmte den zuckrigen Fettgeruch frittierter Doughnuts und erinnerte Luke daran, wie hungrig er war. Er lechzte nach einer Tüte fettiger Pommes. Er wühlte in seiner Tasche nach Kleingeld, aber er fand nur ein weiches Seidentuch, das um das Brillenglas gewickelt war wie um eine entwertete Münze.

»Du könntest mir eine Tüte Pommes spendieren«, schlug er vor. Es kam ihm akzeptabel vor, um etwas so Bescheidenes zu bitten. Er kippte Salz und Essig darüber. Jem war offenbar gerade nicht auf einem seiner Gesundheitstrips, denn er bediente sich ebenfalls. Seine Finger streiften Lukes und umfassten seine Hand. Als Luke ihn anschaute, machte er wie so oft eine ernste Miene, und seine Hand wanderte über Lukes Wange. Der Kuss war unausweichlich, aber es lag kein Verlangen darin, sondern eine seltsame Art von Pflichtgefühl. Luke war erleichtert, als er keinerlei Reaktion verspürte, und seine Erleichterung war noch größer, als Jem als Erster zurückwich.

»Er ist weg, nicht wahr?«, sagte Jem. »Der Zauber. Ich hätte nie gedacht, ich könnte dich küssen und nichts dabei empfinden.«

»Vielleicht bedeutet es, dass wir Freunde sein können«, sagte Luke. So etwas musste man jetzt sagen.

»Du wirst immer der erste Mann sein, den ich je geliebt habe.« Jem schaute auf seine Füße.

»Kannst du etwas für mich tun?«, fragte Luke.

»Sag es. Was du willst.«

»Sieh zu, dass ich nicht der Letzte bin. Lass nicht zu, dass Serena dich in eine verschrobene, kleine, straighte Stepford-Welt zurückzieht.«

»Niemals«, sagte Jem im Brustton der Überzeugung und verzog den Mundwinkel, als würde ihn diese Vorstellung amüsieren. »Tatsächlich hat sie jetzt eine neue Berufung gefunden. Sie hat beschlossen, mir einen neuen Boyfriend zu suchen. Alle ihre Freunde halten die Augen offen und machen eine Liste von Männern, mit denen ich mich gut verstehen könnte.«

Wow. Luke wusste nicht, mit wem er größeres Mitleid haben sollte: mit Serena, weil sie immer noch den Pantoffel schwingen musste, mit Jem, weil er es zuließ, oder mit dem armen Hund, der auf Platz eins ihrer Liste landen würde. Er überlegte, was Jem mit dem Tattoo anfangen würde, aber er fragte lieber nicht danach.

Er hatte genug gegessen und warf die letzten Pommes ins Meer. Möwen stürzten sich darauf wie ein Netz, das sich um sie herum zusammenzog.

Luke und Jem gingen schweigend zurück zum Drehkreuz. Beim Gehen richteten ihre Füße sich an den Planken aus, und der Abstand zwischen ihnen war zwar klein, veränderte sich aber nicht.

EPILOG

Die Lautsprecher gaben das Gate für den Qantas-Flug nach Sydney bekannt. Es war Ende Dezember, und Weihnachten war in vollem Gange in der Welt zwischen den Welten, dem nördlichen Terminal von Gatwick Airport. Eine als Elfe verkleidete Frau spazierte mit einem Tablett voller Bailey's-Gläser vor der Bar umher. Luke war immer noch halb besoffen von der Nacht zuvor: Viggo und Char hatten sich mit Caleb und Belinda zusammengetan, um im Cottage eine Abschiedsparty für ihn zu geben. Viggo würde ihm über den Winter »das Haus warm halten«. Ein seltsamer Gedanke nach all der Zeit, die Luke an diesem Tisch verbracht hatte, dass die Bücher, die dort geschrieben werden würden, Aminahs pinkfarbenen Autorennamen tragen würden.

Die üblichen Lieder liefen in Endlosschleife, und die Teddybären im Harrods-Souvenirladen trugen Weihnachtsmannkostüme. Luke kaufte einen für seinen jüngsten Neffen und begriff zu spät, dass er ihn jetzt für die nächsten vierundzwanzig Stunden mit sich herumschleppen musste. Sein Gepäck hatte er längst aufgegeben, einen kleinen Koffer mit den wenigen Kleidungsstücken, die sich für den australischen Sommer eigneten, und ein paar bunte Zuckerstangen für die größeren Kinder.

Alles Wichtige war in der Aktentasche, die er sich über die Schulter geschlungen hatte. Ein langer Brief an Jem, in dem er so zart fühlend, wie er konnte, die Wahrheit über die

E-Mail schilderte, steckte zugeklebt und frankiert in dem Fach, in dem einmal der Selbstmordbrief gewesen war. Er trug ihn jetzt seit mehr als einer Woche mit sich herum und hatte jedes Mal, wenn er vor einem Briefkasten stand, den Mut verloren.

Immer wieder überprüfte er seinen Pass und das Ticket. Beides war im Vorderfach seiner Aktentasche, zusammen mit einem Schreiben der Brightoner Polizei. Unter anderem musste er sich unverzüglich nach seiner Ankunft in Sydney auf einer bestimmten Polizeiwache melden. Er hatte England nur unter der Bedingung verlassen dürfen, dass er zum Prozess gegen Vaughan zurückkehrte und in den Zeugenstand trat. Natürlich erwartete niemand, dass er im Mordfall Jasper Patten aussagte, aber seine Entführung und Misshandlung würden als geringere Vergehen ebenfalls verhandelt werden. Genau wie Luke wollte auch die Polizei Vaughan möglichst lange hinter Gittern bringen. Aber sie hatten ihm gesagt, bis zum Prozessbeginn dauere es mindestens neun Monate.

An einem Wechselschalter kaufte er zweihundert australische Dollar. Neben der Theke stand ein Plastikpostkasten mit den Initialen der Queen. Lukes Hand griff fast von allein in die Aktentasche, und er sah zu, wie der Brief an Jem in dem Schlitz verschwand. Sofort fühlte er sich leichter.

Beim letzten Aufruf ging er an Bord und nahm seinen Fensterplatz ein. In der Ferne sah er die Autobahn, und er fragte sich, ob eins der winzigen funkelnden Autos Grands Bentley sein mochte. Charlene hatte darauf bestanden, ihn damit zum Flughafen zu bringen. Obwohl der Wagen mit einem hohen Kostenaufwand umgebaut worden war, konnte sie ihn im Grunde benutzen, wie sie wollte.

Grand hatte sie noch nicht gefahren. Ihr Job als Fahrerin

war ein Quell der Freude und der Fürsorge für sie. Für das Doppelte ihres alten Gehalts brauchte sie fast nicht zu arbeiten. Sie und die anderen Angestellten vermuteten, Grand wandle Jocelyn Grand Properties Ltd. in eine gemeinnützige Hilfsorganisation um und nehme ein paar Schenkungen vor. Luke hoffte mit einer Inbrunst, als spreche er ein Gebet, dass eine Schenkung an Charlene und ihren Vater gehen würde. Er wusste, wie zwiespältig sie auf Hilfsangebote reagierte, und hoffte, dass Grand es auch gemerkt hatte, denn genau diese Art von Anständigkeit würde er belohnen. Und auch wenn Luke sich nicht zum Eigentümer des Hauses in Temperance Place hatte machen lassen, hatte er akzeptiert, dass die Mietbedingungen in alle Ewigkeit unverändert bleiben würden.

Das Flugzeug donnerte über die Startbahn, und als es abhob, verstärkte sich Lukes Nervosität, weil er Gewissensbisse hatte, dass er von hier verschwand. Nur in Australien, weit entfernt von erdrückenden Bewertungen und Erwartungen, würde er sich frei genug fühlen, um zu schreiben, trotzdem kam er sich vor wie ein Feigling. Bei ihrem letzten Zusammentreffen hatte Grand ihn gedrängt, mit dem Schreiben anzufangen. Sie hatten beide so getan, als sollte das Buch kurz nach Vaughans Verurteilung erscheinen. Aber sie wussten, dass Luke wahrscheinlich zuerst zu einer Beerdigung und nicht zu einem Gerichtsprozess zurückkäme.

Das Flugzeug legte sich plötzlich und beunruhigend auf die Seite, und Luke sah seinen Schatten wellenförmig über die Downs gleiten. Einzelne Bauernhäuser verdichteten sich zu Dörfern, und hier und da demonstrierte der knallig türkisfarbene Fleck eines Swimmingpools, dass das ländliche Sussex dabei war, vom Börsenmakler-Gürtel verschluckt zu werden. Und plötzlich tauchte es auf.

Brighton erstreckte sich unter ihm mit seinen Rastern und Quadraten, in welche die siedenden, blutenden Schichten der Vergangenheit eingefasst waren. Luke drückte die Nase an die dicke Scheibe und legte kleine rosarote Kästchen über vereinzelte Häuser. Die Stadt drängte sich an den Strand und quoll hinaus auf den einen verbliebenen Pier, auf dem die Lichter niemals erloschen, einen neonglänzenden Stachel, der trotzig hinausragte in die wogende See.

ANMERKUNG DER AUTORIN

Ich hoffe, dieses Buch wird dem Geist Brightons, meiner zweiten Heimatstadt, gerecht, auch wenn ich mir mit seiner Geschichte und seiner Geographie ein paar Freiheiten herausgenommen habe. Das Brighton History Centre im Pavilion gab es wirklich, und ich habe viele glückliche Stunden dort vor dem Mikrofilm-Lesegerät verbracht und blinzelnd in alten Ausgaben des *Argus* gelesen. Ein paar Wochen nachdem ich mit der Arbeit an diesem Buch fertig war, wurde es geschlossen, und das Archiv hat seinen Sitz jetzt in einer hochmodernen Bibliothek an der Sussex University. Als Tribut an einen ganz besonderen Ort habe ich dem ursprünglichen History Centre auf dem Papier einen Hinrichtungsaufschub verschafft und es offen gehalten bis zum Herbst 2013, in dem der Roman spielt.

DANKSAGUNGEN

Dank an euch alle bei United Agents: Sarah Ballard, Zoe Ross, Jessica Craig, Linda Shaughnessy, Georgina Gordon-Stewart und Sarah Thickett.

Dank an euch alle bei Hodder: Suzie Dooré, Eleni Lawrence, Veronique Norton, Francine Toon und Victoria Pepe. Ich danke Jennifer Whitehead Chadwick, die weiß, auf welche Knöpfe man drücken muss, und Helen Treacy, die immer weiß, wann man drücken muss.

Ich danke allen meinen Freunden bei der CWA und meiner Twitter-Familie, besonders Julia Crouch für die Rettung in letzter Minute.

Vor allem gehören mein Dank und meine Liebe meiner wirklichen Familie: Michael, Marnie und dem wunderschönen Neuankömmling Sadie (der Saboteurin der Deadlines), Mum und Jude, Dad und Susan, Owen und Shona.